Die Spur des Dschingis-Khan

Hans Dominik gilt als einer der bedeutendsten Pioniere der Zukunftsliteratur in Deutschland. Seine Science-Fiction-Erzählungen erfreuen sich großer Beliebtheit und werden immer wieder neu aufgelegt. Neben Science-Fiction hat Dominik auch Sachbücher und Artikel mit technisch-wissenschaftlichem Inhalt geschrieben.

Hans Dominik

Die Spur des Dschingis-Khan

Roman
vom Ende des Jahrhunderts

Neu bearbeitet und herausgegeben
von
Klaus-Dieter Sedlacek

Bibliographische Information Der Deutschen Bibliothek:
Die Deutsche Bibliothek verzeichnet diese Publikation in der Deutschen
Nationalbibliographie; detaillierte
bibliographische Daten sind im Internet über
http://dnb.ddb.de
abrufbar.

Herstellung und Verlag:
BoD – Books on Demand, Norderstedt
ISBN 978-3-7392-2373-5

Archibald Wellington Fox, der Berichterstatter der 'Chikago Press', und Georg Isenbrandt, ein Oberingenieur der Asiatischen Dynothermkompanie, gingen zusammen den Bismarckdamm in Berlin entlang. Ihr Ziel war ein mächtiges Sandsteingebäude, das sich in der Nähe der Havelbrücke in monumentaler Größe erhob und einen ganzen Straßenblock einnahm. Weithin glänzte von seiner Front ein goldenes Wappen. Drei Ähren, von einer Sichel umschlungen. Darunter ein Monogramm aus den drei Buchstaben E. S. C.

Wellington Fox sprach: „Das war ein guter Zufall, dass ich dich hier in Berlin auf der Straße treffen musste. Sonst hätte ich dich im fernen Turkestan in deinem Abschnitt am Issi Kul aufsuchen müssen ... wo es, wie mir scheint, für den Journalisten, das heißt in diesem Falle Kriegsberichterstattet-, nächstens gute Arbeit geben kann."

„Du meinst, Fox?"

„Allerdings, old Fellow, meine ich. Willst du die Möglichkeit leugnen?"

„... will ich nicht. Aber ..."

„Kein 'Aber '", Georg. Du willst mir wohl vorrechnen, wie viel Grad der Wahrscheinlichkeit dagegen sprechen?"

„Du irrst, mein lieber Fox!" Ruhig, ganz gleichgültig hatte Georg Isenbrandt die Worte hingeworfen. Auf den Journalisten wirkten sie wie ein Blitz in der Nacht. Einen Augenblick blieb er wie angewurzelt stehen.

„Was willst du sagen, Georg?"

Er drängte an den Freund heran und sah ihm forschend ins Gesicht.

„Ich meine, dass erheblich viele Grade der Wahrscheinlichkeit dafür sprechen ... müssten. Aber meine Meinung wird von dem Direktorium der E. S. C. leider nicht geteilt."

„Georg, Krieg! ... Krieg zwischen dem Vereinigten Europa und dem großen Himmlischen Reich!"

Der andere nickte stumm. Sein gleichmäßig kühles Gesicht blieb unverändert. Nur ein leuchtendes Funkeln seiner starr ins Weite gerichteten Augen zeigte, dass sein Inneres keinen Teil an seiner äußerlichen Ruhe hatte.

In dem Gehirn des Journalisten kreuzten sich wirr tausend Gedanken. Eine Weile schritten sie wortlos nebeneinander her.

„Du weißt, Wellington, dass unsere Unterhaltungen keine Interviews sind. Der Journalist Wellington Fox, von der 'Chikago Press', hört von unseren Gesprächen nichts."

„Kein Zweifel, Georg. Doch sag, zu welchem Zweck bist du hier in Berlin?"

„Um einen letzten Versuch zu machen ... die Herren der E. S. C. zu meiner Ansicht zu bekehren. Ich habe um fünf Uhr eine Konferenz mit ihnen."

„Und wenn ...? Was wird dann aus dem großen Werk der E. S. C.? Den Hunderttausenden von europäischen Siedlern in Turkestan ... und deinen großen Arbeiten? Werden sie nicht durch den Krieg schwer leiden?"

„Du fürchtest für sie? ... Ich nicht, wenn man mir folgt ... sie zu verteidigen ... zu sichern auf Menschenalter ... darauf gehen meine Pläne ... und wäre dazu Krieg nötig."

Jede Gleichgültigkeit war jetzt von dem Sprecher abgefallen. Ein eiserner Wille, eine unbeugsame Energie prägte sich auf dem scharf geschnittenen Gesicht mit der kantigen Stirn aus.

Staunen, Überraschung ... Bewunderung malten sich in den Zügen des Journalisten. Mit einem zweifelnden Blick maß er die Gestalt des einstigen Schulkameraden.

„Georg, Krieg! Das Wort riecht nach Blut!"

„Hat es stets getan ... und wird es immer tun, solange Krieg die Ultima ratio menschlicher Zwistigkeiten ist ... das heißt so lange Menschen leben werden"

Ein Augenblick des Schweigens.

„Nur eins möchte ich dich noch fragen." Ein besorgter Unterton klang aus der Stimme des Sprechenden. „Bist du dir auch bewusst, mit welchem furchtbaren Gegner Europa ... du ... zu kämpfen haben würdest? Das große geeinte Asiatische Reich ist eine Macht, wie sie die Geschichte der Völker selten gekannt hat. Sein Herrscher, der Großkhan Schitsu, ist ein Mann vom Blut und Schlage des Dschingis Khan."

„Ich weiß es. Die Gefahr ist groß! Aber sie wird mit jedem Jahr größer ... bis sie eines Tages das Abendland verschlingen wird. Deshalb heißt es ihr zu begegnen ... jetzt, ehe es zu spät ist.

Der Großkhan ist todkrank. Ob er am Leben bleibt? ... Wer weiß es? Stirbt er, wird man mir leichter folgen. Die Angst vor ihm ist größer als vor seinem Land. Doch wir sind am Ziel."

Er deutete auf den Sandsteinpalast, den sie jetzt erreicht hatten.

„Was da drinnen in den nächsten Stunden beschlossen wird, ist entscheidend für das Wohl und Wehe von Millionen Menschen, für das Schicksal zweier Kulturen."

Unwillkürlich hatte sich seine Hand erhoben und stand fragend und drohend gegen die stummen Quader des Riesenbaues gereckt, der hier wie eine Burg aus dem märkischen Sand ragte. Denn senkte sie sich langsam in die des Freundes.

„Auf Wiedersehen, dann heute Abend bei dir im Hotel." Noch ein Händedruck, und Georg Isenbrandt trat durch das Hauptportal in das Gebäude ein. Unschlüssig blieb Wellington Fox auf der Straße stehen. Dann begann er, die Inschriften an dem Gebäude zu studieren. In den steinernen Ornamenten der Portalwölbung wiederholten sich das Ährenmotiv und die verschlungenen drei Buchstaben E. S. C. Jetzt ruhte sein Blick auf den Inschriften in der Höhe des ersten Stockwerks breit und massig leuchteten von dort goldene Buchstaben ... Europäische Siedlungs-Compagnie ... Daneben in englischer Sprache „European Settlements company". Wieder etwas weiter stand es auf Russisch: Jewropeiskoje Obschtschestwo dlja naselenija Wostoka.

Das Haus hier war das Verwaltungsgebäude der großen, von den europäischen Staaten mit einem Milliardenkapital begründeten Siedlungsgesellschaft, die den Überschuss der europäischen Bevölkerung seit zehn Jahren in Asien ansiedelte. Auf meilenweiten Ländereien, die, vordem unfruchtbare Steppen, nach der Erfindung des Dynotherms bestes Ackerland geworden waren. Hier in Berlin war der Hauptsitz dieser großen internationalen und mit staatlichen Hoheitsrechten ausgestatteten Gesellschaft. Ihr Arbeitsgebiet lag in Asien. Dort reichte es vom Kaspischen Meer bis zu den Grenzen des chinesischen Reiches. Dort dampften die Hochalpen unter der Wirkung des Dynotherms. Dort kochten die großen Seen, und warmer, über das ganze Jahr verteilter Regen schuf fünfzigfältige Ernten, wo früher wandernde Kirgisen kaum das Notwendigste fanden.

Wellington Fox war mit der Betrachtung des Gebäudes zu Ende und ging weiter, dem Grunewaldpark zu. Die letzten Worte seines Freundes gaben ihm reichlich Anlass zum Nachdenken. Seine Gedanken weilten abwechselnd im Fernen Osten und im Palast der E. S. C. Und so übersah er es, wie eine elegant gekleidete Gestalt, die ihm entgegenkam, bei seinem Anblick schon von Weitem einen Bogen schlug, um auf die andere Seite der Straße zu gelangen und dann im Haus der E. S. C. zu verschwinden.

Ein dumpfer Knall riss ihn wenige Minuten später aus seinem Sinnen. Der Luftdruck einer schweren Explosion brachte ihn für einen Augenblick ins Wanken. Mit einem Ruck warf er sich herum und sah aus den zersplitterten unteren Fenstern des E.S.C.-Gebäudes dünne Rauchschwaden ziehen.

Instinktiv lief er auf den Eingang des Gebäudes zu. Durch die aufgerissenen Flügeltüren drang er in das Haus ein und stürmte die Treppen empor. Ein Gemisch von Staub und Rauch benahm ihm fast den Atem. Eine schreiende, in ihrer Aufregung sinnlose Menge drang ihm entgegen. Zwischendurch ... darüber hinweg bahnte er sich seinen Weg bis in das zweite Stockwerk, wo er den Freund wusste.

Hier war es ruhiger. Hier ließ auch der Qualm nach. Fox lief über einen Korridor und sah die Person, die ihm auf der Straße entgangen, in einen Seitengang verschwinden. Mit einem Ruck blieb er stehen. Ein sekundenlanges Zögern. Dann schlug er den entgegengesetzten Weg zu dem Direktionszimmer ein. Noch ehe er sie erreicht, kam ihm Georg Isenbrandt mit einigen Herren entgegen.

„Georg, was ist los?"

„Das wissen wir selbst noch nicht. Wir müssen die Untersuchung abwarten."

„Ein verbrecherischer Anschlag?"

„Nicht so eilig! Warte mit deinen Mails, bis die Untersuchung Klarheit geschaffen hat."

Der Donner einer zweiten, schwächeren Explosion in der Nähe verschlang die letzten Worte Isenbrandts. Ohne sich noch aufhalten zu lassen, stürmte der Amerikaner dem Weg nach, den der Fremde vorher eingeschlagen hatte. Die zweite Explosion hatte neue Rauchmengen entwickelt. Er konnte kaum sehen und atmen, lief durch einen anderen Korridor rüttelte an verschlossenen Türen und stieß schließlich auf eine Tür, die nachgab. Sah zuerst einen mächtigen Tresor, der durch die Gewalt der Explosion von oben bis unten aufgerissen war. Die Kraft der Sprengung hatte die in ihm verwahrten Dokumente durch das Zimmer zerstreut. Sah dann nur undeutlich in dem rauchgefüllten Raum, wie der Gesuchte bemüht war, mehrere Schriftstücke in seinen Taschen verschwinden zu lassen. Mit ein paar tigerartigen Sätzen schoss Wellington auf ihn los. Doch noch schneller hatte der Fremde die Tür zum Nebenzimmer aufgerissen. Als Wellington Fox die Klinke berührte, hörte er, wie der Schlüssel im Schloss von außen umgedreht wurde. Im selben Augenblick ließ er sie auch schon los, um über den Flur einen anderen Eingang zu diesem Zimmer zu suchen. Doch umsonst. Alle Türen waren verschlossen."

Wellington Fox blieb stehen. Das Vergebliche einer weiteren Verfolgung hier im Gebäude war ihm klar.

Wo ihn finden? ... Ah! ... Schon lief Fox dem Hauptportal zu.

*

Seine Exzellenz Wang Tschung Hu, der chinesische Botschafter beim deutschen Staat, saß allein in seinem Arbeitszimmer. Nervös spielte seine Rechte mit einem Bleistift, während sein Auge den langsamen Fortgang des Uhrzeigers auf dem Zifferblatt verfolgte. Hier war er allein, hier brauchte er nicht die unerschütterliche Miene eines asiatischen Diplomaten zur Schau zu tragen, und seine Ungeduld kam in seinen Zügen und Bewegungen deutlich zum Ausdruck.

Er unterbrach das Spiel mit dem Bleistift nur, um hin und wieder das Telefon vom Haken zu nehmen und kurze Fragen zu stellen.

Die Uhr hub aus und schlug halb sechs. In ihren verhallenden Schlag mischte sich der Klang der Telefonglocke.

Die Meldung des Sekretärs, dass Mr. Collin Cameron soeben die Botschaft betreten habe.

Wang Tschung Hu legte den Apparat wieder auf die Gabel, suchte einen Moment zwischen verschiedenen an dem großen Diplomatentisch befestigten Hebeln und legte einen davon um. Im gleichen Augenblick war ein Telefon auf seinem Tisch mit den Lauschmikrofonen verbunden, die sich in der Wohnung des Hausmeisters der Botschaft befanden. Jedes Wort, das dort unten gesprochen oder auch nur geflüstert wurde, musste hier oben klar und deutlich aus dem Apparat kommen.

Die Gründe, die seine Exzellenz Herrn Wang Tschung Hu veranlasst hatten, diese Verbindung zwischen seinem Schreibtisch und der Wohnung seines Hausmeisters herstellen zu lassen, waren von besonderer Art. Wutin Fang, der da unten in der bescheidenen Stellung eines Hausmeisters wirkte, war in Wirklichkeit chinesischer Generalstabsoffizier und Chef der asiatischen Spionage in Europa. Der Botschafter musste jederzeit offiziell versichern können, dass er Leute wie jetzt diesen Mr. Collin Cameron nicht kenne, sie niemals gesehen oder gesprochen habe. Aber seine Exzellenz hatte ein großes und berechtigtes Interesse daran, zu erfahren, was solche Leute mit Wutin Fang verhandelten. So saß Wang Tschung Hu jetzt mit gespannter Aufmerksamkeit vor dem Telefon. Stimmen erklangen aus dem Apparat.

„Was bringen Sie uns, Mister Cameron?" „Schlechte Neuigkeiten, Herr Wutin Fang. Es hat nicht geklappt." „Ich verstehe nicht, wie das möglich war!"

„Wie das möglich war? ... Ich hatte Ihnen den genauen Plan besorgt ... die Lage der Tresore, in denen die Company die Proben und Analysen des neuen Dynotherms aufbewahrt. Die Tresore sollten gesprengt werden. Ihre Leute haben ein harmloses Feuerwerk veranstaltet, aber keine Sprengung ... Ein paar Fensterscheiben in Trümmern, ein paar Türfüllungen herausgeschlagen, aber die Tresore kaum beschädigt ... Ganz unmöglich, an die Proben des Dynotherms heranzukommen ... ich habe das Menschenmögliche versucht ... Mehr, als für meine Person gut war ..."

„... Verdammt ... wir müssen die Analysen haben! Wenn es heute nicht ging, muss es unbedingt das nächste mal gehen." „Halten Sie die Direktoren der Company nicht für Kinder! Ein zweites Mal wird sich eine Gelegenheit nicht wieder bieten ... gewiss nicht ... ganz bestimmt nicht ... dafür wird der Erfinder des neuen Stoffes sorgen. Isenbrandt war während der Sprengung im Gebäude. Ich sah ihn, wie er mit den Direktoren das Haus verließ. Meinen Sie, der wüsste nicht, um was es sich gehandelt hat ..." „Wir werden die Analysen bekommen. Wenn nicht morgen, dann übermorgen." „Machen Sie, was Sie wollen ... ich kann mich mit der Angelegenheit nicht mehr abgeben ... Ich habe mich schon zu sehr exponiert. Ich bin gesehen worden ..."

„Von wem ... von Isenbrandt?"

„Nein. Der hatte andere Dinge im Kopf und kennt mich auch nicht ... ein Freund von ihm, ein amerikanischer Journalist ... ein verdammter Schnüffler. Ich kenne ihn von Frisco her ... Jetzt kennt er mich auch. Ich vermute beinahe, dass er mich schon von drüben her verfolgt. Ich muss Berlin von hier aus sofort verlassen."

„Ihr Bericht ist wenig befriedigend, Mister Cameron Sie haben uns zu dem Unternehmen veranlasst ... jetzt ziehen Sie sich zurück."

„Weil ich muss. Die Gründe habe ich Ihnen gesagt. Das Unternehmen ist fehlgeschlagen, weil Ihre Leute schlecht gesprengt haben ... Immerhin ... Ich habe daraus zu machen versucht, was sich machen ließ. An die Analysen in den Panzergewölben war nicht heranzukommen. Für den Tresor im ersten Stock reichten die Sprengmittel, die ich bei mir hatte ..."

„Mir wurde von zwei Explosionen berichtet ... Haben Sie ..."

„Ich habe es getan, weil ich es für die letzte Gelegenheit hielt, in das Companygebäude zu kommen ... Auf die Gefahr hin, verhaftet zu werden ... auf die Gefahr hin nichts zu finden ... Ich habe gefunden." „Was haben Sie ..."

„Wollen Sie, bitte, selbst sehen!" Bisher hatten die Lauschmikrofone jede Silbe in den Apparat des Botschafters geleitet. Aber sehen konnte Wang Tschung Hu nichts. Er hörte deutlich das Knistern, wie wenn Papiere ausgebreitet und gerade gestrichen werden.

Dann wieder die Stimme Collin Camerons: „Ich meine, der Besuch hat sich immerhin gelohnt."

„Das Ilidreieck..."

Seine Exzellenz Wang Tschung Hu presste den Hörer mit Gewalt gegen das Ohr, aber er hörte nichts mehr. Wutin Fang schwieg, als habe er mit dem einen Wort schon zu viel gesagt.

Collin Cameron sprach weiter: „Ich lasse Ihnen die Pläne hier. Ich kann es nicht mehr riskieren, sie selbst nach China zu bringen. Die Marchesa di Toresani ist hier. Die kann das besorgen ... ich muss sofort und auf dem schnellsten Weg nach Kaschgar."

Wang Tschung Hu hörte, wie Papiere gefaltet wurden und die Tür eines Tresors in ihr Schloss fiel. Dann Blättern wie in einem Buch und dann die Stimme Wutin Fangs: „In vierzig Minuten geht das Ostschiff. Sie können es noch erreichen."

Die Hände tief in den Taschen seines Mantels verborgen, ging Wellington Fox auf der gegenüberliegenden Seite der Straße vor der chinesischen Botschaft auf und ab. Der feine kalte Regen schien seiner offenbar recht guten Stimmung keinen Abbruch zu tun.

„Hab ich dich doch endlich, mein Freund", kam es im Selbstgespräch von seinen Lippen. „Zwar nicht in meinen Fäusten, in denen ich dich gern hätte. Aber deine Schliche kenne ich jetzt ... und die sind schlimmer, als ich dachte. Georg wird Augen machen, wenn ich ihm schneller als die liebe Polizei volle Aufklärung über den Täter gebe. Es dürfte jetzt auch Zeit sein, Isenbrandt etwas von meinen Beobachtungen in den Staaten zu erzählen ... und von der Rolle, die der Bursche da

9

spielt. Isenbrandt! Isenbrandt! Du spielst ein größeres Spiel, als du ahnst … Hier ist meine Arbeit für heute zu Ende."

Er wollte sich eben dem Innern der Stadt zuwenden, als das plötzliche Halten eines Autos vor der Botschaft ihn noch einmal stillstehen ließ. Er kniff die Augen zusammen, um in der unsicheren Beleuchtung besser zu sehen.

Eine Dame, deren hoher Wuchs die Europäerin verriet, verließ den Wagen und schritt, von einem grauhaarigen Sekretär begleitet, durch den Vorgarten in das Haus. Mit einem Umwege begab sich Wellington Fox noch einmal auf den Bürgersteig vor der Botschaft. Als er den Wagen erreichte, kam die Besucherin mit ihrem Sekretär bereits wieder aus dem Gebäude. Ein dichter Schleier verbarg ihre Züge. Aber Wellington Fox starrte den beiden nach und starrte noch, als das Auto längst verschwunden war.

„Hallo! Was war das? Werden deine Augen schwach, Wellington? Vor einer Minute hätte ich noch geschworen, dass der Sekretär ein alter, grauhaariger Typ war. Und jetzt hatte er schwarzes Haar. So schwarz wie deines, mein Freund Collin Cameron. Lauf, Bursche! Wir treffen uns wieder."

*

Der Präsident Dr. Reinhardt sprach in der Direktoriumssitzung der Europäischen Siedlungsgesellschaft: „… Über die wirtschaftlichen und technischen Erfolge im letzten Jahre gibt der Bericht des Aufsichtsrates der Gesellschaft ein anschauliches und erfreuliches Bild. Sie kennen ihn ja alle.

Ich möchte nur die wichtigsten Punkte hervorheben. Die Schmelzarbeiten haben mit 3,6 Milliarden Kubikmeter Wasser die Ziffer des Vorjahres um 600 Millionen übertroffen. Die Zahl der europäischen Siedler auf unseren Gebieten hat sich die russischen nicht mit eingerechnet, um 200.000 vermehrt, die auf etwa 50.000 Quadratkilometer Neuland angesetzt sind. Auf das Gesellschaftskapital von einer Milliarde Pfund Sterling wird eine Dividende von sechs Prozent in Aussicht gestellt. Die Börse bewertete unsere Aktien schon seit dem Bekanntwerden des neuen Dynotherms nach dem Verfahren unseres Herrn Isenbrandt mit hundertfünfzig Prozent des Nennwertes. Sie können an Ihre Staaten nur Erfreuliches berichten.

Die Aussichten für die Zukunft sind ebenfalls günstig. Ich sage nicht 'sehr günstig', denn ein voller Erfolg könnte unseren Arbeiten nur beschieden sein, wenn wir auch im Quellsystem der Flüsse schmelzen dürften, die im chinesischen Ilidreieck entspringen und in unserem Gebiet münden. Ich berühre hier eine heikle Frage, über die Herr Isenbrandt Ihnen Vortrag halten wird. Herr Isenbrandt hat das Wort."

Als dieser sich erhob, füllte sich der Raum mit Spannung. Man wusste, dass jetzt etwas kam.

„Meine Herren! Ich will nur ganz kurz auf die heutigen gewaltsamen Anschläge auf unsere Tresore zurückkommen, um ihnen zu sagen: Das war asiatische Arbeit. Der Raub der Analysen und Synthesen des neuen Dynotherms ist misslungen. Der Vorfall zeigt aber, wie gut es ist, dass wir die Fabrikation des neuen Dynotherms nicht wie die der alten Präparate im Uralgebirge bewerkstelligen, sondern nach den mitteleuropäischen Gebirgen verlegt haben. Der längere Trausportweg wird durch die viel geringeren benötigten Mengen reichlich aufgewogen.

Der zweite Anschlag ist leider gelungen. Die Pläne für die Besetzung und Bearbeitung des chinesischen Iligebietes sind fort … in chinesischen Händen. Diplomatische Verwicklungen sind ja nicht zu befürchten, da die Asiaten daraufhin keine

Vorstellungen machen können. Aber das Beste daran, die Überraschung, ist verloren. Wir würden also gegebenenfalls einen vorbereiteten Gegner finden. Und doch ...!"

Die Gestalt des Sprechers straffte sich. Seine Mienen schienen gewandelt. Das waren nicht mehr die Züge eines Gelehrten und Erfinders. Die Augen eines großen Kriegsmannes waren es, die einen Kampf um Sein oder Nichtsein mit einem übermächtigen Gegner schauen. Die schmalen Lippen fest zusammengepresst, die Rechte auf der Tischplatte zur Faust geballt, so stand er da in sekundenlangem Schweigen.

„Und doch ...!"

Wie eine Fanfare hatten die Worte durch den Saal geklungen und jedes Ohr aufhorchen gemacht.

„Wir müssen das Ilidreieck haben!"

„Wright or wrong!" nickte der Vertreter Englands.

„Keinen Krieg!" Der Russe rief es und sprang erregt auf. „Wir sind als nächste Nachbarn des Asiatischen Reiches am besten über die Machtverhältnisse informiert. Wollen Sie die blühenden Fluren Turkestan in Wüsten und Ruinen verwandelt sehen? Soll die Arbeit eines Dezenniums umsonst gewesen sein?"

Lebhaftes Stimmengewirr erfüllte den Saal. Die Meinungen waren geteilt. In erregtem Für und Wider platzten die Ansichten auseinander. Gelassen schaute Isenbrandt eine Weile auf die erregten Gruppen. Dann erhob er seine Stimme von Neuem:

„Um diese Gefahren zu vermeiden, machte ich meinen Vorschlag. Ich will jetzt nicht von unseren Arbeiten sprechen, die ohne das Ilidreieck nicht zur vollen Auswirkung gelangen können. Ich will mich auch nicht auf die Tatsache stützen, dass das Land vor hundertfünfzig Jahren schon einmal russisch war, dass es Russland in einer Zwangslage entrissen wurde.

Ein Blick auf die Karte hier an der Wand müsste genügen, um Sie von der Notwendigkeit zu überzeugen, dass das Iligebiet unser wird."

Er war an die Karte herangetreten.

„Sie sehen, wie hier vom Pamirplateau aus nördlich ziehend das Altaigebirge und anschließend der Thian-Schan die Grenze gegen China bilden. Da springt auf dem achtzigsten Längengrad die Grenze plötzlich vom Gebirgskamm ab und geht über das offene Ilital nach Norden, statt naturgemäß auf dem Gebirgskamm zu bleiben.

Was ist die Folge davon? Die Asiaten haben hier ein Glacis, das eine ständige Drohung für uns ist. Dessen ist sich China wohl bewusst. Das an sich kleine, mäßig fruchtbare Gebiet bietet wirtschaftlich für das große Himmlische Reich kein Interesse. Aber als Ausfallpforte gegen den Westen ist es von höchster Bedeutung.

Die asiatische Gefahr ist noch im Werden. Sie verkörpert sich nicht nur in der Person des großen Großkhans Schitsu. Stirbt er, wird ein anderer kommen, früher oder später, unter dem sich die Entwicklung fortsetzen wird. Der Großkhan ist nur ein Exponent der Verhältnisse, die sich in jedem Fall durchsetzen. Nicht um Augenblickspolitik wollen wir handeln. Auf Menschenalter müssen wir uns sichern."

Georg Isenbrandt hatte geendet. Wiederum begann eine lebhafte, von vielen Stimmen gleichzeitig geführte Debatte. Nicht wenige waren es, die zu Isenbrandt hintraten und ihm zustimmend die Hand schüttelten. Bis der Präsident sich Gehör verschaffte.

„Meine Herren, wir werden morgen um dieselbe Zeit wieder zusammenkommen, um über das heute Besprochene abzustimmen. Sie haben vierundzwanzig Stunden Zeit, um sich von Ihren Regierungen die letzten Informationen zu holen."

*

Die Strahlen der Aprilsonne vergoldeten die Kuppeln von Orenburg und ließen sie aufleuchten und schimmern wie einst vor einem Vierteljahrtausend, als der Befehl der Kaiserin Elisabeth hier die Grenzburg gegen die Stämme Asiens entstehen ließ. Die Sonnenstrahlen überfluteten das Bahnhofsgebäude und spielten und glitzerten in tausend Reflexen in den gewaltigen Eisenkonstruktionen des großen Postflughafens neben dem Bahnhof.

Zur Höhe von zweihundert Metern reckten sich die stählernen Bauten. Wie feine Filigranarbeit stand ihr Fachwerk in der sichtigen Frühlingsluft. Nur bei der Betrachtung aus der Nähe sah man, dass gigantische Stahlträger die einzelnen Maschen dieses Netzwerkes bildeten, eines Fachwerkes, das stark genug war, um in schwindelnder Höhe noch die schweren Plattformen zur Aufnahme der großen Flugschiffe zu tragen.

Jetzt war der Flugplatz leer. Verlassen standen die riesigen Landungsanlagen. Scheinbar unbewohnt lag das Posthotel inmitten der parkartigen Gartenanlagen. Langsam wanderte der Zeiger der großen Uhr am Turm des Hotels über das Zifferblatt. Eben erreichte er die Zwölf, und mit weithin schallenden Schlägen verkündete das Werk die Mittagsstunde.

Auf der Nordostecke der Landungsplattform erhob sich ein eiserner Turm und ragte noch einmal fünfzig Meter in die Höhe. In seinem obersten Teil, dicht unter dem Dach, von dem die russische Postflagge wehte, lagen die Diensträume für den Stationschef und die Nachrichtenmitarbeiter. Hier liefen Datenleitungen von allen Teilen des Flugplatzes zusammen, hier standen die Funktelefone, durch welche die Station jederzeit mit den Flugschiffen verkehren konnte.

Der Stationschef trat in den Nachrichtenzentrale.

„Was Neues, Gregor Iwanowitsch?" „Alles in Ordnung, Fedor Fedorowitsch."

Der Chef blätterte in dem Stationsbuch, das aufgeschlagen auf dem Tisch lag; Notizen über den laufenden Dienst. Telefonate aus den Schiffen der verschiedenen Linien.

Orenburg war ein Knotenpunkt für den Luftverkehr. Die große europäische Linie Berlin—Moskau—Orenburg spaltete sich hier in drei Zweigstrecken die sibirische Linie nach Omsk und Tomsk, die Südostlinie nach Ferghana und die persische Linie nach Teheran.

Der Chef überflog die Aufzeichnungen ... das sibirische Schiff hatte vor einer halben Stunde zwei Zimmer im Hotel bestellt ... Das persische Schiff hatte vor zwanzig Minuten gesprochen. Vom Moskauer Schiff war vor einer Stunde das letzte Gespräch gekommen. Es meldete die Abgabe und Übernahme der Post über Samara beim Überschreiten der Wolga.

Der Stationschef verglich seine Uhr mit der Normaluhr über dem Apparatetisch.

„Noch fünfundvierzig Minuten bis zur Ankunft des Moskauer Schiffes ... Starke Besetzung heute ... Nach den Listen hundertsechzig Passagiere ... Gregor Dimidow ist ein beliebter Kapitän ... Die Reisenden benutzen sein Schiff mit Vorliebe. Obwohl Nummer achtzehn längst nicht mehr das neueste Schiff ist ..."

Das plötzliche Ansprechen eines der Telefonapparate unterbrach die Worte des Stationschefs.

„Achtzehn ... tick tick tick, tä tä tä, tick tick tick, tä tä tä ..."

Achtzehn war die Nummer des Schiffes Moskau-Orenburg, das hier in fünfundvierzig Minuten erwartet wurde. Die Zeichen, die danach im peitschenden Rhythmus in je drei Kurzen und drei Langen gegeben wurden, bedeuteten den internationalen Notruf für höchste Gefahr.

Was war geschehen?

Unaufhörlich schrillten die Notrufe weiter durch den Raum.

Keine telefonische Mitteilung, die nähere Aufklärung gegeben hätte. War die Telefonanlage an Bord von Nummer achtzehn in Unordnung geraten? Arbeitete nur noch die Nachrichtenanlage und schrie in höchster Not die ominösen binären Zeichen in den Raum? Hatten die Telefonisten an Bord den Kopf verloren?

Mit einem Ruck schaltete der Telefonist die eigene Sendeanlage ein. Er wollte rückfragen ... Auskunft über die Art der Gefahr einfordern. Aber er kam nicht dazu.

Gerade in diesem Augenblick begann es im Telefonapparat in allen nur denkbaren Tonarten zu rauschen und zu pfeifen.

Dem erfahrenen Beamten war es klar, dass eine andere starke Station mit der gleichen Wellenlänge wie Nummer achtzehn gab. Offensichtlich, um die Notrufe des Schiffes zu übertönen und unwirksam zu machen. Über seine Apparate gebeugt, versuchte er durch schnelle Umstimmung der Wellenlängen die Verständigung wiederherzustellen.

Als es ihm nicht gelang, nahm er die Verbindung mit den Städten im Umkreis auf. Der Reihe nach sprach er mit Kasan und Saratow, mit Perm, Tobols und Omsk. Er rief Kamlinsk und Gurjew an und hatte keinen Erfolg. Wohl hatte man auch auf diesen Stationen den Hilferuf von Nummer achtzehn vernommen, aber es waren auch dort keine Polizeischiffe zur Verfügung. Viertelstunde auf Viertelstunde verstrich, ohne dass sich eine Möglichkeit bot, dem Postschiff Hilfe zu senden.

Der Nachrichtenmitarbeiter legte seinen Apparat wieder auf die Wellenlänge von Nummer achtzehn um. Jetzt herrschte Ruhe im Hörer. Das Zwischensprechen der Störungsstation hatte aufgehört. Aber auch das Postschiff meldete sich nicht. Vergeblich rief der Nachrichtenmitarbeiter es an. Der Zeiger auf der Normaluhr rückte inzwischen unaufhaltsam weiter. Schon war die Ankunftszeit, zu der es hier in Orenburg eintreffen sollte, um zehn Minuten überschritten.

*

Kurs Ost zu Südost zog das Postschiff Nummer achtzehn der Linie Moskau-Orenburg in zehn Kilometer Höhe seine Bahn. Vor einer Stunde hatte es über Samara die letzte Post abgegeben und empfangen. Noch fünfundvierzig Minuten, und es sollte in Orenburg landen.

Mit zweihundert Kilometern in der Stunde strich der mächtige, in den russischen Farben Blau und Weiß gestrichene Bau durch den Äther.

Im großen Salon und in den Gesellschaftsräumen vertrieben sich die Passagiere die Zeit in der bei solchen langen Reisen üblichen Manier. Hier saßen sie beim

Kartenspiel, dort las einer, dort schlief ein dritter im bequemen Sessel. An anderer Stelle wieder verkürzte man sich in sorglosem Gespräch die Stunden.

In der Zentrale des Schiffes stand der Kommandant Gregor Dimidow neben dem wachthabenden Offizier ... und hier war die Sorge zu Haus. Scharf und angestrengt spähte der Kapitän nach Süden. Jetzt griff er zum scharfen Glas. Ein einziges Wort fiel von seinen Lippen:

„Wo?"

Der Wachthabende wies mit dem Finger die Richtung.

Mit dem Glas untersuchte der Kapitän den Himmel in der angedeuteten Richtung. Sah und suchte, während die Falten auf feiner Stirn sich vertieften.

„Schneller als wir! ... Keine Flagge?! ... Kein Zeichen? ... Was ist ..."

Während der Kommandant die beiden letzten Worte sprach, war das fremde Schiff verschwunden. In dieser Entfernung überhaupt nur ein winziger grauer Schemen, war es in eine Wolke getaucht und im gleichen Augenblick den Blicken der hier so scharf Ausspähenden entrückt.

Der Kommandant ließ das Glas sinken.

„Was halten Sie von der Geschichte?"

Der Wachthabende machte aus seiner Meinung kein Hehl.

„Da stimmt etwas nicht, Kapitän! Seitdem wir über die Wolga gingen, treibt sich das Schiff in unserer Nähe herum. Es ist schneller als wir ... Ich glaube, viel schneller. Wenn es glatte Wege ginge, könnte es uns längst überholt haben schon seit einer Stunde in Orenburg sein, wenn's dahin wollte ... Ich halte es nicht für Zufall, dass es sich zeitweise in den Wolken verkriecht ... Ich wollte, wir wären fünfundvierzig Minuten weiter."

Der Kapitän ging mit unruhigen Schritten in dem kleinen Kommandantenraum hin und her. Die Verantwortung für das wertvolle Schiff mit hundertsechzig Passagieren lastete schwer auf seinen Schultern. Sollte er telefonischen Alarm geben? ... Unterstützung von Orenburg erbitten? ... Oder sollte er notlanden? Tat er es ohne Grund, würde die Verwaltung ihm Vorwürfe machen ... Nervöse Kapitäne waren im Dienst der russischen Postlinien nicht erwünscht. Aber ... die Verantwortung.

„Dort!"

Zum zweiten Mal fiel das kurze Wort von den Lippen des Wachthabenden.

Das fremde Schiff war wieder aus den Wolken herausgetreten und wurde jetzt schnell größer. Der Kommandant fasste seinen Entschluss.

„Wenn es jetzt weiter auf uns zuhält, dann will es was von uns ... Und dann nehme ich die telefonische Verbindung auf und rufe um Hilfe."

Aber während der Kommandant dem Wachthabenden diesen Entschluss mitteilte, überlegte er schon weiter, welche Wirkung er sich von dieser Maßnahme versprechen dürfe. Orenburg war noch zu weit. Ganz unmöglich würde er den Flughafen vor dem fremden Schiff erreichen können ... Hilfe von dort? ... Raubüberfälle auf Postschiffe waren seit zwanzig Jahren selten geworden. Seitdem die European Settlements Company und die Asiatic Dynotherm Company hier eingegriffen und mit ihren gut bewaffneten Schiffen den Verkehr geschützt hatten, war das Geschäft für die Lufträuber zu gefährlich geworden. Die Gegend hier galt als vollkommen sicher. Die Schiffe der beiden Gesellschaften versahen ihren Wachtdienst jetzt viel

14

weiter im Osten, im Herzen Asiens. Es war unwahrscheinlich, dass irgendein Polizeischiff hier schnell zur Stelle sein konnte.

Und Schnelligkeit tat not. Bedeutend näher war das fremde Schiff während der letzten beiden Minuten herangekommen. Jetzt war kein Zweifel mehr, dass es dem Postschiff den Weg verlegen wollte.

Auf einen Wink des Kommandanten schaltete der Wachthabende die Sendestation ein. Automatisch begann das Typenrad zu laufen und gab die Nummer des Schiffes in den Raum ... Und dann blitzte ein Wölkchen auf dem fremden Schiff auf, und ein Schrapnell pfiff dicht über das Postschiff hin. Zweihundert Meter seitlich von ihm platzte das Geschoss.

Mit einem Satz stand der Wachthabende an der Tastatur. Mechanisch hämmerten feine Finger das SOS, den internationalen Notruf, und tick tick tick, tä tä tä schrie die Station des angegriffenen Schiffes den Ruf in alle Winde.

Jetzt galt es, und jetzt war alle Unschlüssigkeit vom Kommandanten gewichen. Er selbst stand am Steuer und gebot durch den Maschinentelegrafen den Turbinen die Hergabe der höchsten Leistung.

Nach Orenburg war nicht mehr zu gelangen. Aber nach Norden abweichen ... etwa noch Ufa erreichen, irgendwo im Schutze menschlicher Ansiedlungen notlanden ... Bis dahin aber von den immer häufiger fliegenden Schrapnellen nicht getroffen werden ... das blieb die letzte Möglichkeit einer Rettung.

Zickzackfahren, den Kurs so schnell und so sprunghaft ändern, dass die da drüben mit ihrem Schießen immer zu spät kommen mussten ... dass nur Zufallstreffer dem eigenen Schiff gefährlich werden konnten ... Zeit gewinnen ... Raum gewinnen ... dem Gegner den Wind abgewinnen!

Fieberhaft arbeitete das Gehirn des Kommandanten während er sein Schiff in wilden und immer wilderen Zickzacklinien durch den Äther führte.

Immer noch hieb der Wachthabende auf der Tastatur das Notzeichen SOS in den Raum. Der Kommandant sah es in einem ruhigen Moment, als das schwere Schiff, jäh durch eine Kurve gerissen und schief gelegt, sich allmählich wieder aufrichtete.

„Gehen Sie zu den Passagieren! Die Leute müssen bei dem Wenden und Schlingern außer Rand und Band kommen ... Gehen Sie schnell in den Salon und beruhigen Sie die Passagiere ... irgendwie! ... mit irgendetwas! ... Erfinden Sie Ausreden! ... Erzählen Sie den Leuten, was Sie wollen ... aber halten Sie die Passagiere bei Vernunft ..."

Der Wachthabende ging, den Auftrag des Kommandanten zu erfüllen. Der Kommandant aber gab sich ganz der immer schwieriger werdenden Aufgabe hin, sein Schiff dem Feuer eines Gegners zu entziehen, der an Schnelligkeit zweifellos überlegen, von einem unerschütterlichen Vernichtungswillen beseelt zu sein schien. Er versuchte es im Gefühl seiner Verantwortlichkeit, versuchte es, weil ihm ein anderes Mittel als seine Steuerkunst nicht zur Verfügung stand. Aber er sah den Untergang seines Schiffes unabwendbar vor Augen, wenn kein Wunder geschah.

*

Wellington Fox kam von seinem Rundgang durch die Maschinenräume des Companyschiffes wieder in die Zentrale zurück.

„Alle Wetter, Georg! Meine Hochachtung vor der Chartered Company und ihren Schiffen ..."

„E.S.-Company!" verbesserte Isenbrandt. „Nicht Chartered Company! Der Name hat einen schlechten Klang in der Geschichte. Europäische Siedlungsgesellschaft, bitte!"

„Meinetwegen! Aber es kommt doch aus etwas Ähnliches heraus. Eure Gesellschaft ist mit staatlichen Hoheitsrechten ausgestattet, hält auf eigene Rechnung Soldaten und ... wird vielleicht eines Tages Krieg führen ... auf eigene Rechnung."

„Lass, Fox! Deine Vergleiche hinken zu stark!" „Na! Jedenfalls gibt diese Fahrt mir reichlich Stoff für einen guten Bericht nach Chikago. Etwa so: beim Streifkommando der E. S. C. ... mit dem schnellsten Schiff der Company von Europa nach Asien ... Die Streitkräfte der Company ... Eine wirksame Sache wird das ... Fehlt nur noch ein regelrechtes Abenteuer."

Georg Isenbrandt saß bequem in einem Korbsessel und verfolgte mit sachkundigen Blicken das Zeigerspiel der mannigfachen Apparate in der Zentrale, während er ab und zu halblaute Worte mit dem Kommandanten des Schiffes, dem baltischen Herrn von Löwen, wechselte.

Der Kommandant und der wachthabende Offizier trugen schmucke Uniformen militärischen Schnitts, wie sie in ähnlicher Art nur bei den stehenden Heeren der Staaten zu finden waren. An den Mützen der beiden ein eigenartiges Wappen mit den verschlungenen Buchstaben der E. S. C. Militärisch waren die Uniformen der beiden Offiziere, militärisch auch ihre Haltung und Sprechweise, ebenso wie diejenige der Unteroffiziere und Maschinisten, die gelegentlich mit einer Meldung in den Raum kamen.

Nach den wenigen Worten, die Fox mit von Löwen wechselte, konnte kein Zweifel bleiben, dass das Companyschiff unter dem Befehl Isenbrandts stand.

Wellington Fox sprach weiter:

„Mein Kompliment, von Löwen! Ich kenne unsere amerikanischen Kreuzer ... Ich kann beurteilen, was ich hier gesehen habe ... Die Maschinen ... vorzüglich ...

Ihre Ausrüstung ... unübertrefflich Sie müssen bei forcierter Fahrt siebenhundert Kilometer in der Stunde hinter sich bringen ..." Georg Isenbrandt und Archibald Wellington Fox waren seit zwanzig Jahren eng befreundet. Ihre Freundschaft datierte schon aus der Zeit, in der beide noch in Deutschland auf derselben Schulbank saßen, aus einer Zeit, in der Archibald Wellington Fox noch auf gut deutsch August Wilhelm Fuchs hieß.

Das Leben hatte die beiden Schulfreunde später getrennt. Walter Isenbrandt hatte in Deutschland als Assistent des Professors Frowein an der Verbesserung des Dynotherms mitgearbeitet, jenes künstlich hergestellten radioaktiven Stoffes, der in seinen letzten Auswirkungen zur Gründung der großen Europäischen Siedlungsgesellschaft geführt hatte.

Wellington Fox war eines Tages in den Vereinigten Staaten gelandet. Leute, die ihm vielleicht nicht wohlwollten, behaupteten, es habe damals hinter ihm merklich nach verbrannten Schiffen gerochen. Jedenfalls war er im Hexenkessel des amerikanischen Lebens nicht untergegangen und heute der angesehene und hoch bezahlte Korrespondent der 'Chikago Press' für die Dinge in Asien.

Fox wandte sich wieder an den Kapitän.

„Ein wunderbares Schiff, von Löwen. Es muss Freude machen, so etwas zu führen."

„Gewiss, Mister Fox. Es macht mir Freude, einen der schnellsten Kreuzer der Company zu führen. Aber der Dienst wird auf die Dauer eintönig es passiert nichts Aufregendes mehr, seitdem wir die neue Flotte haben. Wir patrouillieren vom Balkasch bis zum Altai. Tagein, tagaus der gleiche Dienst. Es passiert nichts mehr. Die Zeiten der guten alten Lufträuberromantik sind dahin. Vor zehn Jahren kam es noch öfters vor, dass die Postschiffe zwischen dem Aral- und Balkaschsee über der Hungersteppe überfallen wurden. Damals mussten Postschiffe mit größeren Werttransporten noch im Konvoi fahren. Heute ist das längst vorbei ... und ich möchte auch keinem dazu raten. Unsere Kreuzer würden den Spaß schnell verderben ... Es ist jetzt viel sicherer, aber, unter uns gesagt, auch viel langweiliger."

Ein leichtes Lächeln zog über die Züge Georg Isenbrandts, während er die grauen Augen einen Moment auf dem Kommandanten ruhen ließ.

„Es wäre nicht ganz ausgeschlossen, von Löwen, dass der heutige Tag eine kleine Abwechslung in Ihren Dienst bringt."

Der Kommandant sah ihn einen Augenblick erstaunt, fragend an.

Mit einem leicht hingeworfenen, gleichgültig klingenden „Oh ..." tat Isenbrandt die unausgesprochene Frage ab.

Von Löwen sprach weiter: „Hm ... Es war mir schon eine angenehme Abwechslung, Herr Isenbrandt, als ich den Befehl bekam, in forcierter Fahrt nach Moskau zu gehen und Sie an Bord zu nehmen ..."

Isenbrandt zog seine Uhr.

„Das Postschiff Nummer achtzehn muss in fünfundvierzig Minuten in Orenburg landen. Wie stehen wir?"

Der Kommandant beugte sich über die Karte, auf der das Besteck der Fahrt vom Log fortlaufend und selbsttätig aufgetragen wurde.

„Wir stehen zwanzig Kilometer hinter Nummer achtzehn."

„Halten Sie den Abstand bis Orenburg, wenn nicht ..."

Das Funktelefon schlug an. Scharf und abgehackt kamen die Zeichen:

„Nummer achtzehn, tick tick tick, tä tä tä, tick tick tick, tä tä tä ..." von Löwen starrte abwechselnd auf den Apparat und auf den Oberingenieur. Georg Isenbrandt blieb unbewegt sitzen. Nur seine Augen blitzten.

„Also doch ... äußerste Fahrt voraus! Dem Postschiff nach ... Ihre Kanoniere bekommen Arbeit, von Löwen!"

Ein jäher Ruck ging durch das Wachtschiff und warf Wellington Fox gegen den Türpfosten. Jetzt rissen die mächtigen Maschinen den schnittigen Bau plötzlich mit siebenhundert Kilometern durch den Raum. Und jetzt sahen sie, was geschah. Es war ein Raubüberfall in bester Form. Ein schnelles, gut bewaffnetes Schiff ohne Flagge feuerte unablässig hinter dem schwerfälligen Postschiff her, das sich durch scharfe Wendungen und eine Flucht nach Norden dem Angriff zu entziehen versuchte.

Wellington Fox war an das Fenster gesprungen und verschlang das Raubschiff mit den Augen. Von Löwen sprach durch den Apparat mit den Batterien. Unablässig arbeiteten die automatischen Entfernungsmesser und gaben von Sekunde zu Sekunde die errechneten Entfernungen zu den Geschützen weiter.

„Halte dich fest, Fox!"

Die Warnung Isenbrandts kam zu spät. Der schwere Donner eines Schusses, und gleichzeitig führte das Schiff unter der Gewalt des Rückstoßes eine Schlingerbewegung aus, die den Berichterstatter der 'Chikago Press' der Länge nach auf den Fußboden schleuderte. Mit der Gewandtheit einer Katze sprang er wieder auf und klammerte sich an der Fensterbrüstung fest.

„Dicht Backbord vorbei, Georg!"

Schon rollte ein zweiter Donner, und der Rückstoß des zweiten Schusses legte das Companyschiff schwer über.

Wellington Fox vergaß alle Vorsicht und machte einen Freudensprung.

„Hurra, der hat gesessen! Ein Backbordpropeller ist beim Teufel ... kolossale Frechheit! Die Hunde lassen nicht locker ... Schießen wie verrückt auf das Postschiff ..."

Beim letzten Wort machte Wellington Fox wieder Bekanntschaft mit dem Fußboden. Ein dritter Schuss war aus den Rohren des Companyschiffes gefahren.

„Ich rate dir wirklich, dich festzuhalten, Fox."

Georg Isenbrandt sagte es mit unerschütterlicher Ruhe, während er durch ein gutes Glas die Schusswirkungen auf dem Raubschiff beobachtete.

„Auch ein Steuerbordpropeller ... gut! ... Das hat in die Batterie geschlagen ..."

Ruhig und leidenschaftslos stellte er die einzelnen Treffer fest. Ohne Pause krachten jetzt die acht Schnellfeuergeschütze des Companyschiffes und schleuderten einen Strom von Stahl und Dynamit auf das Raubschiff hin. Aber obschon schwer getroffen, setzte dies den Angriff auf das Postschiff fort.

Nur noch aus einem Rohr vermochte es jetzt zu feuern, aber es feuerte, bis ein Treffer des Companyschiffes auch dies letzte Rohr in Trümmer schlug.

Georg Isenbrandt kniff die Lippen zusammen.

„Halt! ... Das darf nicht sein ... von Löwen!"

Der Kommandant folgte mit den Blicken dem Finger des Oberingenieurs. Ein gelbes Pünktchen löste sich von dem Raubschiff und sank in die Tiefe. Der Kommandant sprach durch das Telefon. In dichten Salven feuerte das Companyschiff. Weiße Schrapnellwölkchen umhüllten das niedersinkende gelbe Fleckchen — und dann ... ganz plötzlich war das verschwunden, wie weggewischt aus dem blauen Himmel.

Aber schon tropfte es weiter aus dem todwunden Raubschiff. Ein zweiter, dritter, vierter und fünfter Fallschirm lösten sich fast gleichzeitig von ihm und sanken nach unten.

Wellington Fox hielt sich mit der Rechten am Fenstergriff und schlug sich mit der Linken auf die Schenkel.

„Nummer zwei ist futsch ... Nummer drei ist getroffen ... den Fünften hat es gefasst ... der Vierte ... aber der Vierte ... Georg ... der Vierte kommt durch."

Die Geschütze des Companyschiffes arbeiteten wie Schnellfeuerpistolen. Die Wolken der platzenden Schrapnelle umhüllten den vierten Fallschirm so dicht, dass man das Gelb seiner Form nicht mehr zu erkennen vermochte.

„Jetzt hat's ihn! ... Nein, da ist er noch ... jetzt hat's ihn doch ... nein ... na ...

ich weiß nicht ..."

Wellington Fox stieß die Worte mit der Leidenschaftlichkeit eines Jägers hervor, während er das Schicksal des vierten Fallschirms verfolgte.

In den letzten Minuten war das Companyschiff dem bewegungslosen Raubschiff immer nähergekommen. Noch einmal drei Schüsse aus den schwersten Rohren. Trümmer flogen auf. Dann brach das führerlose Schiff in drei Teilen auseinander. Schwer wie Steine stürzten sie in die Tiefe und schlugen dumpf auf den Boden auf. Die Rohre des Companyschiffes schwiegen. Unwahrscheinlich wirkte die Stille nach dem Getöse des vorangegangenen Kampfes. Der Kommandant brach als Erster das Schweigen.

„Horrido! Herr Isenbrandt ... Das war also Ihre kleine Abwechslung!? Der Sieg war ja nicht schwer. Aber immerhin ..."

Isenbrandt trat auf ihn zu und schüttelte ihm die Hand.

„Das war gute Arbeit, von Löwen. Es waren nicht die hundert oder zweihundert Passagiere des Postschiffes, die Sie vor einem schlimmen Tod bewahrt haben ... Denn offensichtlich ging die Absicht der Piraten nicht auf Raub, sondern auf Vernichtung ... Es war diesmal mehr ..."

Von Löwen blickte den Sprecher zweifelnd an.

„Also ... Es war gute Arbeit, von Löwen. Die Company wird Ihnen Dank wissen. Doch nun runter! Besehen wir uns die Strecke in der Nähe."

In schnellem Gleitflug stieß der starke Kreuzer in die Tiefe. Nach wenigen Minuten setzte er dicht neben den Überresten des abgeschossenen Schiffes auf.

Mit dem Kommandanten standen Georg Isenbrandt und Wellington Fox zwischen den Trümmern des Wracks. Verbogenes Fachwerk, zerfetzte Bleche, zerschlagene Transmissionen. Kaum möglich, sich durch den Wirrwarr einen Weg zu bahnen. Jetzt waren sie an der Batterie. Zwischen den zertrümmerten Lafetten lagen die Überreste menschlicher Körper. Zur Not ließen sich Herkunft und Hautfarbe erkennen.

„Mongolen ... mongolische Räuber?"

Zweifelnd brachte der Kommandant die Worte hervor.

„Jedenfalls Asiaten, von Löwen! Asiaten! Es ist wichtig, dass Sie das in Ihrem Bericht an die Gesellschaft betonen ... Was macht Nummer achtzehn?"

„Ah! ... Da!"

Der Kommandant deutete nach Nordosten.

„Es hat wieder Richtung Orenburg genommen. Seine Beschädigungen scheinen nicht allzu schwer zu sein. Es erreicht mit eigener Kraft den Hafen.

Wir sollten bis Ferghana durchfahren, Herr Isenbrandt. Mit Ihrer Zustimmung würde ich indes gern in Orenburg zwischenlanden. Für die weiteren Ermittlungen und meinen Bericht wäre es wünschenswert."

„Bitte, von Löwen!"

Wenige Minuten später erhob sich das Companyschiff und setzte den Kurs mit forcierter Fahrt auf Orenburg.

*

Nummer achtzehn steuerte von Norden her den Orenburger Hafen an. Es fuhr schwerfällig, als ob ein Teil seiner Maschinen außer Betrieb sei. Der mächtige

Rumpf lag nach Backbord über, als ob das Gleichgewicht gestört sei. Aber es fuhr doch mit eigener Kraft und kam dem Flughafen von Minute zu Minute näher.

Jetzt konnte man auch mit unbewaffnetem Auge erkennen, dass sein Rumpf an mehr als einer Stelle schwere Verletzungen aufwies. Ein Teil seiner Propeller war zerstört. Geknickt und zertrümmert hingen die Bruchstücke in den Lagern. Auf der Backbordseite zeigte der Rumpf große Risse und Löcher. Nur mit Mühe konnte der Führer sein Schiff in der Luft halten und vor dem Kentern bewahren.

Jetzt senkte es sich über der Plattform und warf die Leinen aus. Geschickt griffen die Schaffner zu. Aber sie hatten heute viel länger als sonst zu richten und zu dirigieren, bevor das Schiff endlich über dem Gleis stand und seine starken Räder in die Schienen eingriffen.

Im gleichen Moment begannen die hydraulischen Pressen der Station zu arbeiten. Wie von Zauberhänden bewegt, klappten zu beiden Seiten des Schiffes mächtige eiserne Wände empor, schoben sich hoch und vereinigten sich über ihm. Nur wenige Minuten, und von der aufsteigenden Halle völlig umgeben stand das Schiff dort sicher vor Wind und Wetter geborgen. Treppen wurden ausgeklappt, Türen geöffnet, und in breitem Schwarm ergossen sich die Passagiere aus dem Schiffsinnern in das Freie.

Aber das Bild war heute anders als sonst. Der Schrecken des Überfalls lag den Reisenden in den Gliedern. Es hatte Treffer und auch unter den Passagieren Verwundungen gegeben. Wenn sonst hier ein Schiff der großen europäisch-asiatischen Linie landete, waren seine Promenadendecks stets dicht besetzt, und schon von Weitem grüßte Winken und Tücherschwenken. Diesmal dauerte es viel länger, bis das gewohnte Leben und Treiben in Gang kam. Viele Gesichter zeigten noch die Blässe, die von überstandener Gefahr sprach. Der Überfall, so schnell er auch bestraft wurde, war doch dem Luftverkehr dieses Tages nicht günstig. Die Beamten der Station hatten alle Hände voll zu tun, um Fahrscheine, die nach Omsk oder Andischan weiter galten für die Eisenbahn umzustempeln. Viele Reisende zogen den langsameren, aber nach ihrer Meinung sicheren Landweg für die Weiterreise vor.

Jetzt lenkte Propellerschwirren die Blicke von Neuem aufwärts. In windender Fahrt kam das Wachtschiff der E. S. C. an. Auf der Wölbung des Rumpfes schimmerte in leuchtenden Farben das Companywappen. Die drei Ähren mit der Sichel und die verschlungenen Initialen E. S. C.

Sicher und schnell, ohne die Hilfe der Schaffner abzuwarten, setzte das Schiff auf der Plattform auf. Seine Treppe wurde ausgelegt. Georg Isenbrandt und Wellington Fox traten in Begleitung des Kommandanten ins Freie.

Zu dritt bestiegen sie einen der Fahrstühle, fuhren in die Tiefe und begaben sich zum Posthotel.

Georg Isenbrandt wandte sich an Herrn von Löwen:

„Während Sie sich mit dem Kommandanten von Nummer achtzehn besprechen und das Weitere in die Wege leiten, werde ich mit Mister Fox im Hotel eine Erfrischung nehmen. Sie werden die Liebenswürdigkeit haben, es uns wissen zu lassen, wenn Sie abfahrtbereit sind."

In der kleinen Trinkstube hinter dem großen Speisesaal fanden die beiden Freunde eine wohnliche Ecke, in der sie allein und ungestört sitzen konnten.

Der Raum war im Stil der alten deutschen Ratsstuben gehalten, wie man sie heu-

20

te noch in den baltischen Hansestädten an der Ostsee findet. Man konnte sich hier in das sechzehnte Jahrhundert zurückversetzt glauben. Nur der Fernschreiber, der auf einem Tischchen an der Wand stand und unablässig Depeschen aus aller Welt aufschrieb, verriet, dass die Zeit inzwischen ein halbes Jahrtausend weitergegangen war.

Wellington Fox sprang auf und trat an den Apparat heran. Einen kurzen Moment haftete sein Blick auf den Schriftzügen des Papierstreifens. Dann wandte er sich an den Oberingenieur:

„Höre mal, was die Wun-Fang-Ti-Agentur meldet ...“

Georg Isenbrandt machte eine abwehrende Handbewegung.

„Lass, Fox! Sie lügen, wie nur Chinesen zu lügen verstehen. Dagegen kommen sogar die Korrespondenten der glorreichen amerikanischen Presse nicht auf.“

Wellington Fox machte ein beleidigtes Gesicht.

„Keine Anzüglichkeiten, Georg! Die Korrespondenten werden leider zu wenig unterstützt. Darüber werden wir noch zu reden haben. Die Agentur meldet: Peking, den siebten April. Die Erleuchtete Güte wandelt auf dem Weg der Genesung. Der wachsende Mond wird Seiner Himmlischen Majestät die volle Kraft zurückbringen ...“

Georg Isenbrandt zuckte mit den Achseln.

„Lügen haben kurze Beine. Mit allen ihren Lügen können sie das Leben des Kubelai-Khan um keine Minute verlängern. Wenn kein Wunder geschieht, stirbt der Großkhan in wenigen Tagen an der Kugel, die Wang Tschung auf ihn abfeuerte.“

„Ja, zum Teufel, warum lügen die Kerle so grässlich. Seit Wochen und Tagen ist's immer dieselbe Leier mit den Bulletins aus Peking. Es geht der Verhüllten Weisheit um einen Grad besser, es geht dem Himmelsgeborenen um zwei Grade besser ...“

Ein sarkastisches Lächeln ging über die Züge Isenbrandts.

„Fox, du alter Fuchs, du müsstest den Braten doch riechen. Kubelai-Khan, der als Großkhan Schitsu den Thron des Asiatischen Riesenreiches bestieg, hat nur einen unmündigen Sohn. Die Kugel des Republikaners, die ihn niederwarf, bedroht den Weiterbestand der neuen mongolischen Dynastie. Die ganze Lebensarbeit des Kubelai-Khan ist umsonst gewesen, wenn es nicht gelingt, in Peking eine starke Regentschaft einzusetzen, bevor der Tod des Großkhans öffentlich bekannt wird. Darum glaube ich, Fox, wir werden Bulletins der bisherigen Tonart noch lange zu lesen bekommen.“ Wellington Fox saß wieder am Tisch und stützte den Kopf in die Hand.

„Ich glaube, du hast recht, Georg. Das neue Asiatische Reich wurde erst vor zwanzig Jahren von dem kriegerischen Mongolengeneral und seinen Unterfeldherren zusammengeschweißt. Was bedeuten zwanzig Jahre in der viertausendjährigen Geschichte dieses Riesenreiches?“

„Nichts, Fox! Darum die Furcht, dass die junge Herrschaft wieder in Stücke geht. Nur die mongolische Kriegstüchtigkeit und die japanische Intelligenz halten das Riesenreich zusammen. Entsinken die Zügel der Regierung den Händen des Kubelai-Khan, ohne dass eine andere starke Faust sie ergreift, dann ist es um die Einigkeit des Asiatischen Reiches und um seine Stoßkraft nach außen geschehen.“

„Einverstanden, Georg! Die Konferenz in Berlin hat ja auch ihre Kriegspläne davon abhängig gemacht. Kaum glaublich, dass der Name Schitsu-Kubelai-Khan auf ganz Europa wirkt wie ein Habichtsschrei auf den Taubenschwarm. Deine Vollmachten müssten dir in der Tasche brennen bei dem ewigen Gedanken: Wird er leben? Wird er sterben?"

„Gut, dass ich die Gewissheit darüber habe. Die Vollmachten brennen nicht. Meine Pläne sind fertig."

Wellington Fox nahm einen tiefen Zug aus seinem Glas.

„Weißt du auch, Georg, dass derselbe Mann, der in Berlin sprengte und deine Pläne stahl, heute den Überfall auf das Postschiff inszenieren ließ, in dem man dich vermutete?"

„Meinst du diesen Collin Cameron? Den Menschen, von dem du mir schon in Berlin erzählt hast?"

„Den meine ich, Georg! Gerade den! Hüte dich vor Collin Cameron! ... Ich möchte wohl wissen, wie Mister Granson, der dir das Companyschiff schickte, von dem Streich zur rechten Zeit Wind bekommen hat."

Ein Sergeant des Companykreuzers trat in den Raum und meldete, dass das Schiff in zehn Minuten abfahrbereit sei.

*

Am Nordufer des Kisil, dort, wo der Fluss bei Kaschgar dem Yarkand zuströmt, lag die von Witthusen. Auf steinernem Untersatz ein stattliches Holzhaus im Bungalowstil. Rings um das ganze Gebäude zog sich, von dem flachen Dach mit überdeckt, eine breite Veranda. Das Innere des Hauses enthielt große und luftige Räume. Die Einrichtung der einzelnen Zimmer zeugte für den Reichtum des Besitzers.

Hier saß Theodor Witthusen, der Chef des großen Handelshauses Witthusen & Co., im Gespräch mit Mr. Collin Cameron, dem Vertreter der angesehenen amerikanischen Firma Uphart Brothers. Ein beträchtlicher Teil des Handels, der aus dem asiatischen Osten über Kaschgar nach Westen geht, lag in den Händen dieser beiden Firmen. Das russische Haus Witthusen & Co. importierte Häute und Teppiche, während das Haus Uphart Brothers mit Tee und Seide handelte. Collin Cameron war soeben von seiner Europareise zurückgekommen und hatte die erste Gelegenheit wahrgenommen, den Chef des befreundeten Hauses aufzusuchen.

Theodor Witthusen strich sich über den langen, leicht ergrauten Vollbart. Seine Züge verrieten Besorgnis.

„Wir sitzen hier in der Wetterecke, Mister Cameron. Das politische Barometer ist gefallen und fällt noch weiter. Ich merke es an meinem Hauptbuch. Haben Sie Bestellungen aus dem Westen mitgebracht?"

Collin Cameron schlug sich auf die rechte Brusttasche.

„Gewiss, mein lieber Witthusen. Eine ganze Tasche voll! Die Nachfrage war sehr stark. Ich habe Aufträge für ein halbes Jahr mitgebracht."

Theodor Witthusen schüttelte den Kopf.

„Ich habe seit Wochen keine Bestellungen mehr. Meine Lager sind voll bis unter das Dach. Man traut dem Frieden nicht. Die Auftraggeber halten zurück ..."

„Sie sehen unnötig schwarz. Ich komme aus England. Man traut überall ... Warum auch nicht ... Es gab eine Krise, ich will es zugeben. Kurz nach dem Attentat auf den Großkhan. Die Gefahr ist überwunden. Ich habe zuverlässige Nachrichten.

22

Die Kugel ist entfernt. Das Befinden des Schitsu bessert sich von Tag zu Tag. Wir haben nichts mehr zu fürchten ..."

Theodor Witthusen war der Rede Collin Camerons Wort für Wort mit wachsender Aufmerksamkeit gefolgt.

„Ich weiß, Sie haben gute Verbindungen. Im Westen und auch hier bei unseren Behörden. Wenn Sie es sagen, glaube ich es. Ich hatte schon den Plan erwogen, Kaschgar zu verlassen und nach Russland hinüberzugehen. Weg von hier nach Andischan ... oder sonst irgendwohin ins Ferghanatal."

„Sie weg? ... Weg von hier? ... Und Ihre Lager? ...

Millionenwerte ... Ihre alte Firma, die Sie in zwanzig Jahren aufgebaut haben ... passierte wirklich etwas, käme es zu Verwicklungen, so wäre das alles schutzlos feindlichen Angriffen preisgegeben. Nein! Das dürfen Sie nicht ... Schon Ihrer Tochter wegen nicht, der Sie das Vermögen erhalten müssen ..."

„Gerade meiner Tochter wegen, Mister Cameron. Ich bin ein alter Mann, und wenn man mich hier totschlägt, so ... aber um meine Tochter bin ich in Sorge. Sie ist von Riga nach hierher unterwegs. Ich hätte sie warnen sollen ... ich möchte sie heute noch warnen ... ihr telefonieren, dass sie auf russischem Gebiet bleibt ... Ich werde auch telefonieren ... Maria Feodorowna soll in Andischan warten, bis ich ihr weitere Nachrichten gebe."

Collin Cameron war den Ausführungen seines Geschäftsfreundes mit unbeweglicher Miene gefolgt. Kein Zucken der ebenmäßigen Züge seines Gesichts verriet, was hinter seiner Stirn vorging.

„Ich glaube, mein bester Witthusen, Sie sind viel zu ängstlich ... so ängstlich geworden, weil Sie hier jahraus, jahrein an dem gleichen Fleck sitzen. Ich komme von England ... war auch in Deutschland ... Kein Mensch denkt an kriegerische Verwicklungen. Von Ihnen werde ich direkt zum Bürgermeister gehen, ihm meine Aufwartung machen. Wenn der Taotai irgendwelche Befürchtungen hat, wird er es mich wissen lassen. Ich stehe gut mit ihm ... seit Jahren. Sie wissen, ich verstehe mich auch darauf, die Glocken etwas früher läuten zu hören als mancher andere.

Morgen gehe ich über Peking-Jokohama nach Frisko. Glauben Sie mir, es ist in den Staaten jetzt ungemütlicher als hier in Kaschgar. Sollte ich beim Taotai irgendetwas hören, gebe ich Ihnen noch Nachricht. Aber Ihre Besorgnisse sind sicherlich unnötig."

Mit einem Händedruck empfahl sich Collin Cameron, um den Bürgermeister aufzusuchen.

Vor dem Haus wartete sein Auto auf ihn. Ein kurzer Wink Collin Camerons, und das Fahrzeug setzte sich in Bewegung. Es rollte durch die von alten Platanen eingefasste Allee am Ufer des Kisil entlang, überschritt den Fluss auf der neuen eisernen Brücke und wand sich durch die engen emporsteigenden Straßen der Stadt, um das hoch gelegene Amtsgebäude des Taotai zu erreichen.

Collin Cameron sah nichts von den Schönheiten dieser Fahrt. Seine Gedanken waren bei dem großen Spiel, das jetzt gemischt wurde. Bei dem gewaltigen Spiel, das die Auseinandersetzung der östlichen und der westlichen Kultur bringen musste.

Er fuhr zum Taotai. Eine Einladung ... ja beinahe ein Befehl rief ihn dorthin. Das Blatt knisterte in seiner Tasche. In eben derselben Tasche, auf die er vorher geschlagen hatte, als er zu Theodor Witthusen von den vielen Aufträgen für seine Firma sprach.

Seine Gedanken flogen zurück. Wie lange schon steckte er in diesem Spiel? Er überzählte die Jahre ... acht Jahre ... neun Jahre. Vor neun Jahren war es an einem bösen Wintertage. Da waren die Würfel gefallen, die über sein weiteres Leben entschieden. Da war nach Jahren des Kampfes und der Ungewissheit der große Prozess zu seinen Ungunsten entschieden, der ihm die Lordschaft Lowdale bringen sollte. Das Urteil wies seine Ansprüche ab und brachte ihm Prozesskosten in einer ungeheuren Höhe.

Damals stand er mit sich und der Welt zerfallen auf dem Londoner Pflaster. An jenem Tag ... in ruhigen Momenten spürte er es oft ... war er auf die schlimme Seite gefallen. Mit Leib und Seele hatte er sich in seiner Verzweiflung den Asiaten verschrieben. Um jenes Tropfen asiatischen Blutes halber, der ihm die Pairie raubte, war er ein Feind der westlichen Kultur geworden, obwohl sein Fühlen und Denken ganz westlich war, obwohl er das unwürdige Spiel, zu dem er hier die Hände bot, klar durchschaute.

Das Knistern des Papiers riss ihn aus seinen Gedanken.

Er zog es aus der Tasche und entfaltete es. Eine Einladung des Taotai. Mit chinesischen Lettern auf zähes Papier gepinselt. In der blumigen und schwülstigen Sprache des Ostens abgefasst. Unverfänglich für jeden, der nur den Text las und das unscheinbare Zeichen neben dem Namenszug des Taotai übersah.

Das Zeichen der Schanti-Partei.

Als Kubelai-Khan vor zwanzig Jahren mit stürmender Hand vorbrach, das neue Reich schuf und als Großkhan Schitsu den Thron bestieg, war Toghon-Khan sein bester Feldherr. Jahre des Friedens folgten auf die wilden Erobererzeiten. Seit Jahren saß Toghon-Khan als Vizeregent von Kaschgarien in Dobraja. Ebenso wie der Großkhan hatte er einen chinesischen Namen angenommen. Als Schanti herrschte er unter dem Zepter des Schitsu, wie er als Toghon an der Seite des Kubelai in die Schlachten geritten war.

Viele Augen im Reich richteten sich auf den klugen und mächtigen Vizeregenten, der hier an der westlichen Grenze des Reiches Wache hielt und ein starkes, schlagfertiges Heer unter seinen Fahnen hatte.

Solange Schitsu herrschte, würde Schanti als loyaler Paladin stets an seiner Seite stehen. Aber auch der Großkhan war ein Mensch. Auch seiner Herrschaft konnte der Tod ein Ende bereiten, und Schanti hatte seit Langem für sich und seine Herrschaft vorgesorgt. In aller Stille und mit jener Geheimhaltung, die nur der Ferne Osten kennt, war die große auf den Namen des Schanti eingeschworene Organisation entstanden. Ein Staat im Staate. Unsichtbar nach außen. Eine furchtbare Waffe in der Hand des Mannes, dessen Namen sie trug und der sie im rechten Augenblick zu gebrauchen wusste.

Collin Cameron blickte auf das winzige Zeichen neben der Unterschrift am Fuß der Einladung und wusste, dass nicht der Taotai, der einfache Bürgermeister, ihn erwartete.

Nun hielt der Wagen vor dem Amtsgebäude. Collin Cameron schritt die Treppe empor. Tief verneigten sich die Diener vor ihm. Lautlos wiesen sie ihm den Weg. Jetzt schob er einen Vorhang zur Seite und sah, dass er recht vermutet hatte. Nicht der Taotai empfing ihn. Er stand vor Wang Ho. Der Generalstabschef der Armee

24

des Schanti war es, der seinen Besuch gefordert hatte.

Wang Ho, der alle Floskeln und Weitläufigkeiten beiseiteließ und scharf und schnell sofort auf sein Ziel lossteuerte.

„Das Berliner Unternehmen, zu dem Sie uns veranlassten, ist misslungen." Schroffe Abweisung trat auf die Züge des Angeredeten.

„Nicht meine Schuld, Herr General. Ich hatte in meinem Bericht ausdrücklich betont, dass die Hauptpanzer zu sprengen wären. Die Sprengung ist mit ganz unzulänglichen Mitteln unternommen worden. Ich muss die Verantwortung für die Durchführung dieser Unternehmung ablehnen."

„Auch das Orenburger Unternehmen ist misslungen!" Fragend blickte Collin Cameron den Generalstabschef an.

„Es ist misslungen, Mister Cameron! Vor fünf Minuten ist der telefonische Bericht eingegangen. Sie hatten uns gemeldet, dass der Oberingenieur Isenbrandt im fahrplanmäßigen Postschiff fährt. Wir haben das Schiff angreifen lassen. Unser Schiff ist von einem Companykreuzer vernichtet worden. Der Oberingenieur ist nicht in dem Postschiff gefahren. Er hat im Gegenteil das Companyschiff kommandiert. Wie erklären Sie Ihren unzutreffenden Bericht?"

Collin Cameron fuhr sich mit der Hand über die Stirn. Sekunden hindurch verharrte er in nachdenklichem Schweigen.

„Die Meldung kam von einem unserer zuverlässigsten Moskauer Agenten. Der Betreffende hat mit eigenen Augen gesehen, wie der Oberingenieur das Postschiff bestieg, und dann telefoniert ..."

„Wie erklären Sie dann, dass er nicht in dem Schiff war? ... Wir erklären Sie das plötzliche Auftauchen des Companykreuzers?"

„Erklären? ... Es gibt nur eine Erklärung. Ich vermute ... ich fürchte, hier hat ein Verräter seine Hände im Spiel."

„Ein Verräter ... dann wird es Ihre Aufgabe sein, ihn zu finden. Ihre Pläne hat er gestört ..."

Noch stärker als zuvor machte sich der abweisende Zug in den Mienen Collin Camerons bemerkbar.

„Herr General, ich lehne jede Verantwortung für das Misslingen meiner Pläne ab. Den Verräter zu suchen ist Ihre Aufgabe. Für mich ist die Sache erledigt ... Zu etwas anderem ... Bitte, lesen Sie ..."

Cameron griff in die Brusttasche, entfaltete schweigend ein Papier und überreichte es dem General.

Wang Ho hatte seine Mienen in der Gewalt. Kaum merklich war das Zucken seiner Züge, als er die Schriftzeichen überflog. Unwillkürlich neigte er das Haupt, als er die eigenhändige Unterschrift des Schanti erblickte. Mit unbewegter Miene gab er das Papier zurück.

„Sie haben recht, Mister Cameron. Es geht um größere Dinge."

Sorgfältig barg Collin Cameron das Papier wieder in der Brieftasche. Ruhig sprach er weiter. Aber die Rollen schienen jetzt vertauscht zu sein. Jetzt war es nicht mehr der General, der inquirierte, sondern Collin Cameron.

„Sie haben die Pläne des Ildreiecks erhalten, Herr General?"

„Sie sind in meiner Hand. Die Toresani hat sie durch einen zuverlässigen Boten von Andischan an mich geschickt."

„Die Wichtigkeit wird von Ihnen richtig gewürdigt?"

„Die Wichtigkeit liegt auf der Hand, Mister Cameron. Die Company zeichnet Dämme und Schmelzanlagen auf chinesisches Gebiet ein. Voraussetzung dafür ist, dass sie das Gebiet in ihre Gewalt nimmt."

„Sie wird es tun, Herr General! Sie wird es in kürzester Zeit versuchen. Dann ist der Konflikt da. Der europäische Staatenbund wartet nur auf die entscheidende Meldung aus Peking, um vorzugehen."

„Der Bund wird uns nicht unvorbereitet finden, Mister Cameron. Diese Pläne hier geben uns einen guten Grund, unsere Vorbereitungen in großem Maßstab zu treffen. Wir werden uns jetzt vor jeder Überrumpelung zu schützen wissen."

„Was werden Sie mit den Ausländern in den Grenzgebieten machen? In Aksu, in Yarkand, in Khotan, auch hier in Kaschgar sitzen zahlreiche europäische·Familien."

„Wir werden sie von heute an überwachen. Sowie es losgeht, schieben wir sie in Konzentrationslager nach dem Innern des Landes ab."

„Ich habe es nicht anders vermutet. Im bedrohten Grenzgebiet ist die Maßregel berechtigt. Nur in einem besonderen Fall möchte ich selbst den Schutz oder, wenn Sie so wollen die Aufsicht übernehmen. Meine Firma unterhält freundschaftliche Beziehungen zu dem hiesigen Haus Witthusen. Ich bitte Sie um die nötigen Vollmachten ..."

Wang Ho beugte sich über den Tisch und schrieb. Collin Cameron nahm das beschriebene Blatt, trocknete es sorgfältig ab und steckte es zu den übrigen Dokumenten in seine Brieftasche. Eine Order des Generalstabschefs. Das unscheinbare Blatt legte das Schicksal zweier Menschen bedingungslos in die Hände Collin Camerons.

*

Der Sergeant, der die Meldung des von Löwen an Georg Isenbrandt überbrachte, vergaß, bei seinem Fortgehen die Tür hinter sich zu schließen. So blieb sie halb offen stehen und gestattete den Freunden, zu sehen und zu hören, was in dem anstoßenden Hotelsaal vor sich ging.

Aus dem Stimmengewirr, das herüberklang, hoben sich deutsche Worte heraus. Eine Frauenstimme war es. Eine junge Frau, die mit einem der Platzschaffner, einem deutschen Wolgakolonisten, sprach. Wellington Fox sah ein feines Gesicht von rein deutschem Typ. Lichtblondes Haar umrahmte die schmale Stirn, unter der lichtblaue Augen erglänzten.

Sie beklagte sich über den Ausfall des Schiffes nach Andischan. In diesem Augenblick sprach sie mehr zu sich selbst als zu dem Schaffner.

„Mein Vater erwartet mich. Was wird er sagen, wenn ich ausbleibe? ... Er wird in Angst um mich sein ... Was soll ich nur tun?"

Der gutmütige Schaffner suchte sie zu trösten. Wie ein Koloss stand seine riesenhafte Figur vor ihrer zarten Gestalt.

„Wir können ja telefonieren. Wohin wollen Sie denn? Nach Kaschgar ... ein bisschen weit ... Telefonieren wir doch ..."

Wellington Fox wiederholte mechanisch die letzten Worte.

26

„Nach Kaschgar will sie ... wer mag sie sein?" „Wer mag sie sein ..." Schwer und langsam waren die Worte von den Lippen Georg Isenbrandts gefallen. Wie traumverloren und geistesabwesend saß er auf seinem Stuhl. Wellington Fox wandte ihm halb den Rücken zu, sodass er die plötzliche Veränderung nicht bemerken konnte, die im Wesen seines Freundes vorging. In seiner leichten Weise plauderte er weiter.

„Weißt du, als Ritter ohne Furcht und Tadel sollten wir uns des armen Dinges annehmen. Wir haben den ganzen Luftkahn für uns. Was steht dem im Weg, dass wir sie bis Ferghana mitnehmen ... soll ich zu ihr gehen, es ihr anbieten?"

Er erhielt auf seine Frage keine Antwort und wandte sich um.

„Na! ... Georg! Wie denkst du darüber?"

Noch einmal kam die kurze Frage von den Lippen Georg Isenbrandts: „Wer mag sie sein?"

Jetzt wandte Wellington Fox sich ganz um.

„Was hast du denn, Georg ... was ist dir?"

Georg Isenbrandt stützte seine Stirn in die Hände.

„Eine Erinnerung ... aus schönen, allzu schnell vergangenen Tagen."

Isenbrandt sprach. Langsam und stockend, als ob ihm die Worte nur schwer von den Lippen wollten:

„... Diese junge Frau ... wie ich die Stimme hörte — als ob ich sie hörte ... als ich ihre Gestalt sah — als ob ich sie wiedersähe ... Maria ... Maria Ortwin ...! So war sie ... Maria Ortwin ... so sprach sie ... so sah sie aus ..."

Wellington Fox versuchte, sich die Szene zu erklären. Er wusste von dem kurzen Liebesglück seines Freundes. Lodernde, brennende Liebe ... eine Verlobung ... ein reiches Glück und dann die jähe Trennung durch den Tod. Aus blühendem Leben wurde Maria Ortwin in wenigen Tagen dahingerafft.

Wellington Fox war damals in den Vereinigten Staaten. Er hatte die verstorbene Braut seines Freundes nie gesehen. Aber er begriff wohl, dass hier eine täuschende Ähnlichkeit obwalten müsse, eines jener so seltsamen Naturspiele, das Ähnlichkeiten der Stimme und des Aussehens bis zum Verwechseln schafft. Er sah, wie Georg Isenbrandt unter dem Eindruck dieser Ähnlichkeit stand, unter ihr litt, von ihr bewegt wurde.

„Ich glaube, Georg, wir tun ein gutes Werk, wenn wir die junge Dame mitnehmen. Soll ich sie auffordern?"

„Ja ... wenn sie mit uns fahren will. Sprich du mit ihr."

Mit großer Geschwindigkeit ging Wellington Fox daran, diesen Auftrag zu vollziehen. Georg Isenbrandt sah, wie sein Freund sprach und lachte. Wie die junge Frau erst erstaunt und dann erfreut aussah, ebenfalls lächelte und die Einladung mit Dank annahm. Er sah wie der ewig muntere und immer gut gelaunte Wellington Fox sofort in flotter Unterhaltung war, und dachte: Wie schwer ist doch dein eigenes Blut! Wie schwer trägst du an allem, was dieser da spielend überwindet ...

Und dann stand Wellington Fox bei ihm und machte ihn mit Maria Feodorowna Witthusen bekannt.

„Ich danke Ihnen, mein Herr, dass Sie mir die Möglichkeit geben, sofort nach Ferghana weiterzukommen."

„Ich bin glücklich, wenn ich Ihnen diesen Dienst erweisen kann …"

Er stockte und schwieg. Auch die junge Frau schwieg. Eine leichte Röte flutete über ihre Wange. Wie im Traum schritt Georg Isenbrandt an ihrer Seite. Sprunghaft überflogen seine Gedanken die letzten Jahre. Wie im Traum glaubte er an der Seite derjenigen zu schreiten, die er einst so sehr geliebt hatte und die nun schon so lange im Grab lag.

Zu dritt bestiegen sie den Companykreuzer und nahmen in der reservierten Kabine Platz.

In forcierter Fahrt schoss der Kreuzer über die Hungersteppe dahin. Der alte Name hatte heute nur noch historische Bedeutung. Wo sich früher eine dürftige und trostlose Steppe dehnte, da grünten jetzt üppige Felder. Ein fruchtbarer Boden war es, der unter den warmen, gleichmäßig über das ganze Jahr verteilten Regengüssen hier reiche Ernten gab.

Zu dritt betrachteten sie das herrliche Landschaftsbild.

Maria Feodorowna, frohen Herzens, dass jede Propellerdrehung sie ihrem Reiseziel, dem väterlichen Haus in Kaschgar, näher brachte. Wellington Fox vollkommen in seinem Fahrwasser als Charmeur und Cicerone. Georg Isenbrandt noch schweigsamer und nachdenklicher, als es sonst seine Art war.

Wellington Fox trug die Kosten der Unterhaltung. Bald erklärte er die Einzelheiten der unter ihnen fortziehenden Landschaft, bald machte er seiner schönen Reisegefährtin allerlei Komplimente. Während er sprach, ruhte der Blick Maria Feodorownas häufig auf dem Oberingenieur. Isenbrandt saß so, dass sie ihn von der Seite im vollen Profil erblickte. Verstohlen betrachtete sie diese energischen, durchgeistigten Züge, deren natürliche Härte durch einen Anflug von Trauer gemildert schien.

Georg Isenbrandt erhob sich, um eine Karte aus dem Nebenraum zu holen. Forschend schaute ihm Maria Feodorowna nach. Dann richtete sie eine Frage an Wellington Fox:

„Ist Ihr Freund immer so schweigsam und ernst?"

„Immer? … Nein! … Nicht immer … Gewiss, sein Charakter ist ernst. Heute kommt ein besonderer Grund hinzu … Wissen Sie, Frau Witthusen, warum wir so schnell bereit waren, Sie mitzunehmen?"

Ein leichtes Erstaunen glitt über die Züge Maria Feodorownas.

„Aus welchem Grunde? … Ich habe darüber noch nicht nachgedacht … Ich war so angenehm überrascht, schnell weiterzukommen, dass ich Ihre Einladung gern angenommen habe, ohne viel über die Gründe nachzudenken … aber ich nehme an, Herr Fox, dass Ihre Hilfsbereitschaft Sie bewog, einer Frau in der Verlegenheit beizuspringen … Sollte ich mich darin täuschen?"

„Aber nein, Frau Witthusen, wir hätten wohl in jedem Fall so gehandelt. In Ihrem Fall kam aber noch ein besonderer Grund hinzu … Ein Grund, der Ihnen auch die besonders ernste Stimmung meines Freundes erklären kann …"

„Sie machen mich neugierig, Mister Fox. Darf man den Grund wissen?"

„Ich sehe nicht ein, warum ich ihn verheimlichen sollte. Sie gleichen in Stimme und Gestalt einer Frau, die Georg Isenbrandt vor Jahren über alles geliebt hat …"

„... einer Frau, die Ihr Freund liebte? ... Wo ist sie geblieben ... und warum ..."

„Sie ist tot ... in wenigen Tagen wurde sie aus blühendem Leben dahingerafft ... Ich war in Amerika, als sie Maria Ortwin begruben. Als ich zurückkam, war mein Freund ein stiller Mann geworden, der nur noch seiner Arbeit lebte ..."

Wellington Fox legte den Finger an die Lippen. Georg Isenbrandt kam wieder in den Raum. Er trug die Karten und breitete sie auf dem Tisch aus. Wellington Fox begann von den Arbeiten zu sprechen, während Georg Isenbrandt nur wenige erläuternde Worte hinzufügte. Sein Blick umfing die Gestalt Maria Feodorownas, und sein Ohr sog den Klang ihrer Stimme in sich auf.

Maria Witthusen horchte auf die Erklärungen von Wellington Fox. Der Kreuzer hatte jetzt reinen Südostkurs.

Im Südwesten stand eine gewaltige Wolkenwand an dem bisher so klaren Himmel. Eine mächtige Bank brodelnden und wogenden Wasserdampfes. Wellington Fox erklärte:

„Der erste der großen kochenden Seen. Alles Wasser, das von den Alpen in den See strömt, dampft hier auf und wird von den Winden nach Norden mitgenommen." Er deutete auf Isenbrandt: „Und hier ist der Oberkoch, der die Alpen dampfen und die Seen brodeln lässt."

Marias Blicke flogen zu Georg Isenbrandt hinüber. Nachdem sie den Grund seiner Schweigsamkeit vernommen hatte, gewannen diese scharfen und entschlossenen Züge ein besonderes Interesse für sie.

Ohne dass sie es recht merkte, sprang die ernste und nachdenkliche Stimmung Isenbrandts auf sie selbst über. Sie lachte und scherzte nicht mehr mit Wellington Fox wie zu Beginn der Fahrt. Ruhig hörte sie die Erklärungen des Amerikaners an, aber ihre Gedanken beschäftigten sich mit der Person Isenbrandts.

Wellington Fox riss sie aus ihren Gedanken. Er fand sich in der Karte nicht zurecht und rief Georg Isenbrandt zu Hilfe.

„Hallo, Georg, was haben wir denn hier? Ich kann diese Siedlungen auf der Karte nicht finden."

Georg Isenbrandt rückte näher heran. Ein kurzer Blick in die Tiefe unter ihnen, und er war im Bild.

„Neue Siedlungen ... hier brandenburgische ... dort hinten westfälische ... da vor uns niedersächsische ...

Wir sind über dem Gebiet der neuen deutschen Kolonien. Die Kolonisten werden jetzt nicht mehr willkürlich angesetzt, sondern in größeren Gebieten von etwa tausend Quadratmeilen nach Nation und Sprache zusammen. Es erleichtert und verbilligt die Verwaltung und lässt die Siedler die neue Heimat leichter lieb gewinnen."

Während der Kreuzer mit unveränderter Geschwindigkeit seinen Kurs verfolgte, traten die Wolkenmassen über den Aralsee allmählich zurück. Georg Isenbrandt blickte ihnen kurze Zeit nach. Dann wandte er sich an Maria Feodorowna:

„Wir müssten viel weiter südlich fliegen. Wir müssten dem Hochgebirge folgen. Dann würden Sie unsere Arbeiten sehen können. Dort unten brodelt und braust es auf den Firsten. Da dampft und nebelt es unaufhörlich. Da heben wir die Wassermengen in den Äther, die das Land bis in den hohen Norden warm und fruchtbar machen ..."

„O ja! Ich sah etwas davon in Kaschgar. Da sehen wir es im Westen und im Norden dampfen und nebeln, so weit das Auge den Horizont zu erfassen vermag. Sie können viel, Herr Isenbrandt ... Aber den Winden können Sie doch nicht gebieten. Auch in den seit Menschengedenken regenlosen Monaten fallen jetzt öfters drüben bei uns schwere Regengüsse. Der Wind tut Ihnen nicht immer den Gefallen, nach Norden zu wehen. Bläst er nach Osten, so bekommen wir den ganzen Segen. Auch unsere Flüsse dort fließen stärker, seitdem die Berge im Norden und Westen brennen."

Wellington Fox griff den Faden auf.

„Ja! Sag mal, Georg ... Frau Witthusen, hat recht. Da scheitern deine Künste. Die unerwünschte Windrichtung tritt ja Gott sei Dank nur selten ein. Bedenklich wäre es aber doch, wenn es dem guten Gott der Winde gefiele, ein paar Monate hintereinander auf Abwegen zu wandeln. Das könnte peinlich für die Asiaten und katastrophal für die Siedler werden."

Georg Isenbrandt presste die Lippen zusammen. Die leicht hingeworfenen Worte seines Freundes betrafen ein Problem, das ihm schon manche schlaflose Nacht bereitet hatte, an dessen Lösung er im Stillen schon seit Jahren arbeitete. Noch nie war die Frage so brennend gewesen wie jetzt. Seit langen Wochen waren die Winde unregelmäßig geworden. Er wusste auch, dass ein Zusammenhang zwischen diesen Abweichungen und den immer größer werdenden Schmelzarbeiten bestehen müsse. Schon waren aus einzelnen Siedlungsgegenden im Norden Berichte gekommen, die über Regenmangel klagten und mehr Wasser forderten.

Wellington Fox unterbrach sein Grübeln.

„Sieh hier, Georg! Wieder neue Dörfer ... Auf der Karte nicht eingetragen ... merkwürdiger Baustil ... das sieht ja beinahe amerikanisch aus."

Ein leichtes Lächeln spielte um die Lippen Isenbrandts.

„Es ist auch amerikanisch, Fox! Deutschamerikanisch! Pfälzer aus den Seestaaten, die dort zweihundert Jahre ihre deutsche Sprache bewahrt haben und jetzt nach hierhin übergesiedelt sind. Sie konnten auch in die englischen Siedlungen gehen, haben aber die deutschen vorgezogen."

Wellington Fox schüttelte den Kopf.

„Alle Wetter, Georg, ein Kompliment für die Staatskunst von Uncle Sam ist das gerade nicht!"

„Es hat aber seine Gründe, Fox. Die Deutschen fühlten sich an den amerikanischen Seen nicht mehr wohl. Das schwarze Volk wird ihnen zu aufdringlich."

„Die Schwarzen ..."

Damit hatte Georg Isenbrandt das Stichwort zu einem Thema gegeben, das Wellington Fox nur allzu sehr am Herzen lag.

Die Schwarzen in den Vereinigten Staaten! Von Jahrzehnt zu Jahrzehnt waren sie zahlreicher, gebildeter und mächtiger geworden. Längst waren die Zeiten vorbei, in denen die Regierung sie durch Ausnahmegesetze niederhalten konnte. Überall beanspruchten sie gleiches Recht mit den Weißen, und es war schwer, abzusehen, wie dieser Streit um die Macht einmal enden würde. Seitdem schwarze Regimenter auf amerikanischer Seite gegen Weiße gekämpft hatten, war dem schwarzen Element in den Staaten das Gefühl der eigenen Bedeutung und Macht gekommen.

Wellington Fox wurde wild, wenn er davon sprach, von der Kurzsichtigkeit der amerikanischen Regierungen, die dem Wachsen der Gefahr so lange tatenlos zugesehen hatten. Er sprang auf und lief in dem Zimmer hin und her.

„Amerika den weißen Amerikanern! … Das schwarze Volk gehört nach Afrika, von wo es hergekommen ist … Sie wollten auch hin … sie wollten wieder zurück … warum hat unsere Regierung die Bewegung nicht unterstützt? Warum haben wir sie bei uns behalten? Arbeiterfrage natürlich … kurzsichtiger Kapitalismus!"

Georg Isenbrandt unterbrach den zornigen Amerikaner. Das Schiff stand jetzt über Perowsk und folgte eine größere Strecke dem vielfach gewundenen Lauf des Sir Darja.

Isenbrandt deutete in die Tiefe, wo der breite, grüne Strom deutlich zu sehen war.

„Jetzt sind wir am Sir, am alten Jaxartes. Bis hierhin ist der Große Alexander auf seinen Eroberungszügen vorgedrungen. Hier musste er wieder umkehren und hinterließ keine Spur von seinen Taten. Wir sind weitergekommen. Fünfhundert Meilen weiter nach Osten. Wir schmelzen und dampfen bis in das Himmelsgebirge. Wir schaffen Neuland für Hunderte von Millionen Menschen. Unsere Arbeit lohnt sich … Die Hochalpen brennen, aber die Ebene wird fruchtbar …"

Maria Feodorowna spann seinen Gedankengang weiter:

„Ein gewaltiges Werk! Doch die Asiaten sehen es nicht gern. Ich höre, wie sie bei uns in Kaschgar darüber sprechen. Fremde Teufeleien, die dem Gelben und dem Blauen Fluss das Wasser nehmen. Seitdem die Berge um Kaschgar dampfen, sieht man uns scheel an … Vielleicht müssen wir eines Tages den Ort verlassen, an dem wir seit zwanzig Jahren wohnen."

Prüfend ruhte der Blick Georg Isenbrandts auf den Zügen der Sprecherin.

„Der Tag kann schneller kommen, als Sie denken. Ich werde Sie warnen. Versprechen Sie mir, meiner Warnung zu folgen …"

Maria Feodorowna streckte dem Reisegefährten die Rechte entgegen. Ihre Blicke trafen sich und hingen sekundenlang aneinander.

„Ich danke Ihnen, Herr Isenbrandt!"

Der Kreuzer hatte jetzt den Stromlauf verlassen. Während der Fluss einen weiten Bogen nach dem Süden schlug, verfolgte er den Südostkurs, überflog die Alpen bei Chotkal und stand jetzt schon dicht vor Andischan. Es wurde Zeit, an den Abschied zu denken.

Auf dem Hangar neben dem Endbahnhof der Strecke Andischan-Osch-Kaschgar landete das Companyschiff.

Erst die Technik des Dynotherms hatte es ermöglicht, in kurzer Zeit und mit geringen Baukosten den großen Tunnel durch das gewaltige Terekmassiv zu bohren und die neue Linie bis Kaschgar durchzuführen.

Georg Isenbrandt und Wellington Fox begleiteten Maria Witthusen zum Zug. Sie standen dort, bis das Abfahrtszeichen gegeben wurde und der Zug sich in Bewegung setzte. Wellington Fox zog ein seidenes Tuch und winkte. Georg Isenbrandt sprang mit plötzlichem Entschluss auf das Trittbrett des rollenden Zuges. Er beugte sich zu Maria Feodorowna, flüsterte ihr wenige Worte zu und war mit einem Sprunge wieder neben seinem Freunde. Dort stand und blickte dem ausfahrenden Zug noch lange nach.

*

Der Knall des Schusses, der den Großkhan des Himmlischen Reiches auf das Schmerzenslager warf, war bis in die letzten Erdenwinkel gedrungen. Immer noch, bald schwächer, bald stärker, hallte sein Echo wider. Millionen Herzen erbebten ... bebten ... wie immer, wenn das Schicksal einen ganz Großen unter den Menschen traf, von dessen Sein oder Nichtsein dasjenige von Millionen Kleiner abhing. Und je länger die Zeit des Wartens, desto unerträglicher wurde die Spannung.

Wann endlich Gewissheit? Würde er sterben ... der Große, oder leben bleiben und s ein großes Werk vollenden?

Die Bulletins der Ärzte waren dunkel wie die Sprüche des Delphischen Orakels. Ein dreifaches enges Gitter von Bajonetten umgab jetzt, nachdem das Unheil geschehen war, die Anlagen von Schehol, dem chinesischen Sanssouci.

Wie alljährlich hatte sich der Herrscher auch diesmal zu Winterausgang nach Schehol begeben, um hier Erholung von der Last der Regierungsgeschäfte zu suchen. Hier, wo die strenge Bewachung seiner Person nicht so scharf wie in Peking durchgeführt wurde, hatte ihn die Kugel eines als Jägerbursche verkleideten Republikaners getroffen.

Der Schuss war tödlich. So lautete der Bericht der Ärzte für die wenigen Vertrauten der nächsten Umgebung. Aber die Lage des Reiches verbot eine Veröffentlichung dieses Berichtes.

Kaum zwanzig Jahre waren vergangen, seitdem der junge, tatkräftige Mongolengeneral Kubelai die Herrschaft des Riesenreiches an sich gerissen hatte. Bis dahin war China eine Republik, deren beste Kräfte durch nie zur Ruhe kommende Wirren aufgezehrt wurden — eine Riesenfarm, die von den Völkern des Abendlandes nach Möglichkeit ausgenutzt wurde.

Auf schneller, blutiger Bahn war der Mongolen-Khan an die Spitze des Riesenreiches geeilt, alles niederwerfend, was sich ihm in den Weg stellte. Dann hatte er das Spiel gespielt, das von jeher jedem Usurpator geläufig war. Um seine Herrschaft zu festigen, wurde das chinesische Nationalbewusstsein mit allen Mitteln einer geschickten Diplomatie aufgepeitscht, bis alle Augen gegen den äußeren Feind gerichtet waren.

Und wieder hatte ihm das Glück zur Seite gestanden. In zähem Ringen hatte er den Europäern eine Position nach der anderen entrissen, bis er das Land von den „Bedrückern", den „Blutsaugern" befreit hatte. In der kurzen Zeit von zehn Jahren hatte er dieses Ziel erreicht. Mit der gleichen Energie und Tatkraft widmete er sich dann dem Ausbau der inneren wirtschaftlichen Kräfte seines Landes. Wohl schufen ihm die Reformen, die er ohne Rücksicht auf die alten Sitten und Gewohnheiten durchführte, viele Gegner. Doch die mussten sich beugen, und in einem halben Menschenalter war ein Werk vollbracht, um das führende Geister sich jahrhundertelang vergeblich bemühten, das Kenner des Landes für unmöglich gehalten hatten.

Mit seinen Erfolgen wuchs sein Ehrgeiz ins Unermessliche. Träume wurden in rastloser Gehirnarbeit geformt, bis sie als erreichbare Möglichkeiten vor seinem Auge standen, und dann schuf er die Pläne zu ihrer Verwirklichung.

Schon bevor die Europäische Siedlungsgesellschaft ihre Tätigkeit in Turkestan begann, hatte sich sein Auge auf diese Gebiete gerichtet, die ja größtenteils von mongolischen Brüdern bewohnt waren. Doch damals schien ihm der mögliche Gewinn den Preis der hohen Opfer nicht wert.

Erst als die Pläne der Siedlungsgesellschaft bekannt wurden, Pläne, die dort ein großes weißes Kulturland zu schaffen versprachen, erschienen ihm jene Länder begehrenswert. Um so begehrenswerter, je größer die Erfolge der Siedlungsgesellschaft wurden.

Ein neues Schlagwort war bald gefunden: Panmongolismus! Vereinigung aller Asiaten mit dem großen Himmlischen Reich. Schnell wurde es aufgenommen. Bald war eine rege Irredenta in den bis dahin politisch völlig indifferenten Gegenden im Gange.

Die asiatischen Emissionäre fanden einen Boden, dessen Verarbeitung ihnen die Siedlungsgesellschaft selbst notgedrungen sehr erleichterte.

Da die dort ansässigen mongolischen Stämme durch die europäischen Siedler in ihrer Nomadenwirtschaft gehindert oder gar verdrängt wurden, gab es Unzufriedene genug. Die öffentliche Meinung Chinas forderte täglich mehr oder weniger laut das Vorgehen der Regierung. Das diplomatische Spiel hatte bereits begonnen, zum Mindesten waren die Karten dazu gemischt ... da krachte der verhängnisvolle Schuss.

Über den Gärten von Schehol lag eine milde Frühlingssonne. Sie vergoldete die Mauern der Schlösser und Tempel und ließ deren glasierte Ziegel in allen Farben erglänzen.

Auf einer weiten Dachterrasse des Palastes, deren Rand mit blühenden Kirschbäumen in großen Bronzekübeln besetzt war, stand das niedere Lager, auf dem der Großkhan ruhte. Auf den weißen Seidenkissen wirkte das Antlitz, nur von unten her ein wenig von dem blutrot der Seidendecke angestrahlt, wie das eines Toten. Die Stirn des Kranken war kahl, steil und gefurcht wie ein zerhauener Helm.

Die Blicke des Großkhans hingen starr am Horizont. Dort hinten ... hinter den Schneegipfeln des Thian-Schan, lag das Reich seiner Feinde, der Westländischen.

Lebensgier und Drang des Lebendigen zerrten an ihm. Für China leben ... leben für die Flut der Aufgaben, die ihn ein halbes Menschenalter bedrängt hatten, die zu erfüllen ihm jetzt nur noch Stunden blieben. Noch klammerte er sich mit schwachen Händen an das Strauchwerk, schon unter sich den Abgrund. Sein stählerner Körper, von Tatenlust durchglüht, so lange das vollkommene Werkzeug einer übermenschlichen Arbeit, war jetzt durch zehrendes Wundfieber gebrochen.

Die Lippen des todkranken Großkhans murmelten die Worte, die einst Wischnu in seiner achten Inkarnation als Gott Krishna sprach, jene Worte, die das Leitmotiv seines Lebens gewesen waren: „Stehe auf und kämpfe mit einem entschlossenen Herzen, gleichgültig gegen Lust und Schmerz, gegen Gewinn und Verlust, gegen Sieg und Niederlage. Kämpfe mit allen deinen Kräften!"

Kampf war sein Leben von frühester Jugend an gewesen. Nun stand vor ihm der Kampf, der den Traum so vieler Jahrhunderte, den Traum von dem alle Mongolen umfassenden einheitlichen Reich zur Erfüllung bringen sollte.

Ein leichter Glanz belebte die starr blickenden Augen. Wie sie ihn fürchteten ... da drüben hinter den Mauern des Himmelsgebirges!

Und jetzt? ... Wie würden sie frohlocken, wenn er tot ...

Er stöhnte unterdrückt in abgebrochenen Lauten. Seine Hand tastete nach einer Schale mit goldenen Kugeln und ließ eine davon in ein klingendes Bronzebecken fallen. Hinter einem seidenen Vorhang wurde ein Diener sichtbar.

„Toghon-Khan!"

Seit er die Gewissheit hatte, dass er sterben müsse, hatte er sie zu sich gerufen … die Großen seines Landes … einen Starken zu finden, der für seinen unmündigen Sohn das große Reich leiten und schützen könne.

Und alle hatte er wieder weggehen lassen, als zu leicht befunden. Keiner darunter, der würdig war, den Ring zu tragen, dessen schweres Gold den Mittelfinger der majestätischen Rechten umschloss.

Ein Einziger noch … der Letzte, der infrage kam: Schanti, der Herr von Dobraja und Aksu. Nicht nur ein tüchtiger General, sondern auch ein hervorragender Staatsmann, hatte er es in zäher Energie verstanden, hinter das Geheimnis des Schmelzpulvers der Weißen zu kommen. Zwar war es ihm noch nicht gelungen, Arbeiten in so großzügiger Weise auszuführen, wie sie die Europäische Siedlungsgesellschaft in Russisch-Turkestan betrieb, doch war immerhin ein vielverheißender Anfang gemacht.

Aber würde Toghon-Khan auch der gewaltigen Aufgabe gewachsen sein, die ihm die Regentschaft über das ganze Riesenreich bringen musste? … Würde er dem schweren Kampf mit dem Abendland aus dem Weg gehen? … Würde er ihn annehmen und … unterliegen?

Wieder ließ der Großkhan eine Kugel in die klingende Schale fallen. Die seidenen Vorhänge rauschten auseinander, und ein Mann in Generalsuniform trat auf die Terrasse. Ein markantes Gesicht. Der kahle Schädel lud in eine niedere, vorspringende Stirn aus. Die dunklen, kleinen Augen rollten in tiefen Höhlen. Um die Brauen war die Haut in ein Gewebe tiefer, verwirrter Runzeln gefaltet. Das ganze Äußere zeugte für ein glutvolles und leidenschaftliches Temperament.

Einen kurzen Augenblick ruhten die Augen des Eingetretenen auf dem todgeweihten Herrn.

Langsam ließ er sich auf die Knie nieder. Auf den Knien legte er die letzten Schritte bis zum Lager des Großkhans zurück und beugte die Stirn, bis sie den Boden berührte.

Eine kalte, feuchte Hand fühlte er auf seinem Haupt. Schwach, wie aus weiter Ferne kommend, schlug eine Stimme an sein Ohr:

„Ich danke dir, Toghon, dass du meinem Ruf schnell gefolgt bist … schnell gefolgt … meine Zeit ist kurz, die Ahnen rufen mich …"

Regungslos verharrte Toghon-Khan, die Stirn am Boden. Leise und flüsternd kam seine Antwort:

„Himmlische Weisheit, du wirst das Reich noch lange lenken …"

„Nein, Toghon … die Ahnen rufen mich. Ich gehe … gehe bald … Aber schwer ist mein Herz … Die Sorge um mein Land und mein Haus …"

Erschöpft schwieg der Großkhan. Minuten verflossen, bis er neue Kraft fand.

Toghon-Khan sprach: „Die Blüte der Lotos ist von der allerhöchsten Weisheit gesegnet …"

„Nein, Toghon … Mein Sohn ist ein Knabe und spielt mit den Frauen im Palast. Jetzt wollte ich ihn zu mir nehmen … einen Mann aus ihm machen … Das Schicksal hat es nicht gewollt. Ich liege auf dem Lager, von dem ich nicht wieder aufstehen werde."

„Du wirst genesen!"

Toghon-Khan fühlte, wie die matte Hand auf seinem Haupt zitterte.

„Nein, Toghon. Ich sterbe ... in Sorge um das Reich. Wolken stehen am Himmel. Von Westen drohen sie. Wer wird das Reich führen? ... Ich habe sie alle gehört ... Die Statthalter des Nordens und des Südens ... den Hohen Rat und die Ratskammer ... Kleine Köpfe ... kleine Mittel ... alle ... alle ... Du bist der Letzte! ... Wirst du mich auch enttäuschen? ... Was hast du zu sagen?"

„Die Wolken, die dein Herz beschweren, die das Land bedrohen, werden vor der Sonne weichen ... Aber wenn sie der Sonne nicht weichen, wird ein Blitzstrahl sie zerreißen. Ein Blitzstrahl des Himmels wird den Himmel wieder klar machen."

„Ein Blitzstrahl des Himmels ... des Himmels?"

Der Großkhan wechselte die Sprache und sprach mongolisch weiter:

„Nur denen hilft der Himmel, die sich selber helfen."

Langsam erhob Toghon-Khan die Stirn vom Boden. Seine Hände ergriffen die kalte Hand des Großkhans, seine Lippen pressten sich darauf. Langsam hob sich sein Haupt, bis es die Kissen erreichte, bis seine Lippen das Ohr des Großkhans berührten. Flüsternd, auch hier kaum hörbar, drangen die mongolischen Worte in das Ohr des Großkhans.

Leichte Röte trat in das Antlitz des Kranken. Glanz kehrte in seine erloschenen Augen zurück. Straff wurden seine von langem Leiden matten Züge, während Toghon-Khan flüsternd weitersprach.

Stärker ging der Atem des Großkhans. Noch höher kam das Haupt Toghon-Khans. Neben dem Haupt des Großkhans lag es jetzt auf dem Kissen.

Stärker wurde der Glanz in den Augen des Großkhans. Er reckte den rechten Arm und ballte die Hand zur Faust. Noch einmal schienen die schwindende Kraft und das fliehende Leben zurückzukehren. Sein Oberkörper hob sich vom Lager. Seine Arme legten sich um den Hals des Sprechenden. Neben dem Großkhan saß Toghon-Khan aufrecht auf dem Lager, und weiter drang flüsternd seine Rede in des Großkhans Ohr.

Jetzt schwieg er. Der Großkhan ließ die Hand sinken. Er öffnete die Faust und legte die Rechte über die Augen. Die Rechte, an deren viertem Finger der majestätische Ring mit den Zeichen des Dschingis-Khan glänzte und gleißte. Minuten hindurch saß Schitsu, der sterbende Großkhan des Riesenreiches, so in den Armen des Toghon-Khan. Dann kamen Worte von seinen Lippen:

„Toghon, du Treuester aller Treuen ... Auch im Tod verlässt du mich nicht ... Du Freund meiner Jugend, meiner Kämpfe ... meiner Herrschaft!"

Von der abgezehrten Rechten streifte der Großkhan den Ring. Mit immer kälter und schwächer werdenden Händen griff er die Linke des Toghon-Khan und schob ihm den Ring auf den vierten Finger.

„Du bist ... du wirst das Reich verwesen, bis mein Sohn ..."

Betäubt und geblendet starrte Toghon-Khan auf den Ring an seiner Linken. Nur ein Gedanke erfüllte sein Herz ... Ich bin's! Ich bin's ...

Noch einmal kamen dem sterbenden Großkhan Kraft und Sprache zurück.

„Geh! Geh, Toghon! Du hast den Ring ... Ich bin müde ... Rein ... müde war ich immer und konnte nie schlafen ... Jetzt werde ich schlafen ... geh ..."

Der Körper des Großkhans sank auf das Lager zurück. Nur noch stoßweise und röchelnd kamen abgerissene Worte von seinen Lippen. Dann wurde er ganz ruhig. Langsam erhob sich Toghon-Khan. Den Körper geneigt, das Gesicht gegen das Lager des Großkhans gewandt, schritt er rückwärts langsam dem Ausgang zu. Von unsichtbaren Händen ergriffen, öffneten sich die faltigen Seidenvorhänge, als er sie erreichte. Noch eine tiefe Verneigung zum Lager des stillen Großkhans. Toghon-Khan wandte sich um und trat in den Vorsaal.

Lange war er allein bei dem Großkhan gewesen. Lange hatten die im Palast versammelten Würdenträger des Reiches geharrt, dass er vom Lager Schitsus zurückkehren möchte. So schnell wie vorher die Statthalter von Suchau, Yarkand oder Tali. So still und niedergeschlagen wie die Vizeregenten von Kanton oder Mulden. Anders kam Toghon-Khan zurück. Starr und unbeweglich waren seine Mienen, als er heraustrat. In wachsender Ungeduld hatten die Würdenträger im Vorsaal gewartet. Hatten durch die leichten Vorhänge den Anfang der chinesisch geführten Unterredung erhascht. Hatten mongolische Worte aus des Großkhans Mund vernommen, wenige nur und undeutlich, und dann nur noch ein leises und immer leiseres Flüstern.

Was brachte Toghon-Khan? ... Was hatte der Großkhan mit ihm beschlossen? In den Herzen aller brannte die Frage, aber nichts verrieten die steinernen Züge des Toghon-Khan. Bis in die Mitte des Saales schritt er. Blieb dort hochaufgerichtet stehen und ließ den Blick über die Versammlung schweifen, die Arme zusammengeschlagen, die Hände unter den verschränkten Armen verborgen.

Fünfzig Augenpaare waren auf ihn gerichtet. Suchend flog sein Blick durch den Raum und haftete eine kurze Weile an einem anderen Augenpaar.

Ein kurzer Wink. Ein mongolischer General eilte auf ihn zu.

„Mangu-Khan übernimmt den Befehl über die Palastwache. Geh!"

Der Angeredete verharrte überrascht und zögernd. Auch auf den Gesichtern der übrigen Anwesenden prägten sich Staunen und Zweifel.

Wie konnte Toghon-Khan solchen Befehl geben?

„Geh!"

Zum zweiten Mal fiel das Wort scharf und knapp von den Lippen des Schanti. Die verschränkten Arme öffneten sich. Die Linke wies gebieterisch zur Tür.

„Niemand betritt oder verlässt den Palast ohne meine Erlaubnis!"

Es war ein neuer, schwerwiegender Befehl. Doch allen sichtbar glänzte an der ausgestreckten Hand der majestätische Ring, und im Augenblick wandelte sich das Bild im Saal. Sie alle, die eben noch einen Gleichberechtigten, einen Mitbewerber erwartet hatten, sahen jetzt den vom Großkhan bestimmten Regenten vor sich stehen, den, der mit majestätischer Macht das Reich zu verwalten hatte, bis er eines Tages den Ring des Dschingis-Khan von seiner Hand ziehen und dem Großkhan-Sohn auf die Rechte stecken würde.

Tief neigten sich jetzt die Rücken, ehrfurchtsvoll waren die Verbeugungen. Niemand wagte es, dem vom Großkhan selbst ernannten Regenten die schuldige Achtung zu verweigern. Dem Regenten mit dem Ring des Großkhans an der Hand und mit einer großen Armee hinter sich, die dem alten Mongolengeneral mit Leib und Leben verschworen war. Vorbei an gebeugten Rücken und gesenkten Köpfen schritt der neue Regent des Asiatischen Reiches durch den Saal.

Weithin dehnt sich das alte Siebenstromland zwischen dem Balkasch- und dem Issisee. In Wierny, der Hauptstadt des Landes, hatte Georg Isenbrandt sein Standquartier. Von hier aus leitete er die Arbeiten, welche die ihm unterstellten Ingenieure und Schmelzmeister in den südlich und westlich gelegenen Alpen ausführten. Seit Jahren war Wierny die zweite Heimat Isenbrandts.

Am Frühstückstisch saßen die beiden Freunde sich gegenüber. Wellington Fox sprach: „Die Lampe hat gestern noch lange bei dir gebrannt, Georg ...“

„Berufsarbeit, lieber Freund. Die ersten Transporte des neuen Mittels sind avisiert. Das gibt für die ersten Wochen eine reichliche Dosis Arbeit. Instruktionen für die Schmelzmeister ... neue Pläne für die ganze Schmelzstrecke ... Die Pläne sind zum größten Teil fertig ... Die Instruktionen beginnen heute. Beeile dich, damit wir bald aufbrechen können.“

Wellington Fox ließ sich das nicht zweimal sagen. Noch einen Schluck und einen Bissen, und er war fertig. Beim Schlag der neunten Morgenstunde erhob sich die kleine schnelle Flugmaschine des Oberingenieurs. Isenbrandt selbst führte das Steuer und setzte den Kurs nach Süden.

Erst Ebene, dann Berge und dann weiter tiefgrüner See. Der mächtige Issikul breitete seine Fluten unter ihnen aus. Dann wieder Berge. Hoch und immer höher, bis sie den Kamm des Himmelsgebirges erreicht hatten, das hier die Grenze zwischen Russland und China bildete.

Den Gebirgsgrat entlang in nordöstlicher Richtung führte Georg Isenbrandt jetzt die Maschine. In brodelndem, wogendem Nebel lag das Alpenmassiv unter ihnen. Nur selten einmal brach ein Sonnenstrahl durch diese milchweißen Massen und erreichte schneebedeckte Hänge und glasige Gletscher, Gletscher, aus denen breite Ströme entsprangen und nach Norden hin in den Issi stürzten.

Vom Dynotherm getrieben, arbeiteten die Turbinen der Flugmaschine vollkommen geräuschlos, und mühelos konnten die Freunde ihr Gespräch führen.

Jetzt warf Isenbrandt das Steuer herum und setzte das Schiff auf Nordwestkurs. Wellington Fox sah, wie die Nebelmassen hier wie abgehackt aufhörten und der Alpenkamm sich scharf und klar weiterhin nach Osten erstreckte.

„Warum, Georg ... warum geht es hier nicht weiter?“

„Weil wir am kritischen Punkt sind. Du siehst die natürliche Grenze, das Gebirge, weiter nach Osten ziehen. Die politische Grenze biegt scharf nach Norden um. Was da halb rechts vor uns liegt, ist das Ilidreieck, seit hundertfünfzig Jahren ein strittiges Gebiet, bald unter chinesischen bald unter russischer Herrschaft. Heute wieder chinesisch.“

Das Flugzeug folgte der Grenze nach Norden. Ein mächtiger Strom wälzte unter den Reisenden seine Wogen nach Westen. Georg Isenbrandt senkte die Maschine so tief, dass sie den Boden fast zu berühren schien. Und dann stand sie doch plötzlich wieder hoch über dem Grund; denn in jähem Abfall senkte sich das Gebirge. Ein breites, tiefes Tal, auf beiden Seiten von schroffen Felsmauern umsäumt, durch das der Ilistrom seinen Weg nahm. Von den Felsen her ein riesenhafter Staudamm, im Bau begriffen. Dort stand der von Menschenhand gefügte Wall schon mehrere Hundert Meter hoch. Im mittleren Teil aber waren die Arbeiter noch bei den Fundamenten.

Georg Isenbrandt runzelte die Brauen, während das Flugschiff langsam über die Dammkrone dahinzog.

„Verdammt! Wir kommen hier nicht so schnell vorwärts, wie ich möchte ... Ich werde MacClure ablösen lassen ... Mag er auch zehnmal ein Protektionskind sein!"

Wellington Fox sah, wie die Fäuste Isenbrandts sich bei diesen Worten um das Steuer krampften.

„Ist der Dammbau so eilig, Georg?"

„Aber sehr eilig! ... Die Asiaten besitzen ebenfalls Dynotherm und schmelzen damit in ihrem Land. Fällt es ihnen eines Tages ein, hier im Ilidreieck plötzlich und allzu stark zu schmelzen, so vernichtet das Hochwasser unsere Siedlungen im Siebenstromland ... Bei der gespannten Lage zwischen Gelb und Weiß ist eine Überraschung nicht ausgeschlossen. Der Damm muss schnellstens fertig werden"

In steilen Kreisen ließ Isenbrandt die Maschine steigen. Kilometer um Kilometer ging sie in die Höhe, und immer weiter dehnte sich die Landschaft. Jetzt dämmerte am Osthorizont Kuldscha herauf, die Hauptstadt des so viel umstrittenen Gebietes. Jetzt lag das ganze Dreieck wie ein offener Kessel unter ihnen.

Isenbrandt deutete mit der Rechten dorthin.

„Begreifst du es wohl, dass wir das Ilidreieck haben müssen? ... Siehst du es ein? ... Die Siedlungsgesellschaft sieht es freilich auch ein, hat es längst begriffen ... Aber die Furcht, die feige Furcht vor den Asiaten ist zu groß ..."

Wellington Fox umfasste mit prüfendem Auge die riesenhafte Talmulde. Ein sarkastisches Lächeln glitt über seine Züge.

„Ich vermute, mein lieber Georg, hier wird es eines Tages gehen wie im Erlkönig ... Und folgst du nicht willig, dann brauch ich Gewalt ..."

Georg Isenbrandt antwortete nicht. Seine Züge blieben unbeweglich, nur in seinen Augen flammte ein stählerner Glanz auf. Jetzt stellte er die Maschine ab und ließ das Schiff in gestrecktem Gleitflug wieder in die Tiefe schießen. Und dann setzte es leicht und sicher auf einer Bergwiese auf. Sie waren vor einem Bezirkshaus des Abschnittes gelandet. Etwa ein Dutzend Ingenieure war hier versammelt, durch Fernruf benachrichtigt, und erwartete ihren Chef.

Isenbrandt wandte sich an einen jungen Menschen, der in der Nähe stand.

„Hei Sie da! Franke, führen Sie den Herrn hier zu Ihrem Großvater. Er soll ihm alles zeigen, was er zu sehen wünscht. Lieber Fox! Du hast drei Stunden Zeit, einen unserer interessantesten Schmelzpunkte zu besuchen. Um vier Uhr bitte pünktlich wieder hier!"

An der Seite des jungen Mannes machte Wellington Fox sich auf den Weg. Er war ein tüchtiger, trainierter Bergsteiger, aber er musste sich anstrengen, um mit dem hier vorgelegten Tempo Tritt zu halten. Auf dem Weg erfuhr er, dass der alte Schmelzmeister aus Deutschland, aus dem Merseburgischen, stammte. Jetzt war er seit langen Jahren im Dienst der Dynothermkompanie tätig. Sein Sohn bewirtschaftete eine der neuen Siedlungen im Siebenstromland. Der Enkel, der Wellington Fox jetzt den Berg hinaufführte, war gleichfalls in den Diensten der Gesellschaft und hegte den Ehrgeiz, ein so tüchtiger Schmelzmeister wie der Alte zu werden.

Jetzt wurde der Weg weniger steil, und dann standen sie auf einer Alm vor einer rohgezimmerten Blockhütte. Misstrauisch begrüßte der alte Schmelzmeister den

Ankömmling. Auch jetzt, nach beinahe zwanzigjährigem Aufenthalt in Asien, sprach er noch unverkennbar den sächsischen Dialekt der Halleschen Gegend. „Was sind Sie denn? ... So! Zeitungsschreiber sind Sie? ... Na, gerade für die haben wir hier sehr wenig Verwendung ... Nee, nee, da kann ich Ihnen nichts zeigen ..."

Der junge Franke musste sich nochmals energisch ins Mittel legen und den Auftrag Isenbrandts wiederholen, bevor der Alte sich endlich bereitfinden ließ. Aber auch dann brummelte er noch allerlei vor sich hin.

„Zeitungsschreiber ... Professionelle Neugierige ... Ich kenne die Brüder noch von damals ... damals, als der Kessel kochte ... Sind mir damals Tag und Nacht nicht von der Pelle gegangen ... Und ich wusste doch nichts ... Konnte doch nur sagen: Es kocht eben! ... Es kocht eben ... kocht, ohne dass ich Feuer darunter habe ..."

Wellington Fox horchte auf. „Als der Kessel kochte ..." Hatte nicht Isenbrandt die Worte erst vor Kurzem gebraucht? ... Hatte nicht der alte Professor Müller ihnen schon in der Schule eine Erzählung unter diesem Titel vorgetragen?

Wie ein Jäger auf seine Beute stürzte er sich auf den Alten, und in zwei Minuten hatte er ihn so weit, dass er zu erzählen begann:

„Ja, also damals war's ..." Er zählte an seinen Fingern ab.

„Zweiundvierzig, nein, dreiundvierzig Jahre ist es jetzt her. Im Leunawerk bei Merseburg war es. Der Betriebsingenieur hatte mir den Auftrag gegeben, einen großen Reservekessel für den nächsten Tag anzuheizen. Früh um vier kam ich in das Kesselhaus. Bitterkalt war es und natürlich noch stockdunkel. Der Kessel hatte eine Reparatur hinter sich und war leer.

Ich also ... als Erstes, was ich tue ... ich drehe natürlich zuallererst den Wasserleitungshahn auf, um den Kessel erst mal voll Wasser laufen zu lassen. Derweil das Wasser läuft, suche ich mir Holz zum Feueranmachen zusammen, und so allmählich kommen auch meine Kollegen ... Sie müssen wissen, ich war damals der Jüngste und musste zuallererst da sein.

Wie ich so mein Holz zusammentrage, wird mir warm und immer wärmer, und dabei hatten wir doch fünfzehn Grad Kälte im Freien. Im Kesselraum war's fast ebenso kalt ... denn Sie müssen wissen, besondere Öfen stellt man nicht in die Kesselhäuser. Die Kessel heizen selber ganz schön, wenn sie in Betrieb sind.

Wie ich noch so stehe und mir den Schweiß von der Stirn wische, da gibt mir mein Kollege einen Stoß in die Rippen und zeigt auf das Manometer am Kessel. Und da denke ich doch ... da denke ich doch ..., der Deubel soll mich holen ... da zeigt das Manometer auf zwölf Atmosphären. Dabei kein Stückchen Feuer auf den Rosten ... eben erst kaltes Wasser aus der Leitung in den Kessel gepumpt.

Ich denke zuerst, ich habe mich verschaltet und Dampf aus einem der anderen Kessel auf den leeren Kessel angedreht."

Aber alle Ventile sind zu, und ich verbrenne mir bloß eilig die Finger. Ich lasse vor Schreck die Schaufel fallen und retiriere vor diesem Deubelskessel bis zur Eingangstür."

Da kommt gerade der Ingenieur. Der sagt ganz harmlos: ‚Na, Leute, ihr habt ja schon ganz schönen Dampfdruck.'

‚Ja!' sage ich. 'Aber den Kessel hat der Deubel geheizt.'

‚Wieso?' fragt der Ingenieur. Ich gehe langsam an den Kessel ran, mache die Feuertür auf und zeige ihm die kahlen Roste.

Mit einem einzigen Satz ist er an der Tür und verschwindet, ohne noch ein Wort zu sagen.

In fünf Minuten war er mit dem Direktor wieder da. Und wie der Direktor die Bescherung sieht, da stellt er sich hin und lacht. Gelacht hat der ... Ich sage Ihnen, wenigstens fünf Minuten hat er gelacht, dass das ganze Kesselhaus wackelte. Dann sprang er plötzlich zu und schaltete den unheimlichen Kessel auf die Maschinen. Es war aber nachgerade Zeit, denn der Druck war inzwischen auf fünfundzwanzig Atmosphären gestiegen, und noch fünf Atmosphären weiter, dann wären wir wohl alle in die Luft geflogen.

Da kam der Direktor zurück und sagte nur ganz trocken: ‚Der Doktor Frowein soll mal kommen.' Und als der kam, da guckte er ihn bloß an und sagte: ‚Na, weißt du, Karl, das ist mal wieder echter Frowein! Junge, Junge, das dir das gelungen ist!' Und dann fiel der Direktor dem Doktor Frowein um den Hals, und die Tränen kugelten ihm aus den Augen.

Als er ihn wieder losließ, da sagte er zu uns: ‚Kinder merkt euch den heutigen Tag. Der dreizehnte Februar neunzehnhundertdreiundsechzig wird noch für Jahrhunderte ein Gedenktag bleiben. Heute fängt ein neues Kapitel der Technik, der Zivilisation, der Kultur an. Der hier ist's, dem die Menschheit das verdankt.'

Wir standen noch da mit offenen Mäulern, denn verstehen taten wir das nicht.

Na, und der Frowein — das war so ein ganz Stiller — der sagte so nebenbei: ‚Bist du jetzt überzeugt, du ungläubiger Thomas!' Und dann gingen sie Arm in Arm weg. Aber vorher drehte er sich noch mal um und sagte zu uns: ‚Na, Jungens, seht euch beizeiten nach was anderem um. Ich glaube, Heizerstellen werden rar werden.'

Dann ging er los.

Ich sage Ihnen, wenn ich hundert Jahre alt werde, den Morgen in dem Kesselhaus werde ich niemals vergessen.

Tag und Nacht hat der Kessel gekocht. Wir mussten bloß Wasser nachpumpen. Und in den Zwischenzeiten mussten wir den vielen Neugierigen ihre Fragen beantworten. Aus aller Welt kamen sie, und die Absperrung war einfach nicht durchzuführen. Wenn wir eben einen hinausgeworfen hatten, kroch schon ein zweiter irgendwoher aus dem Aschkasten oder dem Kohlenbunker und setzte uns mit Fragen zu.

Wie es dann mit der Erfindung weiterging, das wissen Sie ja wohl. Kohlen zum Heizen brauchten wir nicht mehr. Öl auch nicht mehr. Die Bergarbeiter wurden größtenteils überflüssig. Die ganze Wirtschaft wurde auf den Kopf gestellt. Na, ganz glatt ist das ja nicht gegangen. Auf einmal so viele Menschen ohne Brot! ... Na, Sie können sich ja denken, was das zu bedeuten hat. Aber allmählich hat sich ja alles wieder eingerenkt. Wem das Deubelszeug das Brot genommen hatte, dem gab es durch die Siedlungen bald gesünderes Brot wieder. Wenn Sie hier über die Steppen gefahren sind, dann haben Sie ja was davon gesehen. Zwanzig Millionen Leute aus Europa wohnen jetzt hier in bestem Wohlstand, wo früher ein paar Hunderttausend Kirgisen kümmerlich hausten. Aber kommen Sie! Ich will Sie zu unserer Schmelzstelle bringen."

40

Gespannt hatte Wellington Fox der Erzählung des alten Schmelzmeisters gelauscht, während das Tonaufzeichnungsgerät in seiner Tasche sie Wort für Wort niederschrieb. Jetzt folgte er dem Alten, der ihn auf einem neuen Pfad weiter bergan führte. Die Luft war hier verhältnismäßig klar und sichtig, da ein scharfer Südostwind die Nebelschwaden vertrieb. Noch eine kurze Wendung, und vor ihnen lag ein mächtiger Gletscher. Wohl mehrere Kilometer breit und in einer Mächtigkeit von hundert Metern schob sich der gigantische Eisstrom zu Tal. Wie ein dunstiger Schleier lag es auf dem Eis. Wo der Windstrom ihn fasste und zerriss, schimmerte glasig grün das Eismassiv hervor. An solchen Stellen konnte Wellington Fox hier und da schwarze Punkte wie Fliegen über die Fläche kriechen sehen. Er nahm sein gutes Glas zu Hilfe und sah nun, dass es große, tankartige Fahrzeuge waren, riesige Motorwagen, die hier das Gletschereis befuhren und gleichzeitig mit dem Dynotherm bestreuten, ähnlich, wie etwa ein Sämann die Getreidesaat über das Feld verteilt.

Während seine Augen an dem interessanten Schauspiel hingen, nahm der Schmelzmeister seine Erklärungen wieder auf:

„Sehen Sie, wie der Strom des erschmolzenen Wassers etwa Fingerhoch über der Gletscherfläche zu Tal läuft, meilenweit über das Eis rinnt und dabei immer heißer wird."

Wellington Fox ließ sein Glas sinken.

„... Und wie lange hält der Gletscher aus?"

„Ja ... eigentlich sollte der Gletscher längst verbraucht sein, wenn nicht ... wenn nicht ..."

„Wenn was nicht?"

„Ja ... die Gelehrten behaupten, dass hier überhaupt viel mehr Regen und Schnee fallen, seitdem die Schmelzerei im Gange ist. Trotzdem könnten die Gletscher hier bald zu Ende gehen, wenn wir nicht sparsam schmelzen müssten ... Ja, wenn wir da oben im Quellgebiet des Ili schmelzen könnten ... aber das gehört ja den verdammten Asiaten ... und die lassen uns nicht ran, obgleich sie auch Vorteil dabei hätten. Reine Bosheit von der Bande!

Und dabei könnten wir noch so viel Wasser gebrauchen, da doch der Balkaschsee mit dem Pulver nächstens zum Dampfen gebracht werden soll. Sie wissen, damit die Wolkenbildung und die Niederschläge reichlicher werden. Sie machen da unten schon viele Vorbereitungen für die großen Feierlichkeiten, die bei der Gelegenheit von Stapel gelassen werden. Na, davon habe ich nichts. Aber ich werde dann hier oben abgelöst und komme runter an den See. Das ist mir auch viel lieber.

... Die alten Knochen wollen nicht mehr so recht. Warme Buden haben wir ja ... aber die feuchte Luft ... der ewige Nebel ... wie in einem Waschhaus ... Das Herz will nicht mehr.

Mir ist's lieber unten am See. Da bin ich unter lauter alten Leunaern. Da unten auf dem Leunaer Kirchhof will ich auch mal begraben werden, wenn's auch nicht das alte Leuna meiner Heimat ist ..."

Der Junge mischte sich ein: „Na, Großvater, erst wolltest du gar nichts sagen, und jetzt kannst du kein Ende finden. Der Herr muss jetzt fort!"

Eine halbe Stunde später saßen die beiden Freunde wieder im Flugzeug, das sie nach Wierny zurückbringen sollte.

„Na, alter Fox, hat unsere Arbeit deinen Beifall gefunden?"

„Aber gewiss, Georg! Interessant war mir auch die Erzählung des alten Schmelz-meisters: ‚Als der Kessel kochte.' Lebt eigentlich Frowein noch?"

„Aber ja! Der alte Herr sitzt doch ehrenhalber im Aufsichtsrat unserer Gesell-schaft."

„Sage mal, Georg, wie ist denn der damals darauf gekommen?"

„Alter Fox, du fragst verkehrt! Ich bin ja mit Frowein bekannt und über die Ent-stehung der Erfindung orientiert. Aber um dir das zu explizieren, müsste ich dir ta-gelange Vorträge halten, die du ... deinen hellen Kopf in Ehren ... doch nicht be-greifen würdest."

„Na, dann versuch mal in der Zeit, bis wir in Wierny landen, mir die Sache in ihren Grundzügen zu erklären. Ich weiß nur, dass euer Dynotherm ein künstlich hergestellter radioaktiver Stoff ist, der mit Wasser zusammengebracht, unbändige Wärme entwickelt."

„Damit hast du den Kern der Sache getroffen. Die Erfindung entstand ungefähr in folgender Weise: Frowein hatte jahrelang mit natürlichen radioaktiven Substan-zen gearbeitet. Ihm als Erstem war es endlich gelungen, den Zerfall dieser Stoffe, der bis dahin unwandelbar an bestimmte Zeiten gebunden zu sein schien, zu beein-flussen, nach Belieben zu verzögern oder zu beschleunigen. Von da war es nur noch ein Schritt, das Verfahren auch an Stoffen zu versuchen, die man bis dahin nur als nicht mehr radioaktiv kannte. Frowein hat diesen Schritt getan, und seine Folgen siehst du hier vierzig Jahre später."

„Sehr schön! Sehr gut! Der Mann hat meine volle Hochachtung. Die Zeit fossiler Brennstoffe damals muss schauderhaft gewesen sein. Ich erinnere mich noch an Bilder, wo Städte mit Schornsteinen besteckt waren wie der Igel mit Stacheln. Aber du! Was hast du nun jetzt daran verbessert?"

Isenbrandt kniff die Lippen zusammen. Über seine eigenen Leistungen sprach er wenig und ungern. Aus seiner Tasche zog er zwei kleine Zinntuben.

„Da sind je zehn Gramm des neuen, nach meinem Verfahren hergestellten Dyno-therms. Sie wirken wie zwei Zentner des älteren Präparats ..."

Begierig griff Wellington Fox nach den winzigen Röhrchen.

„Alle Achtung, Georg! Soviel mein dummer Schädel im Augenblick überschla-gen kann, muss das ja kolossale Bedeutung haben. Ich kann mir jetzt schon Fälle denken, wo man das Pülverchen gut verwenden kann, ohne gerade Schnee zu schmelzen."

Isenbrandt sah ihn nachdenklich an.

„Du könntest recht haben, Fox! Behalte sie, wenn du willst. Aber vergiss nicht, dass in jeder dieser winzigen Röhren ein Vulkan schlummert, der, von wenigen Tropfen Wasser geweckt, seinem Träger Lebensgefahr bedeutet. Bewahre sie wohl. Wer weiß ... wann du sie brauchen wirst!"

Sorgsam barg Wellington Fox die Tuben in seiner Brieftasche.

„Herzlichen Dank, Georg! Leider muss ich das meiste, was ich bei dir sah, den Lesern der 'Chikago Press' vorenthalten. Um sie zu entschädigen, werde ich einen hinreißenden Bericht über das internationale Highlife im asiatischen Davos im Ko-garthaus bringen. Da oben am Pass ist ja der Schneesport noch in vollem Gange."

*

Um die sechste Abendstunde stand Wellington Fox allein auf der Westveranda des Kogarthauses. Nur gedämpft drang die Musik aus den Gesellschaftsräumen des großen Luxushotels bis hierher. Ungestört konnte er Ausschau halten. Seine Augen umfassten ein Landschaftsbild von majestätischer Schönheit.

Zweitausend Meter unter ihm strömten im Süden die Fluten des Sirflusses durch das Paradies der Ferghanaebene. In allen Tönen spielten die Strahlen der sinkenden Sonne mit den Dampfwolken der heißen Quellen von Andischan. Doch diesen Schönheiten widmete Wellington Fox geringes Interesse. Sein Blick haftete auf den Abhängen der Kogartberge, die das Panorama nach Norden zu begrenzten. Prüfend und witternd sog er die Luft mit leicht vibrierenden Nasenflügeln ein, während die Falte auf seiner Stirn sich vertiefte.

Mit einem guten Glas durchforschte er die Schneehänge der Kogartberge, die jetzt in den Strahlen der scheidenden Sonne rosig aufzuglühen begannen. Mit einem Ruck ließ er das Glas wieder in die Riemen fallen. Seine Mienen verrieten Ärger und Besorgnis.

Verfluchter Leichtsinn! Bei solchem Firnwind eine Skitour zu unternehmen! Nicht einmal einen vernünftigen Führer haben sie mitgenommen ... Auf die Renommiererein dieses MacGornick sind sie reingefallen. Aus purem Trotz mit dem alten Trottel losgegangen. Möchte er nur das Genick brechen ... und die edle Gräfin Toresani meinetwegen auch. Aber Helen Garvin ...

Dass sie mit bei der Tour war, das verursachte seine Unruhe. Wäre er doch so vernünftig gewesen und auch mitgegangen! Jetzt waren sie irgendwo aus den unsicheren Schneefeldern, und er stand hier und machte sich Vorwürfe.

Helen Garvin, diese kleine Eigensinnige! Vor der Tour und vor der Komtesse di Toresani hatte er sie gewarnt ...

Er ließ sich in einen Sessel fallen. Sein Auge haftete auf den Abhängen der Kogartberge. Ihm selbst kaum merklich verschwammen die schneeigen Konturen allmählich und nahmen die Gestalt der Sierra Nevada bei Frisko an. Garvins Park auf San Matten tauchte vor ihm auf.

Wie er damals Helen Garvin zum ersten Mal sah ...

Missmutig war er durch den prächtigen Park geschleudert, in dem die Launen des Besitzers neben den herrlichen Gartenanlagen auch allerlei Merkwürdigkeiten geschaffen hatten. Das Labyrinth wollte er sehen, jenes wunderliche Bauwerk, das der Milliardär dort in die Felsen von San Mattes sprengen ließ.

Eine junge Frau, die er nach dem Weg fragte, hatte ihn dorthin geführt. Als er ihr, hingerissen von ihrer jugendlichen Schönheit und ihrem natürlichen Plaudern, allzu lebhaft seinen Dank ausdrücken wollte, da hatte die junge Frau überraschend plötzlich die Allüren einer großen Dame angenommen, die ihn mit gespielter Hoheit darauf aufmerksam machte, dass er sich im Park ihres Vaters befände ... Und sie würde gleich die Hausangestellten rufen ... und ihn hinausspedieren lassen.

Der Schalk, der dabei aus ihren Augen blitzte, verriet ihm zwar, dass das nicht bitterer Ernst war, aber ...

Seitdem kannte er Helen Garvin.

Allein war er damals in das Labyrinth gegangen. Durch Kreuz- und Quergänge, bis er den Mittelbau erreichte, ein mächtiges elliptisches Gewölbe. Eine reiche

Sammlung aztekischer Altertümer war hier aufgestellt. Interessiert hatte er die Sachen betrachtet, ohne auf andere Besucher zu achten. Da hatten auf einer Bank zwei Männer gesessen und leise miteinander gesprochen. Als er weit von ihnen entfernt vor einer Maske des Mexiki stand und vergnügt die scheußlichen Züge des alten Götzen musterte, waren plötzlich gut verständliche Worte an sein Ohr gedrungen. Worte, die ihn lange und gespannt lauschen ließen.

Das Ohr des Dionysos! ...

Eine halb vergessene Schulerinnerung kam ihm wieder. Das elliptische Gewölbe, das die Laune des Milliardärs hier in den Fels getrieben hatte, ließ ihn in einem Brennpunkt verblüffend deutlich hören, was in der Nähe des anderen, viele Meter von ihm entfernt, geflüstert wurde. So hatte er hier durch den Zufall mit Leichtigkeit alles das gehört, um dessentwillen er schon seit Wochen in Frisko suchte.

Dort stand er. Mit dem Fleiß eines Forschungsreisenden zeichnete er die gräuliche Maske des Mexiki in sein Notizbuch und hörte ... von Plänen ... Verschwörungen ... Organisationen ...

Hörte, bis das Flüstern erstarb ... sah dann ... und sah zwei Gesichter.

Seitdem kannte er Collin Cameron.

Das ferne Donnern einer zu Tal gehenden Lawine riss ihn aus seinen Träumen.

Mit einem Satz stand er auf beiden Beinen.

„Verdammt! Sagt ich's nicht? ... Lawinenwetter ...“

Er schickte sich an, die Veranda zu verlassen. An der großen Flügeltür stieß er auf Wilhelm Knöpfle, den Leiter des Kogarthauses. Der hatte die Schneeberge von Davos mit denen von Ferghana vertauscht, als der Wintersport hier oben in Mittelasien Mode wurde. Die Begegnung gab Wellington Fox Veranlassung, seinem Herzen Luft zu machen.

„Schlechtes Wetter! Die Luft gefällt mir nicht. Ich fürchte, es wird nach Sonnenuntergang noch mehr Lawinenschläge geben. Einige Leute hier hätten ihre Unternehmungslust zügeln und besser zu Hause bleiben sollen.“

Der Direktor zuckte kaum merklich mit den Achseln.

„Drinnen ist die Luft auch nicht besonders. Gewitterspannung. Eine Atmosphäre, geladen mit allerlei Misstrauen und verborgener Feindschaft ...“

Wellington Fox warf ihm einen fragenden Blick zu.

„Sind neue Nachrichten aus Peking da?“

„Immer noch das alte Lied. Die Verhüllte Weisheit befindet sich auf dem Weg zur vollen Genesung ...“

Jetzt war es an Wellington For, mit den Achseln zu zucken.

„Der Weg scheint sich in die Länge zu ziehen ... Ich mache mir meinen Vers auf die Sache ...“

„Gehen Sie in den Gesellschaftssaal, Mister Fox. Sie werden einen interessanten Fünfuhrtee finden!“

Wellington Fox betrat den großen, prunkvoll ausgestatteten Saal, in dem eine kaukasische Kapelle ihre Weisen ertönen ließ. Man war hier im asiatischen Davos. In zweitausend Meter Höhe an den Hängen der Kogartberge gelegen, bot das Haus seinen Gästen bis tief hinein in den Frühling Gelegenheit zu allem alpinen Sport. Während unten bei Andischan schon die Wiesen geschnitten wurden und die Obst-

44

bäume abgeblüht hatten, lag hier oben noch die dichte weiße Decke über den Hängen und bot den Skiläufern gute Wege. Aus allen Enden der Welt kamen die Gäste hier zusammen. Aus Europa und Amerika waren sie da. Neben Mongolen und Tataren, Turkmenen und Persern saßen Inder und Japaner.

Die Tage waren dem Sport gewidmet, die Abende dem gesellschaftlichen Vergnügen. Längst war der Schneesport international im weitgehendsten Sinne des Wortes. Die Angehörigen des östlichen Kulturkreises pflegten ihn ebenso leidenschaftlich und mit gleicher Vollkommenheit wie die des westlichen.

Alle Farben waren hier vertreten, aber auf den ersten Blick war es kaum zu bemerken. Der Gletscherbrand hatte alle diese Gesichter noch einmal gefärbt, hatte ihnen die besondere rötlich braune Tönung gegeben, unter der die ursprüngliche Hautfarbe fast verschwand.

An kleinen Tischen saßen die Gäste in dem großen Saal. Erfrischungen aller Art wurden gereicht, und die Kapelle übertönte die Unterhaltung der einzelnen Gruppen.

Wellington Fox fand einen leeren Tisch in einer Ecke. Er begann seine Musterung und fand die Bemerkung des Hotel-Direktors bestätigt. Die Sonderung der Farben war heute stärker ausgeprägt als an anderen Tagen. Es fehlten die Gruppen, in denen weiße oder farbige Mitglieder der großen Sportgemeinde früher wohl zusammensaßen.

Wellington Fox witterte hier, wie er draußen auf der Balustrade gewittert hatte. Von Tisch zu Tisch wanderten die scharf blickenden Augen, und mit der charakteristischen Bewegung sog er die Luft ein. Er hätte darauf wetten mögen, dass die Asiaten hier allerlei mehr wussten als er.

Die Instinkte des Jägers und des Berichterstatters wurden in ihm wach. Zum Teufel ... weg mit diesen Gedanken ... Die Sorge um Helen Garvin nahm ihn wieder gefangen.

Wellington Fox erhob sich und schritt durch den Saal. Irgendwie musste er sich Gewissheit verschaffen. Telefonieren ... Rundfragen ... Er trat in die Kanzlei und starrte auf die stummen Apparate ... Da ... ein Ruf eines der hier aufgestellten laut sprechenden Telefone.

MacGornick sprach: „... Großes Unglück ... sofort vom Hotel Rettungsexpedition schicken ... Lawinenschlag ... Begleiterinnen Gräfin Toresani und Helen Garvin verschüttet."

Bevor noch der Portier eingreifen konnte, hatte Wellington Fox den Schalthebel gedreht und die Geberstation des Hotels eingeschaltet. Scharf und knapp kamen seine Rückfragen. Wo der Unfall geschehen sei? Am Ketmansteg ... genau unterhalb des Kogartpasses.

Im nächsten Moment warf Wellington Fox das Mikrofon dem Portier gegen die Brust und stürmte aus der Kanzlei. Im Vorraum stand allerlei Sportgerät. Ohne Besinnen griff er die ersten besten Skier und eilte weiter. In vollem Gesellschaftsanzug war er für eine Skitour nicht eben sehr glücklich gekleidet. An einem Haken sah er den dicken wolligen Pelz eines der eingeborenen kirgisischen Führer hängen und riss ihn mit einem Ruck an sich.

So stürmte er ins Freie. Der aufgehende Mond beleuchtete unsicher die schneebedeckten Hänge und Flächen. Mit geübten Händen zog Fox die Bindungen der Skier über seine Lackschuhe. Schon im Gleiten warf er den Pelz über.

Eine Minute nach dem Empfang von MacGornicks Notruf schoss Wellington Fox ohne Rücksicht auf die Gefahr in sausender Talfahrt auf den dreihundert Meter tiefer gelegenen Ketmansteg zu."

Jetzt noch über eine steile Halde hundert Meter hinab ... jetzt sah er eine einzel-ne Gestalt auf der weiten weißen Fläche ... war im Augenblick heran ... versuchte im letzten Moment durch Abdrehen der windenden Fahrt Herr zu werden ... und merkte, dass es nicht mehr ging. Gewaltige, wild und wirr durcheinandergeworfene Schneemassen versperrten ihm den Weg. Mit Aufbietung aller seiner Kraft schnell-te er sich in die Höhe, streifte in gewaltigem Sprung MacGornicks Gestalt derart, dass sie der Länge nach in die weißen Flocken hinschlug, und landete dann selbst inmitten der wild aufgetürmten Schneemassen.

Das Mondlicht reichte eben aus, um die Dinge in der nächsten Umgebung zu er-kennen. Eine gewaltige Lawine war halbschräg von der Passhöhe her zu Tal gegan-gen. Er konnte ihre Spur die Hänge hinauf bis weit nach Norden erblicken. Hier in der Schlucht des Ketmansteges waren die stürzenden Massen zum größten Teil zur Ruhe gekommen. Nur ein Teil hatte sich noch über die Höhe des südlichen Schluchtrandes hinaus gestaut und war über ihn weiter hinab in das Tal gestürzt.

Bevor noch MacGornick sich durch die Schneemassen langsam zu ihm hinzuar-beiten begann, strebte Fox, so schnell es der zu wirren Blöcken zusammengepress-te Schnee gestattete, der Stelle zu, wo die Bruchstücke eines Schneeschuhes aus den eisigen Massen ragten. Das letzte Zeichen der Personen, die hier vom Weißen Tod überrascht worden waren.

Seine Rechte fuhr zur Brusttasche. Jetzt hielt er eine der winzigen Tuben in der Hand, die ihm Georg Isenbrandt in Wierny gegeben hatte. Undenkbar erschien es ihm, dass die geringfügige Menge des unscheinbaren Pulvers gegen die ungeheure hier in der Schlucht gestaute Schneemasse etwas ausrichten könnte. Aber noch, während er den Gedanken dachte, hatte er schon den Verschluss geöffnet. Mit den Fingerspitzen griff er das Pulver und streute die Stäubchen wie kostbare Samenkör-ner in die Schneewüste, während er den gebrochenen Ski in immer weiter werden-den spiralen umkreiste·

„Georg, hilf!"

Wie ein Stoßgebet kam es ihm von den Lippen, während er sich durch die Schneemassen seinen Weg bahnte und Körnchen auf Körnchen streute. Jetzt war die Tube leer, und jetzt stieß er auf MacGornick.

Der Schotte wollte sprechen ... wollte fragen, ob die Hilfsexpedition schon un-terwegs wäre.

Mit einem schlecht unterdrückten Fluch wandte Wellington Fox ihm den Rücken ... und sah über der ganzen Fläche, die er eben noch im Mondlicht begangen und bestreut hatte, dichte Nebel wallen.

Eben noch standen sie kaum fußhoch. Jetzt wogten sie schon in Augenhöhe und stiegen in jeder Sekunde höher. Mit einem Schrei stürzte Fox in der Richtung davon, in der er eben noch die Skitrümmer erblickt hatte. Warme, dunstige Treib-hausluft umfing ihn. Aber eisig umflutete ihn Schmelzwasser bis zu den Knien.

Schon war der vorhin noch so harte, froststarrende Schnee über die ganze Fläche hin eine schmelzende, auseinanderfließende Masse geworden. Jetzt stieß sein linker Ski auf Widerstand. Das musste der zerbrochene Ski sein.

Mechanisch fassten Fox Hände in die Taschen des fremden Pelzes ... und griffen eine der tausendkerzigen elektrischen Fackeln, wie sie Bergführer bei sich zu tragen pflegen.

Im nächsten Augenblick flammte die mächtige Leuchte auf. Wie glühendes Eisen ließen ihre Strahlen die Nebelmassen selbst leuchtend werden. Aber auch in die Klüfte und Spalten der schmelzenden Lawine drang das Licht. Mit einem Ruck entledigte sich Wellington Fox der störenden Schneeschuhe und warf sich auf die Knie in den eisigen Schlamm, um einer dunklen Stelle in den schmelzenden Massen näherzukommen. Schob mit den Händen den erweichenden Schnee zurück, bekam ein Stück Stoff zu fassen und zog mit einer kurzen letzten Anstrengung eine menschliche Gestalt zu sich heran.

Kalt und leblos lag die Gerettete in seinen Armen. Der immer stärker schmelzende Schnee hatte ihre Kleidung vollkommen durchnässt. Mit Schrecken erkannte Wellington Fox, dass das von ihm angewandte Mittel nicht ungefährlich war. Zwar die Schneemassen selbst schmolz dieses wunderbare Dynotherm in fabelhaft kurzer Zeit zusammen. Aber das abziehende Schneewasser durchtränkte die tieferen Schichten und bedrohte alles, was dort noch etwa verschüttet lag, mit dem Tod des Ertrinkens.

Beim Schein der starken Leuchte betrachtete Fox die Züge der Geretteten. Die, die er vor allem suchte, an die er am meisten dachte, war es nicht. Die Marchesa di Toresan hielt er hier in den Armen. Aber Helen Garvin lag noch irgendwo verschüttet, von den schmelzenden Massen immer stärker bedroht.

Er ließ die regungslose Gestalt zu Boden gleiten, sah dabei, dass der Riemen ihrer Umhängetasche gerissen war, und ließ die Tasche mechanisch in seinen Pelz gleiten. Dann begann er mit der Kraft der Verzweiflung von Neuem zu suchen, nur von der Hoffnung aufrecht gehalten, dass die Katastrophe die beiden Frauen dicht beieinander betroffen habe.

Er suchte und fand. Gerade eben jetzt gaben die schmelzenden und dampfenden Massen den Zipfel eines Gewandes frei. Sofort stürzte sich Wellington Fox darauf und hielt Helen Garvin in seinen Armen; Sie war ebenso bleich und regungslos wie ihre Gefährtin.

Jetzt schnell heraus aus den dampfenden und schmelzenden Massen. Nur wenige Minuten waren verstrichen, aber wie hatte sich das Bild in kurzer Zeit verändert! Schon stand Fox in einer tiefen Mulde, und von allen Seiten her schoss das Schmelzwasser in Sturzbächen die Abhänge hinab, um gurgelnd und brausend seinen Weg zu Tal unter den Schneemassen fortzusetzen.

Mit den Zähnen fasste Wellington Fox die Fackel. An seiner linken Brust ruhte Helen. Mit dem rechten Arm umklammerte er den Körper der Toresani. Mit der doppelten Last musste er sich an dem schmelzenden und weichenden Abhang in die Höhe arbeiten. Bis an den Leib sank er dabei in die wässerigen Massen. Schritt um Schritt kämpfte er sich empor, alle Muskeln und Sehnen bis zum äußersten gespannt. Knirschend gruben sich seine kräftigen Zähne bei der gewaltsamen Anstrengung tief in den hölzernen Griff der Fackel.

Bis endlich die Steigung geringer, der Schnee unter seinen Füßen fester wurde. Bis das Licht einer anderen Fackel in seine Augen fiel.

MacGornick hatte sich endlich zur Tat aufgerafft, hatte sich der eigenen Fackel erinnert. Mit ihr war er jetzt in das Nebelmeer eingedrungen und auf Wellington Fox gestoßen. Mit einer letzten Anstrengung legte ihm Wellington Fox den regungslosen Körper der Marchese di Toresani in die Arme.

„Zurück, Sir ... auf trocknen Schnee!"

Mit pfeifenden Lungen stieß er die wenigen Worte hervor.

Zwei Minuten später traten sie aus dem wallenden Nebelmeer in die klare Luft und sahen das Mondlicht wieder. Ohne ein Wort zu verlieren, ohne einen Blick auf seinen Begleiter zu werfen, bettete Wellington Fox Helen Garvin auf den Schnee und versuchte durch Reiben und Massieren das Leben in den regungslosen Körper zurückzuzwingen.

Die Fackel, die er neben sich in den Schnee gestoßen hatte, überflutete die bleichen Züge der jungen Frau mit blendendem Licht, ließ sie noch blasser und lebloser erscheinen.

Lange schien Wellington Fox sich um eine Gestorbene zu mühen. Bis endlich eine Spur von Leben zurückkehrte, bis ein leichter Atemzug die Brust erschütterte. Ein kurzer Freudenschrei kam von seinen Lippen. Jetzt galt es, das Werk zu vollenden, die Geretteten in die Wärme und Trockenheit des Kogarthauses zu schaffen.

Das war noch ein langer und steiler Weg über Schnee und Felsen dreihundert Meter in die Höhe — auch für einen Mann, der ihn unbelastet ging, keine geringe Anstrengung. Wellington Fox hob Helen Garvin mit starken Armen empor und begann den Weg zu schreiten, als ob sie federleicht wöge. Und wäre gern so mit ihr weitergegangen bis in alle Ewigkeit.

Der Lichtschein von Fackeln erreichte sein Auge. Stimmen drangen an sein Ohr. Eine Rettungskolonne kam ihm entgegen. Träger und Führer umringten ihn. In allen Sprachen drangen Fragen auf ihn ein. Doch nur noch undeutlich vernahm er die Stimmen. Nur noch ein dumpfes Gewirr schlug an sein Ohr. Jetzt, da er Helen Garvin gerettet wusste, verließ ihn die Spannkraft. Mit einer letzten Anstrengung half er Helen auf eine Bahre betten. Dann fiel er bewusstlos neben ihr nieder.

*

Im Süden von San Franzisko auf der Hochebene von San Matteo liegen, von wundervollen Parkanlagen umgeben, die Sommersitze der westlichen Finanz- und Industriemagnaten. Noch vor einem halben Menschenalter streckten sich hier dürre Einöden. Jetzt hatten die Menschen mithilfe des Dynotherms ein Paradies aus den wilden Gebirgsgegenden gemacht.

Schattige Reitwege und trauliche Fußpfade. Zwischen Felsenhügeln Miniaturseen, Bäume, Blumenbeete und allerlei blühende Sträucher, von berufenen Künstlern zu einem bildhaften Ganzen verschmolzen.

Der schönste unter den schönen Landsitzen der von Francis Garvin. Unter den reichen Männern der Union einer der reichsten Francis Garvin.

Die Grundlagen zu seinem riesenhaften Vermögen hatte er in jener denkwürdigen Landspekulation gelegt, als er vor einem halben Menschenalter die großen wüsten Landstriche zwischen der Sierra Nevada und dem Koloradofluß für einen Spottpreis an sich brachte und dann durch die Wirkungen des Dynotherms fruchtbar machte und besiedelte. Die Aktien der American Settlements Company waren zum großen Teil noch in seinen Händen. An der Europäischen Siedlungsgesellschaft war er stark beteiligt.

Auf der großen Terrasse, die über Wälder und Wiesen hinweg einen Blick auf die Fluten des Stillen Ozeans gewährte, saßen Francis Garvin und Helen, seine einzige Tochter.

Unruhig maß der Milliardär die Terrasse in ihrer ganzen Länge. Bald fuhren seine Hände in die Taschen, bald gestikulierten sie in der Luft. Mit merkbarem Ingrimm hafteten seine scharfen Augen bald auf diesem, bald auf jenem Gegenstand. Bald fuhr er sich durch das dichte weiße Haar, dass es sich zu Bergen sträubte. In einem Korbsessel vergraben saß Helen und sah dem Vater halb belustigt, halb ängstlich zu. Gewiss hatte sie nicht erwartet, seinen ungeteilten Beifall zu finden, als sie ihm vor einer Viertelstunde in vorsichtigen Andeutungen ihre Liebe zu Wellington Fox gestand. Aber auf einen so heftigen Widerstand war sie auch nicht gefasst gewesen, auf solch schroffes Nein vonseiten ihres Vaters, der sie immer verwöhnte, stets jeden ihrer Wünsche erfüllte.

„Habe ich ein Leben voll endloser Sorgen und Mühen geführt, habe ich gearbeitet wie ein Zugstier, um alles, was ich besitze, schließlich einen elenden Zeitungsschreiber in die Tasche stecken zu sehen?!"

Francis Garvin fand keine Worte mehr für seine Stimmung. Mit seinen starkknochigen Händen ergriff er ein unschuldiges Taburett und stieß es zu Boden, dass ihm die dünnen chinesischen Porzellanteile wie eine Fontäne um den Kopf flogen und im nächsten Augenblick in tausend Scherben am Boden lagen.

„Schäm dich, Pa! … Mein schönes Porzellan, das ich selbst auf meiner Reise in Kaschgar gekauft habe … Eine liebe Erinnerung …"

„Der Teufel hole deine Reise … und die liebe Erinnerung … und vor allem diesen Fox!"

„Pa!" klang es strafend aus dem Korbsessel „Mister Fox ist ein Gentleman, der mit eigener Gefahr deine Tochter gerettet hat und dem du höchsten Dank schuldest."

„Alles hat seine Grenzen! … Auch die Dankbarkeit. Ich will den Mann empfangen und belohnen … wie kein anderer Mann in den Staaten ihn besser belohnen könnte … Aber dich ihm geben?! … Wäre dieser Fox ein Gentleman, hätte er es niemals gewagt, dein Gefühl einer übertriebenen Dankbarkeit so zu seinen Gunsten auszubeuten."

„Ach, Pa! … Das tut er ja gar nicht … Leider …"

Helen sagte es in einem Ton, der scherzhaft klingen sollte und doch viel Resignation enthielt.

„Was?"

Francis Garvin blieb mit einem Ruck vor seiner Tochter stehen. Sein offener Mund gab einen Ton von sich, der an die abblasenden Sicherheitsventile einer Frachtlokomotive erinnerte.

„Was … willst du mich ganz und gar verrückt machen? … Er will dich gar nicht … Leider?!"

„Leider", nickte Helen betrübt. „Das heißt, er hat noch gar nicht gesagt, dass er mich will …"

„Bravo! … Mister Fox ist mein Mann. Ein Gentleman, der meine Tochter vom

Tod gerettet hat und keinen Anspruch auf ihre Hand macht ... die sich ihm entgegenstreckt ..."

„Pa! Das ist zu arg. Erst beleidigst du Mister Fox und jetzt mich."

Sie erhob sich und trat, ihm den Rücken kehrend, zur Brüstung der Terrasse. Sie drehte sich auch nicht um, als Francis Garvin zu ihr trat und in einem Ton voller Befriedigung fortfuhr:

„Ich werde mich revanchieren, my Darling. Morgen kaufe ich die 'Chikago Press' und schenke sie diesem Fox. Du wirst sehen, der Mann ..."

„Der Mann wird das Geschenk nicht annehmen ..."

Helen hatte sich umgedreht und sah ihren Vater mit blitzenden Augen an.

„Abwarten, mein Kleines! ... Die zwölf Millionen Dollar, die die Zeitung kosten wird, nimmt jeder, dem Francis Garvin sie schenken will. Du hältst diesen Fox für einen schlechten Geschäftsmann."

„Ich halte ihn für einen Gentleman, der dir dein Geschenk vor die Füße werfen wird."

„Wetten, dass nicht?"

„Das gilt, Pa! Verlierst du, musst du mich zu der Einweihung des Balkaschsees mit nach Asien nehmen! ... Abgemacht!"

Ein Hausangestellter brachte eine Karte und überreichte sie Helen Garvin. Ein freudiges Leuchten ging über ihr Gesicht, das aber schnell einem Schein der Trauer wich.

„Florence Dewey! Gut. Ich gehe gleich mit. Auf Wiedersehen, Pa. Die Wette gilt ...

Florence!"

Sie flog auf die Freundin zu und fasste sie an beiden Schultern.

„Du bist es wirklich ... Ein unerwarteter Besuch."

„Ich denke wohl, Helen dear."

Ein größerer Gegensatz als zwischen diesen beiden Freundinnen war kaum denkbar. Helen Garvin ... der Kopf von goldig schimmernden Locken umgeben, große blaue Augen, ein Stumpfnäschen mit rosigen Flügeln ... Das Ganze eine Nippesfigur aus Meißner Porzellan.

Daneben Florence Dewey, schlank und stolz. Schwarzes Haar um ein bleiches Antlitz, dessen Alabaster durch einen kreolenartigen Hauch gefärbt wurde. Trotz ihrer Jugend lag Ernst, ja Trauer in den schönen Zügen der jungen Frau.

Von Jugend an waren Helen Garvin und Florence Dewey, die Töchter der beiden reichsten Leute von Frisko, eng befreundet.

Helen Garvin fragte:

„Du bist noch hier? Ich glaubte, du hättest die geplante große Reise längst angetreten?"

„Es war mehr der Plan meines Vaters als meiner. Ich habe ihn wohl erwogen ... aber verworfen. Es hätte ausgesehen wie eine Flucht ..."

Eine glühende Röte bedeckte ihr Gesicht, und ihre Stimme nahm einen leidenschaftlichen Klang an.

„Ich fliehen? ... Und wovor? ... Vor hässlichem Klatsch?! Nein ... niemals."

„Und doch waren es sicherlich schwere Tage, die du damals durchlebt hast."

Helen legte den Arm teilnahmsvoll um die Schulter der Freundin. Florence duldete die Umarmung mehr, als sie sie erwiderte.

„Was weißt du, Kleines, von den Kämpfen, die mir das Herz zerrissen! Danke dem Himmel, dass du nicht den tausendsten Teil davon kennengelernt hast.

Wäre es nur das eine gewesen ... dass der schwarze Blutstropfen, der von Vaters Seite in meinen Adern rollt mir in einer reinweißen Gesellschaft Schwierigkeiten macht ... gelacht hätte ich darüber. Aber dass ich deshalb auch meine Liebe lassen musste ... dass ich ..."

Die Kehle schien ihr zugeschnürt. Die Stimme versagte. Sie richtete das Gesicht empor, um die Tränen mit den langen Wimpern zurückzuhalten.

„Quäle dich nicht, Florence ... versuche Averil Lowdale zu vergessen. Ein Mann, der dich um solch Vorurteil lassen konnte, ist deiner nicht würdig, hat dich nie wahrhaft geliebt."

„Averil? ... Averil mich verlassen?! ... Nein. Er tat es nicht!"

„Wie ... du sagst? ... Ich verstehe dich nicht. Schicktest du ihn von dir?"

Florence hatte die Hände vor das Gesicht geschlagen. Ihre Schultern zuckten krampfhaft. Ein Lachen, das wie ein Schluchzen klang, kam aus ihrem Mund. Jetzt ließ sie die Hände sinken.

Ihre großen, unnatürlich weit geöffneten Augen blickten starr in die Ferne. Eine steinerne Ruhe lag auf den bloßen Zügen. Wie eine blutrote Wunde zuckte der Mund in dem schneeweißen Gesicht.

„Florence! ... Florence! ..."

Zweimal ... dreimal rief Helen die Freundin an. Langsam lösten sich deren verkrampfte Hände. Mit einer müden Handbewegung strich sie über die Stirn, als wolle sie die quälenden Gedanken hinwegwischen. Dann begann sie mit ruhiger, tonloser Stimme zu erzählen: „Du weißt, Helen", wie ich Averil Lowdale kennen- und liebenlernte. Er hielt bei meinem Vater um meine Hand an, der sie ihm nicht verweigerte. Auch der alte Lord Lowdale war mit unserem Bund einverstanden ... Warum auch nicht? ... Das Vermögen der Lowdale war nie groß gewesen. Ein langjähriger Prozess um die Lordschaft hatte den größten Teil der Revenuen verschlungen. Die Millionen meines Vaters kamen sehr erwünscht. Dass er ein Selfmademan war, wurde mit in den Kauf genommen.

Da erhielt mein Verlobter plötzlich ein Mail, umgehend nach England zurückzukehren. Wenige Tage später hatte mein Vater einen Brief des alten Lords in den Händen: Seine Lordschaft zieht ihr Einverständnis mit dem Ehebunde von Deweys Tochter mit seinem Sohn zurück. Weil ... weil ich nicht reinweißer Abstammung sei. Der Vater meines Vaters habe eine Quadronin zur Frau gehabt ..."

„Unmöglich, Florence ... und wäre die Behauptung wahr, so wäre es doch nur ein vorgeschobener Grund!"

„Du irrst, Helen ..."

Ein Zug von Verachtung und Bitterkeit prägte sich um die Mundwinkel der Sprecherin aus.

„... Es ist wahr ... leider ist es wahr. Wirst du mich auch verachten, weil ein paar schwarze Tropfen in meinen Adern rollen?"

„Florence! ... Die Unbill, die dir widerfahren ist, macht dich grausam. Ich hoffe es nicht ..."

„Du wirst es vielleicht besser verstehen, Helen, wenn ich dir die Vorgeschichte erzähle. Als der Vorgänger des jetzigen Lords Lowdale starb, trat sein Neffe als nächster Erbberechtigter auf. Seine Ansprüche, an sich unanfechtbar, wurden ihm von dem jetzigen Lord streitig gemacht, weil er ein gemischt Farbiger sei. Seine Mutter war eine Asiatin. Ein jahrelanger Prozess entspann sich um die Erbschaft. Eine besondere Parlamentsbill entschied schließlich zuungunsten des gemischt Farbigen. Seit jener Zeit ist Lord Lowdale ein eifriger Verfechter der Bestrebungen für Reinhaltung der westlichen Kultur."

„Und darum ..."

„Darum durfte Averil keine Herrin in die Halle von Lowdalehouse bringen, unter deren Ahnfrauen eine ist, deren Wiege einmal in einem afrikanischen Dorf gestanden hatte."

„Und Averil? Fügte er sich widerspruchslos dem Verbot des alten Lords?"

Florence blickte traumverloren ins Weite. Der abweisende Zug auf ihren Mienen wich einem weichen, glückverlorenen Lächeln.

„Nein, Helen ... Averil trat mutig an meine Seite. Er war bereit, das Vaterhaus zu verlassen, mit seinem Vater zu brechen. Er kündigte mir seine Abreise von London an. Da ... da gab ich ihm sein Wort zurück."

„Du ... Florence ... du tatest das?"

„Ich tat es ... nach langem, schwerem Kampf."

„Warum, Florence? ... Zweifeltest du doch an Averil ... an seiner Treue?"

Tief atmend lehnte sich Florence zurück und bedeckte mit der Hand ihre Augen.

„Warum? ... Weil ich ihn liebte ... mehr liebte als mein Glück. Averils Entschluss war eine Tat, die mich beseligte ... mich beglückte. Wer England und seine Institutionen kennt, weiß, was Averil meinetwegen aufgeben wollte. Sein Opfer war groß. So groß, dass ich es nicht annehmen durfte ...

Lass die Vergangenheit! Es ist nutzlos, davon zu sprechen. Weg mit den Erinnerungen an jenen Tag und Nächte der Verzweiflung ..."

Sie erhob sich und ging ein paar Mal mit starken Schritten durch das Zimmer.

„Deine Erzählungen von den wunderbaren Arbeiten in Asien reizen meine Neugier, Helen. Du sprachst davon, dass du vielleicht mit deinem Vater zur Einweihung des Balkaschsees dorthin zurückgehen würdest. Wäre dir meine Begleitung angenehm?"

„Du fragst, Florence?! ... Mit tausend Freuden begrüße ich deine Begleitung. Aber ... es ist noch zweifelhaft, ob ich selbst gehe. Ich muss ..."

Ein Lächeln stand in ihrem Gesicht. „Ich muss erst noch eine Wette gegen Pa gewinnen."

„Eine Wette? ... Und warum ... worüber?"

„Nicht jetzt fragen, Florence! Später werde ich dir den Scherz erzählen. Ich glaube bestimmt die Wette zu gewinnen. Sonst würde deine Helen sehr traurig sein ... Aber nicht der verlorenen Wette halber."

*

John Dewey, der reiche John Dewey saß in seinem Palast in Rob Hill zu Frisko in seinem Arbeitszimmer. Ihm gegenüber Melan Fang, einer der reichsten chinesischen Großkaufleute Friskos.

Seit Jahren waren sie bekannt. In letzter Zeit schienen die lockeren Verbindungen enger geworden zu sein. Enorme Summen waren von Deweys Konten auf das chinesische Handelshaus überwiesen worden. Es verlautete, dass John Demen, der die meisten Silbergruben des amerikanischen Kontinents in seiner Hand vereinigte, große Konzessionen im südlichen Altai erhalten habe. Man sprach auch davon, dass er sie zusammen mit der chinesischen Firma ausbeuten wolle.

Zwischen den beiden Partnern lag ein mit vielen Zahlen bedecktes Papier."

„Wenn Zahlen allein beweisen könnten, wäre ich überzeugt, Melan Fang ..."

Dewey lehnte sich in den Sessel zurück und sah seinen Gast prüfend an.

„... In der Bilanz fehlen einige Imponderabilien, deren Bedeutung nicht zu unterschätzen ist!"

Der Chinese schien solchen Einwand erwartet zu haben.

„Sie meinen die überlegene Intelligenz der Menschen westlicher Kultur Mister Dewey?"

„Zweifellos!"

„Der Gedanke, dass die Menschen des westlichen Kulturkreises denen des östlichen und schwarzafrikanischen an Intelligenz weit überlegen seien, muss als erledigt angesehen werden. Die westlichen Völker teilen das Schicksal vieler anderer, die vor ihr waren und ihr Ende fanden. Die westliche Kultur ist an der gefährlichen Stelle der Zivilisation angekommen, die ein ihr angehörendes Volk nicht erreicht, ohne von unwiderstehlichem Drang erfasst zu werden, sich in den Abgrund zu stürzen.

Die ausgesuchteste Klugheit ist nicht imstande, den unwandelbaren Gesetzen des Geschehens entgegenzuwirken ... Ist der Fall der westlichen Kultur zu bedauern? Kaum ... an ihren Leistungen gemessen. Wo waren die großen Kulturen der Vergangenheit? ... bei den Völkern des Orients!

Im Bereich der praktischen Wissenschaften und der Technik mögen die kommenden Jahrhunderte noch von den Weißen zu lernen haben. Sonst hat ... diese Kultur ... kaum etwas geleistet ... was den Leistungen des Orients auch nur verglichen werden könnte ... Ein paar Menschenalter, und die Weltherrschaft der Weißen ist nur noch eine Episode der Weltgeschichte. Noch vor hundert Jahren betrachteten sie China als eine Riesenfarm, die zum Nutzen der weißen Welt ausgebeutet wurde. Und heute? China steht fest auf eigenen Füßen, gestützt durch chinesische Intelligenz und chinesische Tüchtigkeit! ...

Noch vor zwei Jahrhunderten definierte Franklin den Dunkelhäutigen als ein Tier, das soviel wie möglich frisst und so wenig wie möglich arbeitet.

Und heute? Als vollkommen gleichberechtigte Vertreter menschlicher Kultur und Wissenschaft stehen die Schwarzen hier in der Union den Weißen gegenüber. Denken Sie nur an die schwarzen Universitäten und Schulen, an die großen Bank- und Geschäftshäuser, die ausschließlich von Schwarzen geleitet werden ..."

John Dewey hatte während dieser langen Auseinandersetzung seines Gegenübers gedankenvoll auf den bunten Teppich geblickt.

„Und Sie halten jetzt schon den Zeitpunkt für gekommen, der Herrschaft der westlichen Kultur für immer ein Ende zu machen? Der Gedanke ist kühn!"

„Der Kampf beginnt jetzt! Mehr will ich nicht sagen. Wir würden schneller zur Entscheidung kommen, wenn der große Schitsu am Leben geblieben wäre. Man raunt in seinem Reich, dass weiße Hand die Kugel des Attentäters lenkte. Aber unser Land ist nicht arm an großen Männern. Ein anderer wird erstehen ... das Werk vollenden."

„Wer wird für den unmündigen Thronerben die Regentschaft übernehmen? Wird ... er es sein?"

Der Chinese nickte.

„Bestimmt?"

Nochmals ein Nicken.

„Er übernimmt eine schwere Bürde. So schwer, dass sie vielleicht auch der lebende Großkhan nicht hätte tragen können. Die Arbeiten der Europäischen Siedlungsgesellschaft drängen zu einer Entscheidung. Ist Neuland im Herzen Asiens mit hundert Millionen europäischer Siedler besetzt, dürfte es schwer sein, den Vorstoß nach Westen zu wagen. Die Gebirgszüge, die China vom Westland trennen, werden dann, gehörig befestigt, eine Chinesische Mauer sein ... gegen China."

„Er ist ein Mann der Tat. Er wird keinen Tag verlieren. Der diplomatische oder militärische Sieg in der Besitzfrage des Kuldschagebietes wird die große Umwälzung einleiten ..."

„Sie rechnen mit dem Sieg, Melan Fang?"

„Unbedingt! Die größeren Machtmittel sind auf unserer Seite ... Nicht zu reden von unserem unerschöpflichen Menschenreservoir."

„Und doch ..."

Ein nervöses Zucken lief über das Gesicht des Chinesen, als diese Frage des kühlen Rechners Dewey sein Ohr traf.

„... und doch will er den entscheidenden Schritt nicht wagen, ohne der Hilfe der dunkelhäutigen Menschen sicher zu sein ... wollten Sie sagen?"

Dewey nickte schweigend.

„Ich kann Ihre Bedenken nicht teilen. Haben Sie bei Ihren großen geschäftlichen Unternehmungen nicht auch zuweilen mit der Hilfe anderer gerechnet?"

Wieder schüttelte Dewey den Kopf.

„Nie!"

Melan Fang rückte unruhig auf seinem Stuhl.

„Es ist wichtig, den kommenden Krieg schnell und sicher zu beenden. Es ist ein Gebot der Menschlichkeit, dazu alle Mittel, die sich bieten, zu benutzen."

Ein ironischer Zug legte sich um Deweys Mund.

„Schlagwörter wie 'Menschlichkeit' haben schlechten Kurs in solchen Fällen. Sprechen wir offen, Melan Fang. China allein fühlt sich nicht stark genug. Es will die Kräfte Amerikas binden, damit Europa in dieser blutigen Auseinandersetzung auf keine amerikanische Hilfe zählen kann. Der Bürgerkrieg zwischen Weißen und Schwarzen in der Union scheint das beste Mittel."

Der Plan ist gut. Aber ..."

„Aber?"

„Ich bezweifle seinen Erfolg!"

John Dewey war aufgestanden und ging mit großen Schritten durch den Raum. Melan Fang hatte sich in den Sessel zurückgelehnt. Seine zusammengekniffenen Augen ruhten argwöhnisch auf dem unbewegten Gesicht Deweys.

War das Spiel verloren?

„Sie sprechen in Rätseln, Mister Dewey!"

„Es mag Ihnen rätselhaft vorkommen, dass ich meine Hände in ein Geschäft stecke, zu dessen Verlauf ich kein Vertrauen habe. Ihre Interessen und die der afroamerikanischen Bevölkerung sind grundverschieden.

Wir ...", ein ingrimmiger Humor sprach aus seinen Worten. „... Ich sage wir ... mich einbegriffen ... obgleich kein Satan mich jemals im Leben als Black man taxiert hat ... bis auf jenen englischen Lord ... Wir kämpfen um die Gleichberechtigung mit Menschen anderer Hautfarbe. Sie kämpfen um Macht und Land.

Unser Kampf hat ein ideales Ziel, ist eine interne Angelegenheit der Vereinigten Staaten. Ihr Streit wird die Weißen der ganzen Welt unter einer Fahne vereinigen, denn es geht um die weiße Existenz. Der Untergang des europäischen Abendlandes würde das Ende der weißen Kultur überhaupt bedeuten. Sehen Sie sich vor! Schrauben Sie Ihre Hoffnungen nicht allzu hoch, dass nicht ... ein unerwartet starker Frost den Blütentraum auf viele Menschenalter vernichtet ..."

Melan Fang wollte sprechen, aber John Dewey ließ sich nicht unterbrechen.

„Die weiße Intelligenz wird in diesem Kampf neue, unerhörte, ungeahnte Leistungen vollbringen und ... vielleicht die Oberhand behalten.

Ihre Prophezeiung wird einmal eintreten, aber wann?"

Der Chinese war ausgestanden. Geschmeidig lächelnd trat er an Dewey heran.

„Sie müssen gestehen, dass ein Kampf zwischen China und den Westländern eine gute Unterstützung Ihres Streites um die Gleichberechtigung der schwarzen amerikanischen Bürger ist. Unser Zusammengehen bringt beiden Vorteil ..."

Er streckte Dewey die Hand hin, die dieser ergriff.

„Abgemacht!"

„Wann?"

„Nach der Wahl um den Gouverneursposten von Louisiana. Wird Josua Borden der schwarze Kandidat, gewählt und nicht bestätigt, beginnt der Kampf!"

„Ich bekam heute ein Mail aus Peking. Er will den genauen Termin wissen. Bei Ihnen und bei uns muss der Schlag gleichzeitig fallen."

„Den Tag anzugeben, ist unmöglich."

„Der Tag der Wahl ist bestimmt und wird nicht verschoben?"

„Ich wüsste keinen Grund ..."

„Sind Sie des unverbrüchlichen Schweigens aller Mitwissenden sicher, Mister Dewey?"

„Unbedingt! ... Warum fragen Sie?"

„Man hat mich auf einen Berichterstatter der 'Chikago Press' aufmerksam gemacht. Es hat den Anschein, als sei er — Zufall oder ... Verrat? — der Organisation auf die Spur gekommen."

„So muss alles geschehen, was geeignet ist, Unheil zu verhüten. Sie haben ... wohl Mittel und Wege dazu ... Melan Fang ..."

Das Auto, das Florence Dewey von San Mattes zurück nach der Stadt brachte, musste schon in der Market Street seinen Lauf verlangsamen. An der Kreuzung mit der Mason Street wurde das Gedränge auch auf dem Fahrdamm so arg, dass der Chauffeur bis zur Stocton Street weiterfuhr.

Die ganze afroamerikanische Bevölkerung Friskos schien auf den Beinen zu sein. Von allen Seiten strömten schwarze Scharen heran und wälzten sich in der Richtung auf Chinatown durch die Straßen.

Der Chauffeur versuchte es, durch die Stocton Street seinem Ziel näherzukommen. Doch vergeblich unternahm er es mehrere Male, nach Rob Hill abzubiegen. Es ließ sich nicht mehr durchführen. Auch aus allen Seitenstraßen quollen fortwährend neue Massen immer dichter heran, je mehr sich der Wagen Chinatown näherte. An der Ecke der Sacramento Street wurde das Gedränge so dicht, dass das Auto eingekeilt stehen bleiben musste. Auch der freie Platz vor der Markthalle war bereits von Tausenden besetzt, und immer neue Tausende drängten nach.

Florence hatte die Vorhänge ihres Wagens geschlossen.

Durch einen schmalen Spalt beobachtete sie die ungewöhnliche Szene. Erst neugierig, dann besorgt.

Aus der tosenden wilden Menge drangen zerrissene Rufe an ihr Ohr:

„Hängt das weiße Vieh! ... Schlagt ihn tot, den Hund! ... An den Pfahl mit dem Frauenschänder!"

Neues stärkeres Gejohl verschlang die einzelnen Stimmen.

Florence sah mit steigendem Entsetzen, wie ein Trupp Schwarzer einen Weißen nach dem Marktplatz zerrte. Die Kleider hingen ihm in Fetzen vom Körper.

Ein riesenhafter Hafenarbeiter schwang eine schwere Eisenstange gegen den Gefangenen. Bevor er ihn damit erreichte, warf ihn selbst ein Schlag zurück. Schnell und sicher schob sich eine Kette schwerbewaffneter Schwarzer zwischen den Gefangenen und die tobende Menge.

Jetzt erkannte Florence die Bedeutung der Vorgänge da draußen. Mit einem Schrei sank sie in das Polster zurück und barg das Gesicht in den Händen.

Ein Lynchmord an einem Weißen! ... Hier mitten in der Großstadt und in aller Öffentlichkeit ... So weit waren die Dinge gediehen.

Als der bewaffnete Trupp mit dem Gefangenen den Marktplatz erreichte, brach die vieltausendköpfige schwarze Menge in ein infernalisches Geheul aus. Einige stießen mit schweren Stangen taktmäßig und triumphierend auf das Pflaster. Andere knirschten vor Wut mit den Zähnen. Ihre blutunterlaufenen Augen hingen wie die Blicke hungriger Raubtiere an dem Gefangenen. Zuweilen zuckte ein heiseres Gelächter auf.

Vergeblich zerrte der Gefangene an den starken Armen, die ihn gepackt hielten. Vor dem Eingang zur Markthalle machte der Trupp halt.

Auf das Kommando eines Führers drängten die Bewaffneten die Menge zurück. Ein freier Raum entstand, in dessen Mitte sich ein Kandelaber erhob. Ein neues Kommando, und eine Schar stürzte in die Markthalle und schleppte Kisten und Körbe heraus, die sich schnell um den Mast türmten.

Der Gefangene schrie in seiner Todesangst auf. Er warf sich auf das Pflaster und schlug verzweifelt um sich. Einer der Bewaffneten stieß ihm mit einer brennenden Fackel in das Gesicht, dass er heulend wieder aufsprang. Mit geballten Fäusten stürmte er auf seine Peiniger ein. Hohnlachend stießen sie ihn zurück, dass er wie ein Ball hin und her flog.

Ein neuer, kurzer Befehl. Im Augenblick hatten sie ihn ergriffen, zum Mast hingeschleppt und mit einer eisernen Kette angebunden. Irgendwoher kam ein Eimer Teer und wurde über ihn ausgegossen. Die ersten Fackeln flogen zwischen die Körbe und Kisten.

Eine Flammensäule umloderte den Kandelaber. Schreien ... Wimmern ... Röcheln ... dann Ruhe in dem dicken Teerqualm ... grässlicher Jubel in der drängenden Menschenmenge.

Die Bewaffneten gaben den Platz frei. Von allen Seiten stürmten die Massen auf die brennenden Trümmer los. Eine Szene aus dem Inferno. Wahnsinn peitschte die Menge. Lachend ... schreiend ... singend umtanzten sie den Pfahl.

Dazwischen wilde Verwünschungen auf die Weißen:

„Nieder mit den Unterdrückern! ... Schlagt sie alle tot!" ...

Bisher war das Auto kaum bemerkt worden. Der Chauffeur und der Angestellte neben ihm waren selbst Schwarze. Jetzt begann er, die Aufmerksamkeit der in Bewegung geratenen Menge zu erregen.

Die Wagentür wurde ausgerissen.

„Ah! ... Ein weißes Täubchen!"

Gierige Hände streckten sich nach Florence Dewey aus.

Entsetzt suchte sie in die äußerste Ecke des Wagens zurückzuweichen ...

Da plötzlich ein Hagel von Stockschlägen auf die wolligen Köpfe!

Im Augenblick der höchsten Gefahr war der schwarze Angestellte vom Sitz gesprungen. Mit herkulischer Kraft hatte er sich den Weg bis zu einem Mann gebahnt, der wenige Schritte vom Wagen entfernt in der Menge stand.

Nur zwei Worte waren es, die er dem zurief:

„Deweys Tochter!"

Im nächsten Augenblick hatte der Mann dem Nächststehenden einen schweren Knüppel aus der Hand gerissen und ließ ihn auf die Köpfe der Bedränger niedersausen.

„Zurück! ... Zurück ... oder ..."

Eine Schusswaffe unterstützte die Drohung. Sie war nicht mehr nötig. Sobald diese anscheinend doch bis zum Wahnsinn erhitzte Bande die Stimme hörte ... das Gesicht sah, ließ sie von dem Angriff auf Florence ab.

Ein kurzes Kommando des Mannes schaffte dem Wagen freie Bahn.

Von fern her wurde Gewehrfeuer vernehmbar. Aus der Sacramento Street brach ein Trupp berittener Polizisten und schlug auf die festgekeilte Menge ein. Wer nicht ausweichen konnte, wurde niedergeschlagen oder von den Pferden zu Boden geworfen.

Da krachte von der Markthalle her eine Salve und riss blutige Lücken in die Reiterschar."

Jetzt brachen auch aus den anderen Straßen Polizeitruppen vor und drangen auf den Platz. Von der Halle her wurden sie mit wütendem Gewehrfeuer empfangen.

Die bewaffneten Schwarzen hatten sich in der Halle verbarrikadiert und schossen vom Dach und von den Fenstern aus auf die anrückenden weißen Polizeitruppen. Feuerschein zuckte auf. Brennende Teile des Scheiterhaufens waren vom Wind bis in die Halle getrieben worden und hatten gezündet. Die Eingeschlossenen versuchten, das Feuer zu löschen. Die Schüsse der Angreifer trieben sie zurück oder töteten sie. Gierig fraß das Feuer weiter. Bald war die große Halle ein einziger Flammenherd.

Ein wildes Geschrei drang aus dem Innern. Die Polizisten erwarteten, dass die Schwarzen nach irgendeiner Seite hin einen Durchbruch versuchen würden. Doch nichts geschah. Weiter fraß das Feuer. Die Fenster zersprangen in der Glut. Lauter als bisher drangen durch die offenen Höhlen der wilde Gesang und das fanatische Geschrei der Eingeschlossenen.

Jetzt wurde es schwächer. Im Rauch erstickten die Stimmen der Männer, die lieber sterben als sich den Weißen ergeben wollten.

*

Georg Isenbrandt stand in seinem Laboratorium in Wierny. Er hatte die Tür des Raumes sorgfältig verschlossen. Niemand sollte ihn bei diesen Versuchen stören, die ihm die letzte Sicherheit bringen mussten.

Das Dynotherm wirkte wie eine radioaktive Substanz. Seine Materie zerfiel, löste sich scheinbar in das Nichts auf und verschwand aus der Schöpfung. Dafür aber traten riesenhafte Energiemengen auf, entstanden scheinbar ebenfalls aus dem Nichts und dienten bei den Arbeiten der Company dazu, die Hochalpen Asiens in einen heißen, viele Tausend von Meter in die Höhe reichenden Dampfnebel zu hüllen.

War das Prinzip umkehrbar, ließ sich eine Kombination finden, bei der neue Materie aus dem Nichts entstand und als Gegenwert Energiemengen gebunden wurden, spurlos aus der Schöpfung verschwanden? Seit Jahren bewegte diese Frage Georg Isenbrandt. In rastloser Forscherarbeit war er dem Problem immer nähergekommen. Der heutige Versuch musste den letzten Beweis erbringen.

Er saß vor der Apparatur und schüttete eine sorgfältig abgewogene Prise seines neuesten Präparates in das Wasser einer hohlen Quarzkugel, die ihrerseits die Kugel des Heliumthermometers umgab.

Er saß und verfolgte die Skala des Thermometers. Was sich hier etwa an neuer Materie bildete, konnte rechnungsmäßig nur Bruchteile eines Milligramms ausmachen. Aber die Energiemengen für die Schaffung auch dieser geringen Stoffmenge mussten gewaltig sein. Das Thermometer musste ihm zuerst und unfehlbar Aufschluss geben, ob Praxis und Theorie auch wirklich übereinstimmten.

So saß er und verfolgte den schmalen roten Weingeiststreifen, der das im Thermometer eingeschlossene Heliumgas von der Außenwelt abschloss.

Das Thermometer fiel. Schon hatte es den Gefrierpunkt erreicht, und langsam, aber stetig wanderte der rote Faden in dem Thermometerrohr weiter nach unten. Jetzt begann sich die Quarzkugel, in der das Präparat arbeitete, mit einer Eisschicht zu überziehen. Bei der Berührung mit der Zimmerluft schlug sich der in dieser vorhandene Wasserdampf sofort als massives Eis an der Quarzwand nieder.

Und immer noch fiel das Thermometer. Jetzt hatte es hundert Grad Kälte erreicht, jetzt stand es schon auf hundertachtzig Grad. Ein massiver, wohl einen halben Fuß starker Eisblock umgab bereits die ganze Apparatur.

Ein eigenartiges Prasseln und Knattern ließ Georg Isenbrandt aufhorchen. Es klang, als ob jemand Schrotkörner auf den Fußboden fallen ließe.

Schon zeigte das Heliumthermometer zweihundertfünfzig Grad Kälte. Wo immer die Luft mit der Apparatur in Berührung kam, ging sie selbst sogleich in den flüssigen Zustand über, wurde dann fest und fiel zu Boden und verdampfte dort wieder nebelnd und brodelnd. Aber es wurde kalt und immer kälter auch im Zimmer bei diesem Vorgang. Georg Isenbrandt spürte die Kälte nicht. Wie gebannt hing sein Auge am Thermometer.

... Zweihundertsechzig Grad ... zweihundertsiebzig Grad ... nur noch drei Grade trennten die Apparatur von dem absoluten Nullpunkt, bei dem jede Wärme erlischt, jeder Stoff in den festen Zustand übergeht.

Ein Kältegefühl an den Knien ließ ihn aufschaudern. Er fasste nach dem Rockzipfel und brach ein Stück des feinen flämischen Tuches glatt ab. Die flüssige Luft hatte den Stoff durchtränkt und war schließlich in ihm gefroren.

Achtlos warf er das Stück zur Seite. Nur noch das Thermometer interessierte ihn ... Zweihunderteinundsiebzig Grad ... der rote Faden blieb plötzlich regungslos stehen.

Der Alkohol war von der Kälte erreicht worden und zu einer massiven Stange gefroren. Jetzt aber sah Isenbrandt, wie die Heliumfüllung in Tropfen im Thermometer hinunterzufallen begann, wie das Heliumgas als feste Kruste an der Innenwand haftete.

Der absolute Nullpunkt war erreicht. Auch der flüchtigste aller bekannten Stoffe, das Heliumgas, erlag dieser exzessiven Kälte und wurde starr und fest.

Georg Isenbrandt ließ sich auf einen Sessel sinken. Minutenlang haftete sein Blick auf dem erstarrten Thermometer. Erst klar und fest, dann wie träumend. Bilder und Szenen kommender Ereignisse zogen an seinem geistigen Auge vorüber. Fast plastisch sah er, was er bis dahin nur in kühnen Träumen zu hoffen gewagt hatte.

Ein Rütteln an der Tür riss ihn aus seinen Gedanken.

„Wer ist da?"

„Ich! Wellington Fox."

„Einen Augenblick, Fox ... sofort ..."

Georg Isenbrandt sprang auf und machte mit größter Schnelligkeit eine Dynothermlösung zurecht. Im nächsten Augenblick goss er sie über den Apparat aus und riss die Fenster auf. Dann ging er, die Tür zu öffnen.

Wellington Fox stand vor ihm. Regennass, triefend und kleine Wasserbäche hinter sich lassend.

„Ein schandbares Wetter, Georg, das heißt, für eure Siedlungen wohl das rechte. Aber höchst unangenehm für mich, der ich ohne Schirm und Regenmantel losgeflogen bin. Ich störe dich bei deinen Arbeiten? Du hast dich eingeschlossen ..."

„Nein, du störst mich nicht. Du kamst zu einer glücklichen Stunde ..."

„Glückliche Stunde!? ... Du meinst, weil es hier endlich kräftig gießt. Seit vier Wochen kein Tropfen Regen hier. Jetzt der Mordsguss. Na! Es war wohl höchste Zeit ... Ich habe allerlei gehört. Hier blieb es dürr, und woanders war der Segen zu reichlich. Menschenwerk bleibt Stückwerk. Richtig wird die Sache erst, wenn ihr eure Suppe auch den Mäulern vorsetzen könnt, die sie brauchen."

Georg Isenbrandt blieb unbewegt. Sein Gesicht zeigte gleichmäßige, freundliche Mienen. Dann sprach er:

„Ja ... das ... Sag mal, Fox, willst du nicht ablegen? Du triefst ja aus allen Nähten."

Wellington Fox schüttelte sich.

„By Jove! Nass bin ich, aber eine sibirische Kälte ist hier bei dir. Draußen der schönste warme Mairegen, und hier ... was hast du denn da auf dem Tisch?"

Wellington Fox trat näher heran und betastete den in eine wogende Nebelwolke gehüllten Apparat.

„Dampf? ... Eis? ... Ja ... was ... Pfui Teufel! ... das ist ja kalt!"

„Eis ist meistenteils kalt, lieber Fox."

Wellington Fox hauchte auf seine weiß angelaufene Fingerspitze.

„Weiß ich, Georg ... ist mir nicht neu. Aber das Eis hier ... ist ja ... na, ich taxiere ..." Er betrachtete seine Fingerkuppe, auf der sich eine schwere Frostblase zu bilden begann ... „... das Eis hier ist ja wenigstens hundert Grad kalt."

„Sage ruhig zweihundert Grad, Fox. Dies Eis ist kein Wassereis. Es ist Lufteis. Luft ist hier gefroren. Du siehst, wie das Dynotherm zu tun hat, um die Frostmasse aufzutauen und zu verdampfen."

Wellington Fox betrachtete die dampfende und nebelnde Apparatur, von der die Wolken jetzt bereits bis zur Zimmerdecke emporstiegen.

„In der Tat, Georg, das dauert lange. Wenn ich bedenke, wie fabelhaft schnell eine ganz große Lawine auf eine kleine Tube von deinem Dynotherm Wasser und Dampf wurde. Ich habe dir ja mein Abenteuer schon telefonisch erzählt."

Isenbrandt lachte.

„Ja, Fox, so kopflos daraufloszupudern! Habe ich dich nicht gewarnt, vorsichtig damit umzugehen? Die Leute im Ferghanatal haben nicht schlecht über den unverhofften Segen geflucht. Du bist doch sonst relativ vernünftig. Was lag denn da vor?"

Wellington Fox lächelte etwas gezwungen.

„Zwei so hübsche junge Damen, wie sie dort im Schnee begraben lagen, konnten auch einen alten Fuchs zu Torheiten veranlassen ... Na, jedenfalls ... ich habe da etwas gefunden, was mich veranlasste, dich aufzusuchen."

Wellington Fox griff in die Tasche und brachte ein feines, in Maroquinleder gebundenes Notizbuch zum Vorschein.

„Das ist ein Souvenir an die eine der beiden Damen, die Gräfin di Toresani."

„Du behältst das? Du gibst es nicht zurück?"

„Nein!"

„Ah? Also ein Andenken an die Herzallerliebste. Mit Gräfinnen hast du es vor?"

„Falsch geraten, Georg. Die schöne Toresani hat ganz andere Ziele, als einen

Journalisten zu heiraten. Ziele die sie in meinen Augen zu einer sehr gefährlichen Person ..."

„Oho ... wieso?"

„Ich bin überzeugt, sie ist eine Abenteurerin, die Spionendienste für die asiatische Seite leistet."

„Hast du Beweise dafür?"

„Ja — das heißt, erst mal starken Verdacht. Den strikten Beweis hoffe ich in diesem kleinen Buch zu finden. Es geriet mir in die Hände, als ich die Toresani aus der schmelzenden Lawine hervorzog. Sie trug es in einem Ledertäschchen verwahrt unter ihrem Sweater. Als ich sie aus dem Eisschlamm riss, blieb es mir in den Händen."

Wellington Fox öffnete das kleine Buch.

„Unter diesen harmlosen Notizen hier ist nichts Interessantes. Ich hätte es ihr vielleicht zurückgegeben. Aber da fand ich hier noch diesen ..."

Er blätterte weiter und hielt Isenbrandt die Seite hin. Sie war vollkommen weiß. Nur am Rand, wo offenbar die Nässe gewirkt hatte, traten einzelne Buchstaben hervor. Die äußersten stärker, die innersten nur schwach.

b...r...a...n...d...t entzifferte Georg Isenbrandt nicht ohne Mühe.

„Und du meinst?"

Er sah Wellington Fox fragend an.

„... dass vor dem 'brandt' noch 'Isen' stehen muss!"

„Also 'Isenbrandt' ... mein Name?"

„Richtig, mein Freund! Ich wette, dass das Wort vollständig Isenbrandt heißt."

„Und was weiter?"

„Dass hier zweifellos noch einige für dich sehr interessante Notizen stehen, die ich leider nicht lesen kann. Der Teufel mag wissen, mit welcher sympathetischen Tinte das geschrieben ist."

Georg Isenbrandt hielt das aufgeschlagene Buch zwischen den Händen.

„Mag es geschrieben sein, womit es will. Auf Dynatherm reagiert es. Das dynothermhaltige Schmelzwasser der Lawine hat diese wenigen Buchstaben sichtbar gemacht ... Sehen wir weiter ..."

Er wandte sich nach dem Laboratoriumstisch und fuhr mit dem Buch über den dort stehenden und immer noch dampfenden Eisblock, bis die beiden Seiten völlig durchfeuchtet waren. Dann kehrte er wieder zu Wellington Fox zurück.

Gespannt waren vier Augen auf das Papier gerichtet. Buchstabe auf Buchstabe trat hervor. Triumphierend schlug Fox in die Hände.

„Da steht es: ‚Isenbrandt" ... Und nun? — Was sonst noch?"

Wellington Fox hatte das Buch ergriffen und las die Worte langsam herunter. Als er geendet hatte, legte er es vorsichtig auf den Tisch und wandte sich zu Isenbrandt, der stumm mitgelesen hatte.

Einen Augenblick schauten sie sich wortlos an.

Der Fund hat sich gelohnt, Georg! Über die Absicht der Orenburger Räuber besteht nun kein Zweifel mehr. Es ging um dein Leben ... Deine Feinde haben deine Bedeutung besser erkannt als deine europäischen Freunde."

„Du hast recht, Fox. Der Fund war gut. Eine Warnung für die Zukunft."

Er nahm das Buch und schloss es in seinen Tresor.

„Na ... siehst du, Georg, ich hatte doch eine glückliche Hand, als ich die starken Prisen auf den Schnee ausstreute. Andernfalls wären die inhaltschweren Buchstaben kaum sichtbar geworden."

„Es ist noch einmal gut gegangen, alter Fox. Trotzdem muss ich dich warnen. Mit dem Dynotherm ist nicht zu spaßen. Es sind ungeheure Energiemengen, die du da auf dem kleinen Raum eines Lawinenfeldes entfesselt hast. Es konnte dir sehr leicht gehen wie dem Zauberlehrling, der die Geister, die er rief, nicht mehr loswurde. Was war damals mit dir los? ... Irgendetwas anderes? Fox, mein Junge, ich glaube fast, dass dein Herz auch eine Dosis Dynotherm abbekommen hat."

„Und wenn es wirklich so wäre, dann würde ich schließlich doch auch nur berühmten Beispielen folgen."

Georg Isenbrandt blickte den Sprecher fragend an.

„Ja! Dich meine ich, Georg ... gerade dich. Sollte es nur die Erinnerung an Maria Ortwin sein, die dir jene andere Maria, unsere junge Reisegefährtin, so teuer macht?"

Isenbrandt kämpfte kurze Zeit mit einer leichten Verwirrung.

„Du versuchst vergeblich, nach alter Fuchsenweise deine Spur zu verwischen. Aber ... das wird dir nicht gelingen.

Da es nicht die Gräfin Toresani ist, so muss es logischerweise die kleine Garvin sein, die es dir derart angetan hat ... Immerhin ... Francis Garvin ist dir großen Dank schuldig ..."

„... Und da Mister Garvin niemand etwas schuldig zu sein wünscht, so hat er mir eine Vertragsurkunde zugehen lassen, die bis auf meine Unterschrift fertig war ..."

„Und die enthielt?"

„Wenn ich sie unterschrieb, war ich der alleinige Besitzer der 'Chikago Press'."

„Oho ...!"

„O ja! Francis Garvin lässt sich nicht lumpen ... Aber Wellington Fox auch nicht."

„Und?"

„Ich habe ihm seinen Vertrag fein säuberlich ohne Unterschrift zurückgeschickt ... mit dem Anheimgeben, mit der 'Chicago Press' andere Leute glücklich zu machen."

„Gut gemacht, Fox! Deine Beziehungen zu Francis Garvin werden damit nicht abgebrochen sein, taxiere ich ... Du lachst? ... Ich werde die weitere Entwicklung mit Interesse verfolgen ... Willst du mich jetzt auf einem Flug begleiten?"

„Gern, Georg! Aber erst muss ich mich bei dir umkleiden. Der Regen ist durch und durch gegangen. Ich hatte meine Nässe über unsere Experimente hier fast vergessen. Jetzt macht sie sich doppelt fühlbar."

Eine Viertelstunde später stieß die schnellste Flugmaschine der Station Richtung Nord zu Nordwest durch den strömenden Regen. Nur die beiden Freunde waren an Bord und Georg Isenbrandt steuerte selbst.

Je weiter sie vorwärtskamen, desto schwächer wurde der Regen, bis er jenseits des Balkaschsees ganz aufhörte. Jetzt war die Luft gut sichtig. Grüne Felder und

Triften zogen unter ihnen hin, während Isenbrandt die Maschine auf die höchste Geschwindigkeit setzte. Mit etwa tausend Stundenkilometer schoss sie jetzt durch den Äther.

Grauer wurde das Grün unter ihnen. Die Zeichen der Trockenheit, ja der Dürre mehrten sich.

Über einer unbesiedelten Steppe ließ Isenbrandt das Flugschiff tief hinabgehen. In einer Höhe von kaum hundert Metern zog er an einem Hebel. Wellington Fox glaubte durch die Scheiben der Kabine eine glitzernde, flockende Masse nach unten fallen zu sehen. Es war ihm, als ob etwas auf die Fläche eines kleinen, beinahe ausgetrockneten Landsees aufschlug. Aber er war seiner Sache nicht sicher. Schon hatte Isenbrandt die Steuerung herumgeworfen und ließ das Fahrzeug in steilen Spiralen steigen. Schon hatte es wieder eine Höhe von zehn Kilometern erklommen und gewährte den Insassen einen weiten Rundblick: Vorwärts weithin in die endlose Steppe ... rückwärts bis zu den Gestaden des Balkaschsees und den Kämmen der Himmelsberge.

Wellington Fox hatte den jähen Abstieg und das schnelle Wiederaufsteigen der Maschine mit Verwunderung beobachtet. Jetzt stellte Isenbrandt die automatische Steuerung ein und trat frei in den Raum.

„Was war das? ... Was bedeutete das?"

In Erregung stieß Wellington Fox die Frage hervor. Instinktiv spürte er, dass etwas Außergewöhnliches im Gange war, ohne dass er das Was und Wie wusste.

Isenbrandt trat an die Fenster und wies mit der Hand nach Osten.

„Sieh dorthin!"

Wellington Fox trat neben ihn.

„Was soll ich denn sehen? ... Ich sehe dort nichts!"

„Schau!"

„Ja, was denn? ... Nebel ... Ich sehe die Kämme des Thian-Schan ... Im Nebel ... Die Wolken strömen hierher ... Sie werden immer größer ... sie kommen hierher ... Immer schneller ... Und jetzt ... Und jetzt ..."

Wellington Fox war in höchster Erregung. Fast lallend kamen die letzten Worte aus seinem Mund. Jetzt wandte er sich zu Isenbrandt. Ein Blick auf dessen Gesicht ... Das Gesicht des sieghaften Tatmenschen.

Taumelnd trat er zurück. Grauen malte sich auf seinen Zügen.

„Georg! Du? ... Du! Dein Werk ist das?"

Schweigend nickte Isenbrandt.

Wellington Fox ließ sich auf einen Sessel fallen. Auch er sprach nicht mehr. Er deckte die Augen mit der Linken. Nur das Zucken seiner Rechten auf der Sessellehne verriet seine tiefe Erschütterung.

Wie im Traum erinnerte er sich später daran, wie das Flugschiff noch mehrere Male in die Tiefe schoss. Wie Isenbrandt seine Bomben warf. Wie Nebel, Donner, Blitze und schwere Regengüsse dem Weg des Flugschiffes folgten.

*

Waffenklirren ... Kommandorufe ... Der Taktschritt kleiner, aber auserlesener Formationen. Die helle Maisonne bestrahlte das Lager der Companytruppen am Nordabhang des Alatau. Von einer Übung im Gebirge kehrten die Truppen zurück.

Vielleicht hatte Wellington Fox in einer Beziehung recht, als er einmal die European Settlements Company mit der südafrikanischen Chartered Company des neunzehnten Jahrhunderts verglich. Wie diese einst in den großen afrikanischen Gebieten, so unterhielt die E. S. C. hier im Herzen Asiens, in den östlichen Teilen der Siedlungsgebiete, ein kleines, aber ausgesuchtes und schlagfertiges Heer, normalerweise nur für die Aufrechterhaltung der Ordnung und den Schutz der Siedler gegen zufällige Räubereien bestimmt, im Notfall aber auch der erste Prellbock gegen einen offenen Angriff, bis die reguläre europäische Waffenmacht zur Stelle war.

Die wirtschaftliche Autonomie der Siedlungsgebiete bedingte auch den Selbstschutz, im Innern der Gebiete, soweit sie nicht unter russischer Hoheit geblieben waren, durch eine Siedlermiliz, an den Grenzen durch die erwähnte Berufsgruppe.

Nachdem die europäischen Bürgerkriege, wie man jetzt die früheren Streitigkeiten der europäischen Nationen ironisch nannte, aufgehört hatten, war nur hier noch eine der wenigen Möglichkeiten, gelegentlich Pulver zu riechen. So traf sich unter den Fahnen der Company viel von dem alten guten Soldatenblut Europas. Kameradschaftlich dienten hier die Urenkel berühmter europäischer Heerführer, die einst schwere Schlachten gegeneinander geschlagen hatten.

Das Flugzeug Isenbrandts landete auf dem Flugplatz des Lagers. Das Companywappen, das groß und weithin sichtbar seine Flanken zierte, erlaubte es ihm, die Lagergrenzen zu überfliegen und hier niederzugehen. Auf die Meldung des Wachthabenden am Lagertor erschien ein Adjutant des Generals Effingham, des Oberstkommandierenden der Companytruppen. In seiner Begleitung gingen die Freunde zur Wohnung des Generals.

Wellington Fox blieb mit dem Adjutanten auf dem Vorplatz vor dem Haus zurück. Georg Isenbrandt trat ein und traf im Vorzimmer den Obersten von Bülow, der dem Kommandierenden als Generalstabschef beigegeben war.

Mit herzlichem Händedruck begrüßte Isenbrandt den ihm seit langen Jahren bekannten Offizier. Er wusste, dass der lieber heute als morgen gegen die Asiaten vom Leder gezogen hätte. Aber die Entscheidung darüber lag nicht in den Händen des Obersten.

„Sie wünschen den Herrn General zu sprechen, Herr Isenbrandt?"

Isenbrandt nickte. Der Oberst fuhr fort:

„Schlecht Wetter heute! Der hat sich auf seine alten Tage noch ein paar Skier angeschnallt ... den Knöchel verrenkt. Können Sie Ihren Besuch nicht verschieben?"

„Nein! Die Sache ist von Wichtigkeit!"

„Dann Hals und Beinbruch! Wollen Sie mir, bitte, folgen."

Wellington Fox und der Adjutant Averil Lowdale saßen in der warmen Frühlingssonne auf ein paar Feldstühlen vor der Baracke des Generals. Die Unterhaltung der beiden schleppte sich nur mühselig weiter. Mochte es sein, dass der Berichterstatter der 'Chikago Press' allerlei fragte, was der Adjutant aus militärischen Gründen besser unbeantwortet ließ ... oder mochte Averil Lowdale selbst wenig sprechlustig sein?

Schließlich kam das Gespräch ganz ins Stocken. Wellington Fox betrachtete von der Seite her das verschlossene Gesicht seines Partners. Es verriet ihm noch mancherlei zu dem, was er bereits wusste. Die Affäre Lowdale-Dewey hatte nicht allein für die Upper Ten der Union Wochen hindurch den Gesprächsstoff gebildet. Die schwarze Presse hatte das Vorkommnis weidlich ausgeschlachtet. Die asiatische Presse hatte die Affäre mit der älteren ähnlichen Geschichte desselben weißen Adelshauses zusammen behandelt. So waren Wellington Fox alle Einzelheiten dieser Affäre natürlich genau bekannt. Aber jetzt erst hatte er Gelegenheit, den Hauptbeteiligten zu sehen ... kennenzulernen.

Averil Lowdale saß immer noch in tiefe Gedanken versunken und starrte in die Ferne, während die scharfen Ohren des Journalisten bereits Bruchstücke der Unterhaltung aus dem Generalszimmer auffingen. Dort war der Wortwechsel inzwischen recht lebhaft geworden.

„Zum Teufel mit Ihrer Gespensterseherei! ... Das traurige Kirgisengesindel halten unsere Gendarmen in Ordnung."

„Sie weigern sich also, Herr General, meinem Ersuchen zu willfahren?"

Bisher hatte Wellington Fox nur das Poltern des Generals gehört. Jetzt klangen auch die Worte Isenbrandts scharf und schneidend an sein Ohr.

Einen kurzen Moment schien auch Averil Lowdale aufzuhorchen. Aber er war das Poltern des Generals gewohnt und sank wieder in sein Sinnen zurück.

„Selbstverständlich weigere ich mich! ... Ich denke gar nicht daran, die Milizen aus den Kolonien zu mobilisieren. Wohin sollten wir kommen, wenn ich jedem Abschnittsingenieur einen besonderen Schutz stellen muss ... Kirgisensaufstände ... Humbug ... Macht auf mich keinen Eindruck ...

„Dann bitte ich Sie, Herr General, dies hier zu lesen ... Es wird hoffentlich Eindruck auf Sie machen."

„Was soll mir das?! ... Was? ... Vollmacht!? ...

Vollmacht?! ... Den Wünschen des Ingenieurs Isenbrandt ist unbedingt Folge zu leisten ... Folge leisten!?"

Die Stimme des Generals war im Begriff, sich zu überschlagen.

„Ich ... der General Effingham! ... Folge leisten ...

Das stiermäßige Gebrüll hatte auch Averil Lowdale aus seiner Apathie ausgerüttelt. Er hielt es für geboten, den Berichterstatter der 'Chikago Press' aus der Hörweite der Unterhaltung herauszubringen. Aber seine indirekten Versuche stießen auf außergewöhnliches Nichtverstehen. Wellington Fox hatte viel zu viel zu tun, um noch mit gespitzten Ohren die Antwort Isenbrandts zu erhaschen.

„Wie Sie denken, Herr General! Wenn Sie es nicht können oder wollen, wird es ein anderer an Ihrer Stelle machen."

„Denjenigen meiner Untergebenen möchte ich sehen, der das wagt?!"

„Herr General, ich ersuche Sie, Ihr Kommando an Herrn Oberst von Bülow abzugeben!"

„Sind Sie verrückt?"

Man hörte, wie zwei Fäuste dröhnend auf die Tischplatte krachten.

„Ich denke nicht! Bitte, hier! Lesen Sie auch diese Vollmacht!"

Averil Lowdale hielt es jetzt für angebracht, seinen schwerhörigen Gast mit sanfter Gewalt aus der Reichweite dieses Dialogs zu entfernen.

*

Als Erster sprang Georg Isenbrandt aus dem Coupé, als der Zug in den Bahnhof von Kaschgar einfuhr. Mit größtmöglicher Schnelligkeit folgte ihm Wellington Fox. Durch das Gewühl der Passagiere suchten sie den Weg ins Freie.

„Noch einmal, Georg ... zum letzten Male: Es ist ein bodenloser Leichtsinn, dass du dich hier geradeswegs in die Höhle des Löwen wagst. Kann ich das nicht allein ebenso gut ausrichten?"

„Nein!"

Während Georg Isenbrandt gleichmäßig weiterschritt, traf ein entschlossener Blick den Freund.

„Nein! Ich habe es versprochen ... Ich halte, was ich versprach."

Wellington Fox gab es auf, weiter in ihn zu dringen.

Aber seine Hand tastete nervös nach der kleinen wirksamen Waffe in der Rocktasche.

„All right, Georg! Die Kühnheit ist zu groß, um zu misslingen. Georg Isenbrandt am helllichten Tag in den Straßen Kaschgars, am Sitz des chinesischen Generalkommandos ... Das Stückchen ist nicht übel."

Sie durchwanderten Straßen und Gassen und standen vor dem Gartentor des Witthusenschen Hauses. Sie zögerten betroffen, noch ehe sie die Glocke zogen.

Die Vorhänge herabgelassen ... Alle Fenster verhängt. Schon von außen ein totes Bild der Verlassenheit.

Mit einem energischen Ruck riss Fox an der Klingel. Lange Zeit schien niemand zu hören. Endlich öffnete sich ein Spalt in dem massiven Tor. Das Gesicht des alten chinesischen Boys kam zum Vorschein.

„Herr Witthusen?!"

Wellington Fox stellte die Frage, während er gleichzeitig den Fuß in die Türspalte schob und mit einem kräftigen Schulterdruck den Flügel so weit zurückdrängte, dass sie eintreten konnten.

„Herr Witthusen ist nicht zu Haus?"

Zum zweiten Mal und noch dringlicher fragte Fox.

Der Chinese schüttelte verneinend den Kopf.

„Und Frau Witthusen?"

Das Gesicht des Asiaten sagte mehr als Worte.

„Wo sind sie hin?"

Isenbrandt war auf den Asiaten zugetreten. Der schüttelte nur den Kopf und machte ratlose Gebärden mit den Händen.

Wellington Fox schob sich zwischen Georg Isenbrandt und den Boy. Eine Note von hohem Gepräge raschelte in der Faust des Asiaten und verschwand zauberhaft schnell in der faltigen Kleidung.

„Wo sind sie hin?" wiederholte Fox. „Wann sind sie abgereist?"

Der Gelbe krümmte sich verlegen. Seine Hände tasteten nach der Stelle, wo der Schein knisterte.

„Wohin sie sind, hoher Herr ... Hui-Fang weiß es nicht ... Vorgestern Abend in der zehnten Stunde kam ein Auto vorgefahren. Zwei Offiziere stiegen aus und gingen zu dem Herrn ... Und dann ... dann kamen sie wieder heraus ... Mit ihnen der

Herr und Maria Feodorowna und ... stiegen zusammen in das Auto ... und fuhren fort."

„Wohin sind sie?"

Georg Isenbrandt hatte Fox beiseitegeschoben und stand vor dem Chinesen, der sich unter seinem Blick zusammenkrümmte.

„Wohin? ... bei den Geistern deiner Ahnen!"

Das asiatische Gesicht nahm einen grauen Schein an. Seine Augen hingen an denen Georg Isenbrandts und konnten nicht los davon. Dann sank er in die Knie und hob beschwörend die Hände:

„Ich weiß es ... nicht ... hoher Herr! Ich weiß es nicht."

Georg Isenbrandt taumelte zurück. Tief aufatmend bedeckte er die Augen mit der Rechten. Wellington Fox fragte: „Hat der Herr etwas hinterlassen? ... Befehle?"

„Nein! Nichts ..." Nach einer Weile kam es zögernd von den Lippen des Asiaten:

„Gestern in der Frühe war Mister Cameron hier. Der sagte: Der Herr ist verreist und kommt vorläufig nicht wieder. Jeder Arm, der etwas aus dem Haus nimmt, wird abgehackt. Mister Cameron hat alles verschlossen ... hat alle Schlüssel mit sich genommen ..."

Als der Name Cameron fiel, zuckte Wellington Fox zusammen.

„Ist Mister Cameron noch in Kaschgar?"

Der Alte antwortete unsicher:

„Ich weiß nicht ... Sicher ... Ich glaube ..."

Der Gelbe wand sich unter den Fragen, während ihm Wellington Fox Wort für Wort abrang.

Georg Isenbrandt fuhr dazwischen. Mit der Rechten hatte er das Gewand des Asiaten an der Brust gepackt und schüttelte ihn wie ein Bund Flicken.

„Wo ist Mister Cameron?"

„Der Hausangestellte sagte, sein Herr wäre ..."

„Wo ist Mister Cameron?"

„... in Peking."

Mit jähem Ruck warf Georg Isenbrandt das taumelnde Etwas in einen Winkel.

„Komm, Fox, wir haben hier nichts mehr zu tun!"

Fast mechanisch schlugen sie den Weg zum Bahnhof ein. Minuten hindurch gingen sie stumm nebeneinander her. Dann brach Wellington Fox das Schweigen.

„Was tun?"

Er erhielt keine Antwort. So sprach er selbst weiter:

„Also nach Peking!"

„Wer?"

„Ich! ... Mit dem nächsten Postschiff."

„Du wolltest?"

„Selbstverständlich, Georg! An der Quelle ist am meisten zu holen. Der selige Pinkerton soll sich vor Neid über meine Erfolge noch im Grab umdrehen! Collin

Cameron ist jetzt ein doppeltes Jagdobjekt für mich. Ich werde ihn finden ... und ihm das Handwerk legen ... Was wirst du tun?"

Georg Isenbrandt schwieg.

„Ich würde dir raten, eine vertraute Person auf die Spuren der Vermissten zu setzen. Hast du nähere Bekannte in Kaschgar?"

Isenbrandt schüttelte den Kopf.

„Nein, Fox!"

„Glaubst du deinem Angestellten Ahmed trauen zu können? Er ist doch Dschungane."

„Ahmed? Er ist loyal. Ja! Ihn werde ich schicken. Gut Fox! Wann willst du fahren?"

„Sofort!"

„Dein Gepäck? ... Deine Sachen?"

„Die liegen gut im Kogarthaus. Mit dem nächsten Postschiff."

„Fox ... du guter Freund ... du weißt immer Rat ... du wirst mir Nachricht geben ... auch von der kleinsten Spur."

Einen Moment standen sie sich Hand in Hand gegenüber.

„Frisch auf, Georg!"

„Halt! Noch eins!"

Georg Isenbrandt griff in seine Tasche und holte eine kleine Glasröhre hervor.

„Du kommst nach Peking. Du wirst morgen früh dort sein. Um die Mittagsstunde wirf dies hier von irgendeiner Brücke ins Wasser!"

Wellington Fox ließ das Röhrchen in die Tasche gleiten.

„Noch etwas?"

„Ja! Bevor du es wirfst, musst du den Korken öffnen. Aber auch keine Sekunde früher. Vergiss das nicht! Denke an deine Erfahrungen mit der Lawine!"

„All right, Georg!"

*

„Der Himmel hat seinem erlauchten Sohn die Gesundheit wiedergegeben. Die Vollendete Weisheit ist genesen. Schitsu, der Hwangti, der Herr und Großkhan, kehrt in seine Residenz zurück."

Seit vierundzwanzig Stunden hielt diese Nachricht die Bewohner Pekings in Atem. Seit den frühen Morgenstunden begannen die Volksmassen aus dem Stadtinnern hinauszuströmen und die Straße zu umlagern, die von Schehol nach Peking führt. Zu Hunderttausenden umsäumten sie die breite Landstraße, lagerten hier und dort in Gruppen, begannen die mitgebrachten Lebensmittel zu verzehren und beschwatzten auf ihre Art das bevorstehende Ereignis, den Einzug des wiedergenesenen Großkhans.

Die Stunden verstrichen darüber. Höher stieg die Sonne und näherte sich ihrem höchsten Stand. Drückend heiß wurde der Maitag, und die Händler, die mit Erfrischungen erschienen, fanden reißenden Absatz für ihre Ware.

Um die zwölfte Stunde marschierten von Peking her auf der Landstraße die Garden des Schanti heran. Nach Ausbildung ·und Ausrüstung Elitetruppen. Die anmarschierenden Regimenter schwenkten mit der Präzision eines Uhrwerkes nach rechts und links gegen die Straßenränder aus, drängten die Menge, soweit sie die Straße noch besetzt hielt, über die Gräben zu beiden Seiten zurück und bildeten einen zusammenhängenden, von Bajonetten starrenden Kordon.

Die Straße war hermetisch abgesperrt.

Die Menge, zur Seite gedrängt, breitete sich über die Felder aus und suchte erhöhte Punkte, von denen aus über die Köpfe der absperrenden Garden hinweg möglichst viel von dem kommenden Schauspiel zu sehen sein musste.

Es waren nur sehr wenige Weiße in der Menge zu sehen und diese wenigen hielten sich stark zurück. Es war nicht angebracht, in dieser fanatisch erregten Menge Aufsehen zu erregen, denn nur allzu leicht konnten die Volksleidenschaften explodieren.

Auf einer kleinen Erhöhung in einer asiatischen Gruppe hatte Wellington Fox seinen Platz gefunden. Dort stand er, wartete und sah, wie plötzlich Bewegung in die Menge kam, wie diese Tausende von Köpfen sich nach einer Richtung drehten, wie ein Murmeln und Rauschen durch die Massen ging.

Der Wagen des Großkhans kam. Eine der alten, schwer vergoldeten Staatskarossen mit großen Glasscheiben. Von acht Pferden gezogen. Im Schritt, die Pferde von den Angestellten des Marstalls an Kopfhalftern geführt.

Der Großkhan aufrecht auf dem Rücksitz, allein im Wagen. Wellington Fox verschlang das Bild mit den Augen. Er sah, sah viel, doch er wollte noch mehr sehen.

Als der Wagen die Straße gerade vor ihm passierte, konnte er seine Neugier nicht länger meistern und brachte sein scharfes Perspektiv an die Augen. In greifbarer Nähe erblickte er jetzt die markanten Züge des Großkhans. Doch nur für einen kurzen Augenblick.

Er fühlte, wie seine Füße plötzlich nach hinten gerissen wurden. Unsanft schlug er zu Boden. Wütend blickte er um sich und sah in eine Reihe von Augen, aus denen drohender Hass blitzte.

Beim Nahen des majestätischen Wagens hatte sich alles Volk, dem alten Brauch folgend, auf die Knie geworfen. Fox allein hatte in seiner Erregung nicht darauf geachtet und war stehen geblieben. Zu spät bereute er jetzt seinen Fehler. Der Wagen war vorüber, die Möglichkeit, von dieser Stelle noch etwas zu sehen, nicht mehr vorhanden. Wohl aber erschien es ihm sehr angebracht, sich aus der Nähe dieser Menge zu entfernen, deren Mienen und Blicke wenig Gutes verhießen.

Es glückte ihm, von dem Haufen loszukommen. Auf einem Richtweg zwischen bebauten Feldern und Wiesen strebte er wieder der Stadt zu. Und während er dahinschritt, jagten sich die Gedanken in seinem Gehirn.

Wie war das möglich? ... Wie konnte das sein?"... Hatte ihm nicht Isenbrandt auf das Bestimmteste versichert, dass die Tage des Großkhans gezählt seien? ... Hatte er ihm nicht gesagt, dass ein Sterbender sich auf den seidenen Kissen in Schehol quäle?

Und was hatte er eben gesehen? ... War das Wirklichkeit?

Unwillkürlich griff er nach seiner Tasche. Das Fehlen seines Perspektivs bewies ihm nur zu deutlich, dass die Szene, die er soeben erlebt hatte, in Wirklichkeit vor sich gegangen war.

Was hatte er gesehen? ... Einen Mann in militärischer Kleidung in der großen Staatskarosse ... Der Großkhan? ... Der Großkhan!

War das auch der Großkhan Schitsu? ... Ohne Zweifel. Die Bilder des Großkhans, die Fox in der Erinnerung hatte, konnten ihm die Frage nicht sicher beantworten.

Und doch ... Es wäre ... er ... er musste es sein. Hier einen anderen an des Großkhans Stelle zu zeigen ... Wer hätte den ungeheuerlichen Betrug wagen sollen?

Verflucht die Hand, die ihn im kritischen Moment zu Fall brachte! Noch eine Sekunde länger, und er hätte Gewissheit gehabt ..." Wie schauten die Augen des Mannes? ... So starr ... so ernst ... so tot ... tot? Aber hatte er sich nicht bewegt? Hatte das Antlitz nicht leicht genickt? Hatte er die Grüße des ihm huldigenden Volkes nicht deutlich erwidert?

Die Gedanken von Wellington Fox sprangen zu Isenbrandt zurück. Wie würde das alles auf dessen Pläne wirken? ... Wie auf diejenigen der Siedlungsgesellschaft?

Noch nie in seinem Leben hatte Fox vor solchem Rätsel gestanden. Vergebens suchte er nach einer Lösung ... Er fand sie nicht ... Und doch, was Isenbrandt gesagt hatte, musste richtig sein. Er klammerte sich an die Worte des Freundes.

Der Weg führte ihn an einer Nachrichtenstation vorbei. Einen Augenblick zögerte er. Bericht an die 'Chikago Press' geben? ... dass der Großkhan in voller Gesundheit in seine Residenz eingezogen sei ... Nein! ... Nichts! ... Mögen sie diesmal ihre Berichte aus einer anderen Quelle schöpfen.

Fest entschlossen schritt er weiter der Stadt zu. Seine Gedanken konzentrierten sich auf die Person, derentwegen er hierhergekommen war: Collin Cameron!

Ohne große Schwierigkeiten hatte er das Hotel ausfindig gemacht, in dem der Gesuchte wohnte. Auf dem Umweg über die Filiale von Uphart Brothers hatte er das festgestellt. Aber als er heute früh in dies Hotel kam, hatte er gerade noch die Rückseite von Collin Camerons Auto gesehen. Der Einzug des Großkhans hatte ihn vorübergehend vom weiteren Nachspüren abgebracht. Mechanisch verfolgte er jetzt die Straße nach der Stadt.

Ein Blitzen in der Ferne erinnerte ihn an Isenbrandts Auftrag. Da blinkte über die Felder her in den hellen Strahlen der Maiensonne der Spiegel eines kleinen Weihers. Wellington Fox schlug einen Seitenpfad ein und schritt darauf zu. Die Gelegenheit war günstig. Weit und breit kein Mensch zu sehen. Was Beine hatte, trieb sich an der Straße nach Schehol herum.

Er rief sich die Vorschrift Isenbrandts ins Gedächtnis. Dann griff er in die Brusttasche. Ein kurzer Ruck, und der Pfropfen war entfernt. In weitem Bogen flog die Tube in das Wasser.

Wellington Fox sah sie versinken und spurlos verschwinden. Einen Augenblick zögerte er. Dann wandte er sich um und ging mit schnellen Schritten der Stadt zu. Der plötzliche Kniefall vor einer halben Stunde wirkte noch nach und ließ ihm Vorsicht geboten erscheinen. Mochte Georg Isenbrandt da für die Bewohner Pekings zusammengebraut haben, was er wollte, es war jedenfalls nicht angebracht, dass irgendjemand hier Wellington Fox bei der Ausführung dieses Auftrages beobachtete und in Zusammenhang damit brachte.

Er gelangte in die Stadt zurück. In einer Teestube, gegenüber dem Hotel, in dem Collin Cameron abgestiegen war, nahm er an einem Fenster Platz. Der, auf dessen

Kommen er hier lauerte, saß indessen im Palast des Regenten dem Schanti gegenüber.

„Das Wunder, das an dem Sohn des Himmels geschah, war unfassbar groß ... so groß, dass es niemand glauben kann, der es nicht gesehen hat, wie die Erleuchtete Weisheit in die alte Großkhanstadt einzog."

„Sie sahen den Großkhan?"

„Nein, Hoheit. Ich wartete hier im Palast."

Ein leichtes, kaum merkbares Lächeln glitt während der Antwort über Collin Camerons Züge.

„Der Großkhan lebt! Weh dem, der ... der ... Seine Hand würde ihn furchtbar treffen ..."

Die Worte, scheinbar so leicht und beziehungslos hingesprochen, ließen Collin Cameron innerlich erbeben.

„Die Welt wird erzittern, wenn des Großkhans Name wieder ertönt. Europa ... dieses altersschwache Land wird seinen Flug nach Osten hemmen. Gelähmt werden seine Flügel herabhängen, wenn ihm der Name der Erleuchteten Weisheit in die Ohren dringt. Unsere Feinde werden erbeben. Unsere Freunde in den Vereinigten Staaten werden frohlocken ... Zusammen mit den Söhnen des Himmlischen Reiches ..."

Collin Cameron hatte immer lauter und schneller gesprochen, um den Eindruck seiner unvorsichtigen Worte zu übertönen und zu verwischen. Die Stimme des Schanti unterbrach ihn.

„Sie werden noch heute nach den Vereinigten Staaten fahren!"

Die Züge Collin Camerons blieben unbewegt, obgleich ihm der Auftrag höchst unerwünscht kam.

„Es ist der Wille unseres Herrn, dem die Götter so wunderbar die Gesundheit wiedergeschenkt haben. Am sechsten Juli, das heißt an dem Tag nach der Wahl Josua Bordens, sollen die Pläne der Höchsten Weisheit zur Ausführung kommen."

Collin Cameron sah den Regenten erstaunt an. Wagte dann die Erwiderung: „Und wenn die Wahl nicht am fünften Juli stattfindet?"

„Auch dann!"

Mit einem Ruck war Collin Cameron aufgestanden.

„Auch dann?"

Der Regent nickte stumm.

„Ich verstehe nicht, Eure Hoheit ... Die Wahl Josua Bordens ..."

„...Braucht nicht am Fünften stattzufinden. Der sechste Juli ist der Tag ..."

„Ich verstehe nicht, Hoheit."

„Die Wahl soll am Fünften stattfinden ... Es wäre gut, wenn es geschähe. Doch es könnte sein, dass die Wahl verschoben wird ... Das Geheimnis scheint nicht gut gewahrt worden zu sein ... Es wäre möglich, dass man einen Strich durch alle Pläne macht, indem man die Gouverneurswahl verschiebt. Ein solcher Aufschub ... und ginge es nur um wenige Wochen ... würde die Absichten des Großen Herrn stören. Ihre Aufgabe ist es, dahin zu wirken, dass die schwarze Bewegung unter allen Umständen am Sechsten losbricht!"

„Hoheit! ... Die schwarzen Führer dahin zu bringen ist unmöglich!"

„Dann ist es Ihre Aufgabe, die Bewegung auch ohne die Führer zum Ausbruch zu bringen. Das Wie ist Ihre Sache. Ihre Vollmachten sind unbegrenzt. Mittel aller Art stehen in jeder Menge zur Verfügung."

Der Regent hatte geendet. Collin Cameron starrte stumm vor sich hin. Der Schanti sprach weiter: „Sie werden die Aufgabe annehmen ... und vollbringen!"

Noch immer schwieg Collin Cameron. Erst nach einer geraumen Weile erhob er sich. Sein Gesicht verriet die Bewegung, die in ihm arbeitete.

„Der schwerste Auftrag, den mir Eure Hoheit je gegeben. Ich übernehme ihn."

„Sie fliegen mit dem Postschiff."

Collin Cameron verließ den Raum. Im Vorzimmer fiel ihm das verstörte Gesicht eines Adjutanten auf, der sich sofort dem Zimmer des Regenten näherte. Als Collin Cameron den Palast verließ, sah er die blühenden Gärten unter einer leichten Schneedecke liegen und unaufhörlich schwere Flocken niedergehen. Einen Augenblick zögerte sein Fuß.

Schnee ... in dieser Jahreszeit ... in solcher Menge?

Die Gedanken an seine Reise ... an seine schwere Aufgabe ließen ihn das Außergewöhnliche nicht voll empfinden.

Regungslos, so wie ihn Collin Cameron verlassen hatte, saß der Regent. Seine Hand tastete nach einem Globus und ließ ihn mechanisch rotieren.

„... Um die ganze Welt spinnen sich meine Fäden zu einem Netz ... stark ... unzerreißlich ... der sechste Juli ..."

Seine Hände legten sich ineinander. Die Finger der Rechten griffen nach dem Ring des Dschingis-Khan und zogen ihn von der Linken. Wie von selbst glitt der Ring auf die Rechte. Wie im Spiel wiederholte der Schanti das Hin-und-her-Schieben des Ringes.

Ein Klopfen an der Tür ließ ihn aufschrecken. Hastig schob er den Ring auf die Linke zurück.

„Was ist?"

Sein persönlicher Adjutant stand vor ihm. Dessen Gesicht war verstört, seine Augen blickten irre.

Noch einmal rief der Schanti: „Was ist?!"

„Es ist Winter geworden, Hoheit!"

„Es ist Winter geworden? ... Willst du mich narren?"

Der Adjutant deutete nach den durch schwere Seidenvorhänge verhüllten Fenstern. Mit einem Ruck sprang der Regent auf und riss die Vorhänge auseinander. Ein schweres, dichtes Schneetreiben verdunkelte die Luft.

Eine Sinnestäuschung? ...

Die Rechte des Schanti riss die Fensterflügel auf, die Linke streckte sich hinaus. Wie wenn sie in Feuer gefasst hätte, fuhr sie wieder zurück. Die Augen des Regenten ruhten darauf, sahen, wie die Flocken unter der Wärme der Hand rasch dahinschmolzen, sahen, wie eine an dem goldenen Ring länger haftete und nur langsam schwand. Sein Auge glitt über die Gärten, die unter den Schneemassen wie unter einem Leichentuch ruhten.

War das Natur? ... Menschenwerk? ... Dann ...

Zurück! Collin Cameron!

Er wollte es schreien, als sein Blick auf den Adjutanten fiel, der stumm dastand. Im Augenblick hatte er sich wieder in der Gewalt.

„Was willst du? ... Es schneit ... Es schneit ... Ja natürlich, es schneit ... Hast du noch keinen Schnee gesehen? ... Fürchtest du dich vor Schneeflocken? ... Geh!"

*

In einer Baumlaube des Garvinparks in Frisko saß Wellington Fox. Die Sonne war längst untergegangen. Vom Ozean her wehte eine kühle Brise. Fröstelnd schlug Fox den Kragen seines Jacketts in die Höhe. Die Hände in die Taschen vergraben, legte er sich bequem auf der Bank zurück und schaute sinnend dem Rauch seiner Zigarre nach.

... Dass ich hier seit einer geschlagenen Stunde sitze und geduldig auf das Kommen einer jungen Frau warte ... und, wenn es darauf ankommt, die ganze Nacht warten würde, hätte ich mir vor ein paar Monaten nicht träumen lassen ... Ich, Wellington Fox, der mit seinen fünfunddreißig Jahren bisher der Ansicht war, dass die Rose menschlicher Liebe vor ihm auch nicht ein Blatt mehr zu entfalten habe ... Keinen Duft, den er nicht eingeatmet hätte ...

Ein leises Knirschen des Kiesweges ließ ihn aus seinem Träumen aufschrecken. Schnell warf er die Zigarre auf den Boden und trat mit der Schuhsohle darauf. Im nächsten Augenblick stand Helen Garvin vor der Laube. Sie tat einen schnellen Blick rückwärts und beugte sich dann lauschend nach vorn. Und schrie leise auf, als sie sich plötzlich an der Hand gegriffen fühlte und mit sanfter Gewalt in das Dunkel der Laube gezogen wurde.

„Komm, Helen. Das dichte Blätterdach schützt uns vor allen Späherblicken."

„Ah, Sie sind es, Herr Fox? Ich hatte doch die Bank auf der anderen Seite des Weges als Treffpunkt bezeichnet. Beinah wäre ich umgekehrt. Da glaubte ich, hier das Glühen einer Zigarre zu sehen."

„Das dich anzog, wie das Licht die Motte."

„Herr Fox! Ich gehe sofort, wenn Sie Ihre Redensarten nicht lassen. Nein, ich konnte mir kaum denken, dass Sie es waren, der hier rauchte."

„Warum, Helen?"

„Weil es sich nicht gehört, dass ein Herr raucht, wenn er eine Dame erwartet ..."

„... Die wiederum erwartet, von diesem Herrn geküsst zu werden", vollendete Fox.

„Herr Fox, ich weiß nicht, was man zu solcher Unverschämtheit sagen soll. Ich gehe!"

„Gar nichts, Helen, soll dein süßer Mund sagen, küssen ..."

Im Nu hatten starke Arme Helens Schulter umfasst, und eine Flut von Küssen verschloss ihren Mund ...

„Jetzt ist es aber genug." Atemlos klang die Stimme dicht an Wellingtons Ohr. „Bitte! Bitte!"

Sie entwand sich Wellingtons Armen und begann ihr verwirrtes Haar in Ordnung zu bringen.

„Schämen Sie sich, Sie schrecklicher Mensch! Gut, dass das letzte Mal war."

„Wann wollen wir nun heiraten?" war Wellingtons ganze Antwort.

„Heiraten? ... Wir ... heiraten?"

Helen trat entrüstet auf Fox zu, der sich auf der Bank niedergelassen hatte und mit einer Handbewegung Helen einlud, neben ihm Platz zu nehmen.

„Erstens will ich gar nicht heiraten ... und zweitens nicht einen Mann wie Sie, den aller unhöflichsten Menschen, den ich je kennengelernt habe. Alle anderen Männer sind höflich und zuvorkommend zu mir. Besonders die, die mir Heiratsanträge gemacht haben."

„Sie haben dich aber trotzdem nicht wie ich viermal küssen dürfen."

„Viermal? ... Hundertmal!" rief Helen und geriet dann in unbeschreibliche Verwirrung.

„Wenn du mich nicht heiraten willst, Helen, warum hast du dich dann mit mir verlobt?"

„Verlobt?"

„Gewiss, Helen! Eine wohlerzogene junge Dame küsst keinen Mann; wenn sie nicht mit ihm verlobt ist. Und ist sie verlobt, muss sie ihn doch schließlich heiraten ... klar?"

Einen Augenblick stand Helen wortlos.

„Ja ... ja, das mag schon richtig sein. Aber wenn nun mein Vater nicht damit einverstanden ist, eine Abneigung gegen Sie hat und gar nicht mit sich reden lässt? Ich liebe meinen Vater sehr, aber ich kann sein Vorurteil gegen Leute, die nicht reich oder von hohem Rang sind, nicht teilen, aber ... gegen seinen Willen ...

Ich bin deshalb heute zum letzten Mal hierhergekommen ... und will Ihnen sagen ..."

„Dass du morgen Abend um dieselbe Zeit hierher ..."

„Herr Fox! Ich gehe jetzt und komme nicht wieder!"

„Gut!"

„Sie dürfen mir auch nicht mehr schreiben."

„Gut!"

„Sie ..."

„Bitte."

„Sie dürfen mich auch nicht so ..."

„Bitte."

„... so ansehen."

„Gut ... Noch etwas?"

„Nein! ... Adieu, Sie ..."

Helen raffte ihr Kleid zusammen und schickte sich an zu gehen.

Am Ausgang der Laube drehte sie sich nochmals um.

„Adieu, Sie Mister Gut ... Sie Papagei ... Sie Ungeheuer ... Sie, Sie ...."

Mit drei Schritten stand sie vor Wellington Fox und hielt ihm die kleine geballte

Faust vors Gesicht. Da fühlte sie sich plötzlich neben Fox sitzen, und ein anderer Mund verschloss den ihren. Erst nach geraumer Weile klang die Stimme Wellingtons wieder:

„Glaubst du wirklich, meine liebe Helen, Wellington Fox, ließe sich das Glück seines Lebens entgehen, weil ein alter, harter Mann ihn seines schmalen Beutels halber nicht für würdig hält? Ihn und alle seine Schätze mag der Teufel …"

„Wellington, es ist mein Vater."

„Leider, Helen! Doch Geduld. Wir wollen sehen, wessen Schädel auf die Dauer der härtere ist."

„Ach, Wellington, du hoffst ihn zu zwingen? Dann werde ich nie im Leben die Deine werden. Ach, wenn du wüsstest, wie grenzenlos unglücklich ich bin!"

Tränen erstickten Helens Stimme. Weinend barg sie ihr Gesicht an Wellingtons Brust.

„Geduld, Geduld, kleine Helen! Ich weiß, wie man Leute vom Schlage deines Vaters auf seine Seite zwingt. Respekt beibringt. Und warum sollte das nicht auch deinem Wellington gelingen? Noch einige Wochen. Dann ist die Saat reif, dann …"

Die weiteren Worte gingen in einem unverständlichen Gemurmel unter.

„Du sprichst so geheimnisvoll, Wellington. Was meinst du damit?"

„Nichts, nichts, kleine Helen. Doch noch eins, Liebste: Es könnte sein, dass du mich in den nächsten Tagen vergeblich erwartest. Vielleicht kann ich sogar vor eurer Abreise nach Asien überhaupt nicht mehr hierherkommen."

„Warum nicht, Wellington? Was sollen diese Andeutungen? Was hast du vor?"

Helen drängte sich ungestüm an Wellingtons Brust.

„Nichts Besonderes, liebe Helen. Mein Beruf zwingt mich häufig zu unvorhergesehenen Reisen … Es könnte sein, dass ich morgen … wichtige Geschäfte … auf ein paar Tage verreisen müsste. Das ist alles. Wünsche mit mir, dass diese Reise guten Erfolg hat. Sie wird uns auch unserem Glück näherbringen. Am Balkaschsee treffen wir uns bestimmt wieder."

*

Es war eine kleine, gutbürgerliche Teestube, die Tschung Fu in der Chinatown von Frisko hielt. Keine Hafenarbeiter, keine Wäscher, Köche oder dergleichen Volk verkehrten hier. Nur das bessere Publikum, Kaufleute, Händler und jene asiatischen Künstler, die mit unendlichem Geschick und noch größerer Ausdauer die Erzeugnisse chinesischen Gewerbefleißes, die wunderbaren Lack- und Filigranarbeiten, herstellten, die in der Hauptstraße von Chinatown in den Basaren verkauft wurden.

Aber diese solide Teestube war nur der Vorhang vor schlimmeren Dingen. Die asiatischen und weißen Gäste Tschung Fus konsumierten nicht nur den duftigen Trank der Pekkoblüte, sie huldigten auch dem Genusse des Opiums. Diesem Zweck dienten die hinteren Räume des Teehauses.

Eine kaum sichtbare Tür an der Wand der Teestube … ein langer, winkliger Gang … ein Vorhang … noch einmal ein Stück Gang … ein zweiter Vorhang, und man war in dem Raum, in welchem Tschung Fu seinen Gästen, aber nur wohleingeführten und unbedingt zuverlässigen Gästen, das verbotene Narkotikum verabreichte.

Ein großer, nur durch künstliche Beleuchtung erhellter Raum. An den Wänden kleine, durch Vorhänge verschließbare Nischen. Im Raum selbst noch zahlreich jene niedrigen, weich gepolsterten Lager, auf denen die Opiumraucher den Genuss ihres Rausches mit gelösten Gliedern auskosten konnten.

In den Vorhängen, im Holzwerk der Wände, ja im ganzen Raum haftete unvertilgbar der süßliche, für den Ungewohnten widerliche Duft des kalten Opiumrauches.

Es war um die dritte Nachmittagsstunde. Schon hatte das Lokal Tschung Fus reichlichen Zuspruch gehabt. Alle Nischen des hinteren Raumes waren belegt, alle Polster und Kissen im Raum selbst besetzt. Asiaten und auch einzelne Weiße lagen hier. Die meisten bereits im tiefen Rausch. Nur einige wenige noch fähig, die Pfeife zum Mund zu führen ... die letzten Züge zu tun, die sie in das Land glücklicher Träume bringen sollten. Tschung Fu war zufrieden. Jede hier gerauchte Pfeife brachte ihm ein blankes Goldstück von den bewährten alten Gästen ... viel größere Beträge von denen, die zum ersten Male kamen, die erst eingeführt wurden oder sich selbst einführen wollten.

Jetzt begleitete der Wirt dienernd und kriechend Collin Cameron und dessen Begleiter, ein Mensch, dessen ein Elternteil aus Asien und anderer aus Afrika stammt, in den Raum.

„Es tut mir sehr leid, Mister Cameron ... alle Kojen sind besetzt ...“

Collin Cameron blieb zögernd mitten im Raum stehen. Ein halbunterdrückter Fluch kam über seine Lippen. Sein Blick glitt über die Gäste, die hier als die willenlosen Sklaven einer Droge und einer Leidenschaft auf den Kissen lagen.

„... Verdammtes Pack! ... Versoffenes Lumpengesindel ...“

Er machte eine Bewegung, als ob er den nächsten mit einem Fußtritt von seinem Lager hinabschleudern wolle.

Der Wirt deutete einladend auf einen unbesetzten Tisch in der Mitte des Raumes. Collin Cameron fragte: „Wer ist hier?“

„Nur alte Bekannte! Sichere Leute! ... Sie schlafen alle. Sind im siebenten Paradies. Man könnte sie hinaustragen, ohne dass sie es merken.“

Noch einmal ein kurzes Überlegen. Dann ließ sich Collin Cameron an dem Mitteltisch nieder und lud seinen Begleiter durch eine Handbewegung ein, das Gleiche zu tun. Der Wirt brachte ihnen selbst den frischen Tee. Dann zog er sich scheu zurück.

Collin Cameron schwieg. Mit verächtlichem Lächeln beobachtete er einen der Raucher, der es noch einmal versuchte, die Pfeife an die Lippen zu bringen. Die Kräfte des Mannes reichten nicht mehr aus. Seine Augen, groß und glasig, starrten empfindungslos in den Raum. Jetzt ließ er die Pfeife fallen und sank der Länge nach auf den Diwan zurück. Die Augen schlossen sich, und ein glückliches Lächeln nistete sich in den ausgemergelten Zügen des Rauchers ein.

Collin Cameron wartete geduldig, bis auch dieser letzte Raucher sicher in dem Hafen der Bewusstlosigkeit gelandet war. Dann eröffnete er die Unterhaltung.

„Was Neues?“

„Nein, Mister Cameron. Sie haben die letzten Artikel in meinem Blatt gelesen. Waren sie nicht gut?“

„Sie waren gut. Aber von nun ab muss ein anderer Ton angeschlagen werden."

„Noch schärfer? Vergessen Sie nicht, dass mein Blatt schon jetzt in Gefahr stand, unterdrückt zu werden."

„Die Wahl Josua Bordens ist verschoben!"

„Verschoben! Warum? ... Ein böses Zeichen ... Verrat?"

„Es kann nicht anders sein."

Ein schwerer Fluch kam aus dem Munde des anderen.

Danach seine Frage:

„Was nun?"

„Das frage ich Sie."

„Dann muss eben alles andere auch verschoben werden."

„Ausgeschlossen!"

Der andere pfiff leise durch die Zähne und kniff die schmalen Schlitzaugen noch enger zusammen. Prüfend blickte er in das Gesicht Collin Camerons, in dem sich starke Erregung malte.

„Ihre Worte sind dunkel, Mister Cameron. Das eine fällt mit dem anderen."

„Nein! Das darf es nicht!"

„Ah! ... Weht der Wind daher? ... Aber unsere Führer werden nicht mitmachen."

„Dann werden andere die Führer sein! ... Einer davon Sie!"

Der andere sank in seinen Sessel zurück. Die kleine Figur verschwand fast in den Polstern, während er die Hand an die Stirn legte.

„Es wird nicht gehen, Mister Cameron. Die Massen werden uns nicht folgen."

„Zugegeben! Die große Masse der Schwarzen nicht ... das heißt nicht sogleich ... Aber sind Sie sich der Hafenarbeiter sicher? ... Auf alle Fälle?"

Ein übles Grinsen ließ die Züge des Schwarz-Gelben Menschen noch abstoßender als gewöhnlich erscheinen.

„Mit genügend ... so etwas ...", seine Hände machten die Bewegung des Geldzählens, „und dem nötigen Whisky ... ja!"

„Wie steht's mit den Mortonwerken?"

„Das kann ich nicht sagen. Aber ... der Führer ... ist empfänglich für ..." Wieder vollführten die Finger des Sprechenden die Bewegung des Geldzählens.

„Ich werde mit ihm reden. Wie steht's mit der schwarzen Universität? Ihre Organisation ist die beste. Ihr Beispiel würde große Wirkung haben."

„Die jungen Hitzköpfe müssten sich bei zweckmäßiger Behandlung wohl gebrauchen lassen ... Ein geschickt inszenierter Streit mit den weißen Studenten ... Gut ausgewalzt und kräftig breitgetreten ... Alles im richtigen Moment ... Das dürfte genügen."

„All right! Die Arbeit in Frisko lege ich in Ihre Hände."

Der andere schwieg. Aber seine Augen blinzelten begehrlich nach der Stelle, an der sich Collin Camerons Brusttasche befand, und seine Mienen sprachen eine beredte Sprache. Collin Cameron riss ein Scheckbuch heraus und reichte es seinem Gegenüber.

„Wie hoch?"

„In jeder Höhe!"

Das Grinsen auf den Zügen des anderen verbreiterte sich. Seine Finger umklammerten das Buch, und im Nu war es verschwunden. „Ich fahre heute Nacht nach Louisiana, um dort weiterzuarbeiten. Meine Adresse kennen Sie."

Ein Nicken des anderen. Noch einmal ließ Collin Cameron einen Blick auf den Raum und seine trunkenen Insassen gleiten. Dann schritt er mit seinem Partner dem Ausgang zu. Ihre Schritte verklangen auf dem Flur.

Plötzlich blieb Collin Cameron stehen und schlich leise wieder dem eben verlassenen Zimmer zu. Mit unendlicher Vorsicht schob er den Vorhang um wenige Millimeter zur Seite, dass sein Auge eben den Raum überblicken konnte. Alles war noch genau so, wie er es verlassen hatte. Als er sich wieder umdrehte, stand der asiatische Wirt katzbuckelnd vor ihm.

„Alles in Ordnung, Mister Cameron. Die Toten auf dem Kirchhof haben keine tauberen Ohren als meine Gäste."

Während Collin Cameron dem Ausgang zu schritt, kehrte der Wirt in das Zimmer zurück. Sein Auge blieb an einem Weißen hängen, der in tiefem Schlaf der Wand zugekehrt dalag.

„Du Sohn eines Schakals! ... Deinetwegen hat Tschung Fu eine böse Stunde gehabt. Du bist ja keiner von meinen Stammgästen, für die ich mich verbürgt habe ... Du sollst es mir bezahlen."

Unhörbar schlich er aus seinen Filzsohlen auf den Schläfer zu. Prüfend glitten seine Hände über die Kleidung des Daliegenden und tasteten nach der Gegend der Brieftasche.

Von einem Faustschlag getroffen, flog er bis in die Mitte des Raumes zurück.

„Du Sohn einer gelben Hündin, bezahlt bist du schon im voraus!"

Es war Wellington Fox, der bei diesen Worten von dem Diwan aufsprang. Doch bevor der Berichterstatter der 'Chikago Press' den Ausgang erreichen konnte, hatte sich der Wirt schon wieder aufgerafft. Ein Tisch flog Wellington Fox empfindlich gegen das Schienbein. Schon war der Wirt draußen und ließ einen gellenden Pfiff ertönen.

Wellington Fox stürmte ihm nach. Aber es war nicht der Gang nach der vorderen Teestube, sondern ein anderer, ein viel längerer und winkliger Gang, in den er geriet und durch den er bis auf den Hof gelangte. Hier sah er sich plötzlich von allein Seiten umringt.

Wellington Fox war gut gebaut und gut trainiert. Nach rechts und links teilte er solide Faustschläge aus, brachte hier und dort einen Meistergriff des Jiu-Jitsu zur Anwendung und bahnte sich über taumelnde und stöhnende asiatische Körper seinen Weg.

Aber er war in einer Falle. Die Tür zum Vorderhaus war verschlossen, eine Möglichkeit, sie aufzubrechen, nicht vorhanden. Von allen Seiten schlossen steile Wände den Hof ein. Nur an einer Stelle führte an der Wand des Nebenhauses eine schmale Stiege empor. Wellington Fox stürmte sie hinan und landete atemlos auf dem flachen Dach des Nachbarhauses, chinesische Wäscher betrieben hier ihr Gewerbe.

Aufgespannte Leinen ... mit Wäschestücken behängt ... allerlei Zuber und Bottiche ...

Einen Augenblick blieb er schnaufend stehen und blickte sich orientierend um. Der Anblick eines asiatischen Kopfes, der sich über die Dachkante schob, mahnte ihn an seine Gegner. Vor einem plötzlichen kräftigen Fußtritt wich dieser Kopf zurück. Aber ein Blick über den Dachrand belehrte Wellington Fox, dass die Stiege bis hinauf zum Dach bereits dicht mit Asiaten besetzt war.

Suchend sah er sich nach einer geeigneten Waffe um. Sein Blick fiel auf einen zur Hälfte mit Wasser gefüllten Waschzuber.

In der nächsten Sekunde hatte er jene zweite Dynothermtube Isenbrandts herausgerissen und in den Zuber ausgeschüttet. So schnell wie möglich zerrte er den Zuber über das Dach bis zur Stiege hin. Schon stiegen gewaltige Dampfwolken aus dem Bottich, schon trafen einige Spritzer des siedenden Wassers seine Hände und verursachten an den Treffstellen große Brandblasen.

Dann war es geglückt ... der Inhalt des Bottichs über die Stiege hinabgegossen.

Ein Schrei des Entsetzens ... ein tierisches Brüllen, vermischt mit dem Wimmern Sterbender, belehrte ihn, wie das Dynotherm gewirkt hatte. Schon war der ganze Hofraum in seiner Tiefe ein einziges wogendes Dampfmeer, in dem sich nichts mehr erkennen ließ. Schon strömten die Dampfwolken weiter empor zur doppelten und dreifachen Höhe des Hauses, während dort unten das leise Wimmern erstarb. Schon mischte sich brenzliger Qualm in den Wasserdampf. Schon zuckte es feurig rot aus den wogenden und wirbelnden weißgrauen Massen.

Das Haus, auf dessen Dach Wellington Fox stand, war nicht allzu hoch. Mit schnellen Griffen hatte er die Wäscheleine gelöst und um einen Pfosten an der Vorderseite des Hauses geschlungen. Schnell glitt er an ihr auf die Straße hinab.

Er sah sich um. Ein kleines, ihm unbekanntes Seitengässchen. Aufs Geratewohl lief er darin entlang und erreichte die Hauptstraße. Noch einen Blick rückwärts. Feuerlohe schlug zum Himmel, wo das Teehaus gestanden hatte.

*

Langsam glitt das Schiff Isenbrandts flussabwärts der Mündung des Ili zu. Schon zogen sich die mächtigen Schilfhorste zu beiden Seiten des Stromes weit auseinander, und unmerklich vermischten sich die Wellen des Ili mit den Wassern des Balkaschsees.

Kreischend stiegen ganze Schwärme von Wasservögeln empor, die der Kurs des Schiffes in ihrer Abendruhe störte. Rosig schimmerte das helle Gefieder der tausend und aber tausend Vögel in den Strahlen der sinkenden Sonne. Wie dichter grauer Dunst standen Myriaden von Mückenschwärmen dazwischen und drohten die Sonne zu verdunkeln.

Georg Isenbrandt streckte die Hand nach einem Hebel aus. Ein kurzer Druck darauf, und automatisch schlossen feine Gazefenster die Kabine.

Er lehnte sich ruhig in seinen Sessel zurück. Noch trug er den Gesellschaftsanzug, in dem er den ganzen Tag hindurch die offiziellen Empfänge der zahllosen Gäste aus allen Weltteilen mitgemacht hatte. Seine Mienen verrieten Ermüdung und zeigten, dass die Anstrengungen dieser Feierlichkeiten selbst für seine eisernen Nerven recht reichlich gewesen waren. Da er außer den wichtigsten europäischen auch mehrere asiatische Sprachen beherrschte, war seine Person bei diesen Empfängen ganz besonders beansprucht worden.

So war er gern dem Vorschlag von Wellington Fox gefolgt, eine Abendfahrt von Wierny zum Balkaschsee zu unternehmen, um hier in ruhigen Stunden wieder Erholung und Stärkung für die Strapazen des kommenden Tages zu finden. Denn die heutigen Empfänge waren ja nur der Auftakt für die großen Feierlichkeiten des morgigen Tages.

Von morgen ab sollte der mächtige, vierhundert Quadratkilometer große Balkaschsee ein neues wichtiges Glied in der Kette der Unternehmungen der E. S. C. werden. In feierlichem Akt, im Beisein von führenden Männern aller Staaten der Welt sollte dem See die Dynothermmenge einverleibt werden, die seine Wassermengen „in Dampfform in die Lüfte jagen musste. Der Plan ging dahin, die vielen Hundert Milliarden Kubikmeter Wasser, die hier die Schale des Sees füllten, als fruchtbaren Regen nach Norden und Nordosten zu senden. In seiner ganzen Größe konnte er nicht ausgeführt werden, solange dem See die verstärkten Zuflüsse aus dem chinesischen Gebiete fehlten, dem Ilidreieck.

„Deine Einrichtung mit diesen Mückennetzen ist zweifellos ohne Tadel, Georg. Meine Zigarre ist machtlos gegen solche Moskitomengen ... Sieh nur, wie die Fenster schon davon bedeckt sind ... Eine ganze Schicht ... Ja ... das heißt ... auf diese Weise sehe ich ja nichts mehr ... und um zu sehen, bin ich doch hierhergekommen.

Heute Nacht noch muss mein erster Bericht nach Chikago gehen. Wozu hätte ich denn den Manager des Ganzen zum Freund, wenn ich nicht schon heute als geschehen melden könnte, was morgen erst geschieht! Die Manuskripte der Reden hast du mir ja schon zur Verfügung gestellt."

„Hast du gezaubert, mein Lieber", warf Isenbrandt trocken ein.

„Fehlt mir nur noch die Kenntnis der Stätten, an denen sich alles abspielen wird ... Aber by Jove, es ist wirklich kaum noch was zu sehen. Hol der Teufel die Mückenbrut!"

Wieder griff Isenbrandt nach einem Schalter und sprach von seinem Platz aus leichthin ein paar Worte. Fast im gleichen Augenblick hob sich das Schiff leicht von den Fluten ab. Während das Wasser noch von seinem Kiel tropfte, reckte es zwei weite Schwingen aus und strich wie ein gewaltiger Nachtvogel über die Seefläche. Schnell verjagte der frische Fahrwind die unwillkommenen Gäste. In freiem Ausblick konnte Wellington Fox den See und seine südlichen Ufer überschauen.

„Ein wunderbares Bild, Georg. Wir sehen es heut das letzte Mal. Ich kann begreifen, dass du den Flug hierher schon öfters zu deiner Erholung gemacht hast. Die dunkelnden Fluten mit den rosigen Lichtern der Abendsonne. Im Osten die unabsehbaren Rohrhorste. Ein Bild, das jedes Malerauge entzücken muss. Dazu die wohltätige Ruhe einer unberührten Natur. Wie schade, dass das alles verschwinden muss! Schon morgen werden es ewige Nebel und Dämpfe verhüllen ... Doch eins, Georg. Die Frage brennt mir schon seit Langem auf dem Herzen: Was ich bei unserer letzten Fahrt in der Steppe erlebte ... was ich in Peking sah ... ist danach das alles hier noch notwendig?"

„Ich habe dich einen tiefen Blick in meine Karten tun lassen, alter Fox, weil ich deine Verschwiegenheit kenne ... Deine Frage ist an sich berechtigt. Doch andere Gründe spielen mit, bewegen mich, das geschehen zu lassen, was morgen geschieht."

Während Georg Isenbrandt sprach, schien alle Anspanuung von ihm zu weichen. Er erhob sich und schritt in der Kabine hin und her.

„Das Programm für den morgigen Tag wurde früher erdacht als das, was du gesehen. Das Programm aufzugeben, wäre in doppelter Hinsicht verkehrt. So gut kommt die Gelegenheit nie wieder, die Augen des Mutterlandes Europa auf uns zu richten, die wir hier im Fernen Osten als Pioniere der westlichen Kultur kämpfen. Hier werden seine Vertreter mit eigenen Augen sehen, wie groß das Werk ist, welche Bedeutung es für Europa hat. Gerade hier sollen die Herren Diplomaten sehen, wie wichtig die Ilifrage für uns ist. Und dann ... die Asiaten ... mein letzter Trumpf muss bis zum letzten Stich in meiner Hand bleiben. Ist der einmal ausgespielt, dann mag auch der See sein altes Aussehen wiedergewinnen!“

Während Georg Isenbrandt sprach, ging das Schiff wieder bis auf den Seespiegel hinab. In langsamer Fahrt näherte es sich einem gewaltigen, bojenartigen Körper, dessen massiger Rumpf sich silbergrau von den Fluten abhob.

Unheimlich, fremdartig und drohend wirkte der riesige Metallkörper an dieser Stelle. Wellington Fox sprach zuerst wieder:

„Also hier schwimmt der Mörder des Sees.“ Schon hatte er den fotografischen Apparat gerichtet. Eine Leuchtkugel entschwebte seiner Hand, stieg empor und badete die Landschaft für den tausendsten Teil einer Sekunde in einer Überfülle ultravioletten Lichtes.

„Auch gezaubert, mein lieber Georg! Nun weiter, zu der Strandkanzel hin, von der sie morgen die Leichenreden halten werden.“

Georg Isenbrandt lachte: „Deine amerikanische Presse wird hier besser von dir bedient als damals in Peking. Übrigens, unter den amerikanischen Gästen ist auch Mister Francis Garvin.“

„Nebst Tochter!“

„Ah, du weißt schon, schlauer Fuchs?“

„Verabredetermaßen.“

„Mit ihm oder der Tochter?“

„Wo denkst du hin! Der Alte verhält sich dauernd ablehnend. Vielleicht werde ich hier einen Speech mit ihm haben, durch den die Sache endlich eine andere Wendung bekommt.“

„Gehört er nicht dem Weißen Orden an?“

„Leider nein! Sonst würde er jetzt schon anders von mir denken. Sein allzu reger Geschäftssinn lässt ihm keine Zeit für Ideale. Sonst wären seine Siedlungen an der Sierra Nevada nicht zum Teil in schwarze Hände geraten.“

„Armer Fox!“

„Keine Ursache dazu. Keine Bange um mich, Georg! Mit dem Alten werde ich fertig. Aber du? Hast du Nachricht von Ahmed über Maria?“

Die Züge Isenbrandts verfinsterten sich. Schweigend schüttelte er den Kopf.

„Mut, Georg! Übermorgen sind die Sachen hier zu Ende. Dann gehe selber für dich suchen.“

*

Am steilen, schilffreien Südufer des Sees erhob sich, von mächtigen blumengeschmückten Tribünen umflankt, die Kanzel für den Festtag. Die Flaggen aller europäischen Staaten und die Embleme der E. S. C. zierten den hochragenden Balkenbau.

Wie einst um den Turm von Babel, so wogten auch hier alle Völker und Sprachen der Erde durcheinander.

Ein Chaos von Farben! Bunt waren die Trachten, bunt die Gesichter. Heiter der Himmel und heiter die Mienen. Den größten Teil der Besucher stellten die Siedler aus den Kolonien der E. S. C. Zu Tausenden umbrandeten sie die Tribüne.

Weiter zurück Massen der alten Herren des Landes, der Kirgisen. Die Neugier trieb sie wohl hierher, doch ihre finsteren Gesichter verrieten, dass sie wenig Freude an dieser Feier hatten. Wer näher hinschaute, der hätte wohl aus ihren Blicken wenig Gutes für die Zukunft der Siedlungen und der Siedler herauslesen können.

Um die elfte Stunde bestieg der Präsident der E. S. C. die Kanzel. Zehntausende lauschten aufmerksam seiner Rede.

In kurzen, knappen Worten schilderte er die Arbeiten der Gesellschaft von ihren Anfängen am Aralsee bis zur Mauer des Thian-Schan. Er sprach auch von den vielen Schwierigkeiten, die Himmel und Erde, Wasser und Luft, Zeiten und Winde und nicht zuletzt die Menschen selbst dem Werk bereitet hätten. Er betonte den friedlichen Zweck der Arbeiten, wie sie bestimmt seien, allen, auch den früheren Bewohnern dieser ehemaligen Wüsten, nur Nutzen zu bringen.

Doch gar mancher Kopf unter den Zuhörern wandte sich der Diplomatentribüne zu, auf der die Vertretungen der asiatischen Nationen ihren Platz hatten, als er fortfuhr:

„Wenn dies Ziel heute noch nicht voll erreicht ist, so bedauern wir das. Unverstand und Misstrauen haben in Verkennung unserer Absichten manchmal die friedliche Entwicklung unserer Arbeiten gestört. Und" — hier wandte er sich zu den Vertretern der Kolonien — „und oft werden eure Augen mit Bangen nach Sonnenaufgang geblickt haben. Heute kann ich euch sagen, dass die Mutter, die euch aus ihren Armen entlassen hat, stets hilfsbereit hinter euch steht. Wie einst das alte Rom hinter seinen Kindern, die als Vera Sacrum in die Fremde zogen ..."

Seine weiteren Sätze gingen unter in dem tosenden Jubel und den brausenden Beifallsstürmen, die bei diesen Worten in allen Sprachen Europas aus den Kehlen der Kolonisten drangen.

Der Beifallssturm mochte dem Redner wohl etwas überraschend kommen. Um die Spitze, die unverkennbar darin enthalten war, abzubrechen, schritt er zum Taster, der die Sendestation auf der Tribüne betätigte.

Ein kurzer Druck seiner Hand auf die Tasten ... ein Rad begann sich schnurrend zu drehen. Auf Ätherwellen flog die Spreng-Depesche über den See hin.

Von Menschen verlassen, unbemannt, lag dort die Riesenboje. Aber in ihrer Antenne fingen sich die Zeichen der Depesche.

Exakt arbeiteten ihre Relaiswerke und begannen ihrerseits zu schalten und zu wirken.

Noch tobte der Jubel der großen Masse. Schon aber richteten die Tribünenbesucher, welche die Bewegung des Präsidenten aus nächster Nähe gesehen und richtig gedeutet hatten, ihre Gläser auf die weite Seefläche.

Jetzt sah es auch die Menge. Rufe des Staunens, der Überraschung in allen Sprachen. Ists schon so weit? Geht es schon los? Wird schon gesalzen? Im Nu war der Platz um die Tribünen geleert. Ein Teil der Massen strömte so nah wie möglich an das Seeufer heran. Der andere, größere eilte die Höhen empor, die den See hier umsäumten. Auf Felsen und Hängen suchten sie die besten Plätze, um soviel wie möglich von diesem bisher nie geschauten Schauspiel zu erhaschen. Viele Tausende von scharfen Gläsern waren auf die Seefläche gerichtet. In allen Sprachen Europas und Asiens schrien sie einander zu, was jeder da draußen zu sehen meinte."

Die Riesenboje, eben noch durch scharfe Gläser deutlich sichtbar, war verschwunden, spurlos in die Tiefe versunken.

Aber rot leuchtete es aus dieser Tiefe. Einen glühenden Rachen glaubten viele dort unten zu sehen, dem grässliche Strudel entwichen.

Dann kam die Wirkung.

Unter Donnern und Krachen stieg aus dem See ein riesiger Geiser in die Höhe. Aber ein Geiser, dessen Wasser nicht wieder in die Tiefe zurückfielen, sondern frei in der Luft kochten und zu Dampf versprühten.

Schon wurde aus dem Geiser ein anderes Gebilde, das an den Ausbruch eines Vulkans erinnerte. Wie eine gigantische Dampfpinie stand es auf der Seefläche, ein enormer Stamm, dessen Äste sich in Wolkenform ausbreiteten, als Wolken den bisher stahlblauen Himmel zu bedecken begannen.

Und wie sich das Wellenspiel um einen in das Wasser fallenden Stein nach allen Seiten ausbreitet, so begann die Wirkung dieser kochenden, siedenden Masse nach allen Seiten hin über das Wasser zu wandern. Immer breiter, immer massiger wurde der Dampfstamm, der diesen Dampfbaum trug. Schon stiegen leichte Wolken auch in der Nähe des Gestades vom Spiegel auf. Die Massen, die das Ufer umsäumten, drängten sich begierig vor. Tausende von Händen tauchten in die Wellen … prüften, fühlten … stellten fest, dass das Seewasser auch hier am Gestade schon warm wurde.

Jetzt bedeckten die wolkigen Äste des gigantischen Dampfbaumes bereits den halben Himmel. Die Massen am Gestade sahen, wie die Fische des Sees, von der Hitze getrieben, an die Oberfläche kamen. Welse von unerhörten Abmessungen, die erst die Kraft des Dynotherms aus ihren dunklen Schlammlagern emporscheuchte, Hechte und Karpfen, was alles der See an Fischen und an anderem Getier barg, suchte sich in verzweifelter Flucht zu retten, sprang und kroch sinnlos vor Angst an die Gestade, soweit die Leiber nicht schon tot und gesotten aus der Oberfläche trieben.

Und dann … beinahe so pünktlich, als ob es auch auf dem Programm gestanden hätte, begann ein frischer Südostwind zu wehen. In immer schärferem Zug jagten die Luftmengen über den See. Sie packten den fantastischen Dampfbaum und zerbrachen seinen Stamm. Sie ergriffen seine Zweige, breiteten sie weiter aus und trugen sie als schwere, regenschwangere, fruchtbringende Wolken in nordwestlicher Richtung von dannen, wo das durstende junge Siedlungsland seit Wochen sehnsüchtig auf das kostbare Nass wartete.

Jetzt war die ganze Seefläche nur noch eine einzige gleichmäßige Dampfwelle, und wie der Dampf emporstieg, ergriffen ihn günstige und bereitwillige Winde, um ihn einem gewollten Ziel zuzuführen.

Schon lenkten die taktmäßigen Klänge militärischer Märsche die Aufmerksamkeit der Massen nach einer anderen Richtung. Auf einer großen, freien Fläche am Südufer des Sees begann die Parade der Companytruppen.

Alles, was auch nur irgendwo innerhalb der weiten Siedlungsgebiete von Streitkräften der Company entbehrlich war, hatten die großen Transportflieger hierhin zusammengebracht. Diese Parade war nicht nur als unterhaltsames Schauspiel für die Gäste der Feier gedacht. Sie sollte denen, die es anging, auch zeigen, dass die E. S. C. über schlagkräftige Mittel verfügte, um im Ernstfall ihren Besitz zu wahren.

War auch die Zahl dieser Truppen nicht imponierend groß, so musste doch jedes militärisch geschulte Auge sehen, dass das Menschenmaterial und die Ausrüstung von einer bisher nie geschauten Güte waren.

Die Fußtruppen eröffneten die Parade. Ihre Ausrüstung war gleichmäßig für die Ebene und die Hochalpen geeignet. Wie die Regimenter hier im Gleichschritt vor den Tribünen mit den diplomatischen Vertretern Europas und Asiens vorüberzogen, mochten sie wohl äußerlich an die Infanterie vergangener Zeiten erinnern. Doch wie der jetzige Kommandierende General Bülow dem Präsidenten der Company die einzelnen Bataillone meldete, so hätte man hundert Jahre früher noch ganze Korps melden müssen. Denn im Ernstfalle verwandelte sich jeder einzelne dieser ausgesuchten Leute in eine Kampfmaschine, von deren Furchtbarkeit sich nur wenige ein Bild machen konnten. Ein Heer des vorigen Jahrhunderts hätte diesen Truppen gegenübergestanden etwa wie ein Haufe nackter Kannibalen einer kleinen Maschinengewehrtruppe.

Die Artillerie, die nun folgte, zeigte auch äußerlich die große Veränderung gegenüber vergangenen Zeiten. Die Rohre mit ihren Lafetten wurden hier von kleinen Dynothermtraktoren gezogen. Aber es hätte nur eines kurzen Kommandos und einiger weniger exakter Griffe der Bedienungsmannschaften benötigt, und jede dieser unscheinbaren Zugmaschinen reckte Schwingen aus und erhob sich in die Lüfte, ihr Geschütz unter sich, wie wohl ein Adler ein Zicklein in den Fängen davonträgt.

Es gab weder in der Ebene noch in den Hochalpen eine Stellung, die nicht schnellstens von dieser Artillerie besetzt werden konnte. Eigentliche technische Truppen hatte die Company nicht. Jeder ihrer Soldaten war in allen Sätteln der Kriegstechnik gerecht.

Während die Regimenter und Batterien vorüberzogen, die Musikkapellen ihre Märsche schmetterten, lagen die Schiffe der Luftflotte, die sie gebracht hatten, in weitem Achtung gebietendem Bogen auf dem anschließenden Blachfeld. Als der letzte Mann der Truppenparade vorübergezogen war, ging ein Ruck durch die Flotte. Wie eine Schar von Krähen erhoben sich alle Flugschiffe mit einem gleichzeitigen Schwung vom Boden und zogen zunächst in geschlossenen Reihen über das Paradefeld.

Auf ein neues Kommando teilte sich der Schwarm in zwei Parteien, die sich voneinander entfernten. In rasendem Flug schossen sie dann wieder gegeneinander. So unvermeidlich schien der Zusammenstoß, dass manchem der Zuschauer der Herzschlag stockte. Doch im letzten Moment wichen die schwer gepanzerten Luftkreuzer elegant und sicher dem Zusammenstoß aus und eröffneten gleichzeitig aus allen Rohren ein rollendes Schnellfeuer aufeinander.

Während noch das Scheingefecht in der Luft tobte, hatten die Truppen in einer eigentümlichen, schachbrettartigen Aufstellung das Paradefeld besetzt. Ein neues Manöver! Die Luftflotte ordnete sich in neuen Formationen, ähnlich der Truppenaufstellung auf dem Feld. Ein neues Kommando, und die Schiffe gingen senkrecht nach unten. Schon stand neben jedem Truppenkörper ein Schiff. Wieder Kommandos! Im Augenblick waren die Truppen in den Kreuzern verschwunden. Schon erhob sich der Schwarm wieder und trug die Streitkräfte der Company in schnellem Flug nach ihren verschiedenen Stationen innerhalb der weit ausgedehnten Siedlungsgebiete zurück.

In das kräftige Beifallsklatschen, das den gelungenen Manövern folgte, stimmte auch Wellington Fox lebhaft ein. Mit den anderen Pressevertretern hatte er neben dem Adjutanten Lowdale, der für diese Herren den Cicerone machte, das Schauspiel von bevorzugter Stelle aus mit angesehen.

Seine Kollegen stürzten jetzt schnellstens zu ihren Arbeitsplätzen in der Nachrichtenzentrale. Wellington Fox, der a conto seiner guten Beziehungen alles soeben Gesehene schon längst als geschehen berichtet hatte, blieb ruhig bei dem Adjutanten.

„Ich muss gestehen, Herr Hauptmann, das, was ich hier gesehen habe, bleibt um keinen Schritt hinter den fulminanten Schilderungen in meinen Mails zurück. Jetzt wäre nur noch zu untersuchen, ob auch der Kranz von schönen Damen, den ich unter den Gästen erwähnte, in Wirklichkeit vorhanden ist. Nehmen wir auch hier die Parade ab."

Er richtete sein Perspektiv auf die Tribünen, und lächelnd folgte ihm Lowdale.

„Ah! Hier! ... Da habe ich zweifellos nicht gelogen ..."

Er zog aus seiner Tasche ein Tüchlein und ließ es winken.

„Was sagen Sie dazu, Herr Adjutant?"

„Oh, eine Dame Ihrer Bekanntschaft ... Oh, selbstverständlich, eine selten schöne Blume in Ihrem Kranz."

Im gleichen Augenblick durchfuhr Wellington Fox ein kalter Schreck. Hinter Helen Garvin, der alle seine Betrachtungen galten, war eine Dame aufgestanden, die er bisher nicht sehen konnte ... Florence Dewey.

Langsam ließ er das Glas von seinen Augen sinken und schaute verstohlen nach seinem Begleiter. Mit abgewandtem Gesicht, tief atmend, stand Averil Lowdale da. Fox suchte nach Worten ... Was sagen? ... Was tun? Stumm sah er den Kampf der Gefühle, der in jenem tobte.

Da ... Averil Lowdale drehte sich um und wandte sich mit einem leichten Lächeln zu Fox. Der Kampf war vorüber. Mit bewundernswerter Kraft hatte er Gewalt über sein Mienenspiel zurückgewonnen.

„Nach der Stichprobe zu urteilen, Mister Fox, trifft Ihr Bericht auch in dieser Beziehung zu."

Wellington Fox wusste nichts anderes zu tun: Er ergriff die Hand des Adjutanten und drückte sie stark.

„Ihr Dienst ruft Sie jetzt an andere Stelle. Ich hoffe, wir haben uns nicht das letzte Mal gesehen. Meinen herzlichsten Dank für Ihre besonderen Bemühungen um mich! Wenn die 'Chikago Press' bei dieser Gelegenheit in der schnellen Berichterstattung den Vogel abschießt, so dankt sie das Ihnen."

Mit federnden Schritten, den eben gehörten Companymarsch pfeifend, ging Wellington Fox der Tribüne zu, während Averil Lowdale die entgegengesetzte Richtung einschlug.

*

Der Höhepunkt der Festlichkeiten war erreicht. Eine Reihe von rauschenden Tagen, während der kochende See unaufhörlich unendliche Wolkenmengen nach Nordwesten entsandte.

Die offiziellen Gäste waren abgereist, die Siedler zu ihren Farmen zurückgekehrt. Das Sport liebende Reisepublikum benutzte die Gelegenheit, Hochgebirgstouren zu unternehmen und Schneesport an den Abhängen der Kogartberge zu treiben.

Die Mitglieder des Direktoriums der E. S. C. und die diplomatischen Vertreter der europäischen Staaten weilten noch in Wierny. In den letzten Maitagen traten die Direktoren hier zusammen. Es war ein besonderer Wunsch Isenbrandts gewesen.

Isenbrandt sprach in dieser Sitzung. Er knüpfte an die Salzung des Balkaschsees an. Überzeugend wies er nach, dass dies Unternehmen nur teilweise Wirkung haben könne, solange die politische Grenze die Schmelzungen im oberen Ilitale unmöglich mache.

Georg Isenbrandt sprach weiter:

„Die Dämpfe, die der See jetzt hergibt, reichen eben aus, um ein Gebiet von zehntausend Quadratmeilen dauernd zu befruchten. Ganz anders wäre es, wenn wir im ganzen Quellgebiet des Ili schmelzen könnten. Viele Tausend Quadratmeilen Landes würden dann für Siedlungen neu gewonnen werden.

Ich berühre damit ein Ihnen wenig angenehmes Thema ... die Besitzfrage des Ilidreiecks ..."

Ein nervöses Summen ging beim Fallen dieser Worte durch die Versammlung. Einen Augenblick war es still. Dann sprang der französische Direktor mit romanischer Lebhaftigkeit auf:

„Ich begreife nicht, wie diese Frage gerade jetzt aufs Tapet gebracht werden kann, da sie doch dem Schiedsgericht unterliegt, das in nächster Zeit seinen Spruch fällt. Nach meinen Informationen ist ein für uns günstiges Ergebnis zu erwarten."

„Letzteres ist mir neu", sagte Isenbrandt. „Wäre es wahr, würde die Frage noch viel dringender sein"

Mit unverhohlenem Erstaunen blickten die Teilnehmer auf Georg Isenbrandt. Wie war das gemeint?

„Sie sehen mich fragend an, meine Herren. Wie der Schiedsspruch auch ausfallen mag, gutwillig wird China diese starke Position nicht aus den Händen lassen."

„Aber der feierlich beschworene Vertrag?"

Von verschiedenen Seiten klang der Einwurf.

„Der Schiedsgerichtsvertrag wurde zwischen Europa und dem Großkhan Schitsu geschlossen."

„Und weiter?" schallte es ihm entgegen.

„Er wird keine Geltung haben ... für des Großkhans Nachfolger!"

Einen Augenblick herrschte absolute Stille. Dann kamen die Fragen von allen Seiten.

„Was? ... Was? ... Was geht uns des Großkhans Nachfolger an, da er selbst lebt ... in voller Gesundheit lebt?"

„Der Großkhan Schitsu ist tot. Schanti ... Toghon-Khan von Dobraja ist Regent!"

Der Eindruck der Worte auf die Versammlung war nicht zu beschreiben. Einige fuhren überrascht auf. Ein anderer und nicht der kleinste Teil gab seinem Unwillen, ja seiner Entrüstung über die Äußerung Isenbrandts lebhaften Aus druck.

„Wie können Sie es wagen, uns solche Märchen aufzutischen?"

Über das Stimmengewirr erhob sich die schneidende Stimme des Franzosen:

„Wie können Sie ableugnen, was tausend Augen gesehen haben?"

Wieder trat Stille ein. Man wartete auf die Rechtfertigung Isenbrandts.

„Tausend Augen haben gesehen, dass ein Mann von Schehol in einem Glaswagen nach dem Großkhan-Palast in Peking gefahren wurde."

Isenbrandt hielt einen Augenblick inne. Mit einem Lächeln sah er auf die Gesichter, die gespannt zu ihm aufblickten.

„Ich leugne nicht, dass dieser Mann der Großkhan Schitsu war ... aber ..."

Hier vertiefte sich der lachende Zug um seinen Mund.

„Der Mann war tot! ... Komödie war alles!"

Wie eine Bombe wirkten die Worte Isenbrandts. Keiner blieb auf seinem Platz. Von allen Seiten umströmten sie den Sprecher und bestürmten ihn mit Fragen.

„Meine Herren", begann Isenbrandt nach einer kleinen Weile, „die Zeichen Ihrer Verwunderung kommen mir nicht überraschend. Was die Welt, was ganz China geglaubt hat, weshalb sollten Sie es nicht auch geglaubt haben?"

Wieder die schneidende Stimme des Franzosen:

„Unmöglich! Eine derartige Blasphemie! Das wäre der gröbste Betrug, den die Welt je gesehen!"

„By Jove!" kam es lachend aus dem Munde des Engländers. „Eine Komödie der Weltgeschichte, die ich den gerissensten aller Schauspieler, den Asiaten, wahrhaftig zutraue ... ha ha ... das Stückchen wäre nicht übel!"

Er schlug sich behaglich lachend auf seine prallen Schenkel und brachte auch einen Teil der Gesellschaft zum Lachen.

„Meine Herren" — die Stimme des Präsidenten durchbrach das Stimmengewirr —, „ich bitte Sie, wieder Platz zu nehmen. Herr Isenbrandt wird seine Behauptungen begründen."

Der stand einen Augenblick sinnend da.

„Begründen? ... Wie soll ich das begründen? Den toten Großkhan kann ich Ihnen nicht vorführen. Ich kann Ihnen nur Folgendes versichern. Bei meiner Ehre ... Meine Gewährsleute zu nennen, ist unmöglich ...

Am fünften Mai um die sechste Abendstunde ist Großkhan Schitsu in Schehol an seiner Schusswunde gestorben. Am vierten Mai ernannte er den Herzog von Dobraja, den Schanti, zum Regenten. Der ominöse Ring des Dschingis-Khan ist am Finger des Schanti.

Glauben Sie mir … oder glauben Sie mir nicht! Für mich stehen diese Tatsachen fest."

„Für mich auch!" bekräftigte der Engländer „Nur noch eine Frage, Mister Isenbrandt: Zu welchem Zweck wurde diese göttlichste aller Komödien in Szene gesetzt?"

„Die Erklärung ist einfach. China ist schweren inneren Erschütterungen ausgesetzt, wenn der Tod des Großkhans bekannt wird, bevor eine kräftige Faust die Zügel der Regierung fest in den Händen hat. Vergessen Sie nicht, der todbringende Schuss wurde von der Hand eines Republikaners, eines Südchinesen, abgefeuert. Die Herrschaft des Großkhans war zu jung, der Einheitsgedanke noch nicht allgemein genug geworden. Ehrgeizige Machthaber der früheren Zeit sind noch am Leben, ihre Hoffnungen nicht begraben. Alles dessen ist sich der Schanti bewusst. Ich kenne den Mann! Sein Ehrgeiz ist unermesslich. Er war in jeder Beziehung die rechte Hand des verstorbenen Großkhans. Mein Interesse hat sich ihm deshalb besonders zugewandt, weil er gerade unseren Unternehmungen vom Großkhan als Gegenpart an der chinesischen Westgrenze entgegengestellt war. In mancher Beziehung ist der Schanti vielleicht sogar vorausschauender und großzügiger, als es der tote Großkhan gewesen. Mit Entsetzen wird einst die weiße Welt seine furchtbare Gegnerschaft erkennen."

Georg Isenbrandt schwieg. Zum Zeichen, dass er nicht gewillt sei, noch weitere Erklärungen zu geben, nahm er auf seinem Stuhl Platz. Wie in Erz gegossen lehnte er ruhig in seinem Sessel, unbewegt von den vielen fragend auf ihn gerichteten Blicken.

Wieder ein Durcheinander von Reden und Gegenreden.

Dann der Präsident:

„Meine Herren! Mag der Großkhan oder der Regent in China herrschen. Ich für meine Person bin geneigt, den überraschenden, aber gut begründeten Mitteilungen des Herrn Isenbrandt Glauben zu schenken. Aber ich kann nicht glauben, dass eine neue chinesische Regierung nicht die von der alten unterzeichneten Verträge halten sollte. — Der Spruch des Schiedsgerichts ist bestimmt in kurzer Zeit zu erwarten. Wir müssen ihn abwarten, bis dahin die Grenzen respektieren. Ich bitte die Herren, die meiner Meinung sind, aufzustehen."

Die bei Weitem größere Anzahl der Anwesenden erhob sich. Isenbrandt war überstimmt.

„Cowards!", murmelte der Engländer, der sitzen geblieben war. „Auf die Manier hätten wir das englische Weltreich nie zusammengebracht."

*

Der Basar in Wierny zeigte unter dem Einfluss der Festlichkeiten ein besonders lebensvolles Bild. Seit Menschengedenken hatten die Kaufleute, die hier mit den Erzeugnissen Asiens handelten, nicht solchen Absatz gehabt. Fast jeder Bewohner glaubte, von hier ein Andenken mitnehmen zu müssen.

In buntem Strom zogen Fremde und Einheimische durch die schmale Basargasse.

Vor einer Auslage mit feinem chinesischem Porzellan stand Helen Garvin mit ihrer Freundin Florence.

„O sieh, Florence, da, die wundervollen, zarten Muster! Noch schöner als die von Kaschgar, die mir Pa in einer bösen Laune verdarb."

„Noch nicht genug, Helen? Du kaufst ja, als ob du eine Ausstattung besorgen müsstest. Dein armer Angestellter keucht bereits unter seiner Last. Kann dein Vater so böse werden, dass er ... das Eigentum seines Lieblings zerstört?"

„Ach, Florence, nur dann, wenn der Name Wellington Fox fällt. Dann kann er sehr, sehr böse werden."

„Wer ruft hier Wellington Fox?" klang es hinter ihnen.

„Ach ... du? ... Sie?" ... Mit einem kleinen Schrei drehte Helen Garvin sich um.

„Sie? ... Herr Fox! ... Wenn man den Fuchs ruft, sitzt er hinter der Hecke."

Mit einem freundlichen Lächeln begrüßte Florence Dewey den Journalisten.

„Es bedarf wohl keiner Vorstellung mehr, meine Gnädige. Miss Helen wird Ihnen von mir erzählt haben, wie sie mir von Ihnen sprach. Sie werden es mir nicht übel nehmen, wenn ich die Gelegenheit benutze, einige Worte mit Miss Helen zu sprechen. Über das Prekäre unserer Lage dürften Sie wohl genügend unterrichtet sein."

„Oh, sehr wohl, Mister Fox. Meine Sympathien sind ganz bei Ihnen beiden. Doch ich glaube, aus den paar Worten werden viele werden. Du wirst verzeihen, liebe Helen, wenn ich mich eine Weile entferne. Am Ende der Straße sahen wir einen kleinen stillen Park. Dort kannst du mich später wiedertreffen."

Mit flüchtigen Schritten eilte Florence ihrem Ziel zu. Tief aufatmend trat sie in das kühle Grün. Die Stille, die in dem parkartigen Garten herrschte, legte sich beruhigend auf ihr erregtes Herz. Das Liebesglück der Freundin hatte die alten Wunden ihrer Seele schmerzlich berührt.

In einem stillen Seitenweg fand sie eine Bank, auf der sie sich niederließ. Seltsame Schauer liefen über ihr Herz.

„Kämpfen um das Glück?", fragte sie sich bang. Ein leises, aufschluchzendes Stöhnen kam aus ihrer Brust.

War's nicht auch der tief verwundete Stolz der Florence Dewey gewesen, der ihr den letzten Brief an Averil Lowdale diktiert? Sie suchte in den verstecktesten Falten ihres Herzens.

Nein! Der Spiegel ihrer Seele war rein. Die Liebe zu Averil war größer als alles gewesen.

Sie schloss die Augen und versank in unruhiges Träumen ... Plötzlich war's ihr, als sei ein Schatten vor sie getreten. Noch zögerte sie, die Augen zu erheben, da klang das Wort „Florence!" an ihr Ohr.

Mit einem leichten Aufschrei taumelte sie empor. Ihre Hände griffen an die Schläfen.

„Averil!"

Halb ohnmächtig sank sie auf die Bank zurück, die Arme wie zur Abwehr von sich gestreckt.

„Ich bin's, Florence."

„Nein! ... Nein, Averil! Lass mich gehen, gehe fort!"

Ein tödlicher Schrecken klang aus ihren Worten.

„Oh, sei nicht grausam, Florence. Höre mich an ... Was tat ich, dass du meine

Liebe zurückweist? ... Soll ich büßen, was mein Vater dir antat? Florence, bei der Erinnerung an die seligen Stunden unseres Glücks ... war es Wahrheit, was du in deinem Brief schriebst ... oder war es gekränkter Stolz, der dich so schreiben ließ? Sprich, Florence! Antworte mir!"

Er beugte sich nieder und berührte ihre Hand. Sie zuckte vom Kopf bis zu den Fußspitzen. Sie sah ihn an mit weit geöffneten Augen. Dann senkte sie die Lider.

„Averil!"

Sie hatte den Namen kaum hörbar geflüstert, und doch lag in diesem sterbenden Hauch auf den bleichen Lippen mehr als in dem lautesten Schrei.

Mit der Berührung ihrer Hände schien sie sich umgewandelt zu haben. Jedes Hemmnis sank auf den Grund, verschwand in endlosem Dunkel. Eine Vorstellung des Glücks glitt durch ihre Seele, ein unbeschreibliches Lächeln ging über ihre Züge. Rückhaltlos gab sie sich in diesem einen hingehauchten Wort.

„Florence!"

Averil kniete nieder und küsste die Hände, die sie ihm willenlos überließ.

„Kann Liebe so grausam sein?"

Ein Wunsch schien sich in ihr zu regen, den sie nicht ausdrücken konnte. Mit zager Bewegung nahm sie seinen Arm und legte ihn um ihren Hals ... schlang ihre Arme um seinen Nacken. Da zog er sie an sich und küsste sie auf ihren Mund.

„Alles ist versunken ... alles ist verschwunden. Nur unsere Liebe ist geblieben ... dass ich ihn je wieder küssen würde, deinen süßen, reinen Mund!"

Ein Schauer rann durch ihre Glieder.

„Das ist er nicht mehr ... der reine Mund", sagte sie mit leisem Klagelaut.

„Florence! Du ..."

Averil war aufgesprungen. Keuchend kamen die Worte aus seiner Brust.

„Willst du mich wieder aus dem höchsten Himmel in die tiefste Hölle stürzen?"

Er stand da ... in dem gebrochenen Schatten des Baumes, jeder Kraft beraubt ... verirrt wie in einer Wüste.

Florence hatte das Gesicht in den Händen vergraben ...

Der Kies knirschte unter einem Schritt.

Mit jähem Ruck blickte sie auf.

„Du willst gehen? ... Ja, gehe ... gehe. Es ist zu spät, zu spät. Ich bin einem anderen versprochen!"

Sie taumelte und wäre zu Boden gestürzt, hätte er sie nicht in seinen Armen aufgefangen.

„Florence! Es ist nicht wahr. Ich bitte dich, sprich!"

Er schrie es fast. Zitternd lag Florence an seiner Brust. Ihre Zähne schlugen aufeinander. Ihr war, als versänke sie in einem eisigen Strom.

Da fühlte er die Wahrheit. Es war kein leeres Wort, das in sein Ohr geklungen.

Regungslos stand er, sog mit liebenden Atemzügen den Luftstrom ein und starrte in den weiten Raum. Zerbrochen, zerschellt lag alles am Boden.

„Du liebst ihn ... den anderen? ... Nein! Du liebst ihn nicht ... Kannst ihn nicht lieben. Und doch willst du ihm folgen! ... Und ich?"

Er löste ihre Arme und drängte sie zurück.

„Und ich? ... Ich soll zugrunde gehen?!"

„Averil!"

Flehend kam es von ihren Lippen. Alle Kraft schien von ihr gewichen. Schwach und gebrochen sank sie auf der Bank zusammen.

Unendliches Mitleid wogte im Herzen Averils. Er hätte sie in seine Arme nehmen, sie trösten, sie hegen mögen. Und trotzdem bewegte er sich nicht, sprach er nicht, machte er keinen Versuch, diese Qual zu kürzen, an der sie beide litten.

Der Klang einer Glocke, der aus weiter Ferne zu ihm drang, ließ ihn aus seiner Erstarrung erwachen. Er hob die Hand und fuhr ihr mit linder Bewegung über das Haar, die Wange, das Kinn. Und als ob diese Hand ihr das Herz zerspalte, brach sie in haltloses Schluchzen aus.

Er setzte sich zu ihr, hob ihr tränenüberströmtes Gesicht und legte es an seine Brust.

„Erzähle, Florence!"

Mit schmerzlicher Anstrengung entwand sie sich seinen Armen.

„Averil ..."

Ihre bebenden Lippen suchten vergeblich nach Worten.

„Wenn ich dir wehtat, Florence, verzeihe mir!"

Averil versuchte ihre Hand zu nehmen, sie durch die Berührung zu beruhigen.

Da plötzlich hob sie den Kopf. Ihre Augen blickten mit totenhafter Starrheit ins Weite, als sähen sie etwas, was nicht da war. Ihre trockenen Lippen begannen zu sprechen.

„Ich war krank ... ich hatte nur den einen Wunsch, zu sterben, um die Qual zu kürzen. Ich hatte dich von mir gewiesen und sah und dachte nichts anderes als dich. Du warst in mir, wie eine Qual ... ein Feuer ... ein Wahnsinn ... Ein mexikanischer Geschäftsfreund meines Vaters besuchte uns. Ich kannte Don Manuel Oregon seit meiner frühesten Jugend. Oft hatte ihn mein Vater als meinen ältesten und treuesten Verehrer geneckt ... Ich sah in ihm nie mehr als einen liebevollen väterlichen Freund. Es war kurz vor meiner Abreise mit Helen Garvin ... Er warb um mich ... Er sah meine Seelennot und schaute hinein in mein zuckendes, sich abringendes Herz, als ob es offen vor seinen Blicken läge. Er nahm meine Hände und sprach liebevoll ... demütig zu mir. Und doch lag in seinen Worten der Wille und die Kraft, mich zu befreien ... mir das Glück zu geben, für das mein Herz noch Raum bot. Und ... ich gab ihm meine Hand."

„Und du willst ihm folgen ... diesem Mann? ... Liebelos?"

Alles heiße Wünschen, alle Leidenschaft, Empörung und Klage sprach aus Averils Worten.

„Florence, ich lasse dich nicht. Mein bist du ... allen zum Trotz. Dir selbst zum Trotz!"

Er presste sie an sich und küsste ihre Augen, ihre Stirn, küsste die Tränenspur auf ihren Wangen und schloss die widerstrebenden Lippen mit glühenden Küssen.

Sie versuchte ihn zu beruhigen, sich loszumachen. Gewaltsam befreite sie sich aus seinen Armen, sprang von der Bank empor und wich vor ihm zurück.

„Sei gut zu mir, Averil! Schone mich. Es kann nicht sein ... du musst nun gehen, vergiss mich!"

„Ich dich vergessen? ... Ich gehen, wo ich weiß, du liebst mich ... liebst mich noch!"

„Ja, Averil! ... Gehe, ich bitte dich! Was uns damals trennte, trennt uns heute auch."

„Und weißt du, wohin du mich schickst? Ich gehe zugrunde ohne dich! ... Florence!"

Seine Augen rangen mit ihr in stummer Verzweiflung. Da schritt sie auf ihn zu und legte die Hände auf seine Schultern.

„Averil! Ich habe dich lieb ... bis in den Tod."

Eine schmerzlich-selige Milde lag auf ihrem Gesicht.

Wenn meine Liebe dich bittet, zu gehen, wirst du es dann tun?"

Ein Beben ging durch die Gestalt des Mannes. Alles Blut wich aus seinem Gesicht. Kaum verständlich, nur ein raues Flüstern war sein „Leb wohl!"

*

„Kaum hatte Wellington Fox seinen Namen genannt, als ihn die Hausangestellte in das Arbeitszimmer Garvins führte. Ein großes, von angenehmer kühle durchwehtes Zimmer. Schwere Vorhänge verhüllten die Fenster und schufen ein leichtes Dämmerlicht.

An einem kleinen Schreibtisch saß Francis Garvin, von Kopf bis zu Fuß in blendendes Weiß gekleidet. Das Gesicht verschlossen und eisig kühl.

Mit einem kurzen Kopfnicken beantwortete er die achtungsvolle Verbeugung von Fox. Noch ehe dieser auf einem Sessel Platz genommen hatte, begann er die Unterhaltung.

„Ich habe Sie zu einer Unterredung gebeten, um Ihnen das mündlich zu sagen, was Sie sich bei einiger Überlegung selbst hätten sagen können."

Er hielt einen Augenblick inne. Seine harten, grauen Augen sahen Fox durchdringend an.

„Dass ich meine Einwilligung zu einer Verbindung zwischen Ihnen und meiner Tochter Helen nicht geben werde."

Fox nickte leicht zustimmend.

„Sehr wohl, Mister Garvin. Ich habe darüber keinen Zweifel gehabt."

Garvins Brauen zuckten fragend empor.

„Dann darf ich wohl fragen, weshalb Sie sich meiner Tochter Helen in so unzarter Weise genähert haben? Helen ist ein Kind. Sie haben eine schwere Schuld auf sich geladen, als sie Helens Dankbarkeit für die Errettung aus der Lawine in einer Weise ... in einer Weise ausnutzten, die den Seelenfrieden meines Kindes tief stören muss."

Wellington Fox schlug behaglich ein Bein über das andere und lehnte sich bequem in seinen Sessel zurück.

„Ihr Vorwurf trifft mich nicht, Mister Garvin. Zunächst ist Helen kein Kind mehr. Sie ist seit einem Jahr volljährig. Ihre Einwilligung zu unserer Verbindung ist daher ohne Belang. Wenn Helens Natur viel von der Unbefangenheit und Fröhlichkeit eines Kindes behalten hat, so sehe ich darin ein Geschenk Gottes, für das ich ihm von ganzem Herzen dankbar bin ... aber Ihre Einwilligung ... die brauche ich nicht, Mister Garvin."

Es schien einen Augenblick, als wolle Garvin aufspringen, um dem unverschämten Gast die Tür zu weisen. Doch er beherrschte sich schnell. Seine stahlharten Augen bohrten sich drohend in das gleichmütige Gesicht Wellingtons. Er schluckte einige Male. Bevor er reden konnte, sprach Fox mit unerschütterlicher Ruhe weiter: „Ich bin Ihrer Einladung gefolgt, weil ich mich, wenn irgend möglich, mit dem Vater meiner Frau gut stellen möchte."

Francis Garvin lehnte sich tief atmend in seinen Stuhl zurück. Er presste die Hände ineinander und schaute zur Decke empor. Seine Züge blieben unbewegt, und doch sah man an dem Flackern der Augen, wie schwer der Kampf war, der in ihm tobte.

Wellington Fox sah mit einem gewissen Mitleid auf den Vater Helens.

Armer alter Kerl, dachte er bei sich, meine letzten Worte haben dir den Knockout gegeben!

Francis Garvin sprach: „Sie wollen also, Mister Fox, ohne meine Einwilligung eine Ehe mit Helen eingehen?"

„Das Zweite ganz gewiss. Ob auch das Erstere, hängt von Ihnen ab."

„Haben Sie auch darüber nachgedacht, wie Sie Helen standesgemäß ernähren und kleiden werden? Ich taxiere, dass Helens Hutbudget Ihr Jahresgehalt beträchtlich übersteigt."

Wellington Fox zuckte die Achseln.

Während er mit seiner Antwort zögerte, ging es ihm klar durch den Kopf: Aha, alter Freund! Dein Widerstand lässt nach. Es fällt dir nur zu schwer, dich offen geschlagen zu bekennen.

Dann sprach er: „Den Luxus von Garvins Palace Helen zu bieten, bin ich selbstverständlich nicht in der Lage. Doch mein Einkommen genügt durchaus, einer Frau ein behagliches, glückliches Heim zu bieten, die ihre Ansprüche nicht allzu hoch stellt, die sich zu schicken weiß ..."

„Glück ist in der kleinsten Hütte", warf Garvin ein, doch der Hohn, der darin liegen sollte, war matt.

„Unser zukünftiges Heim wird im Vergleich zu Garvins Palace eine Hütte sein, gewiss, Mister Garvin. Aber es stände schlimm um die Menschheit, wenn das Glück nur in den Schlössern der Reichen zu finden wäre."

Francis Garvin machte eine wegwerfende Gebärde.

„Verliebte Leute sehen den Himmel voller Geigen. Der Katzenjammer bleibt nicht aus. Ich will mein Kind davor bewahren. Ich möchte unsere Unterredung damit beenden, Mister Fox, dass ich Ihnen für Ihre aufopfernde Tat bei der Rettung Helens meinen herzlichsten Dank ausspreche. Ich wollte Sie zum Besitzer der 'Chikago Press' machen, um meinen Dank auch tatkräftig zum Ausdruck zu bringen. Sie haben mein Angebot zurückgewiesen. Wir sind quitt!"

„Ich nicht!"

Wie ein Wirbelwind war ein weißes Etwas aus dem Nebenzimmer hereingeflattert. Mr. Garvin war plötzlich unter einer Wolke von hellem Batist verschwunden.

Ein Flüstern und Raunen, so zärtlich, so innig, drang an das Ohr von Fox, dass er die Zähne aufeinanderbeißen musste, um seine Bewegung zu unterdrücken. Er sah den grauen Kopf Garvins über Helens blonde Locken gebeugt. Sah, wie dessen

Arme sein Kind fest umschlossen, und verließ leise das Zimmer.

Im Vorraum schritt er ruhelos auf und ab. Tausend Ideen schossen durch sein Hirn. Eine Welt von Feinden wünschte er zu haben, nur um Helen schützen zu können. Knirschend pressten sich seine Zähne aufeinander, seine Fäuste ballten sich grimmig gegen andere, noch unsichtbare Fäuste.

Alle Strafen des Himmels und der Hölle mögen mich treffen, wenn ich dich, mein Liebling, nicht ehren und schützen werde bis zum letzten Atemzug!

Und dann ging es ihm plötzlich wie Mr. Garvin. Wie durch einen Schleier sahen seine Augen eine weiße Gestalt auf sich zueilen. Zwei liebevolle Arme umschlossen seinen Hals, und ein tränenüberströmtes Gesicht lehnte sich an seine Brust.

Ein Stammeln ... ein Weinen ... ein Lachen.

„Wie glücklich bin ich, Wellington!"

Nach einer Weile drang die Stimme Garvins in den stillen Raum.

„Mister Fox, Sie haben gesiegt. Helens Wille war stärker als der meine ... Es fällt einem alten Mann schwer, sein einziges Kind ... sein alles wegzugeben ... Ich werde alt, ihr müsst Geduld mit mir haben ... Der Gedanke quält mich, dass Helen in den veränderten Verhältnissen ihres neuen Lebens doch gar manches Lieb gewonnene aus dem Vaterhaus vermissen wird ...

Ich bitte Sie, Mister Fox, mir zu erlauben, Ihre Stellung in irgendeiner Weise zu verbessern. Der Gedanke ist mir unerträglich, dass ... Mister Fox, Sie dürfen nicht weiter ein einfacher Berichterstatter bleiben ... Ich werde Ihnen entsprechende, ich hoffe, Ihnen auch zusagende, Vorschläge machen. Sie müssen Ihre Position verbessern."

Francis Garvin war bei den letzten Worten auf Wellington Fox zugetreten und drückte ihm die Hände. Wellington Fox hatte inzwischen seine volle Selbstbeherrschung wiedergewonnen.

„Dass Sie mir Ihre Helen nicht gern geben, weiß ich ... will es Ihnen auch nicht verdenken, obwohl Sie als freier Amerikaner von den Vorurteilen über Rang und Reichtum unabhängiger sein sollten. Meine Position zu verbessern? ... Ich habe schon lange daran gedacht ... und daran gearbeitet. Ich kenne das alte Wort, dass man bei der Presse alles werden kann, vorausgesetzt, dass man nicht dabeibleibt. Unsere Wünsche begegnen sich also. Doch die Vorschläge für eine Verbesserung überlassen Sie, bitte, mir. Ich habe ein Geschäft im Auge ... Ein Geschäft? ... Nein! ... Mein Geschäftssinn ist allezeit schwach genug gewesen, Gott sei's geklagt.

Ein Werk ... Eine große Tat habe ich vor. Zur Ausführung gehört Geld ... viel Geld. So viel, wie vielleicht auch Sie nicht haben. Aber das Werk wird gelingen, und das Geld wird hundertfache Zinsen bringen. Wenn die Zeit gekommen ist ... bald ... sehr bald wird sie kommen ... werde ich Ihnen meine Pläne entwickeln, werde Ihnen das Geschäft antragen."

Francis Garvin hatte der langen Rede ruhig zugehört. Nun sprach er: „Ihre Hoffnungen nehmen einen kühnen Flug, Mister Fox. Sie gestatten, dass ich Ihrem Geschäftssinn, den Sie selbst als schwach bezeichneten, sehr skeptisch gegenüberstehe."

„Ich nehme es Ihnen nicht übel, Mister Garvin. Sie haben mich bisher nur als einfachen Journalisten kennengelernt. Sie wissen nichts ... weniger als nichts von meinen sonstigen Plänen und ... Unternehmungen, Mister Garvin."

„Unternehmungen?"

Fragend und zweifelnd war das eine Wort von den Lippen Garvins gekommen.

„Unternehmungen, Mister Garvin. Sie werden anders von mir denken, wenn einige Wochen ins Land gegangen sind. Ich möchte Sie bitten, Mister Garvin, meine Verlobung mit Helen nicht vor dem August bekannt zu geben."

Verwundert und fragend blickte Francis Garvin auf Fox. Eben erst hatte der mit Gewalt seine Verlobung durchgesetzt, hatte den Widerstand des Vaters gebrochen, und jetzt bat er selbst, diese so mühsam erkämpfte Verlobung bis zum August noch geheim zu halten.

„Ich verstehe Sie nicht, Mister Fox."

„In wenigen Wochen werden Sie mich um so besser verstehen. Sie werden dann, das hoffe ich sicher, die Veröffentlichung unserer Verlobung nicht mehr wie jetzt unter Bedenken und zweifeln, sondern mit willigem Herzen vornehmen. Sie werden an diesem Tag wissen, Mister Garvin, dass der Verlobte Ihrer Tochter etwas mehr ist als der einfache Berichterstatter, für den Sie ihn jetzt nehmen ... für den die Welt ihn vorläufig noch nehmen muss."

*

Georg Isenbrandt befand sich in seiner Station zu Wierny. Seit jener letzten Sitzung des Direktoriums der E. S. C., seitdem die maßgebenden Herren der E. S. C. den Beschluss gefasst hatten, den Spruch des Schiedsgerichtes abzuwarten, die strittige Ilifrage bis dahin in der Schwebe zu lassen, war er in gedrückter Stimmung.

Die Ereignisse des heutigen Tages waren in ihrer Gesamtheit nicht geeignet, einen Stimmungsumschwung bei ihm hervorzurufen. Zwar der Vormittag hatte ihm eine große, kaum erwartete Freude gebracht: ein Mail in verabredeter Sprache von Wellington Fox. Georg Isenbrandt hatte es Wort für Wort dechiffriert, hatte tief aufatmend die gute Nachricht gelesen, dass der treue Fox die Vermissten, Theodor Witthusen und Maria Feodorowna, in Urga entdeckt habe. Das Mail war nur kurz, die erste knappe Nachricht von der glücklichen Entdeckung des Aufenthaltes der Vermissten. Wer aber Wellington Fox und seine Art so genau kannte wie Georg Isenbrandt, der konnte noch mancherlei zwischen den Zeilen herauslesen.

Nun beschäftigte Isenbrandt eine ganze Reihe von Fragen. In wessen Gewalt waren die Verschleppten? Wie wurden sie gehalten? Würde es Fox gelingen, mit ihnen in Verbindung zu treten? Würde es ihm glücken, sie zu befreien?

Die wenigen Worte des Mails klangen zuversichtlich, Isenbrandt kannte Fox als einen entschlossenen, tatkräftigen Mann, dem in kritischen Lagen auch List und Erfindung in weitgehendem Maße zu Gebote standen. So durfte er wohl hoffen, dass Wellington Fox bald weitere gute Nachrichten senden würde, und jenes Mail aus Urga wäre wohl geeignet gewesen, die Stimmung Isenbrandts zu heben.

Aber andere Nachrichten waren geeignet, sie wieder herabzudrücken. Seit zwölf Stunden liefen unaufhörlich Hochwassermeldungen aus dem oberen Ilital bei seiner Station ein. Von Stunde zu Stunde stiegen die Zuflüsse des Stroms aus dem chinesischen Gebiete. Das ganze Quellgebiet des Flusses schien in Aufruhr geraten zu sein.

Die Sonne sank hinter die Berge. Dämmerung schlich durch den Raum, in dem

Georg Isenbrandt an seinem Arbeitstisch saß. Der Fernschreiber zu seiner Rechten begann zu arbeiten. Neue Meldungen kamen von der Terekstation.

Die Vermutung, die ihm schon in den Nachmittagsstunden durch den Kopf gegangen war, wurde jetzt zur Gewissheit. Das war nicht mehr ein zufälliges Naturereignis. Gewiss war im Frühjahr mit vorübergehendem Hochwasser zu rechnen. Aber die Wassermengen, die hier von allen Seiten des Quellgebietes gemeldet wurden, überstiegen das normal zu Erwartende in einer gewaltigen und unerklärlichen Weise.

Er verband sich direkt mit der Station von Terek. Dort hatte er den gewaltigen Staudamm anlegen lassen, um plötzlich einbrechende Wassermengen sicher auffangen und speichern zu können. Durch die Unfähigkeit eines Bauleiters hatten die Arbeiten sich stark verzögert. Erst in den letzten Wochen hatte Georg Isenbrandt mit eiserner Hand dazwischengegriffen, hatte die tüchtigsten Ingenieure an diese Stelle gesetzt und die Vollendung des riesigen Betondammes mit allen Mitteln betrieben,

Erst gestern hatte er die Baustelle besucht. Der Damm war jetzt fertig. Aber die letzten Teile der gewaltigen bergehohen Staumauer waren erst vor achtundvierzig Stunden in die Holzformen eingestampft worden. Diese Zeit war viel zu kurz, um den Beton schon erhärten zu lassen. Kamen jetzt plötzlich die schwersten Hochwasser, pressten die gestauten Mengen mit vollem Druck auf den noch frischen Teil der Mauer, so war ein Dammbruch, eine schwere Katastrophe zu gewärtigen.

Er fragte durch den Apparat und erschrak über die Antwort. Das Wasser stand schon zwei Meter unter dem frisch gestampften Teil. Stieg die Flut in dem bisherigen Tempo weiter, musste sie in kürzester Zeit die frischen Teile erreichen, und dann begann die schwere Gefahr.

Georg Isenbrandt sprang auf und lief unruhig im Raum hin und her. Einen Augenblick erwog er den Gedanken, selbst nach der Terekstation zu fahren, um ihn dann sofort wieder zu verwerfen. Etwas anderes ... etwas Größeres musste geschehen. Während er hin und her wanderte, fiel sein Blick auf die Apparatur, in der ihm neulich das Helium erstarrt war. Da ... greifbar vor ihm lag das Mittel, alles zu verhindern, was er befürchtete, musste er es nicht auf jeden Fall anwenden? Ganz abgesehen von dem gewaltigen, mit Sicherheit zu erwartenden Materialschaden — waren nicht auch Hunderte von Menschenleben auf das Schwerste bedroht, wenn die Hochwasser des Dammes von Terek Herr wurden?

Die Verantwortung war fürchterlich schwer. Ruhelos lief er durch den Raum.

Was tun? Was waren die Menschenleben und wären es auch Hunderte, gegen die Tausende und aber Tausende, die ihr Leben lassen mussten, wenn er sein Spiel zu früh aufdeckte? Dann war alle Wirkung seiner wohldurchdachten Pläne verloren.

Das Mittel einmal anwenden, hieß eine vollkommen veränderte Lage schaffen, hieß die besten Waffen vorzeitig schartig werden lassen.

Einen Ausweg! Das Übel kam von den chinesischen Bergen ... Das Unheil an der Quelle verstopfen ... Sollte das möglich sein, ohne das Geheimnis preiszugeben?

Vielleicht! ... Fox war der Einzige, der außer ihm um das Mittel wusste. Wäre er hier, wäre es leicht auszuführen gewesen. Wen jetzt senden? ... Wen einweihen? ...

Der alte Schmelzmeister Franke trat ein. Der hauste jetzt seit einigen Wochen unten am Balkaschsee. Er kam, um sich Instruktionen zu holen. Die gewaltigen Wassermengen, die der Ili seit zwölf Stunden in den See trug, beeinflussten dort die Dampfentwicklung. Der Alte wollte wissen, ob neues Dynotherm in den See gegeben werden solle. Er meldete, dass die Rohrhorste am südlichen Seeufer schon zum Teil überflutet seien, und er fluchte grimmig auf die Asiaten. Ebenso fest wie Isenbrandt war er davon überzeugt, dass diese plötzliche Flut nur auf Schmelzungen im chinesischen Iligebiet zurückzuführen sei.

Schon immer hatte er ihnen einen solchen Streich zugetraut. Es war ja bekannt, dass auch die Asiaten über große Dynothermvorräte verfügten, wenn sie auch das neueste Präparat Isenbrandts noch nicht besaßen. Seit Langem puderten sie auf ihren Bergkämmen herum. Bisher war das aber immer nur in kleinem Maßstab geschehen und immer so, dass die erschmolzenen Wassermengen den chinesischen Strömen zugutekamen und die Nachbarn jenseits der Grenze nicht gefährdeten.

Isenbrandt war noch im Zweifel, ob das Unheil mit Absicht verursacht oder ob es durch einen unglücklichen Zufall, durch eine unvorsichtige Dosierung des Schmelzpulvers hervorgerufen worden sei. Der alte Franke war unerschütterlich davon überzeugt, da es ein purer Schabernack der Asiaten sei.

Isenbrandt unterbrach den Redefluss des Schmelzmeisters:

„Ob der Damm noch zu retten sein wird, ist fraglich. Aber die Möglichkeit besteht, den Schrecken zu kürzen, die Zeit der Furcht und der Gefahr zu verkleinern."

Verständnislos blickte ihn der Alte an.

„Wie sollte das möglich sein, Herr Isenbrandt? Die Asiaten haben in ihren Bergen gepudert. Das ist mir absolut klar ... und da muss es im Lauf der nächsten Stunden und Tage doch immer noch schlimmer werden."

Georg Isenbrandt ging zur Tür und schloss sie ab. Dann ging er zu dem Alten und legte ihm die Hände auf die Schultern.

„Hören Sie, alter Freund! Es gibt ein Mittel, um das Unheil zu bekämpfen. Ich habe es! ... Aber ich kann es nicht selbst tun, und ich weiß keinen anderen und Besseren als Sie, der sich schon lange Jahre als loyal und zuverlässig im Dienst der Gesellschaft erwiesen hat. Ich weiß keinen Besseren als Sie, dem ich das Geheimnis dieses Kampfmittels anvertrauen könnte. Mein Geheimnis ist es! Kein Mensch auch keiner der Herren der E. S. C. weiß darum. Ihnen will ich es in dieser Stunde der Not zu treuen Händen geben. Ehe ich Sie aber frage, ob Sie bereit sind, die Tat zu tun, will ich Ihnen sagen, was zu tun ist ... welche Gefahren damit verbunden sind. Es muss jemand mit einem Flugschiff, das er selbst steuert, die chinesischen Kämme abfliegen und an allen, wenigstens an den Hauptstellen, wo die Asiaten gesalzen haben, das Gegengift streuen."

„Gegengift? Gegen unser Dynotherm?"

„Ja, Franke! Es gibt ein Mittel, und ich habe es. Wird es auf die Puderstellen gestreut, so wird die Wirkung des Dynotherms gebunden ... Aber die Sache ist nicht ohne Gefahr. Sie müssten noch jetzt in dieser Nacht mit einem Schiff, von dem alle Kennzeichen der E. S. C. entfernt sind, den Flug unternehmen ...

Sie dürfen keine Lichter führen ... Sie müssen sehr tief fliegen ... Schon das ist nicht ohne Gefahr ... Dazu kommt die Wahrscheinlichkeit, dass von asiatischer Seite ... auf Sie geschossen werden wird ... Überlegen Sie in aller Ruhe ..."

„Da ist nichts zu überlegen, Herr Isenbrandt. Was sollte ich da noch überlegen? Schon das freut mein altes Herz, dass Sie mir so viel Vertrauen schenken, mir Ihr Geheimnis sagen. Und dann noch das Vergnügen, den verdammten Asiaten einen Streich zu spielen ... dass ich denen ihr Handwerk legen kann ... das macht mir einen Höllenspaß ... da kommt es mir keinen Augenblick darauf an, meine alten Knochen zu riskieren."

„Ich wusste, lieber Franke, dass ich mich auf Sie verlassen kann, und danke Ihnen von ganzem Herzen ..."

Er schüttelte die Hand des alten Gefährten mit kräftigem Druck.

„Nehmen Sie meine Maschine! Die Veränderungen, die an dem Flugschiff zu treffen sind, machen Sie am besten selber. Sie werden das am besten einzurichten wissen. Ich mache Ihnen inzwischen den Streutank fertig. Den wollen wir dann zusammen unter die Maschine hängen."

Eine knappe halbe Stunde später schoss die schnelle Maschine, von dem alten Schmelzmeister gesteuert, in den dunklen Abendhimmel und verschwand nach Osten zu.

Georg Isenbrandt hat die Maschine und den Alten nie wiedergesehen. Der blieb von dieser Stunde an verschollen. Es ist auch niemals bekannt geworden, ob der Alte bei der Schleichfahrt durch die dunklen Berge gegen eine Felsschroffe rannte oder ob er mit seiner Maschine das Opfer chinesischer Kugeln wurde. Niemals auch wurden irgendwo irgendwelche Spuren von ihm gefunden. Aber es muss ihm doch gelungen sein, den Auftrag Isenbrandts zum weitaus größten Teil auszuführen. Erst ganz zum Schluss seiner abenteuerlichen Fahrt muss er zugrunde gegangen sein, denn schon am übernächsten Tag ließ der plötzliche Zustrom aus den chinesischen Bergen nach, und bereits am Ende der Woche herrschten wieder normale Wasserverhältnisse im Ilital.

In jener ersten Flutnacht ging es freilich desto stürmischer zu.

Der Staudamm bei Terek bot ein wildromantisches Bild. Brüllend und gurgelnd stauten sich die Wildwasser hinter ihm zu einem Riesensee. Die mächtigen, millionenkerzigen Scheinwerfer der Bauleitung beleuchteten die brodelnde Wasserfläche von den Ufern aus.

An eine so schnelle und plötzliche Inanspruchnahme jenes großen, eben erst vollendeten Staubeckens hatte niemand gedacht. Noch waren die jetzt schon überfluteten Flächen mit Baugerät, mit Häusern, ja mit ganzen, wenn auch noch unbewohnten Dörfern besetzt.

Das alles hatten die wilden Wasser aufgewühlt und wirbelten es in gigantischem Spiel durcheinander. Hier trieben abgerissene Schindeldecken ... da Prahme ... dort Rüstzeug aller Art. Und zu dem, was hier schon gewesen, kam das, was die Fluten unterwegs mitgenommen hatten.

... Ganze Herden von ertrunkenem Vieh ... Teile zertrümmerter Brücken ... zerstörte Behausungen ... und dazwischen in erschreckender Menge die Leichen von Menschen. Die Wasser mussten schon auf chinesischem Gebiet furchtbar gehaust haben.

Jetzt stand die Oberfläche dieses höllischen Wirbels kaum noch einen Meter unter der Dammkrone. Stieg das noch weiter, so mussten die Fluten über die Krone hinweg in breitem Schwall zu Tal stürzen, vorausgesetzt, dass der Damm hielt.

Hier lag die Gefahr. Der Damm war in den zuletzt gefertigten Teilen noch nicht fest abgebunden. Die Möglichkeit war vorhanden ... war nur allzu groß, dass der gesteigerte Druck die aufgestauten Wassermengen diese neuen Teile aus dem Damm herausbrach ... und dann ...

Schon auf die ersten Nachrichten von dem bedrohlichen Steigen der Fluten hatte Georg Isenbrandt die Siedler im unteren Ilital telegrafisch warnen lassen. Sobald ihn der alte Schmelzmeister verlassen, bestieg er selbst ein Flugschiff und fuhr nach den Terekanlagen.

Er kam, sah ... und fand seine schlimmsten Befürchtungen übertroffen. Die Dammkrone war menschenleer. Das hatte die Bauleitung in Terek bereits aus eigenem Ermessen angeordnet, denn unmöglich konnten die frischen Dammteile dem enormen Wasserdruck noch lange standhalten. Jeder Augenblick konnte die befürchtete Katastrophe, den Dammbruch, bringen.

Schnell gab Isenbrandt seine Befehle. Er ließ alle Sirenen talabwärts aufheulen ... er gab nochmaligen dringenden telegrafischen Alarm, den ganzen Ili stromabwärts bis zum Balkaschsee ... aber Isenbrandt sah noch weiter. Nur ein Mittel gab es noch, der drohenden Katastrophe zuvorzukommen. So schnell wie möglich musste man die neuen, noch weichen Teile des Dammes von dem Wasserdruck entlasten, den Stausee absenken.

Das war nur möglich, wenn man einen Einschnitt von gehöriger Tiefe und Breite in den alten, gesunden Teil der Staumauer einsprengte. Dort musste es geschehen, denn der neue, noch schwache und schon überlastete Teil der Mauer hätte die Beanspruchung einer Explosion nicht ertragen. Er wäre sicherlich sofort in seiner ganzen Ausdehnung zu Bruch gegangen.

Nur mit den schärfsten Sprengmitteln und mit großen Mengen davon ließ sich aber die Sprengung in den granitharten Dammassen des alten Teiles bewerkstelligen. Gelang sie, so würden sich freilich sehr gewaltige Wassermengen durch die gesprengte Lücke talabwärts ergießen. Sie würden sicherlich beträchtlichen Schaden anrichten. Aber dieser Schaden und diese Gefahr blieben immerhin in übersehbaren Abmessungen. Und der Spiegel des Stausees musste sich dann schnell senken. Der Druck auf den schwachen Teil des Dammes musste sofort nachlassen. Das Schlimmste war dann überwunden, die schwerste Gefahr vermieden.

Nach den Anordnungen Isenbrandts lief das Sprengkommando über die Dammkrone nach der anderen Berglehne hinüber. Im mittleren Teil war die frische Stelle. Am Nordufer, im harten alten Teil, sollte die entlastende Scharte ausgesprengt werden.

Im taghellen Licht der Scheinwerfer sah man vom Ufer aus die Mannschaft über die Dammkrone eilen. Sie mochte etwa die Mitte erreicht haben, als ein Blitz an dieser Stelle aufzuckte, ein krachender Donner das Toben der Elemente übertönte.

An der schwachen Stelle des Dammes war eine schwere Sprengladung explodiert. Einen Moment noch stand die Mauer dort zitternd im Strudel. Dann riss sie breit auf, neigte sich zu Tal und brach in Riesenbrocken auseinander. In wütendem, stoßendem Schwall stürzten die entfesselten Fluten wie ein einziger starrer Block zu Tal.

Verschwunden war an dieser Stelle der Damm ... Verschwunden die Leute des Sprengkommandos auf ihm.

Ein Schrei des Entsetzens aus vielen Tausend Kehlen.

Isenbrandt selbst stand unter der Wucht der Katastrophe wie erstarrt. Wie war das möglich gewesen? ... Wie konnte das geschehen? ... Der Sprengstoff trug noch keine Zündung. Auch wenn einem der Träger eine Kiste entglitt, konnte sie doch nicht explodieren.

Ein Verbrechen? ... Nur ein Verbrechen konnte es sein. Von wem? ... Es bedurfte keiner Frage.

Mit schweren Schritten wandte Isenbrandt sich zum Ufer und begab sich in das Büro der Werkleitung.

„War unter dem Sprengkommando ein Asiate?"

Einer der Ingenieure beantwortete die Frage:

„Jawohl! Alibeg! Ein kirgisischer Vorarbeiter ... Einer, der sich durch besondere Anstelligkeit auszeichnete."

„Ein Held!", dachte Isenbrandt bei sich ... sicher ein asiatischer Ingenieur, der sich hier unter falscher Flagge als Werkmann verdingt hat.

Dann wandte er sich an den Stationsleiter.

„Ich kehre nach Wierny zurück. Alle Nachrichten für mich bitte dorthin! Hier ist Menschenhilfe vergeblich. Vertrauen wir auf unser Glück."

Noch einmal warf er einen Blick auf das Tal, in dem das entfesselte Element dahinschoss."

Wehe alle denen talabwärts, die unsere Warnung nicht befolgten!

In dieser Nacht flogen die Mails zwischen Wierny und Berlin hin und her.

*

In Urga, der alten heiligen Hauptstadt der Chalka-Mongolen, hatte Wellington Fox mit Hilfe des getreuen Ahmed die Witthusens ermittelt. Viele Wochen hindurch war Ahmed in der Maske eines sartischen Händlers durch das mongolische Land gezogen. Hatte mit großem Geschick und noch größerem Glück hier gefragt und dort geforscht, bis er endlich die Spur hatte, die nach Urga wies.

Dann war Wellington Fox zu ihm gestoßen. Der kam als russischer Teehändler mit einer großen Handelskarawane aus dem nahen Kjachta über die russische Grenze. Vorzüglich hatte er es verstanden, sein Äußeres der Rolle, die er hier spielen musste, anzupassen. Den Mangel an russischen Sprachkenntnissen verbarg er geschickt unter einem freilich recht holprigen Chinesisch Solange aber kein allzu scharfes Auge ihn beobachtete, kein allzu scharfes Ohr ihn hörte, konnte er hier wohl unbehelligt seinen Plänen nachgehen.

In einer der großen Herbergen der Stadt, in der die Karawane Quartier nahm, hatte er sein Unterkommen gefunden. Dass er hier häufig mit einem sartischen Händler zusammenkam, fiel bei der Mannigfaltigkeit und Unübersichtlichkeit asiatischer Kaufmannsgeschäfte nicht weiter auf.

Es war um die Zeit der Abenddämmerung. Wellington Fox saß in dem primitiv einfachen Raum, der ihm in der Karawanserei als Unterkunft diente.

Ein leises Klopfen an der Tür. Die einzelnen Schläge in der verabredeten Folge. Wellington Fox schob den schweren Holzriegel zurück. Der Sarte trat in den Raum.

„Bist du da, Ahmed? ... Wie steht's?"

„Gut! Euer Papier ist in den Händen des alten weißen Herrn."

„Will er es tun?"

„Ja, ... er machte das verabredete Zeichen ..."

„So wirst du also um neun Uhr mit den Gefangenen das Haus verlassen. Bist du sicher, ganz sicher; dass der Wärter keinen Verrat übt?"

„Er hat geschworen ... bei den Seelen seiner Ahnen ..."

„Ein Schwur?"

„Er wird den Schwur halten. Wirst du ihn aber auch im Flugschiff mitnehmen, wie du versprochen? Er fürchtet die Strafe, wenn die Flucht entdeckt ist."

„Ich werde ihn mitnehmen ... samt seinen fünfhundert Dollar. Er mag sie in Frieden in Kjachta verzehren. Der Weg vom Haus bis zum Brunnen ist kurz. Um neun Uhr werde ich dort unter dem Schein einer Notlandung niedergehen."

„Wenn du da bist, wird alles gut sein!"

Ahmed verließ den Raum. Wellington Fox blieb mit seinen Gedanken allein. Im Geiste sah er das Glück der Geretteten ... die Freude Isenbrandts, wenn er mit ihnen in Wierny landen würde. Noch einmal überlegte er alle Chancen. Es musste gelingen.

*

Es waren ein paar helle, freundliche Räume, in denen die Witthusens die Tage ihrer Gefangenschaft verbrachten. Der alte Herr saß seiner Tochter gegenüber. Ein Schachbrett, das ihnen die endlosen Stunden ihrer Haft kürzte, stand zwischen ihnen. Aber seitdem das Papier des sartischen Händlers durch den bestochenen Wärter in ihren Händen war, standen die Figuren unberührt auf den Feldern.

Die lange Haft ... die Ungewissheit über ihr Schicksal hatten die blühenden Farben Maria Feodorownas gebleicht. Jetzt hatte die Erregung der Erwartung das alte Rot auf ihre Wangen zurückgezaubert. Auch Theodor Witthusen hatte die Lethargie verloren, die bisher auf ihm lag. Es war mehr die Sorge um Maria, sein einziges, so sehr geliebtes Kind, als die um ihn selbst, die ihn niedergedrückt hatte.

Mit gedämpfter Stimme ... fast flüsternd sprachen sie.

„Die Freunde, Maria, an die ich zuerst gedacht, haben nichts für uns getan ... vielleicht nichts tun können ... Der Konsul ... wie oft war er in unserem Haus ... nichts ...

Collin Cameron ... am Tag vor unserer Gefangennahme suchte er mich noch zu beruhigen ... rühmte sich seiner guten Beziehungen ... auch er ... nichts ...

Die beiden jungen Deutschen ... eine flüchtige Reisebekanntschaft von dir ... an die hätte ich zuletzt gedacht ... Die Not zeigt, wo die wahren Freunde sitzen. Herr Fox kommt ja zweifellos im Einverständnis ... mit Unterstützung seines Freundes Isenbrandt."

„Glaubst du, Vater" — das leichte Rot auf Marias Wangen vertiefte sich —, „dass Herr Isenbrandt bei seinen vielen großen Arbeiten noch Zeit hat, sich um uns zu kümmern"?

„Würde sonst sein Angestellter mit hier sein? ... Ihn selbst mögen seine Arbeiten festhalten, aber er denkt dabei auch an uns."

„Er hat uns früh genug gewarnt ... Du ließest dich durch Mister Cameron beschwichtigen. Ich weiß nicht, Vater ... ich kann dein großes Vertrauen in Mister

Cameron nicht teilen ... Sein ganzes Wesen ... sein überfreundliches Benehmen stoßen mich ab."

„Ach, Kind, das sind unkontrollierbare Gefühle ... Ich kenne ihn seit Jahren und habe nie Anlass gehabt, an ihm zu zweifeln."

Er zog die Uhr.

„Noch zwei Stunden ... Wie langsam die Zeiger schleichen! ... Heute noch langsamer als sonst."

Ein Klopfen an der Tür unterbrach ihr Gespräch. Sie glaubten, es wäre der Wärter, der ihnen um diese Zeit die Abendmahlzeit zu bringen pflegte.

Collin Cameron stand vor ihnen.

„Ah, Herr Cameron! ... Wo kommen Sie her? ... Bringen Sie Gutes?"

Witthusen war aufgesprungen und reichte dem Besucher die Hand.

„Soeben noch tat ich Ihnen unrecht. Wir sprachen von den Freunden, auf deren Beistand wir vergeblich hoffen ... und darunter waren auch Sie."

„Auch ich? ... Und was waren es sonst noch für Freunde?"

„Oh, alle aus Kaschgar: Der russische Konsul ... die Upharts ... viele andere ... auch sonst noch ..."

Er brach seine Rede jäh ab, unterdrückte die Namen Fox und Isenbrandt, die ihm schon auf der Zunge lagen. Eine Spur jenes Misstrauens, das Maria vorhin geäußert, hatte sich ihm mitgeteilt.

„Bringen Sie gute Nachricht?"

„Wenn nicht heute, so doch bald! Ich freue mich, dass Sie mich unter Ihre Freunde zählen ... Auch Ihnen, Maria, meinen Dank, dass Sie meiner in Freundschaft gedacht haben."

Collin Cameron nahm auf dem Stuhl Witthusens am Schachtisch Platz.

„Oh, Maria, Ihr Spiel steht gut. Der arme König ... ein Zug von Ihrer Hand, und er muss sich Ihnen ergeben."

Theodor Witthusen wiederholte seine Frage:

„Bringen Sie gute Nachrichten, Herr Cameron?"

„Ganz Nachrichten? ... Maria ..."

Seine Augen versenkten sich brennend in diejenigen Marias.

„Ich hoffe, dass es meinen guten Beziehungen bald gelingen wird, Ihre Freilassung durchzusetzen."

„Weshalb sind wir überhaupt gefangen?"

Witthusen unterstützte und verstärkte die Frage Marias:

„Wie konnte man es wagen, uns bei Nacht und Nebel wie Verbrecher aus unserem Haus zu holen und wegzuschleppen?"

„Ich erfuhr Ihre Verhaftung leider erst am anderen Morgen ... Konnte nicht sofort feststellen, wohin Sie gebracht worden waren. Mit vieler Mühe brachte ich heraus, dass Sie verdächtigt sind, mit Chinas Feinden in Verbindung zu stehen."

Witthusen fiel ihm erregt ins Wort.

„Feinden? ... Wer sind Chinas Feinde? ... Mit wem liegt China im Krieg?"

„China liegt im Krieg ... freilich nicht im offenen, sondern im geheimen Krieg mit der E. S. C. Ihr Verkehr mit dem Ingenieur Isenbrandt hat Sie in den falschen Verdacht gebracht."

„Deshalb diese Gewalttat!" Marias kleine Faust schlug kräftig auf den Tisch ... „Ich kann es nicht glauben! Die asiatischen Spione arbeiten nicht so schlecht, dass sie aus einer flüchtigen Reisebekanntschaft eine Verschwörung machen."

„Und doch ist es so, Maria ... Doch Geduld! Der Tag wird kommen, an dem Sie, gereinigt von allem Verdacht, in das alte Haus in Kaschgar zurückkehren können."

„Nach Kaschgar!"

Maria erhob sich und warf mit einer brüsten Handbewegung die Schachfiguren durcheinander.

„Nach Kaschgar? ... Nie wieder kehre ich nach Kaschgar zurück! Verhasst ist mir die Stadt. Verhasst das Land, wo solche Gewalttat geschehen konnte!"

„Oh, nicht doch, Maria! Seien Sie nicht so schroff! ... Beruhigen Sie sich! ... Volle Genugtuung wird Ihnen gewährt werden.

Ihr Heim in Kaschgar wartet auf Sie, so wie Sie es verlassen haben. Als ich Ihre Verhaftung erfuhr, ließ ich mir Vollmacht geben, über Ihr Eigentum zu wachen. Die Schlüssel des Hauses sind in meiner Hand. In Ihrem Stübchen steht alles, wie Sie es verlassen hoben. Nichts entfernt ... nichts gerückt! Der große Mandelbaum vor Ihrem Fenster steht wie alle Jahre um diese Zeit in einem Blütenmeer. Gedenken Sie der schönen Stunden, die Sie dort verbracht. Werfen Sie nicht alle erfreulichen Erinnerungen um eine Unerfreulichkeit von sich!

Fast möchte ich bedauern, wenn Sie, wieder frei, statt nach Kaschgar zurückzukehren das Land verlassen. Dann wäre auch mir Kaschgar verleidet. Wie öde würde es mir vorkommen, wenn ich Ihr verlassenes Haus dort sehen ... Sie entbehren müsste ..."

„Nein! Maria hatte recht! Nie wieder kehren wir in das alte Haus nach Kaschgar zurück! Wer gibt uns Gewähr, dass wir nicht jederzeit auf irgendeinen unsinnigen Verdacht hin neue Leiden erdulden müssen?"

Collin Cameron biss sich auf die Lippen. Unverwandt hatte er Maria mit den Augen verschlungen.

„Wäre es nur das Haus? Würde es auch so sein, wenn sie es mit einem anderen vertauschten. Maria?"

Er warf einen Seitenblick auf Witthusen, der am Fenster stand und in die Nacht hinausblickte. Auch Collin Cameron erhob sich jetzt und trat dicht an Maria heran.

„Mit einem anderen?", fragte sie.

„Ja, mit dem meinem."

Er hatte ihr die Worte ins Ohr geflüstert. Jetzt beugte er sich vor und suchte in der wachsenden Dämmerung den Eindruck seiner Worte auf ihren Zügen zu lesen.

Einen Augenblick sah ihn Maria verständnislos an.

„Unter Camerons Schutz wäre jeder geborgen."

„In Ihrem Haus? ... Ich in Ihrem Haus?"

„Als meine Frau!"

Ein jäher Schreck zuckte über Marias Züge. Eine tiefe Blässe zog über ihre Wangen. Mechanisch wich sie vor Collin Cameron zurück.

„Nie, Mister Cameron!"

„Oh, Maria … Lassen Sie unsere Worte ungesprochen sein! … Ich vergaß die Lage, in der Sie sich befinden. Verzeihen Sie mir! Es war töricht, von Liebe zu sprechen, wo es sich um die Freiheit handelt."

Er trat auf sie zu und versuchte ihre Hand zu fassen.

„Verzeihen Sie mir, bitte, verzeihen Sie mir, Maria! Nur um ein Kleines möchte ich Sie bitten: Lassen Sie mich nicht ohne jede Hoffnung von hier gehen. Sie wissen nicht, was Sie für mich und mein Leben bedeuten. In besseren Tagen werde ich wieder zu Ihnen kommen … Und wäre es dann nur Kaschgar … ich würde es verlassen zur selben Stunde, zu der Sie es wünschten."

Witthusen trat vom Fenster zurück an die beiden heran. Maria drängte sich an ihn, schob ihren Arm unter den seinen.

„Und wann, denken Sie, Mister Cameron, dass wir Urga verlassen … wieder frei sein dürfen?"

„Was an mir liegt, soll geschehen, um Ihnen die Freiheit zu verschaffen. Ich komme morgen nach Peking. Alle Verbindungen, die mir dort zur Verfügung stehen, werde ich für Sie ausnutzen. Wenn es das Glück will, bin ich in wenigen Tagen wieder hier und hoffe von Ihnen frohen Empfang … auch von Ihnen, Maria."

Er ergriff ihre Hand und drückte einen Kuss darauf.

Vater und Tochter waren wieder allein. Sie sprachen über den unerwarteten Besuch Camerons. Aber das Gespräch schlich mühselig dahin. Keiner zeigte die Freude, die der Besuch doch eigentlich machen musste. Es blieb etwas Unausgesprochenes zwischen ihnen, das jede freudige Regung zurückhielt.

Langsam verschlichen die Viertelstunden. Der Wärter brachte die Mahlzeit. Sie blieb unberührt stehen.

Die Erregung des Kommenden nahm sie ganz gefangen. Sie stieg aufs Höchste, als die Uhr die neunte Stunde zeigte.

Minute auf Minute verrann. Maria sprang nervös auf und trat ans Fenster. Sie wollte den Gang der Zeiger nicht mehr sehen.

Regungslos verharrten sie beide.

Ein Klopfen an der Tür ließ sie auffahren. Der Wärter trat ein. Das Licht seiner Kerze fiel auf ein verstörtes Gesicht.

„Was ist?"

Von zwei Seiten scholl ihm die Frage entgegen.

„… Ahmed ging soeben vorbei … er winkte verstohlen. Nichts! … Nichts! … Heute nichts …"

Maria sank auf ihren Sessel. Sie ließ den Kopf auf das Schachbrett fallen. Verhaltenes Schluchzen erschütterte ihren Körper. Der Alte trat auf sie zu und legte den Arm um sie.

„Sei gefasst, Maria! … Wenn nicht heute, dann morgen! … Gib die Hoffnung nicht aus. Die Freunde werden uns nicht im Stich lassen …"

So suchte er ihr Trost zuzusprechen und verbarg seine starke Befürchtung, dass der Plan von Fox entdeckt sein könne.

Witthusens Befürchtung war leider nur allzu begründet. Durch eine einzige Unvorsichtigkeit … ein unnötiges Wagnis hatte Wellington Fox den so gut vorbereiteten Plan in der letzten Stunde gestört und die eigene Freiheit verloren.

Wellington Fox saß gut und sicher verborgen in dem Zimmer seiner Herberge. Wäre er dort bis unmittelbar zur Ausführung der Flucht geblieben, so wäre alles gut gegangen.

Die Ungeduld hatte ihn aus seinem sicheren Versteck vorzeitig in die Nähe des Hauses getrieben, in dem die Witthusens gefangengehalten wurden.

So geschah es. Als Collin Cameron das Haus verließ, erkannte er Wellington trotz dessen Verkleidung. Im Augenblick war Cameron in den Schatten getreten. Wellington Fox hatte ihn nicht erkannt. Der war ganz mit der Ausführung des Fluchtplanes beschäftigt. Er umschlich das Haus von allen Seiten, erwog und prüfte die Möglichkeiten, die Gefangenen auch dann noch zu befreien, wenn der Wärter in letzter Stunde versagen sollte.

Die Zeit verstrich darüber. Während er hier noch spähte, waren die Häscher, die ihn fangen sollten, bereits auf dem Weg.

Endlich begab er sich in die Herberge zurück, um Ahmed die letzten Befehle zu geben. Kurz vor der Karawanserei in einer engen dunklen Gasse fühlte er sich von einem Dutzend starker Arme umschlungen. Ein Tuch presste sich auf seinen Mund, das jeden Schrei erstickte ... seine Sinne betäubte. Im Augenblick war er gefesselt, und gleich darauf waren die Häscher mit ihm verschwunden.

*

Eine drückende Stimmung lastete über Peking. Schon bald war sie auf die Freudentage beim Einzuge des Großkhans gefolgt.

Niemals hatte seit diesen Tagen ein Auge den Herrscher wieder erblickt. Die Bulletins der Ärzte blieben auch jetzt nicht immer günstig, sprachen von Ruhe und Schonung, deren der Sohn des Himmels noch bedürfe. Der abnorme Schneefall am Tag des Einzuges war von Abergläubischen als ein böses Zeichen gedeutet worden.

Die hermetische Abschließung des Großkhans gab vielen zu denken, ebenso wie die Veränderungen in der hauptstädtischen Garnison. Immer neue mongolische Regimenter zogen in die Residenz ein und lösten die alten chinesischen Besatzungen ab.

Wie damals gleich nach dem Attentat, so wurden auch jetzt wieder von Neuem energische Schritte gegen alle republikanisch Gesinnten unternommen. Nachrichten aus dem Süden des Reiches, dem alten Hort der republikanischen Bewegung, erzählten von neuen Verfolgungen.

Wozu? ... Weshalb? fragte sich die große Menge. Wo war die Gefahr, der man durch solche Maßnahmen entgegentreten wollte?

Im Großkhanpalast hatte der Schanti seit der Rückkehr des Großkhans seinen ständigen Wohnsitz genommen. Wie die Bulletins sagten, war der Großkhan noch nicht so weit erstarkt, um die Zügel der Regierung wieder selbst zu führen.

In dem alten majestätischen Arbeitszimmer saß der Regent. Um ihn sein enger Rat.

Mongolisch war hier die Sprache. Ein geübtes Auge konnte wohl auch aus dem Schnitt der Gesichter erkennen, dass kein Chinese dem Kreis angehörte. Nur die treuesten seiner Getreuen, die besten der mongolischen Generäle und Staatsmänner, hatte der Schanti in diesen Rat berufen.

Damals, als er von Schehol zurückkehrte, den Ring des Dschingis Khan am Finger, den nahen Tod des Großkhans vor Augen, da hatte er dessen mongolische Paladine zusammengerufen. Er wusste, dass sie ihm nicht alle blindlings folgen würden, dass mancher dem Großkhan loyal Ergebene in ihm nur den Rivalen sah. Mit den Künsten des genialen Staatsmannes hatte er sie für sich zu gewinnen gewusst. Wohl gab ihm der Ring an seinem Finger die Autorität des Regenten, dem sie den Gehorsam nicht verweigern konnten.

Aber Toghon-Khan wollte mehr. Seine Klugheit verbot ihm, diese Macht bedingungslos auszunutzen. Nicht stummen Gehorsam wollte er. Mit Leib und Seele wollte er sie gewinnen, und es gelang ihm. Immer mehr waren sie der Suggestion unterlegen, dass nicht Toghon-Khan es sei, dem sie gehorchten, sondern Kubelai-Khan, der Hwang Ti, der Herr und Großkhan selber. Nur der Träger und Vollstrecker der Pläne und des Willens des majestätischen Herrn war der Regent.

Auch wenn der Großkhan von dannen ging, blieben sie alle die Fortführer seiner Gedanken und Absichten, blieben sie ihm nach wie vor Rechenschaft schuldig.

Damals hatte er sie auch mit den Plänen des Großkhans bekannt gemacht, in einer Weise, dass alles, was jetzt auf seine Anordnung geschah, unmittelbar auf den Befehl des Großkhans zu geschehen schien. Jedem von ihnen hatte er große Aufgaben übertragen, die nicht nur Arbeit, sondern auch Ehre und Macht brachten.

Als dann der Tod des Großkhans wirklich eintrat, konnte er es wagen, im Einverständnis mit ihnen jenen ungeheuren Betrug zu unternehmen, der Hauptstadt ... ja der ganzen Welt den toten Großkhan als lebendig ... als genesen zu zeigen. Dadurch aber hatte er sie noch viel fester an seine eigene Person gefesselt. Die Männer, die jetzt mit ihm zurate saßen, waren ihm mit Leib und Seele ergeben.

„Wie weit sind die Truppenbewegungen an der russischen Grenze durchgeführt?" wandte der Regent sich an den Generalstabschef.

„Sie sind noch nicht weit gediehen. Die Umgruppierung nimmt sehr viel Zeit in Anspruch, weil sie verschleiert durchgeführt werden muss. Sie könnte schneller vonstattengehen, wenn ich die Vollmacht bekäme, die Verkehrsmittel zu beschlagnahmen. Die Militärschiffe können die Massen nicht so schnell bewältigen."

Der Schanti wehrte ab.

„Unmöglich! Jede auffällige Maßnahme muss unterbleiben. Es genügt, wenn zuerst die Truppen in Jünnan und Kwangsi ausgewechselt werden. Die anderen Bewegungen können später erfolgen. Die Magazinbestände an den Westgrenzen sind voll aufgefüllt?"

„Es ist geschehen."

Der Generalstabschef sprach weiter:

„Leider ist es noch nicht gelungen, hinter das Geheimnis der Companyschiffe zu kommen. Unsere Agenten brachten uns die Nachricht, dass Kreuzer mit Streuvorrichtungen ausgerüstet werden, von deren Zweck man noch keine Kenntnis hat."

Die Falten auf der Stirn des Regenten vertieften sich.

„Der Ingenieur Isenbrandt! ... Er ist das Haupt unserer Gegner. Alle technischen Teufeleien kommen von ihm! ... Jetzt ist es zu spät. Längst hätte er unschädlich gemacht werden müssen.

Geht es einmal vom Ili los, muss Wierny das erste Ziel sein ... Nein! ... Wierny muss früher fallen. Den Schiedsspruch beantworten wir sofort mit dem Aufstand der russischen Kirgisen. Wie weit ist er vorbereitet?"

Der Generalstabschef antwortete:

„Es bedarf nur eines Funkens, um ihn auflodern zu lassen. Unsere Emissäre haben die Kirgisen fest in der Hand. Die Irredenta arbeitet gut. Die Sprengung am Terekdamm zeigt, wessen die kirgisischen Brüder fähig sind."

Die Linke des Regenten ballte sich zusammen.

„Die Schmelzarbeit war schlecht! Sie ist die Scherereien nicht wert, die wir jetzt darum haben ...

Man verlangt von uns Entschuldigung und Wiedergutmachung. Wir behandeln die Angelegenheit dilatorisch. Ich habe antworten lassen, dass unser Recht, in unserem Gebiet zu schmelzen, zweifelsfrei ist.

Da man uns von der Errichtung des Ilidammes bei Terek offiziell nicht benachrichtigt hat, konnten wir ihn als nicht existierend betrachten. Damit entfällt für uns die Pflicht, allen Schaden zu ersetzen. Ohne den Dammbruch wäre die Katastrophe nicht so bedeutend gewesen ..."

Ein grimmiges Lächeln huschte über die Züge des Schanti.

„... Unsere Schmelzarbeiten werden jetzt in einem Maße fortgesetzt, dass der Wiederaufbau des Dammes nur mit größten Schwierigkeiten vonstattengehen könnte.

Aber vielleicht wird die Company ihn ... er war ja nur ein wohlüberlegtes Abwehrmittel dieses Isenbrandt ... gar nicht wieder aufbauen ... da sie ihn bei einem für sie günstigen Schiedsspruch nicht mehr braucht.

Das Schiedsgericht ... das will über unser altes Recht Urteilen! ... Und wird es vergewaltigen ... allen geschichtlichen Tatsachen zum Hohn.

Uns gehört das Ilital! Zu uns gehört es nach Bevölkerung und Geschichte! In feierlichen Verträgen bestätigte Russland vor hundertdreißig Jahren diese unsere Rechte, die es ein Jahrzehnt vergewaltigt hatte.

Als damals die kurze Herrschaft des Jakub Beg Kaschgarien von uns riss, raubte uns Russland das Ilidreieck. Ein verräterischer Gesandter Tschung Hu ließ das teure Pfand in den Krallen der Feinde ... cajoled amid the capuan delights ok Livadia ... Ein anderer, besserer, Marquis Tseng, brachte es im Frieden von Petersburg zum Mutterland zurück.

Vergeblich hatten die Völker geschworen, dass das Wasser der Newa eher aufwärts fließen würde. Sie mussten es doch zurückgeben. Unser ist das Land, unser wird es bleiben!

Wir werden es festhalten ... allen Schiedssprüchen zum Trotz ... und wenn die Götter es wollen, auch alles Land uns vereinigen, in dem unsere Brüder wohnen ... Unsere Brüder, die zu uns wollen.

Das war das Ziel des majestätischen Herrn ... das sollte sein großes Werk krönen. In seinem Namen rufe ich euch zur Tat. Alles, was sich dem entgegenstellt, muss beseitigt werden. Der Kämpfer im Westen darf hinter sich keine Feinde haben."

Der Gouverneur von Jünnan gab seinen Bericht:

„Alle wichtigen Plätze des Südens sind mit Regimentern aus dem Norden belegt. Jeder Versuch eines republikanischen Aufstandes wird scheitern. Die Führer werden ständig beobachtet. Wenn nötig, können sie sofort ergriffen werden." Die Umstellung der Fabriken ist bis ins kleinste vorbereitet. Die Ausrüstung der Häfen ist vollendet."

Der Regent fragte weiter. Jeder war seiner Aufgabe nachgekommen. Es fehlte nichts als der Tag.

Ein Dutzend Augenpaare ruhten fragend auf dem Regenten. Der Schanti sprach:

„Sie wissen, dass alle Völker der Welt einen tiefen Hass gegen die weißen Barbaren im Herzen tragen, dass ihre Sympathien auf unserer Seite sind.

Überall hat sich der Weiße hingesetzt als ... Herr. Überall hat er sich Land und Rechte angemaßt. Überall erntet er von der Arbeit der anderen.

Unser Beispiel hat gewirkt. Unser majestätischer Herr machte das Land von seinen Blutsaugern frei. Andere werden dem Beispiel folgen.

Der Streit zwischen den Abendländischen und uns geht die ganze Welt an. Was daraus folgt, wird sich bald zeigen. Im Kampf werden wir nicht allein stehen.

Die dunkelhäutigen Menschen haben eine alte Rechnung mit den weißen Barbaren ... in Amerika und in Afrika. Sie werden nicht die Hand dazu bieten, den Europäern Kriegsmaterial zu liefern, wie es zweifellos die ganze weiße Welt tun will ...

Betreiben Sie Ihre Rüstungen und Vorbereitungen so, dass zum sechsten Juli ... erfolgen kann, was will."

Der Rat war auseinandergegangen. Der Regent saß allein in seinem Zimmer, als ihm Collin Cameron gemeldet wurde. Der Schanti blickte auf ein vor ihm liegendes Aktenstück, das die Mails Camerons enthielt.

„Ich habe gesehen, dass Sie die Aufgabe in den Staaten gelöst haben."

„Es ist geglückt, Hoheit ... besser als ich zu hoffen wagte. Sogar ein Teil der Führer hat sich bereitfinden lassen, auf meine Vorschläge einzugehen. Es hat viel Mühe gekostet und ... viel Geld."

„Das ist ohne Bedeutung ... Einen Rechenschaftsbericht verlange ich nicht von Ihnen ... Am sechsten Juli! ... Werden Sie drüben sein? ... Ich lege Wert darauf ... Haben Sie sonst noch etwas Wichtiges zu dieser Angelegenheit zu sagen?"

„Ja, Eure Hoheit! Es gab Verräter ... Unser Plan in seiner ersten Form hatte feindliche Mitwisser ..."

„Wie viel?"

„Ich weiß es nicht. Einer der Gefährlichsten ... einer, der mir persönlich eifrig nachgestellt hat ... der zweifellos meine Vermittlertätigkeit aufgespürt hat ... ist in China gefangen."

„Wer ist das?"

„Es ist der Freund Isenbrandts, der amerikanische Vertreter der 'Chikago Press', Wellington Fox."

„Wie wurde er gefangen?"

„Er kam in der Maske eines russischen Teehändlers von Kjachta nach Urga. Wollte dort eine Familie befreien, die der Gouverneur von Kaschgar wegen Konspiration mit der Company verhaftet hatte. Ich habe alle Personen der größeren Sicherheit halber nach Karakorum bringen lassen."

„Gut! Haben sie irgendwelche Geständnisse abgelegt?"

„Nein, Hoheit."

„So müssen sie dazu gebracht werden!"

Collin Cameron erschrak bis ins Innerste. An eine solche Wendung der Dinge hatte er nicht gedacht, als er die Angelegenheit dem Regenten vortrug. Mit Grauen und Entsetzen dachte er an die Mittel der chinesischen Rechtspflege. Maria in den Händen der asiatischen Folterknechte! Sein Blut erstarrte.

„Wollen Eure Hoheit mir das übertragen?"

„Ja ... Sie wissen am besten, was zu fragen ist ... jedenfalls, die Gefangenen werden Karakorum nie wieder verlassen!"

*

Der Streit im Minengebiet des algerischen Atlas kam überraschend. Man hatte nicht erwartet, dass die Erhöhung der Schichten um eine Stunde täglich bei der schwarzen Bevölkerung auf solchen Widerstand stoßen würde. Zwar hatten sich die schwarzen Arbeiter bereit erklärt, die eine Stunde mehr zu verfahren, aber nur gegen doppelten Lohn. Damit hatten sich die Unternehmer nicht einverstanden erklären können.

Die Arbeitsniederlegung war die Antwort der schwarzen Bergleute. Die Belegung des Reviers mit Militär hatte daran nichts ändern können.

Die Unternehmer befanden sich in einer Zwangslage. Statt, wie die Regierung verlangte, erhöhte Förderung zu liefern, standen die Schächte schon seit einer Woche still. Die französische Regierung drängte zu einer Entscheidung. Sie war mit Rücksicht auf die verwickelte Lage in Asien verpflichtet, dem europäischen Staatenbund beträchtliche Mengen afrikanischer Erze zu liefern. Dabei war der Preis so festgesetzt, dass die Unternehmer bei dem verlangten doppelten Lohn ohne Gewinn arbeiten mussten.

Die Unternehmer hatten gehofft, der Widerstand der Arbeiter würde bald in sich zusammenbrechen. Aber zweifellos waren fremde Emissäre unbekannter Herkunft am Werk, die jedes Nachgeben der Arbeiterschaft verhinderten.

Jetzt war es so weit gekommen, dass sogar die Verrichtung der Notstandsarbeiten verhindert wurde. Die Unternehmer sahen darin einen begründeten Anlass, ein scharfes Vorgehen des Militärs zu verlangen. Wohl oder übel hatte die Regierung diesem Verlangen nachgeben müssen.

Auf dem Jauresschacht kam es darauf zum ersten Zusammenstoß.

Der Hauptmann Méchin von den Marokkoschützen ließ seinen Zug anlegen.

Noch einmal eine Aufforderung an die schwarzen Grubenarbeiter, auseinanderzugehen ... den Platz zu räumen. Die dachten gar nicht daran, der Aufforderung Folge zu leisten. Sie fühlten sich in ihrem guten Recht und wollten der Forderung der weißen Direktion nicht nachkommen ... Das war ein ganz regulärer und reeller Lohnkampf, wie es deren viele Tausende im Lauf der letzten hundert Jahre gegeben hatte.

„Gerechtigkeit! ... Arbeit! ... Brot! ... Keine Ausnutzung!" schallte es der Truppe aus dem Haufen entgegen.

„Feuer!"

Scharf und abgehackt fiel das Kommando von den Lippen des Hauptmanns.

Kein Finger krümmte sich, kein Schuss krachte. Die Eingeborenentruppe stand, als ob das Kommando nicht ihr gegolten hätte.

Der Hauptmann stürzte nach vorn ... die gespannte Schusswaffe in der Hand, entschlossen, die ersten Meuterer niederzuschießen. Da sah er die Gesichter der schwarzen Soldaten, sah in die Augen der beiden weißen Offiziere und begriff, dass seine Macht hier zu Ende sei.

Von seiner Truppe verlassen ... als Offizier entehrt ... mit seiner Karriere fertig ...

Ein kurzer Augenblick ... Dann richtete er die Schusswaffe gegen sich selber. Ein Knall. Sterbend sank er nieder. Nur die beiden weißen Offiziere eilten zu ihm, bemühten sich um den Verscheidenden.

Aber der kurze, scharfe Knall wirkte auch weiter. Auf die Truppe, die jetzt zu begreifen begann, dass das Blut, das dort in den Sand rann, viel anderes Blut fordern würde. Auf die streikenden Grubenarbeiter, unter denen unverkennbar Emissäre tätig waren.

Schon sprang einer von denen auf eine umgestürzte Tonne und hielt eine donnernde Ansprache. Zum Teil an die Arbeiter ... mehr noch an die Soldaten gerichtet.

„Bravo! ... Bravo! ... Der weiße Sultan wollte Hunderte von euch ermorden ... Eure schwarzen Brüder sind ihm nicht gefolgt ... zu uns gehören sie ... in unsere Reihen ..."

Fahnen wurden geschwungen. Neues Geschrei erscholl aus dem Haufen. Viele Hundert Arme streckten sich den Soldaten entgegen.

Im Augenblick kam es zur Verbrüderung. Die einzelnen Soldaten wurden umarmt, auf die Schultern gehoben. Hilfreiche Hände nahmen ihnen die schweren Gewehre, die lästigen Patronentaschen ab, und im Nu waren die Waffen in der Arbeitermenge spurlos verschwunden ... in die Hände ganz anderer Leute übergegangen.

Ein schwarzer Korporal schwang sich im Augenblick zum Befehlshaber der führerlosen Truppe auf. In einer kurzen Ansprache wies er die Schützen darauf hin, dass ihr Blut nicht den weißen Ausbeutern und deren selbstsüchtigen Zwecken, sondern den schwarzen Brüdern gehöre.

Die klirrenden Fensterscheiben des Verwaltungsgebäudes lenkten die Aufmerksamkeit der Menge von seinen Worten ab. Durch die Fensterhöhle konnte man schon einzelne Arbeiter beim Plündern beobachten.

Unwiderstehlich reizte der Anblick den ganzen Haufen. Ein paar große Schnapsfässer, aus den Kantinenräumen aus dem Hof gerollt, taten das übrige.

Eine halbe Stunde später ergoss sich ein johlender und brüllender Haufe von Arbeitern, gemischt mit Soldaten, in das kleine Bergstädtchen. Im Nu waren hier die sämtlichen Läden, soweit sie nicht Schwarzen gehörten, ausgeraubt.

Die Kunde von den Vorgängen auf dem Zechenhof war bereits vor der Ankunft des Haufens in die Stadt gelangt. Der Major des Schützenbataillons, das auf der Höhe vor der Stadt lagerte, hatte versucht, den Meuterern zwei andere Kompanien entgegenzuschicken, doch war, wie von unsichtbaren Händen ausgestreut, die Saat des Aufruhrs auch schon unter diesen Truppen aufgegangen. Um es nicht zum Schlimmsten kommen zu lassen, gab der Major den Befehl, zur Garnison zurückzumarschieren.

Er selbst hatte sich an die Spitze des Bataillons gestellt. Er gab das Kommando zum Abmarsch, doch niemand folgte. Ein paar Offiziere, die mit gezogener Waffe die Leute zu zwingen versuchten, wurden selbst niedergeschlagen, sobald sie die Waffe gebrauchten. Andere weiße Offiziere, die ihren Kameraden zu Hilfe kommen wollten, erlitten sofort das gleiche Schicksal.

In diesem Augenblick zog der betrunkene Haufe von der Zeche her in die Stadt ein. Wie sich zwei Ölflecke auf einer Wasserfläche berühren und im Moment eins sind, so fluteten die beiden Massen zusammen. Unter ihren Füßen die zertretenen Leichen der weißen Offiziere.

Drei Tage waren die europäischen Zeitungen mit aufregenden Nachrichten aus dem nordafrikanischen Minengebiet gefüllt. Am vierten Tag meldete der offizielle Pressedienst, dass es mithilfe weißer Truppen gelungen sei, der Lage Herr zu werden.

Schon am ersten Tag hatte die französische Regierung mithilfe aller verfügbaren Flugschiffe die nötige Truppenmacht über das Meer geworfen. Mit rücksichtsloser Energie hatte man die Aufstandsbewegung niedergeschlagen und den Streik beendet.

Doch kaum hatten sich die Gemüter beruhigt, als neue Hiobsposten aus Afrika kamen ... diesmal aus dem Sambesigebiet.

Hier war um die nach Millionen von Pferdestärken zählenden Wasserkräfte der großen Sambesifälle herum seit einem halben Jahrhundert eine gewaltige Industrie entstanden. Mithilfe der in unerschöpflicher Menge zur Verfügung stehenden elektrischen Energie wurden die reichen Bodenschätze, die Erze und Edelerden, hier an Ort und Stelle durch europäische Syndikate verarbeitet.

Hier war eine der Hauptquellen, aus denen die Wirtschaft des alten Europa neue Kräfte schöpfte. Hier, wo das tropische Klima die Zahl der weißen Bevölkerung von vornherein niedrig hielt, bildeten die Schwarzen naturnotwendig den Hauptträger der industriellen Leitung. Ohne sie wäre die Ausbeutung der Minen, die Verarbeitung der geförderten Schätze trotz aller technischen Fortschritte unmöglich gewesen.

In diesem Gebiet war es bisher nie zu Aufständen gekommen. Das Niveau der dortigen schwarzen Arbeiterschaft war bedeutend niedriger als das der nordafrikanischen. Sie war gewohnt, widerstandslos allen Anforderungen der weißen Herren zu folgen, mochten diese auch nicht immer gerecht sein.

Jetzt war auch hier die Lage bedenklich. Auf eine unerklärliche Weise waren Funken des eben in Algier ausgetretenen Brandes bis hierher geflogen und hatten gezündet. Jetzt weigerten sich die Schwarzen hier ganz plötzlich, die größere Arbeitszeit, die sie bisher ruhig hingenommen hatten, weiter zu leisten. Auch hier wurde das Wirken fremder Emissäre zweifelsfrei festgestellt.

Schon waren die Unternehmer unter dem Druck der Regierungen bereit, den Forderungen nachzugeben, als die Dinge eine schlimme Wendung nahmen. In einer Nacht waren die Fabriken und Werke im Tschotigebiet von Aufständlern besetzt und die weißen Werkleiter massakriert worden. Die Gefahr, dass das ganze dortige Industriegebiet den Weißen verloren ging, war riesengroß. Schon sah man die Lage als hoffnungslos an.

Da zeigte sich die Jahrhunderte alte englische Kunst, Kolonialpolitik zu treiben, in hellstem Licht. Mit Zuckerbrot und Peitsche, mit vielen Versprechungen und Er-

111

leichterungen auf der einen, mit brutalster Energie auf der anderen Seite wurde die Ordnung wiederhergestellt. Doch waren es wieder bange Wochen, die Europa schwer bedrückten. Flammenzeichen waren aufgezuckt. Ein Wetterleuchten hatte plötzlich das Gewölk erhellt. Aber noch konnten es die wenigsten verstehen, ja nur ahnen, was diese vorzeitig losgegangenen Signale zu bedeuten hatten.

Etwas anderes, ganz Unerklärliches ereignete sich in dieser Zeit an den europäischen Börsen. Langsam, aber unaufhaltsam sank der Kurs der Aktien der E. S. C. Die Börsen schienen das gewaltige Unternehmen der Europäischen Siedlungs-Companie plötzlich mit einem gewissen Misstrauen zu betrachten.

Das Direktorium wurde mit Anfragen bestürmt. Seine Auskünfte vermochten die Sache nicht zu klären, keinen begreiflichen Grund für das Absinken der Papiere zu geben.

Eins stand fest: Der Anstoß zu dieser ganzen Baissebewegung war von Amerika gekommen. Das europäische Publikum war dann mit Angstverkäufen gefolgt. Aus dem Ball drohte eine Lawine zu werden.

Da kam ein Tag, an dem der Sturz zum Stillstand kam und der Kurs sogar einige Punkte gewann, um sich von nun an ganz langsam zu erholen.

Was war geschehen? Am Abend vor diesem Tag hatte um zehn Uhr eine Sitzung des Direktoriums der E. S. C. stattgefunden.

Zum allgemeinen Erstaunen der meisten Teilnehmer war kurz nach der Eröffnung der Sitzung Georg Isenbrandt in das Zimmer getreten. Er folgte einer dringenden Einladung des Präsidenten Reinhardt.

Eine knappe Stunde hatte er gesprochen. War im Anschluss daran sofort nach Asien zurückgekehrt. Als die Mitglieder des Direktoriums nach der Sitzung das Gebäude verließen, zeigten ihre Gesichter nichts mehr von der Sorge, die bis dahin auf ihnen gelastet hatte.

Ihre zahlreichen chiffrierten Mails, die noch in derselben Nacht hinausgingen, zeigten, wie anders die Lage jetzt von ihnen angesehen wurde. Der Besuch Isenbrandts wurde streng geheim gehalten.

*

Mittagsglut lastete auf den Ruinen von Karakorum. Unbarmherzig brannte die Sonne auf die tausendjährigen Überreste der alten Mongolenstadt nieder. Zerfallen waren die alten Paläste, in Trümmern lagen die Häuser. Nur noch wenige ärmliche Ansiedler hausten in den Überbleibseln der einstigen großen Hauptstadt.

Außerdem noch die Gefangenen Collin Camerons.

Als damals Wellington Fox in Urga auftauchte, wusste Cameron sofort, dass der Aufenthalt der Witthusens entdeckt sei, dass Freunde am Werk wären, sie zu befreien. Ein anderer sicherer Ort musste für sie gefunden werden, und Cameron verfiel auf die alte Thingstätte der Mongolen auf Karakorum. Hier, in der Schamowüste, fern von allen Städten, von allem Verkehr ... dessen war er sich sicher ... würde sie so leicht niemand suchen und finden.

Noch in der Nacht nach der Gefangennahme von Wellington Fox war eine Karawane aus Urga nach dem Südwesten aufgebrochen, war viele Tage hindurch nach dem Südwesten gezogen und hatte die Gefangenen nach Karakorum geschafft.

Seit vielen Jahrhunderten war die Stadt ein Trümmerhaufen. Aber unter den Ruinen gab es auch weniger verfallene, unter den weniger verfallenen einige wenige, die noch erhalten und zur Not bewohnbar waren. Einen solchen Bau hatte Collin Cameron für seine Gefangenen bestimmt. Die Wärter, die er ihnen mitgab, die würden sich auch nicht bestechen lassen. Dessen glaubte er sicher zu sein. Hatte er sie zur größeren Sicherheit doch erst noch den schmerzvollen Tod jenes bestochenen Wärters in Urga mit ansehen lassen, bevor die Karawane aufbrach.

Wellington Fox ging mit langen Schritten rastlos in dem von einer hohen Mauer umgebenen Hof ihres neuen Gefängnisses im Kreis entlang. Er hätte den Weg auch mit geschlossenen Augen finden können, so oft war er ihn in diesen letzten Tagen schon gelaufen.

Hundertfünfzig Schritte in der einen Richtung, wenn er linksherum ging ... hunderteinundfünfzig Schritte in der anderen Richtung, wenn er den Kreis an den Mauern und Wänden rechtsherum lief.

Diese Differenz von einem Schritt zwischen den beiden Richtungen schuf ihm unaufhörliches Nachdenken ... und dieses Denken zusammen mit der körperlichen Bewegung des Rundganges hielt ihn frisch, bewahrte ihn vor jener trostlosen Erschlaffung, der Theodor Witthusen zu erliegen drohte.

Heiß und immer heißer brannte die Sonne. In einen schattigen Winkel des Hofes hatte sich Witthusen einen Feldstuhl hingerückt, saß dort und dämmerte vor sich hin.

Wellington Fox spazierte und zählte dabei:

„... Hundertneunundvierzig ... hundertfünfzig ... hunderteinundfünfzig ... Herrgottshimmeldonnerwetter, wie ist denn das möglich! Es bleibt bei der unerklärlichen Differenz von einem Schritt ... All right! ... Versuchen wir es noch einmal in der anderen Richtung."

Auf dem linken Absatz vollführte er eine energische Kehrtwendung. Doch bevor er den Marsch in der anderen Richtung wieder antrat, blieb er erst kurze Zeit stehen, zog das Tuch und wischte sich den strömenden Schweiß von der Stirn.

Dann ging er wieder los und begann mechanisch die Schritte zu zählen.

„...Eins...zwei...drei..."

Er blieb nicht lange beim Zählen. Seine Gedanken begannen wieder zu arbeiten. Im Selbstgespräch murmelten seine Lippen:

„Geschieht dir ganz recht, Fox! Warum bliebst du nicht ruhig in deinem Versteck? ... Warum musstest du vorzeitig zu dem Haus laufen? ... Wärst du daheimgeblieben, hätte dich der Schuft, der Cameron, nicht gesehen ... alles wäre geglückt."

Während er die Worte wütend hervorstieß, kam er auf seinem Rundgang gerade an die Stelle vorüber, an der Witthusen im Schatten saß. Er blieb stehen und trocknete sich von Neuem die Stirn.

„Eine schauderhafte Hitze, Herr Witthusen ... Bessere Vorbereitung für die Hölle ... Wie erträgt Ihre Tochter die tropische Hitze?"

Mit einer matten Bewegung hob Witthusen den Kopf.

„Sie bleibt fast den ganzen Tag in ihrem Zimmer. Sie leidet und hofft ..."

„Hofft? ... Hofft sie auch, dass Isenbrandt uns schließlich auch hier entdecken und dem asiatischen Gesindel entreißen wird?"

„Sie hofft, Herr Fox ... wir alle hoffen ... auch andere Freunde bemühen sich um uns. Mister Cameron ist in Peking und wird alles tun, um unsere Freilassung …"

„Mister Cameron!"

Scharf und hart war Fox dem Alten ins Wort gefallen.

„Mister Cameron! … Sie glauben, dass er …"

Jäh brach Wellington Fox seine Rede ab. Was hatte es für einen Zweck, sich mit Witthusen über Cameron zu unterhalten! Mochte der alte Mann die Hoffnung hegen … eine Hoffnung, die ihn immerhin aufrechterhielt, den seelischen und damit auch den körperlichen Zusammenbruch zum Mindesten aufschob.

„Also hoffen wir, Herr Witthusen! … Hoffen wir. Jeder Tag kann schließlich die Befreiung bringen."

Wellington Fox machte sich wieder auf den Marsch. Er marschierte, er fluchte auf die Hitze, auf die Asiaten, auf Collin Cameron, und er erhielt sich durch diese doppelte Bewegung eine gute Elastizität.

Jetzt blieb er stehen und betrachtete kopfschüttelnd den Himmel. Dessen stahlblauer Glanz begann, einem verwaschenen Grau zu weichen. Schon schoben sich leichte Schleier vor die Sonne und milderten die Hitze.

Wellington Fox marschierte weiter. Die Viertelstunden verrannen und summierten sich zu einer Stunde. Jetzt war der ganze Himmel nur noch ein einziges dunkles Grau. Ein leichter Luftzug bewegte die Zweige der wenigen halb vertrockneten Bäume jenseits der Hofmauer.

Vor Witthusen machte Wellington Fox wieder halt.

„Sehen Sie den Himmel, Herr Witthusen?"

Der Alte blickte empor.

„Ich sehe … Regenhimmel? … Wolken! … In dieser Zeit … Wolken über Karakorum … Wolken hier in der Wüste, in der es oft jahrelang nicht regnet … Das verstehe ich nicht, Herr Fox."

Wellington Fox streckte die Hand aus und wartete. Er wartete, und seine Lippen murmelten: „Ich glaube, ich verstehe es … Wolken über Karakorum … Wolken über der Gobiwüste …"

Die ersten Tropfen waren ihm auf die Hand gefallen.

„Regen, Herr Witthusen! … Dicke Tropfen! Es regnet in der Wüste!"

Verständnislos blickte Witthusen auf die Hand von Fox.

„Regen … Regen, hier in der Wüste … ich weiß nicht, wie es möglich ist … ich weiß nicht, was es zu bedeuten hat."

Wellington Fox streckte beide Hände in das stärker fallende Nass. Dann vollführte er einen Luftsprung, der dem alten Kaschgarier Witthusen ein Lächeln entlockte.

„Hat Ihnen der Wüstenbrand so zugesetzt, dass der kühle Regen Sie zu solchen Freudensprüngen veranlasst?"

Wellington Fox konnte nicht sofort antworten, weil er durch einen neuen Freudentanz vollkommen in Anspruch genommen war.

„Hurra! … Bravo!", rief er abwechselnd ein ums andere Mal.

„Der Regen …", sagte er endlich, erschöpft stehenbleibend. „… Mann … Witthusen! ... Wissen Sie auch, wo der Regen herkommt?"

Witthusen blickte ihn stumm fragend an.

„Von Isenbrandt kommt er! ... Isenbrandts Werk ist das!"

„Ich verstehe Sie nicht, Herr Fox."

„... Und ich möchte Ihnen vorläufig nicht mehr sagen ... Nur das eine noch: Isenbrandt ist auf unserer Spur!"

Stärker rauschte der Regen jetzt herab. Ein starker strähniger Landregen, wie ihn die Wüste hier seit Menschengedenken kaum gesehen hatte. Er zwang die Männer, das schützende Dach aufzusuchen.

Wellington Fox trat als Erster ins Haus.

Maria Witthusen lag auf einem dürftigen Ruhebett. Ihre Gefangennahme ... der missglückte Befreiungsversuch ... der entsetzliche Aufenthalt hier unter den glühenden Strahlen der Wüstensonne ... das alles hatte ihre Widerstandskraft untergraben. Stunden vollkommener Apathie wechselten mit Ausbrüchen der Verzweiflung.

„Es regnet, Maria! Fühlen Sie die wunderbare Frische, die ins Zimmer dringt?"

Einen Augenblick schien Maria Feodorowna aus ihrer Apathie zu erwachen.

„Ja! ... Es regnet?"

Sie wandte den Kopf und hörte das Rauschen des immer stärker werdenden Regens.

„Es regnet ... ja ... Es regnet."

Dann sank sie wieder in ihre alte Teilnahmslosigkeit zurück. Fox überlegte einen Augenblick, wie er ihr die frohe Nachricht beibringen könne. Er fürchtete, dass ein allzu jäher Umschwung der Empfindungen für ihr Gemüt Gefahr bringen könnte.

Die kleine kirgisische Angestellte Marias huschte an ihm vorbei und beugte sich zu ihr.

„Ein gutes Mittel für die kranke Herrin! Ein Mittel gegen die Kopfschmerzen. Ein durchziehender sartischer Händler gab es mir ... Es wird der Herrin helfen. Er sagte, es muss so gebraucht werden, wie es dabei geschrieben steht."

Mit einer müden Handbewegung wehrte Maria die Angestellte ab.

Bei der Nennung des sartischen Händlers hatte Wellington Fox aufgehorcht. Er schritt an die Ruhestätte heran und nahm der Kirgisin das Päckchen aus der Hand.

„Geh! Deine Herrin ist müde. Ich werde es ihr später geben!"

Kaum hatte die Angestellte den Raum verlassen, da zerriss er mit fiebernden Händen die Umhüllung. Eine Tube von der ihm so gut bekannten Form fiel ihm in die Hand. Mit schnellen Griffen löste er den Zettel, der sie umhüllte.

„An Wellington Fox oder die, die es bekommen!

Heute Nachmittag um fünf Uhr dreißig Minuten müsst ihr den Inhalt der Tube in ein Wassergefäß in eurem Zimmer schütten."

Der Zettel in Maschinenschrift. Kein Name darunter.

Schon wollte Wellington Fox seiner Freude in neuen Sprüngen Luft machen, als sein Blick auf Maria fiel. Hallo alter Fox! Nicht zu stürmisch! Bring es ihr langsam bei.

„Ein vorzügliches Rezept! ... Ein brillantes Rezept!"

„Was ist es?"

Der alte Witthusen war zu ihnen getreten und ließ sich auf dem Rande von Marias Lager nieder. Er ergriff ihre Hände und streichelte sie leise.

„Was ist, Vater? Du schaust so froh?"

„Sprechen Sie weiter, Herr Fox ..." Sie werden es besser sagen können. Ich ... ich ... kann nur ahnen ... die frohe Botschaft ... die Sie sagen werden."

„Also, Maria! ... Hier ist das beste Mittel gegen Ihre Kopfschmerzen, das es in der Welt gibt."

„Sie kennen das Mittel?"

„Jawohl! ... Ganz genau, Maria ... Es wird hergestellt und vertrieben ... von meinem Freunde Georg Isenbrandt!"

Maria erhob sich halb von ihrem Lager. Ihre Augen wanderten zwischen Fox und ihrem Vater hin und her.

„Von Isenbrandt? ... Was ist's?" drängte sie. „Sagen Sie es, Herr Fox! ... Was schickt uns Georg Isenbrandt?"

Fox lächelte spitzbübisch: „Das Mittel, um Sie von Ihren Kopfschmerzen und ... uns aus der Gefangenschaft zu befreien ... Er selbst ist gekommen."

Mit einem Ruck erhob sich Maria Feodorowna vollständig von ihrem Lager.

„Er ist gekommen? ... Georg Isenbrandt ist da?"

Alle Müdigkeit ... alle Erschlaffung war von ihr gewichen. Sie eilte zur Tür. Ihre Augen suchten forschend durch das fahle Grau. Mit gierigen Atemzügen zog sie die frische Kühle in ihre Brust ein.

„Sein Bote! ... Der Regen!" sagte Witthusen.

Maria drehte sich um und schaute ihren Vater fragend an.

„Wann kommt er selbst?"

Ein freudiger Glanz lag in ihren Augen. Ein leichtes Rot bedeckte die blassen Wangen.

„Bald, Kind! Bald kommt er und bringt uns Freiheit."

Ein Zittern ging durch Marias Gestalt. Witthusen nahm sie in seinen Arm und führte sie zu ihrem Lager zurück.

„Zuviel des Guten! Mut, Kind! ... Mut!"

Wolkenbruchartig strömte jetzt der Regen herab. Schon bildete der ganze Hof eine einzige Lache. Immer düsterer. Jetzt nicht mehr grau, sondern fast schwarz, ballten sich massige Wolken und gossen den schweren Sturzregen auf das Land.

„O Gott, was für ein Unwetter!"

„Ein Unwetter, das uns die Rettung ... die Freiheit bringt."

„... Kann ein Mensch Sturm und Wetter senden, wie er will? Wind und Wetter schicken? ... Erinnern Sie sich, Herr Fox? Wir sprachen auf der Fahrt von Orenburg nach Ferghana darüber. Es war der Punkt, an dem die Künste Ihres Freundes versagten."

„Damals, Maria!"

„Und heute?"

„Und heute ist es ... vielleicht anders."

Eine kurze Pause des Schweigens, unterbrochen durch schwere Donnerschläge und zuckende Blitze. Inmitten der strömenden Regengüsse kam ein Gewitter von unerhörter Stärke zum Ausbruch. Es gab Minuten, in denen ein Blitz dem anderen fast unmittelbar folgte, in denen das Rollen und Grollen nicht zur Ruhe kam und jede Rede unmöglich war.

In einer Pause des Tobens der Elemente sprach Maria:

„Das Blatt in dem Päckchen trägt keine Unterschrift ... keinen Namen ... sind Sie sicher, dass es von Ihrem Freund kommt?"

„Kein Zweifel, Maria."

„Warum hat Ihr Freund seinen Namen nicht daruntergeschrieben?"

„Weil es nicht gut ... nicht klug ist, den Namen Isenbrandt in das Land der Asiaten zu tragen ... Nicht gut für den Träger der Botschaft ... auch nicht gut für die, an die die Botschaft gerichtet wurde ..."

Ein neuer Donnerschlag unterbrach seine Rede und ließ das ganze Gebäude bis in die Grundfesten erzittern. Erschreckt drängte sich Maria an ihren Vater. Die kleine Kirgisin kam wieder in den Raum, verstört und Hilfe suchend. Das Unwetter schien den Weltuntergang einzuleiten.

Jetzt war es ganz dunkel in dem Zimmer. Nur die Blitze warfen durch die kleinen, hoch unter der Decke liegenden, Fenster ihre jähen bläulichen Reflexe.

Wellington Fox allein blieb ruhig und äußerlich wenigstens unbewegt. Wieder zog er die Uhr.

„Zwanzig Minuten nach Fünf."

In einer Pause zwischen zwei Donnerschlägen klangen die Worte durch den Raum.

Der Regen begann jetzt, milder zu fallen. Aus dem Wolkenbruch wurde ein einfacher Landregen.

Ging das Unwetter seinem Ende entgegen? Sollte der Aufruhr der Elemente ebenso jäh zur Ruhe kommen, wie er ausgebrochen war?

Seltener wurden die Donnerschläge, seltener die zuckenden Blitze. Aber die Helligkeit im Raum wurde nicht geringer. Auch jetzt noch fiel Licht durch die Fenster.

Der Himmel selbst schien zu leuchten.

Wellington Fox lief bis an die Hoftür. Er streckte die Hände in den Regen und zog sie mit einem Aufschrei zurück. Kochendes Wasser war ihm daraufgefallen und hatte ihn verbrüht.

Er kehrte in das Zimmer zurück und rieb sich die schmerzende Hand. Spürte dabei, wie die Wärme auch im Zimmer zunahm.

Nach der Sonnenglut des Tages hatte der erste schwere Wolkenbruch angenehme Kühlung gebracht. Jetzt begannen die Fluten zu sieden und zu kochen.

Wellington Fox sah auf die Uhr.

„Halb sechs!"

Mit schnellem Griff löste er den Verschluss der Tube, schüttete den ganzen Inhalt in den Krug, warf auch die Tube nebst Deckel hinein. Trat dann wieder zu den Witthusens.

Es war jetzt hell im Zimmer. Wie Feuer leuchtete der Himmel durch die Fenster.

So weit das Firmament durch die kleinen Öffnungen zu übersehen war, schien es in Flammen zu stehen.

Noch einmal wagte Wellington Fox den Gang bis zur Hoftür. Schon auf dem Flur vom Zimmer bis zum Hof schlug ihm drückende Hitze entgegen. Dann stand er einen Augenblick an der geöffneten Tür und sah ... wie aus dem Wasserregen ein Feuerregen geworden war.

Nicht mehr Wassertropfen ... auch nicht mehr kochendes Wasser ... das klare Feuer fiel in Regenform vom Himmel herab. Solchen Anblick mochten die Bewohner Pompejis gehabt haben, als der Vesuv ihre Stadt begrub, solchen Anblick die Bewohner von Sodom und Gomorrha, als ihre Städte im Schwefelregen zugrunde gingen.

Die brennende Hitze trieb Wellington Fox zurück. Er schlug die schwere Bohlentür hinter sich zu und eilte über den Flur wieder in das Zimmer.

Erfrischende Kühle umfing ihn hier. Er blickte nach dem Tisch.

Wo er vor Kurzem noch den Krug gesehen hatte, lag jetzt ein gewaltiger massiver Eisblock. Graue Nebel umwallten ihn, liefen über die Tischplatte, fielen schwer zu Boden und wogten durch das Zimmer, um an den Wänden langsam emporzusteigen. Nebel, die eine herbe Kälte durch den ganzen Raum verbreiteten.

Wellington Fox gedachte des Tages, an dem er Georg Isenbrandt vor einem ähnlichen Frostblock in Wierny angetroffen hatte. Er dachte an die Erklärung Isenbrandts damals, dass hier nicht nur das Wasser, sondern die Luft selbst gefriere, dass Weltraumkälte von dieser Stelle ausging ... und er begann, den Plan des Freundes zu begreifen. Da draußen tobte die Wut des Dynotherms, ließ Feuer vom Himmel fallen und vernichtete alles Leben, soweit es in den Ruinen vorhanden war. Hier drinnen bei ihnen in diesem kleinen Raum arbeitete die Macht des Antidynotherms der Glut entgegen und schützte das Leben.

Fox trat an die Fensterwand und berührte sie. Sie war brennend heiß. Von außen her drang die Glut durch die starken Mauern, bis sie hier durch die Frostschleier gebrochen wurde.

Mit wunderbarer, genau abgemessener Genauigkeit vollzog sich das Spiel und Gegenspiel der Riesenkräfte und ließ in der brennenden und verglühenden Ruinenstadt hier allein einen Ort, an dem das Leben dauern und den allgemeinen Untergang überstehen konnte.

Mit Staunen und Grauen sahen die Eingeschlossenen das furchtbare Schauspiel. Ihre Lippen waren längst verstummt. Auch dem sonst nie um Worte verlegenen Fox fehlte die Sprache.

Hätte das Blatt mit Isenbrandts Worten nicht vor ihnen gelegen, sie hätten geglaubt, der Jüngste Tag bräche herein.

Sie saßen und sahen wie gelähmt das Furchtbare sich vollziehen.

Wann würde es enden?

Unablässig fiel das Feuer ... bis es nach langer Zeit schwächer wurde.

Nur noch matt glänzten jetzt die Fensteröffnungen. Ganz allmählich ging dort der gelbe Schimmer in einen grünlichen über. Tiefer wurde das Grün und spielte ins Blau hinüber.

Eine Viertelstunde ... und dann noch eine.

118

Ein Geräusch schreckte sie aus ihrer Erstarrung empor.

Ein Rasseln an der Außentür. Ein Poltern, als ob sie in Trümmern zusammenstürzte.

Dann Schritte auf dem Flur.

Die Tür zum Zimmer wurde ausgerissen. Rotgolden flutete das Licht der Abendsonne in den Raum. Vor ihnen stand Georg Isenbrandt.

„Hurra! Gerettet!" schrie Wellington Fox.

Mit erhobenen Armen eilte Theodor Witthusen auf den Retter zu.

Doch der sah sie beide nicht. Seine Augen waren auf Maria gerichtet, die jetzt wie unter einem inneren Zwang auf ihn zu schritt.

Ihre Hände verschlangen sich. Ihre Blicke versenkten sich sekundenlang ineinander.

„Maria!"

„Georg!"

*

Mister Garvin streifte nachdenklich die Asche von seiner Zigarre. Sein Blick glitt über die Abhänge des Mattenstocks und die blaue Flut des Stillen Ozeans, um dann an der Gestalt von Wellington Fox haften zu bleiben, dessen Profil sich scharf gegen den azurfarbenen Himmel abhob.

Anders als damals in Wierny blickte Francis Garvin heute auf den Journalisten, der in lässiger Haltung auf der schmalen Balustrade saß und vergnügt mit den Beinen schlenkerte, als hätte er eben irgendeine Belanglosigkeit zum Besten gegeben. Schon der gute Humor, mit dem Fox seine Abenteuer in Urga und Karakorum erzählte, hatte dem kühlen Geschäftsmann gefallen. Ein Mann, der mit solchem Gleichmut von schwersten Lebensgefahren sprach, musste doch etwas anderes sein, als Garvin bei dem ersten Hören von dessen Namen gefürchtet hatte.

„Und niemand außer Ihnen hat beizeiten die schwere Gefahr erkannt und entdeckt, die unser Land bedroht?"

„Keine Seele! Als ich dem Meister unseres Weißen Ordens hier in Frisko die nötigen Mitteilungen machen wollte, feierten sie gerade das hohe Fest des Holundermarks …"

Garvin schaute ihn fragend an.

„Was? … Was ist das?"

„Was das ist, Mister Garvin? Ein Humbug in Reinkultur, der aber von der an sich guten und gesunden Organisation nicht zu trennen ist. Der Meister hatte gerade die Zeremonie beendet, als ich ihn um eine Unterredung bat.

Ich habe selten ein so erstauntes Gesicht gesehen wie das von … Pardon, ich darf Ihnen den Namen nicht nennen, da Sie nicht Mitglied sind … Ein so erstauntes Gesicht bei einem Mann, der doch sonst als kluger und energischer Politiker bekannt ist."

Garvin lachte.

„Und weiter?"

„Ich musste es bewundern, wie schnell und richtig er dann aber die Sache anfasste und seine Maßnahmen traf. Da war es im Augenblick mit all dem komischen Beiwerk aus."

„Wurden Sie nicht daraufhin um dreizehn und einenhalben Grad hinaufbefördert?"

„Stopp, Sir! Wenn Sie heute in sechs Wochen noch sind, was Sie heute sind, werden Sie es nicht in letzter Linie dem Weißen Orden und seinen Holundermännern verdanken. Wer unseren Orden mit den alten Ku-Klux-Klan-Leuten vor hundertfünfzig Jahren verwechselt, der befindet sich in einem schweren Irrtum. Die Parole: 'Reinhaltung der westlichen Kultur' ist dieselbe geblieben. Auch viele von den mittelalterlich anmutenden Gebräuchen und Zeremonien haben sich noch erhalten. Aber der Geist ist ein ganz anderer geworden ... und andere Wege verfolgt er zu seinem Ziel. In den kommenden Wochen wird er die Feuerprobe bestehen ..."

Garvin wiegte in leisem Bedenken das weißbuschige Haupt.

„Ich bezweifle die Richtigkeit Ihrer Mitteilungen nicht, lieber Fox. Doch möchte es mir scheinen, als ob Sie die Gefahr als zu groß anstehen ..."

Wellington Fox deutete mit der Hand auf die blaue Küste.

„Meine Ansicht ist die, Mister Garvin, dass es sich empfehlen dürfte, Ihre Jacht fahrbereit Tag und Nacht hier unten zu Ihrer Verfügung liegen zu haben ... Es sei denn, dass Ihre Liebe zu Helen nicht so groß wäre, als meine ..."

„Was ist mit Helen? ... Was soll Helen?"

Mit einem Sprung war Helen über den Marmorboden hin auf die beiden zugeeilt. Fox glaubte, sie wolle ihm um den Hals fallen, fühlte sich aber mit einem energischen Ruck nach vorn gezogen, dass er beinahe mit der Nase den Boden berührte. Ein kräftiger Klaps von Helens kleiner Hand bewies ihm noch näher, dass er mit seiner ersten Vermutung im Irrtum gewesen war.

„Wellington! ... Was bist du für ein fürchterlicher Mensch! Du sitzt da auf der Balustrade wie in einem Klubsessel, während es hinter dir fünfzig Meter in die Tiefe geht. Und du, Pa, siehst das mit an?!"

Der alte Garvin schmunzelte.

„Ich halte Mister Fox für viel zu klug, um hier herunterzufallen ... Und wenn er's täte, würde es ihm wahrscheinlich auch nichts schaden."

„Pa!" klang es vorwurfsvoll aus Helens Mund. „Du bist hässlich! Wie kannst du so etwas sagen! Ich meine, du solltest doch jetzt anders über Wellington denken."

„Tue ich auch, mein liebes Kind! Meine Hochachtung ist, das gestehe ich offen, immer mehr gestiegen, je länger ich ihn kenne. Jetzt bin ich schon beinahe so weit, dass ich auch das große Geschäft, das er mir damals in Aussicht stellte, nicht mehr für eine Fata Morgana halten würde."

„Oh, wie freue ich mich darüber, Pa! Einen Kuss für dich und zwei für Wellington!"

„Helen, gib deinem Vater auch noch den Zweiten und bitte auch ihn, das zu tun, um was ich ihn gebeten habe."

„Was war das?"

„Nichts für dich, Helen!"

„Oh, schon Geheimnisse vor mir? Aber Helen ist nicht neugierig. Pa, du wirst es tun, um was Wellington dich bat."

„Ich werde es tun!"

Helen fiel ihrem Vater um den Hals.

„Liebster, bester Pa, dafür bekommst du noch zwei Küsse."

*

In der Redaktionsstube des 'Frisko Black Herold' saß der schwarzgelbe Mischfarbige, der Redakteur Johnson, in einem von den Motten reichlich angefressenen Polsterstuhl. Ihm gegenüber stand Collin Cameron, der es verschmähte, sich der zweiten ähnlich üblen Sitzgelegenheit zu bedienen.

„Gut, dass Sie kommen, Mister Cameron! Die Arbeit in den letzten Wochen war fürchterlich. Sie hat viel Schweiß gekostet ...", er fuhr sich mit einem außergewöhnlich schmierigen Taschentuch über die nasse Stirn ... „Und Geld ... viel Geld ..."

Dabei warf Mister Johnson eine schadhafte Brieftasche auf den Tisch, der die absolute Leere aus allen Löchern gähnte.

„Schon gut!"

Collin Cameron zog ein Scheckbuch aus der Tasche, riss ein Formular heraus, füllte es mit einer hohen Summe aus und legte es vor sich hin.

„Berichten Sie! Aber vermeiden Sie jede ... auch die kleinste Unrichtigkeit."

Mister Johnson verrenkte sich fast die Augen, um die Summe auf dem Scheck zu lesen. Doch vergeblich. Mit einem Seufzer lehnte er sich in sein Stuhlwrack zurück.

„Das Programm, das wir bei Ihrem letzten Besuch aufstellten, ist erfüllt. Auch die Führer ... Smith von den Mortonwerken, Wessels vom Hafen und Bavery ... sind gewonnen ... war sehr kostspielig ... sehr kostspielig."

„Wird Ihr Anhang diesen Führern auch unter veränderten Umständen folgen?"

„Oh ... wenn Smith, Wessels und Bavery rufen, bleibt keiner zurück. Denen folgt das Volk durchs Feuer."

„Die Waffen?"

„Unsere Lager sind gefüllt ... können jederzeit auf die Bezirke verteilt werden. Das Hafenvolk besitzt schon genügend Waffen."

„Ist was vom Weißen Orden zu fürchten?"

Ein Grinsen verzerrte das Gesicht Johnsons.

„Der Weiße Orden? ... Der feiert seine Feste ... Sein Mark ist nicht fester als das des Holunders, seines Wappenbaumes ... Er wird wie alle anderen überrumpelt werden."

Collin Cameron war befriedigt.

„Der Plan für den sechsten Juli steht fest. Erstes Ziel ist Rob Hill. Das lockt auch das weiße Gesindel ... bindet Militär und Polizei ...

Die Hauptmasse bemächtigt sich währenddessen der öffentlichen Gebäude und der Flugstation. Sie haben die Liste der prominenten Leute, die sofort als Geiseln gefangen zu setzen sind?"

121

Johnson nickte zustimmend.

„Wo Widerstand geleistet wird, kein Zögern und keine Schonung!"

„All right, Sir!" ... Johnson zögerte einen Moment ...

„Wie ist's mit den Schiffen und Flugzeugen, Mister Cameron?"

„Sie kennen die Taktik. Immer weiße Gefangene unter die Trupps nehmen! Dann wird man nicht wagen, zu schießen."

„All right. Sir!"

„Ist sonst noch etwas?"

„Ja, Mister Cameron."

„Was denn?"

„Das Geld!"

Collin Cameron deutete auf den vor ihm liegenden Scheck und griff nach seinem Hut.

„Hier, Mister Johnson! Ich gehe nach Louisiana. Vor dem Wahltag bin ich noch einmal hier."

Ohne Gruß verließ er das Zimmer. Noch ehe sich die Tür geschlossen hatte, schoss Johnson auf den Scheck zu. Mit gierigen Augen überflog er die Summe. Eine gewisse Enttäuschung malte sich auf seinem Gesicht.

Mister Johnson hatte die feste Überzeugung, dass sein Wirken besser zu belohnen sei. Immerhin schob er das Papier befriedigt in die Brieftasche und schmiedete dabei Zukunftspläne.

„Mit dem Übrigen gibt es eine hübsche runde Summe, die langt, um den 'Black Herold' zu kaufen ... wenn die Affäre vorbei ist."

Nur der Gedanke, dass Collin Cameron an derselben Affäre wahrscheinlich viel, viel mehr verdiente als er, bedrückte Mister Johnsons sonst so weites Gewissen.

*

Die Wahlkampagne um den Gouverneursposten von Louisiana war seit Wochen im Gange. Je näher der Wahltag kam, desto erregter wurde die Stimmung. Nicht nur hier, sondern in allen Staaten der Union.

Eine entscheidende Frage musste bei dieser Wahl zum Auftrag kommen. Es handelte sich diesmal nicht einfach darum, ob dieser oder jener Kandidat das Amt des Gouverneurs erhalten sollte. Die Frage war die: Würde ein schwarzer Bürger der Union das höchste Amt eines Einzelstaates erhalten und auch ausüben können?

Vor dreißig Jahren hatten Kongress und Senat die stark umkämpfte Jeffersonbill durchgebracht, die den Zentralparlamenten der Union das Bestätigungsrecht für die Gouverneursposten der einzelnen Staaten verlieh. Es war ein wichtiger Schritt auf dem Weg vom Föderativ- zum Zentralstaat gewesen. Die Bill gab den Zentralparlamenten das Recht, Wahlen zu beanstanden, gegen die ein wesentliches Staatsinteresse geltend gemacht werden konnte.

Die nächstliegende Frage war die: Würde der schwarze Kandidat Josua Borden die Stimmenmehrheit erhalten? Das stand auf des Messers Schneide. Die Zahl der weißen und schwarzen Stimmberechtigten des Staates war fast genau gleich. Für beide Parteien musste es darum gehen, den letzten Mann an die Wahlurne zu bringen. Ein ungewöhnlich scharfer Wahlkampf musste sich daher mit Sicherheit entwickeln.

Schon jetzt arbeiteten die Parteien mit Hochdruck. Zum ersten Mal in der Geschichte der Union war die Losung: Hie Weiß, hie Schwarz!

Schon an sich wäre das voraussichtliche Ergebnis der Wahl aus den Zahlenverhältnissen der Menschen beider Hautfarben in Louisiana kaum abzulesen gewesen. Aber es blieb noch die große Menge der Mischfarbigen aller Grade, außerdem die Angehörigen der östlichen Kultur und ihre Mischungen. Diese recht bedeutende Menge bildete das Objekt für die Bearbeitung von beiden Seiten. Sie konnte, ja musste unter den vorherrschenden Verhältnissen den Ausschlag geben.

Die Propaganda der Weißen und Schwarzen arbeitete mit riesenhaften Summen. Seitdem die Kampagne begonnen hatte, war manches Halfcast noch nicht nüchtern … und immer noch nicht klar darüber geworden, ob es weiß oder schwarz wählen würde. Im Bewusstsein ihrer plötzlichen politischen Wichtigkeit zeigten diese Personen, deren Elternteile verschiedenen Bevölkerungsgruppen angehören eine lächerliche Anmaßung. Aber die Parteien nahmen alles mit in Kauf. Doch mancher Weiße, der das unverschämte Betragen sah, gedachte wohl des Sprichwortes, dass Gott die Weißen und die Schwarzen, aber der Teufel die gemischt farbige Bevölkerung geschaffen habe.

In New Orleans, der Hauptstadt des Staates, tobte der Kampf am heftigsten. Täglich bewegten sich große Züge der Parteien durch die Hauptstraße. An der Spitze gewöhnlich als Prunkstück und Neuerwerbung ein Trupp Gemischtfarbiger. Es gab amüsante Fälle, dass mancher am Vormittag bei der einen und am Nachmittag bei der anderen Partei prätendierte.

Reden und Versammlungen wuchsen allmählich ins Ungemessene. Serien von Rednern auf den öffentlichen Plätzen lösten sich ab.

Die Zeitungen füllten ihre Spalten nur noch mit Wahlnachrichten. Obwohl die Schwarzen in Josua Borden einen Mann von untadeliger Gesinnung und Vergangenheit aufgestellt hatten, wurde seine Person von der weißen Presse niederen Ranges in unerhörter Weise durch den Schmutz gezogen. Die besseren weißen Zeitungen begannen bereits, mit der Jeffersonbill zu arbeiten. Sie wiesen darauf hin, dass das Zentralparlament niemals die Bestätigung eines schwarzen Gouverneurs aussprechen würde, und suchten auf diese Weise Entmutigung in die Reihen der Gegner zu tragen.

In den Versammlungslokalen waren die Gemüter schon sehr heftig aufeinandergeprallt, und es war dabei nicht nur mit geistigen Waffen gekämpft worden. Auf der Straße hatten sich die Versammlungsdebatten häufig in einer Weise weiterentwickelt, dass die Polizei eingreifen musste. Dabei waren Verwundete und Tote auf dem Platze geblieben. Vergeblich versuchte man, von Washington aus die Leidenschaften zu dämpfen. Sah man doch, wie die öffentliche Meinung in allen Staaten der Union in lebhaftester weise Partei ergriff.

Im großen Saal der City Hall von New Orleans sprach Josua Borden. Die Versammlung war in erster Linie einberufen, um die noch schwankenden Halfcastwähler zu bearbeiten. Der riesige Raum war bis auf den letzten Platz gefüllt.

An einer bevorzugten Stelle innerhalb des Komitees saß Collin Cameron. Die glänzende Rede Josua Bordens, die häufig von lebhaften Beifallsbezeigungen unterbrochen wurde, ging wirkungslos an seinem Ohr vorüber, das durch die vielen

Reden dieses Wahlkampfes schon abgestumpft war.

Seine Gedanken weilten in Karakorum. Bevor er, dem Befehl des Regenten folgend, nach den Staaten flog, war er nach der Ruinenstadt gegangen, um da reinen Tisch zu machen.

Jenes letzte Zusammentreffen mit Maria Witthusen in Urga hatte ihn derart aus dem Gleichgewicht gebracht, dass er so oder so eine Entscheidung erzwingen wollte. Er sah nur noch zwei Wege: mit Maria zu leben oder ohne sie zugrunde zu gehen. Er war innerlich bereit, seine ganze Vergangenheit abzuwerfen, an der Seite Marias ein neues Leben zu beginnen. Glückte ihm das … ließ sich Maria dazu bereitfinden, dann wollte er auch dem Journalisten das Leben schenken.

In dieser Stimmung war er nach Karakorum gekommen … und fand einen Kirchhof in der Wüste. Mit gesträubtem Haar sah er das schaurige Bild einer unerklärlichen Katastrophe.

Hart gebrannt die Reste der alten Lehmmauern. Jedes Holz … jeder Baum verascht … jedes Leben erloschen. Hier und da stieß sein Fuß auf den Wegen gegen weißgeglühte Knochen. Auch innerhalb der Mauertrümmer nur verbrannte Knochenreste.

Von seinen Gefangenen keine Spur! Waren sie mitverbrannt? Oder waren sie entkommen, bevor die Katastrophe eintrat?

Katastrophe? … Was war das für ein furchtbares Ereignis gewesen? … Es lebte niemand, der ihm hätte Auskunft geben können. Eine Feuersbrunst von ungeheurer Gewalt musste gewütet haben.

Aber was war denn Brennbares da? Das wenige Holz konnte eine derartige Hitze nie entwickeln.

Irgendwie musste es von außen gekommen sein. Ein Erdbeben mit feurigem Ausbruch? … Nein! … Das hätte die Ruinen umstürzen … andere Spuren hinterlassen müssen.

Wie konnte es sonst geschehen sein? Ein Naturereignis? Kaum denkbar!

Menschenwerk? … Seit dem Anblick jener Ruinen lebte ein Verdacht in ihm. Er konnte ihn nicht begründen und wurde ihn doch nicht wieder los. Der war noch stärker geworden, als Collin Cameron in Frisko von Johnson erfuhr, dass dort sein alter Unterschlupf, die Opiumhöhle, auf eine ganz rätselhafte Weise ein Raub der Flammen geworden sei.

Kaum ein Mensch auf der asiatischen Seite war so hinter die Geheimnisse Isenbrandts gekommen wie er. Fasste er alles Erlebte zusammen, so drängte sich ihm immer wieder der Schluss auf: Ein Werk Isenbrandts musste die Katastrophe gewesen sein.

Er kämpfte dagegen. Er sträubte sich gegen die immer zwingender werdende Erkenntnis. Gut, dass der Wahltag nahe war und damit die Entscheidung. Viel länger hätten seine Nerven diese Spannung nicht ertragen.

Eine Stimme, so schneidend und scharf, wie er sie nur einmal gehört, riss ihn aus seinem Sinnen. Er stützte die Hände auf den Tisch, an dem er saß, und starrte auf die Tribünen. Dann sank er zurück und legte die Hand auf die Augen. Noch einmal ließ er sie fallen und schaute auf.

Es war kein Zweifel: Da stand er, der Journalist Fox, den er tot geglaubt, dem er den Tod gewünscht hatte. Der Freund Isenbrandts. Auf der Rednertribüne stand er und sprach als erster Diskussionsredner gegen Josua Borden.

Collin Cameron hörte nicht auf die klugen, klingenden Worte, mit denen Wellington Fox jetzt dem Redner des Tages in die Parade fuhr. Er sah nur die verhasste Gestalt seines Feindes.

Seine Gedanken überstürzten sich. Wie kam Fox hierher? ... Wo war Maria? ... Wer hatte die Gefangenen befreit und gerettet?

Mit hassverzerrten Mienen starrte er auf die festen, gesunden Züge seines Gegners. In dieser Sekunde wurde sein Verdacht zur Gewissheit.

Er senkte den Kopf, als habe ihn ein schwerer Schlag getroffen. Die Pläne des Regenten ... die schwarze Sache ... Maria ... alles, wofür er gekämpft hatte, schien ihm bedroht ... verloren.

Dann straffte er sich. Eine maßlose Wut tobte in ihm. Mit einem kurzen Augenblinken rief er den Führer des schwarzen Schutztrupps zu sich. Ein paar geflüsterte Worte.

Ihre Wirkung zeigte sich bald. Bei der nächsten scharfen Wendung, die Wellington Fox gebrauchte, brach der Gegensturm los. Johlende und schreiende Protestrufe erschollen von allen Seiten. Eine Masse Schwarzer ballte sich plötzlich um die Rednertribüne zusammen. Es war klar: Man wollte den Redner mit Gewalt von der Tribüne reißen.

Noch sprach Wellington Fox unbeirrt weiter, obschon seine Worte kaum noch von den Nächsten gehört wurden. Ein Trinkglas, das dicht an seinem Kopf vorbeiflog, gab das Signal zum allgemeinen Angriff.

Der Redner war in höchster Gefahr. Da brach plötzlich aus einer anderen Ecke ein Keil ... ein weißer Stoßtrupp durch. Noch ehe die Schwarzen an ihn herankonnten, war Wellington Fox von sehnigen, kräftigen Gestalten umringt, die alle das Abzeichen des Weißen Ordens trugen.

Minutenlang pressten die Parteien gegeneinander. Von beiden Seiten flogen wüste Schimpfreden. Wer würde mit Tätlichkeiten beginnen?

Collin Cameron hatte sich halb bewusst von der Strömung mitreißen lassen. Nur wenige Schritte trennten ihn von seinem Gegner. Die Hände der beiden Männer waren in der drängenden und wogenden Masse festgepresst. Das Auge Wellington Fox' zeigte keine Überraschung. Er hielt den Wutblicken Collin Camerons mit lächelndem Gleichmut stand. In diesem Augenblick gelang es der Versammlungsleitung, rechts und links Saaltüren zu öffnen und die feindlichen Parteien langsam auseinanderzudrängen.

Kaum fühlte Wellington Fox die Hände frei, als er Collin Cameron höchst vergnüglich zuwinkte.

„Auf Wiedersehen ein andermal, Mister Cameron. Die Gelegenheit war diesmal nicht günstig, um Ihnen von Karakorum und seinen Gästen zu erzählen. Ihre zweifellos berechtigte Neugierde wird bald befriedigt werden ...“

Schon wurde die Entfernung zwischen den Gegnern größer, aber Wellington Fox verfügte über genügende Stimmkraft.

„...Allen Beteiligten geht es außerordentlich wohl ... Die Rechnung wird beglichen werden ... Wir wissen alle, was wir Ihnen schuldig sind ...“

Einen Augenblick war Collin Cameron in starker Versuchung, eine Kugel in den lachenden Mund zu schicken. Er bezwang sich. Seine Lippen blieben geschlossen.

Mit einem Blick voll Hass und Rachsucht wandte er sich ab.

*

Vom Pamir bis zum Altai und westwärts bis zum Uralgebirge brach es fast gleichzeitig los. Die alten Herren des Landes, die Kirgisen, rüttelten an ihrem Joch. Verdrängt von den alten Stätten ihrer Kultur, verdrängt von dem Land und den Weiden ihrer Vorfahren, hatten sie, seit das Siedlungswerk bestand, teils den Siedlern als Unfreie gedient, teils waren sie in unzugängliche, unwirtliche Gegenden entwichen, wo sie ein freies, aber erbärmliches Dasein führten. Vom Osten war der Ruf zu ihnen gedrungen. Heischend und versprechend. In jahrelanger Arbeit hatte die geheime Irredenta die Saat reifen lassen.

Jetzt stürmten sie los ... berauscht vom Drang, ihr Geschick zu bessern ... ihre alte Freiheit wiederzugewinnen ... die Fremden zu verjagen. Hoffend auch auf die starke Hand im Osten.

Der erste Angriff ging gegen die technischen Anlagen. Hier wurden Kanäle zerstört und Schleusen geöffnet ... dort Staudämme gesprengt ... dort Brücken unterminiert und Wege ungangbar gemacht. Es fing als eine planmäßige Sabotage an.

Aber als die ersten Nachrichten kamen, dass auch Dynothermlager der Company zum Brennen gebracht waren, da wusste man, dass es mehr als Sabotage ... dass es Aufruhr ... Krieg war.

Die Siedler griffen zu ihren Verteidigungsmitteln. Die Polizeitruppen waren Tag und Nacht mobil. Wo sie hinkamen, schafften sie Ordnung. Sobald sie den Rücken kehrten, ging es wieder los.

Im jahrelangen Verkehr mit den Siedlern hatten die Kirgisen viel gelernt. Unter den technischen Arbeitern waren anstellige Kirgisen in Menge. Die kannten die Anlagen und ihre Bedeutung nur allzugut. Wussten nicht nur, wie man diese richtig zu bedienen habe, sondern auch, wie man sie am besten ruinieren könne.

Und es blieb nicht bei diesen Zerstörungsakten einzelner. Es kam zur regelrechten Bandenbildung in den Grenzgebieten. Die Ausrüstung und Organisation war dabei derartig, dass die fremde Unterstützung außer allem Zweifel war.

Sogar Flugzeuge standen den Banden zur Verfügung. Von den Grenzgebirgen her stießen sie zur Nachtzeit weit in das Siedlungsgebiet vor, richteten hier allerlei Schaden an und waren bei Morgengrauen wieder verschwunden.

Kurz nach Sonnenaufgang kam der von Löwen geführte Companykreuzer in das obere Amutal. Hier befanden sich gewaltige Stauanlagen, die das überreichlich von den Alpen kommende Wasser auffingen und in einem großartigen Kanalsystem über das Siedlungsland im alten Turkmenengebiet verteilten.

Hier hatte die E. S. C. vor zwanzig Jahren ihre Arbeiten begonnen ... richtiger gesagt: Die alten ähnlichen Arbeiten der russischen Regierung in großzügiger und technisch viel vollkommenerer Weise fortgeführt. Dicht besiedelt war das Land hier. Lebenswichtig für das Gedeihen der Siedlung war das gute Funktionieren des Kanalsystems und der Stauanlage.

Aber schon mehrmals waren die Anlagen das Ziel feindlicher Angriffe gewesen.

Georg Isenbrandt war seit Beginn des Aufstandes Tag und Nacht unterwegs. Der Kreuzer des Herrn von Löwen war seit Tagen sein ständiges Quartier. Als das Schiff jetzt an der großen Schleuse von Kula Kul niederging, kam sofort der Adjutant des Generals Bülow, der Hauptmann Averil Lowdale, an Bord, um Rapport abzustatten.

Mit gespanntem Interesse lauschte Isenbrandt dem Bericht des Offiziers. Erst in der vergangenen Nacht hatte es hier einen scharfen Kampf gegeben: Ein überraschend starkes Geschwader hatte nach Anbruch der Dunkelheit einen Angriff auf die Anlagen unternommen. Hauptmann Lowdale hatte ihn mit gutem Erfolg abgewehrt. Die Anlagen waren nur leicht beschädigt worden.

Der Hauptmann war mit seinem Bericht an Isenbrandt zu Ende.

„Sie haben recht, Herr Hauptmann! Es hat keinen Zweck, hier ständig große Kräfte zu binden ... zu lauern, bis ein Angriff erfolgt. Es ist besser, das Übel bei der Wurzel zu fassen.

Ihre Meinung, dass die Angriffe über die asiatische Grenze herkommen, teile ich nicht. Sie mögen die Unternehmungen von dort aus unterstützen ... meinetwegen sogar veranlassen. Aber ich halte die Regierung von Peking für zu vorsichtig, sich eine derartige Blöße zu geben. Berichten Sie in diesem Sinne auch an den General: Er möchte die hiesigen Grenzgebiete durch eine schnelle Kreuzerflotte gründlich absuchen lassen. Es müsste doch mit dem Teufel zugehen, wenn die Burschen nicht zu finden wären.

Die Grenzführung ist hier freilich außerordentlich schwierig. Mir ist sie von den Arbeiten im Gebirge her genau bekannt. Begleiten Sie mich, bitte, um das Terrain zu studieren. Sie dürften dann der richtige Mann sein, um die Operationen selbständig zu leiten. Vielleicht haben wir Jägerglück und spüren eins der Fuchslöcher auf."

Eine Viertelstunde später strich der Kreuzer in niedrigem Flug langsam über die Kämme der Grenzgebirge. In der Zentrale stand Hauptmann Lowdale neben Isenbrandt und verfolgte anhand der Karte und der Erklärungen Isenbrandts das unter dem Kreuzer langsam hingleitende Gelände.

Jetzt teilte sich der Gebirgskamm. Der eine Rücken ging nach Nordosten, der andere nach Osten. Von Löwen ließ den Kreuzer dem Nordostkurs folgen.

„Halt, von Löwen! Wo wollen Sie hin?"

„Der Grenze folgen, Herr Isenbrandt."

„Die Grenze läuft auf dem Ostkamm weiter."

„Unmöglich, Herr Isenbrandt. Hier, bitte, die Karte!"

„Dann ist die Karte hier ungenau! Nehmen Sie auf meine Verantwortung den Ostkurs."

In scharfem Winkel bog der Kreuzer auf den befohlenen Kurs ab. Gebirgswüste dehnte sich unter ihnen. Kein Baum und Strauch, geschweige denn ein Zeichen menschlichen Lebens. Öde und eintönig zog die von den Gebirgskämmen umsäumte Sandwüste unter ihnen hin. Jetzt strichen sie an dem Eingange eines nach Süden laufenden Seitentales vorbei.

Während der Hauptmann und von Löwen vorwärts blickten, suchte Isenbrandt die Talmulde mit seinem Perspektiv ab. Die Kämme ringsherum waren mit leichtem Firneis bedeckt. Nur an einer Stelle brach der kahle Fels ohne jede Spur von Eis und Schnee durch.

Wie war das möglich? Nach der Gebirgsbildung musste auch hier Schnee liegen. Isenbrandts Auge ruhte unverwandt auf der Stelle.

Nur Menschenhände konnten hier gewirkt haben. Aber wozu? Zu welchem Zweck?

Isenbrandt nahm das Glas von den Augen und überlegte. Augenscheinlich war hier in letzter Zeit mit Dynotherm geschmolzen worden. Vonseiten der Company konnte es nicht geschehen sein.

Von feindlicher Seite? Es war viel zu wenig, um irgendwelchen Schaden anzurichten. Sein Auge überflog die traurige Wüste. Ein Gedanke zuckte durch sein Hirn.

Nirgends war hier eine Spur von Wasser. Lebewesen, die hier längere Zeit hausen wollten, mussten sich das unentbehrliche Nass mitbringen ... oder erschmelzen.

„Ruder Steuerbord!" kam es scharf von seinen Lippen. Überrascht sahen ihn seine Begleiter an. Noch während der Kreuzer das Kommando ausführte, folgte sein zweiter Befehl:

„Höhensteuer!"

In steiler Fahrt strebte das Schiff größere Höhen an, während sein Kurs es über jene Talmulde hinführte.

„Bombe bereit!"

Frohlockend schrie von Löwen das Kommando in den Apparat.

„Wir haben sie, Herr Isenbrandt! Der Teufel hätte sie hier suchen sollen!"

Der geübte Blick des alten Schiffsführers hatte jetzt auch erkannt, dass diese Talmulde einen mit raffinierter Kunst kaschierten Flughafen verbarg. In geschickter Weise war ein Teil der Mulde mit einem leichten Gerüst überbaut und die Bedachung zur Täuschung mit einer dünnen Sanddecke belegt.

„Bombe ab!"

Noch ehe der Lufttorpedo seinem Rohr entglitt, öffneten sich wie von Geisterhänden bewegt weite Luken in der Sandfläche. Wie ein Schwarm aufgescheuchter Krähen schoss ein halbes Dutzend schneller kleiner Schiffe daraus hervor, die sich sofort weit auseinanderzogen und den Companykreuzer einkreisten.

Ehe weitere Schiffe folgen konnten, erreichte der Lufttorpedo sein Ziel. Ein Blitz! Noch bevor der Donner der Explosion den Kreuzer erreichte, sah man von dort aus die furchtbare Wirkung. Weit ausgerissen klaffte jetzt die Decke dieses heimlichen Hafens. Vernichtet musste alles sein, was darunter verborgen war.

Die Insassen des Kreuzers hatten keine Zeit, sich weiter um die Trümmerstätte zu kümmern. Die Schar der Angreifer, die sie wie Hornissen umschwärmten, beanspruchte ihre volle Aufmerksamkeit.

Schon arbeiteten die Batterien des Kreuzers und feuerten aus allen Rohren. Aller Wahrscheinlichkeit nach musste das Companyschiff mit den Gegnern schnell fertig werden. Seine gute Panzerung bot ihm gegenüber den ungepanzerten Angreifern einen wesentlichen Vorteil. Diese schienen sich auch auf einen ernsten Kampf nicht einlassen zu wollen. Sie suchten die Entfernung zwischen sich und dem Kreuzer ständig zu vergrößern, wobei sie nach alter tatarischer Kampfesweise abwechselnd nach rechts und links entflohen und fliehend feuerten. Ihr Bestreben ging dahin, die nahe Grenze zu gewinnen. Sie hoffen wohl, dass der Companykreuzer ihnen dorthin nicht folgen würde.

Isenbrandt erkannte das Manöver. In forcierter Fahrt suchte er ihnen den Weg zu verlegen. Das Manöver, rücksichtslos ausgeführt, war für das Triebwerk der Motoren zu stark."

Eine Welle brach. Es wäre an sich nicht schlimm gewesen, da der Kreuzer genügend Reserven hatte. Aber Splitter der brechenden Welle gerieten in die Zentralsteuerung. Sie wurde ungangbar. Es gab keine andere Möglichkeit, als mit größter Vorsicht den Boden aufzusuchen und die Hemmungen in der Steuerung zu beseitigen.

Mit einem Fluch gab von Löwen den Befehl zur Landung.

„Verflucht! Die Kerle haben Glück! Sie entwischen. Da ziehen sie ab. Sie entkommen über die Grenze!"

Schwerfällig setzte der Kreuzer auf dem Boden auf, nicht weit von den Trümmern des zerstörten Hafens. Infolge der gelähmten Steuerfähigkeit musste er auf dem schrägen Hang einer Mulde landen.

Während von Löwen sofort seine Techniker an die Reparatur setzte, verließen Isenbrandt und Lowdale das Schiff. Mit ihren Gläsern verfolgten sie die am Südosthorizont kaum noch sichtbaren Schiffe.

„Schade, Herr Isenbrandt, um die verpasste Gelegenheit, den Burschen einmal eine gründliche Lektion zu geben. Das scheint hier das Hauptnest der Luftüberfälle zu sein. Den Torpedo eine Minute früher aus dem Rohr, und die da hinten lägen wahrscheinlich bei den andern da drüben unter den Trümmern der Halle. Ich will mir das so geschickt gebaute Nest mal aus der Nähe besehen."

Isenbrandt hatte nur mit halbem Ohr zugehört. Seine Gedanken folgten den flüchtigen Feinden in der Luft. Seine Augen hafteten an der Steuerbordbatterie des Kreuzers. Infolge der schrägen Lage des Schiffes zeigten auch die Geschütze eine anormale Überhöhung. Es musste möglich sein, in dieser Stellung eine ganz außergewöhnliche Schussweite zu erreichen.

Isenbrandt hatte seinen Entschluss gefasst. Ohne sich nach Lowdale umzusehen, der auf den zerschossenen Hafen zu schritt, eilte er in den Kreuzer zurück und stieg in die Batterie.

Der Batterieraum war verlassen. Neben den Geschützen standen die schussfertigen Patronen. Nicht ohne Anstrengung schraubte Isenbrandt den Zünder einer Schrapnellpatrone ab und entfernte die Ladung aus dem Geschoss. Dann griff er nach einer in der Nähe stehenden Wasserkanne und füllte das Hohlgeschoss mit dem Nass. Jetzt ließ er eine Zinntube hineingleiten und schraubte den Zünder wieder auf.

Schnell war ein Geschütz mit der so veränderten Patrone geladen. Ein Druck auf den Feuerknopf. Krachend fuhr der Schuss aus dem Rohr. Leicht schwankte der Kreuzer unter dem Rückstoß hin und her.

Während das Echo des Schusses noch vieltönig von den Bergwänden zurückgeworfen wurde, ertönte plötzlich tackendes Maschinengewehrfeuer von den Hafenruinen her. Der Kanonenschuss hatte die Besatzung des Kreuzers schon alarmiert. Sie sahen Isenbrandt neben dem Geschütz stehen und glaubten zunächst, er hätte nach dem Flughafen geschossen. Das Maschinengewehrfeuer von dort ließ sie von Neuem stutzen. Isenbrandt steckte die Uhr wieder ein, auf der er die Sekundenzeit seines Schusses abgelesen hatte.

Jetzt nahm er sein Glas, um den Ursprung des Maschinengewehrfeuers zu erspähen. Und sah mit Schrecken, wie Averil Lowdale in weiten Sprüngen über die Sandfläche hin auf den Kreuzer zueilte. Ihm galt zweifellos das Feuer.

„Verflucht! Sind doch noch einige Halunken dem Torpedo entgangen. Wir werden euch noch einmal ganz gründlich ausräuchern ... Ah ..."

Georg Isenbrandt presste die Lippen zusammen. Er sah Averil Lowdale zusammenbrechen und fallen.

Hastig eilte er nach unten. Aber als er die Bordtür öffnete, kam ihm der Adjutant schon entgegen. Er presste mit der Linken den rechten Arm fest an. Eine starke Blutspur bezeichnete seinen Weg. Sein Gesicht war blass. Keuchend stand er an der Treppe. Mit kräftigen Armen hob ihn Isenbrandt hinein. Während er die Tür hinter ihm zuschlug, prasselten die ersten Gewehrkugeln gegen den Schiffsrumpf.

„Gott sei Dank, Herr Hauptmann! Ich fürchtete das Schlimmste, als ich Sie stürzen sah. Die zertretene Viper sticht noch ... Kommen Sie! Sie werden sofort verbunden werden. Hoffentlich ist die Verletzung nicht allzu schwer."

Er geleitete Averil Lowdale zu von Löwen, der dem Verwundeten seine Hilfe angedeihen ließ und den Arm sorgfältig bandagierte.

„Ich bin kein Doktor von Profession, Herr Hauptmann", sagte er lachend, „aber ich kann Ihnen doch mit einiger Sicherheit sagen, dass der Schuss ungefährlich ist. Immerhin wird er Sie für ein paar Monate dienstunfähig machen. Vorerst legen Sie sich ruhig in meine Kabine. Mein Kollege in Wierny wird das Weitere übernehmen."

Isenbrandt sah auf die Uhr.

„Ist der Maschinenschaden noch nicht behoben?"

„Sofort, Herr Isenbrandt. Es kann sich nur noch um Minuten handeln."

„In zwei Minuten müssen wir fertig sein!"

„Warum?"

„Blicken Sie auf den Horizont über den Kämmen im Südosten! ... Sehen Sie die zackigen, gelben Wolken? ... Da braut sich ein Unwetter zusammen. Es darf uns nicht am Boden und manövrierunfähig überraschen."

Der Kommandant schaute prüfend nach der angegebenen Richtung.

„Oho! ... Sie haben recht, Herr Isenbrandt ... Da braut sich allerlei zusammen ... Der fahle Himmel ... die gelben Wolken ... das bedeutet nichts Gutes ..."

Er eilte zum Barometer.

„Richtig! Das Glas ist plötzlich um zwei Zentimeter gefallen ... fällt sichtbar weiter ... Wenn wir hier nicht im Hochland von Pamir, sondern auf der Gelben See wären, würde ich wetten, dass uns ein starker Taifun bevorsteht ... Unerklärlich ... Hier habe ich dergleichen noch nie erlebt ... nie gehört, dass es hier geschehen wäre ... nie geglaubt, dass es hier geschehen könnte."

„Fertig!" kam die Meldung von unten.

„Bravo! Höchste Zeit!" sagte von Löwen. „Los!"

Langsam richtete sich das schrägliegende Schiff auf. Die Propeller gingen an, und in glatter Fahrt verließ es den Landungsort.

„Volldampf nach Norden!" lautete der Befehl.

130

Es war hohe Zeit gewesen, dass der Kreuzer die Gewalt über sein Element zurückgewann.

Schon jagten einzelne unregelmäßige Sturmstöße durch die Luft und wirbelten den Wüstensand in schweren gelben Wolken auf. Immer schneller folgten die Stöße, und dann brach der Orkan los.

Ein Wirbelsturm von unerhörter Stärke, gegen den selbst dieser starke Kreuzer nicht direkt ankämpfen konnte. Während das Schiff in weitem Bogen über das iranische Hochland gerissen wurde, setzte von Löwen seine ganze Steuerkunst daran, sich Meter um Meter vom Zentrum dieses Taifuns loszuringen, das ganz offenbar dort hinten über den Südostkämmen jenseits der Grenze lag. Er nahm es zunächst als unvermeidlich mit in Kauf, dass sein gutes Schiff dabei vertrieben und selbst in weitem Kreis herumgewirbelt wurde.

All sein Bestreben war darauf gerichtet, aus dieser gefährlichen Sturmzone hinaus an den äußeren Rand des Taifuns zu gelangen. Es war nicht leicht. Wie durchlöchert schien die Luft zu sein. Wiederholt stürzte der starke Kreuzer plötzlich wie ein Stein in die Tiefe, legte mehrere Tausend Meter in senkrechtem Fall zurück, bevor er wieder Halt in der aufgeregten Atmosphäre fand und die verlorene Höhe wiederzugewinnen vermochte. Er wäre längst auf den Felsen zerschellt, wenn die meisterhafte Steuerkunst des Herrn von Löwen ihn nicht immer wieder der gefährlichen Nähe des festen Bodens entrissen und dabei Schritt für Schritt aus dem schlimmsten Wirbel hinausgebracht hätte.

Bis endlich die Grenze der Sturmzone erreicht und überschritten war, bis der Kreuzer mit voller Maschinenkraft in einer ruhigen und tragbaren Atmosphäre den geraden Kurs nach Norden verfolgen konnte.

Durch die großen Heckscheiben der Kabine blickten die beiden Männer zurück nach dem Süden und Südosten. Da stand es wie ein riesenhafter und unheimlicher Trichter von schwefelgelber Farbe über den Bergen. Wie eine gigantische Saugpumpe hatte der wirbelnde Orkan den Staub und Sand vieler Quadratmeilen emporgerissen und führte ihn in immer größere Höhen. Alles, was in diesen Strudel gelangte, ihm nicht rechtzeitig mit eigener starker Kraft zu entfliehen vermochte, wurde gepackt, in das Zentrum gerissen, zerrieben und zerschmettert.

Lange blickte von Löwen durch sein scharfes Glas. Er glaubte Fetzen, Trümmerstücke von zerrissenen Flugmaschinen inmitten des Höllenwirbels zu sehen.

„Was wir nicht vermochten, tut die Natur. Aller Berechnung nach sind die Asiaten mitten im Taifun. Da kommt kein Flügel lebendig zur Erde."

Isenbrandt nickte.

„Ich denke auch. Und damit wird hoffentlich für lange Zeit hier Ruhe herrschen … Bis Peking neues Material schickt … oder bis …"

*

In Wierny hatten Witthusen und seine Tochter nach ihrer Befreiung aus der Ruinenstätte Karakorums einen sicheren Zufluchtsort gefunden. Auf der niederen Veranda, die das Haus umgab, saßen Isenbrandt und Marias Vater.

Aus dem kühlen Schatten des Halbdaches sah man weit hinaus in die fruchtbare Landschaft. Die Wiesen prangten wie schwellende Teppiche von Samt. Die Getreidefelder kräuselten sich schon im Wind wie flutende Wasserwogen, ließen die Halme emporschießen und wuchsen der Sonne entgegen. Die Bäume standen hier noch im Blütenschnee, trugen dort schon schweren Fruchtansatz.

„Ein gesegnetes Jahr", sagte Witthusen. „Wer wie ich Turkestan noch vor einem halben Menschenalter gekannt hat, wird es immer wieder mit Staunen sehen, wie Menschengeist und Menschenhand die Sandwüsten in ein fruchtbares, dicht besiedeltes Land verwandelt haben. Sollte das Paradies hier wirklich der Erisapfel zwischen Europa und dem Asiatischen Reich werden?"

Isenbrandt zuckte die Achseln. Er hatte die Worte Witthusens nur halb vernommen. Sein Auge hing noch an der Tür, hinter der Marias Gestalt soeben verschwunden war. Die Ereignisse der letzten Wochen hatten die Herzen der beiden rascher und fester miteinander verbunden, als jedes werdende Wort es sonst wohl vermocht hätte.

Während die in ihrer Lehmhütte in Karakorum Eingeschlossenen damals unter Bangen und Zagen das Ende der schrecklichen Stunden erwarteten, hatte Isenbrandt hoch oben in den Lüften fast in der gleichen Stimmung sein Werk vollbracht. Es war ihm zumute gewesen wie einem Arzt, der einem Patienten gleichzeitig schweres Gift und ein Gegengift verabreichen muss.

Konnte nicht ein unglücklicher Zufall die Gefangenen des rettenden Mittels noch im letzten Moment berauben? ... Würde dessen Wirkung die Glut des Feuerregens paralysieren? ... Würden die Experimente und Berechnungen, die er im Laboratorium angestellt hatte, sich beim Versuch im Großen bewähren? ...

So weit, wie er es damals aus der Höhe seines Flugschiffes beobachten konnte, schien alles planmäßig zu gehen. Am Vormittag warf Ahmed das Antidynotherm in den See von Karakorum. Viel früher, als Wellington Fox von seinem Gefängnishof aus etwas bemerken konnte, sah Georg Isenbrandt aus seiner Höhe die ersten Wolkenbildungen.

Als der dicht und immer dichter werdende Regenschleier ihm die ungesehene Landung gestattete, war er an der verabredeten Stelle hinter einem Dünenkamm niedergegangen. Nach zwei Stunden erst war Ahmed hier zu ihm gestoßen. Durchnässt ... durchweicht ... geblendet ... fast ertränkt von den wolkenbruchartig niederstürzenden Wassermassen, hatte der getreue Angestellte ihn nicht sogleich finden können. Dann kam er und brachte die frohe Botschaft, dass das Mittel sicher und unbemerkt in die Hände der Gefangenen gelangt sei.

Dann kam der zweite ... für Isenbrandt der schwerste Teil der Aufgabe. Wieder ging sein Schiff in große Höhen, während er die niederströmenden Wassermassen durchschnitt und sich vom Zentrum des Unwetters entfernte.

Noch einmal prüfte er mit dem Präzisionsmesser seine Entfernung vom Mittelpunkt des Wetters. Dann fuhr ein Schuss aus dem Rohr des Schiffes. Exakt arbeitete der Zeitzünder. Genau in der Achse des Wolkenbruches explodierte das Geschoss. Seine Ladung Dynotherm der neuesten schärfsten Wirkung ging in feinster Streuung nach allen Seiten in den Regen.

Mit dem Teleskop beobachtete Isenbrandt die Wirkung. Da ... inmitten der grauen, dunstigen Regenmassen sah sein Auge eine kleine schwarze Wolke entstehen. Nach einer Weile ein kurzer Blitz, für das unbewaffnete Auge kaum sichtbar. Isenbrandt legte die Hand ans Ohr und zählte. Vierzehn Sekunden! Der leichte Hall eines Donners drang an sein Ohr.

Wieder richtete er das Glas auf die Stelle. Sah, wie jene dunkle Wolke immer heller wurde, bis sie verschwand.

132

Beinahe hätte er in diesem Augenblick den Zweck seines Hierseins vergessen. Dass alles so genau nach seinen Erwartungen und Vorausberechnungen verlief, erfüllte ihn mit starker Freude. Er nahm ein mit Zahlen bedecktes Täfelchen zur Hand. Prüfend überflog er die beiden einander gegenüberstehenden Zahlenreihen. Noch einen Blick auf den Entfernungsmesser. Ein Schuss, nach demselben Ziel gerichtet, fuhr aus dem Rohr. Ein zweiter, ein dritter ... eine lange Reihe weiterer Schüsse folgte in schnellstem Tempo. Eine rollende Kanonade auf das Zentrum des Unwetters.

Wieder richtete er jetzt sein Glas. Tiefschwarz war es dort über Karakorum. Da, ein zuckender, greller Blitz, der den schwarzen Vorhang zerriss. Noch ehe der erlosch, ein zweiter ... ein dritter ... und viele andere.

Taghellen Schimmer strahlten sie weit hinaus. Tausend feurige Schlangen schienen sich in dem düsteren Gewölk zu winden. Dann schlug der erste Donner dröhnend an sein Ohr, um nicht mehr zu verstummen. Ein Konglomerat von Gewittern tobte über Karakorum.

Tiefer ließ er jetzt das Schiff gehen. Wieder sprach seine Batterie. Da lief der fahlweiße Schein der Blitze in Rot über. Ein feuriger Trichter stand über Karakorum. Mit dem Glas sah Georg schwelende Brandwolken aus der Ruinenstadt aufsteigen. Was dort brennen konnte ... Menschen ... auch Menschen, das musste wohl zu Asche werden.

Nebelnder Dampf markierte die Grenze, wo Feuer und Wasser sich trafen, wo die beiden Elemente um die Herrschaft rangen. Mit der Freude des Meisters, der die Kräfte entfesseln und bändigen kann, sah er auf das grandiose Schauspiel. Sein Werk!

Die Spannung, die ihn erfüllte, wich. Seine Gedanken, bis jetzt auf sein Werk konzentriert, begannen zu wandern. Auch dort unten inmitten des feurigen Regens, in der Hütte der Gefangenen, kämpften jene Kräfte ... kämpften um das Leben der Eingeschlossenen.

Schwere Sorge fiel auf sein Herz. Würde die Rechnung auch hier stimmen? Würden Feuersglut und Weltraumkälte, nach seinem Plan und nach seiner Rechnung gegeneinandergesetzt, sich an dieser Stelle verzehren, ohne das Leben der Gefangenen zu vernichten? Mit eisiger Hand umkrallte die Sorge sein Herz. Endlos lang schien ihm der Kampf der Elemente. Immer wieder blickte er auf den Zeiger der Uhr, der ihm allzu träge von der Stelle zu rücken schien.

Bis endlich die Zeit verfloss. Matter und immer schwächer wurde der Kampf der Naturgewalten. Jetzt hatten sie sich in wildem Ringen aufgezehrt. Verschwunden war der Dampf, gewichen die Glut. Schon brach die Sonne durch die zerflatternden Schwaden.

Er riss sein Glas ans Auge und sah die Stelle, wo Karakorum gestanden, in hellem Glanz vor sich liegen.

Volldampf voraus! Auf äußerste Fahrt stellte er den Hebel. Während das Schiff mit rasender Gewalt durch den Äther schoss, hing sein Auge an jener Stelle. Jetzt ging die Maschine nieder. Mit einem Sprung war er aus der Kabine. Klopfenden Herzens eilte er an Ahmeds Seite der Hütte zu. Unter seinem Griff brach die verkohlte Außentür in Trümmern zusammen. Dann drang er in das Innere.

In der Tür erblickte er sie, die Drei ... lebend.

Da stand Maria, bleich, aber leuchtenden Auges. Nur sie sah er. Wie von unsichtbarer Gewalt getrieben, waren sie aufeinander zugeschritten. Als von ihren Lippen der leise Ruf „Georg!" erklang, hatte er sie im Überschwang seiner Gefühle an sich reißen wollen. Doch mit aller Kraft seiner Seele ·hatte er die Regung unterdrückt. Noch durfte er's nicht. Noch gehörte sein ganzes Denken und Tun dem großen Werk. Noch erfüllte die große Aufgabe, Schützer und Retter der bedrohten Siedlung, der Weißen und ihrer Kultur zu sein, sein ganzes Ich, gab ihn nicht frei, bis die Entscheidung gefallen.

Sie hatten sich damals die Hände gereicht, und in dem stürmenden Pulsschlag, der zu ihren Herzen überströmte, hatte sich offenbart, was der Mund noch verschwieg … jetzt noch verschweigen musste."

In Wierny hatte sich Witthusen bald mit seinen alten Geschäftsfreunden in Kaschgar in Verbindung gesetzt, um sich sein Besitztum und seine Warenvorräte zu sichern. Sie waren immer noch von den Chinesen beschlagnahmt, und es bestand wenig Hoffnung, sie freizubekommen.

Jetzt, nachdem die Gefangenen dem Arm der chinesischen Machthaber entronnen waren, beeilte man sich, das gewalttätige illegale Verfahren in ein gesetzmäßiges zu verwandeln. Ein regelrechter Prozess wegen Landesverrats wurde gegen Witthusen eingeleitet. Bis er beendet, konnten Jahre vergehen.

Die Sorge um seinen Besitz und um die Zukunft Marias trübte den Blick Witthusens. So waren ihm die feinen Fäden entgangen, die sich zwischen Isenbrandt und Maria woben. Am Ende eines arbeitsreichen Lebens sah er sich als Bettler, und der Gedanke an die Zukunft ließ ihn die Freude über die Rettung aus der Gefangenschaft manchmal vergessen.

Auch jetzt hatte er wieder einmal seinen Sorgen Luft gemacht und halb im Scherz und halb im Ernst für Marias Zukunft ein wenig rosiges Prognostikum gegeben. Da hatten die beiden einander lächelnd in die Augen gesehen, bis ein Zucken um Marias Lippen spielte, bis ein leichter Schleier sich vor ihre Augen legte. Klopfenden Herzens war sie aufgesprungen und in das Haus geeilt. Wie gebannt hing der Blick Isenbrandts an der Tür, durch die sie geschritten war.

„Dass ich von Mister Cameron so furchtbar getäuscht worden bin, kann ich immer noch nicht verwinden", fuhr Witthusen fort. „Wäre er nicht gewesen, würde ich mein Haus in Kaschgar schleunigst liquidiert und mich mit dem Erlös rechtzeitig in Sicherheit gebracht haben. Zu spät muss ich einsehen, dass das ganze lächerliche Verfahren gegen mich nur auf die Intrigen dieses Menschen zurückzuführen ist.

Ich kenne ihn nun schon seit vielen Jahren und habe ihn stets für einen Gentleman gehalten. Ich kannte seine Geschichte, und ein gewisses Mitleid mit seinem harten Geschick ließ den Verkehr mit ihm enger werden. Er hat in den ersten Jahren unserer Bekanntschaft häufig von seinem Prozess um die englische Lordschaft erzählt. Seine Verbitterung war mir durchaus verständlich, und ich machte ihm keinen Hehl aus meinen Sympathien. Dass er aber in seinem Hass gegen die westliche Kultur so weit gehen könnte, als Agent der chinesischen Regierung tätig zu sein, hätte ich niemals für möglich gehalten."

„Die Engländer waren durchaus im Recht, als sie die Erbschaft Lowdale dem reinrassigen Erben zusprachen."

Eine gewisse Schärfe lag in der Erwiderung Isenbrandts, und in der gleichen

Tonart fuhr er fort: „Es war falsch und leichtsinnig gehandelt, wenn früher unsere Propheten aller Welt die Gleichberechtigung versprachen. Überall auf der Erde rufen jetzt die Menschen mit schwarzer oder anderer Hautfarbe nach Freiheit. Freiheit für alle Farben des Spektrums ... Wehe uns, wenn wir ihnen entgegenkommen! Um unsere Herrschaft und um unser Dasein wäre es bald geschehen. Sie mögen Kultur und Religion von uns annehmen. Trotzdem bleiben sie, was sie sind: der bekehrte Chinese ein Chinese, der bekehrte Schwarze ein Afrikaner.

Betrachten Sie die Verhältnisse in Amerika. Sie sind jetzt so weit gediehen, dass es sich für die Weißen um Sein und Nichtsein handelt. Die ewigen Kompromisse haben aufgehört. Die Ereignisse der nächsten Zeit werden zeigen, wer weichen muss.

Auch die Menschen aus gemischten Kulturkreisen gehören nicht zu uns. Das hat schon vor hundertfünfzig Jahren der Graf Gobineau klar erkannt, als er sagte, dass infolge der Mischung unterschiedlicher Kulturen nicht nur die Vorzüge, sondern auch die Fehler an Stärke einbüßen. Die Schwierigkeit, das Ganze in Einklang zu bringen, erzeugt Anarchie, und je mehr diese Anarchie zunimmt, desto mehr büßt die beste, reichste, glücklichste Zufuhr an Wert ein.

Wenn also die Mischungen innerhalb einer gewissen Grenze für die Masse der Menschheit günstig sind, sie heben und veredeln, so geschieht dies doch nur auf Kosten dieser Menschheit selbst, da sie sie in ihren edelsten Elementen herabdrücken, entkräften, erniedrigen, entgipfeln.

Darum ist es unsere vornehmste Aufgabe, unsere westliche Kultur rein zu erhalten. Nur die rein europäisch stämmigen Menschen können die Aufgabe erfüllen, die sie zu erfüllen haben."

„Sie haben recht, Herr Isenbrandt. Und doch kann ich mich des Gedankens nicht erwehren, dass einstmals die Zeit kommen wird, wo der Glaube an das Evangelium von der Überlegenheit der westlichen Kultur schwindet, wo wir anderen, kräftigeren Völkern weichen müssen. Nicht immer wird Europa die Burg der westlichen Kultur bleiben. Die ewige Kleinstaaterei verzehrt zu viel von ihren Kräften.

Ich kenne China seit einem Menschenalter. Der Aufschwung der letzten Jahrzehnte wird anhalten. Die durchaus konservative Gesinnung der Chinesen hindert ihn nicht, sie fördert ihn. Obwohl China als Industriestaat noch jung ist, ist es an wirtschaftlicher Organisation schon sehr weit entwickelt. Soziale Fragen existieren fast nicht. Trotz seiner ungeheuren Ausdehnung ist von einem Ende des Reiches bis zum anderen bei den eingeborenen Völkern ein und dasselbe Verständnis für die Kultur verbreitet, die sie besitzen. Vergleiche ich seine jahrtausendealte Zivilisation mit der europäischen, so kommt mir die letztere vor wie eines jener auf Zeit auftauchenden Eilande, welche die Gewalt unterseeischer Vulkane über den Meeresspiegel emporgehoben hat. Der zerstörenden Einwirkung der Strömungen preisgegeben und von den Kräften, die sie zuerst gehalten, verlassen, geben sie eines Tages nach, und ihre Trümmer versinken wieder in den siegreichen Fluten ..."

„Alles ist im Fließen, alles ist der Entwicklung, Herr Witthusen. einmal wird die Bürde des weißen Mannes von seinen Schultern genommen werden, ein Stärkerer, vielleicht ein Schwarzer ... vielleicht ein Asiate, wird sie auf sich nehmen. Aber der Tag liegt in grauer Ferne. Noch sind die Kräfte der westlichen Kultur nicht verbraucht. Die Gefahren, die ihr drohen, werden ein Jungbrunnen für sie sein.

Große Taten, größer als die Welt ahnt, harren ihrer, und der Kommandostab wird fester in ihrer Hand ruhen als je.

Was Sie in Karakorum sahen ... war nicht mein Werk ... nicht in erster Linie ... Es war das Resultat der Geistesarbeit vieler weißer Intelligenzen vor mir und mit mir. Andere werden daran weiterarbeiten, andere werden neue Leistungen von noch viel größerer Tragweite vollbringen. Und sie werden in der Hand des weißen Mannes bleiben, der sie auswirken lässt zum Nutzen der Menschheit, zur Stärkung und Erhaltung der westlichen Kultur! Der Mann, der in die Spur des Dschingis-Khan treten wird, ist noch nicht gekommen!

Doch lassen wir das, kommen wird zum Zweck meines heutigen Besuches zurück. Ich möchte Sie wiederholt bitten, Wierny zu verlassen und weiter im Westen, jenseits des Urals, einen Zufluchtsort zu suchen. Die Ereignisse der letzten Tage haben gezeigt, dass der Aufenthalt in Turkestan mit Gefahren verknüpft ist. Es könnte sein, dass der Kirgisenaufstand vom Ilidreieck aus neu geschürt und gestärkt wird. Die nahe Lage Wiernys zur Grenze dürfte bedenklich sein."

„Schon wieder den Wanderstab ergreifen?"

Maria sprach es. Ungehört war sie aus dem Haus getreten und stand jetzt fragend vor Isenbrandt. Sie war in ein dunkles, hoch hinaufschließendes Hausgewand gekleidet, das ihre schlanke, ebenmäßige Gestalt vortrefflich hervortreten ließ. Eine müde Anmut lag über ihrem bleichen Gesicht, verhaltene Trauer klang aus ihren Worten.

Ein Ruck ging durch Isenbrandts Körper. Als er sie so vor sich stehen sah, hätte er sie in seine Arme nehmen, sie an sich pressen mögen. Das Blut schoss ihm jäh ins Gesicht. Mit Gewalt beherrschte er sich, zwang sich zu einem Lächeln.

„Der Wanderstab ist nicht vonnöten, Maria Feodorowna. Mein Flugschiff bringt Sie nach Orenburg."

... Orenburg ... Sein geistiges Auge sah in schnellen Bildern noch einmal die Szenen ihres ersten Zusammentreffens.

„Von Orenburg bringt Sie das Postschiff sicher nach Odessa oder Moskau."

Witthusen fiel ihm ins Wort: „Nun, dann mag die Reise auch noch ein paar Tausend Kilometer weiter gehen. Dann fahren wir weiter nach Deutschland, der Heimat unserer Ahnen. Ich habe noch Guthaben dort ausstehen, die uns einen längeren Aufenthalt gestatten. Einmal wird ja doch der Tag kommen, wo hier wieder Ruhe und Frieden herrschen, wo wir ungefährdet zurückkehren werden."

„Er wird kommen ... bald!"

„Sie sagen das mit solcher Zuversicht, Herr Isenbrandt?"

„Bald ... bald kommt der Tag!"

Georg Isenbrandt sagte es lächelnd. Aber es war ein rätselhaftes Lächeln, das nur den Mund bewegte. In den Augen darüber stand etwas anderes, grau, eiskalt, unbewegt.

Er wandte sich zu Maria und reichte ihr die Hand.

„So sei es dann heut ein Abschied für Ihre Reise. Eine Gebirgstour zu unseren Schmelzstellen hält mich eine Zeit lang von hier fern. Ich werde, bevor Sie Wierny verlassen, nicht zurückkehren können. Leben Sie wohl, Maria Feodorowna! Wir sehen uns bald wieder ... bald."

Einen kurzen Moment ruhten ihre Blicke ineinander, ihre Finger umschlossen sich zu festem Druck. Dann war er hinausgeschritten.

*

Vor einem mit Plänen bedeckten Tisch saß General Bülow, neben ihm der russische Oberst Popoff. Wie zwei Schachspieler bewegten sie kleine, bunte Nadelfähnchen auf den Karten hin und her. Ihr lebhafter Disput bewies, dass sie sich über die endgültige Stellung der Fähnchen keineswegs einig waren.

Seitdem die Lage an der chinesischen Grenze sich zuzuspitzen begann, hatte das Hauptquartier in Petersburg den Obersten mit einigen anderen Offizieren dem Generalstab der E. S. C.-Truppen attackiert. Für den Kriegsfall unterstanden die militärischen Streitkräfte der E. S. C. dem Vereinigen europäischen Oberkommando.

Der früher so lange Zeit hindurch als Ideologie abgetane Gedanke der Vereinigten Staaten von Europa war unter dem Druck der Weltgeschehnisse wenigstens zu einem Teil verwirklicht worden. Zwar war kein Staatsgebilde im Sinne der amerikanischen Union zustande gekommen. Aber die Solidarität der europäischen Völker fand bei voller Wahrung der nationalen Selbstständigkeiten und Eigenarten wenigstens dadurch Ausdruck, dass bei Fragen der großen Weltpolitik nicht jeder einzelne kleine Staat, sondern Europa als geschlossenes Ganzes auftrat und handelte.

Hinter den Kulissen war freilich ein steter Kampf um die Stellung des Primus inter Pares. Russland glaubte, in erster Linie Anspruch darauf zu haben. Dabei kam ihm zustatten, dass der Schwerpunkt der militärischen Angelegenheiten in Petersburg lag, da Russland mit Rücksicht auf sein großes Gebiet und dessen historisch providentielle Lage gegen Osten die numerisch größte Heeresmacht unterhielt.

Schon unter dem General Effingham war das Verhältnis zum Petersburger Hauptquartier nicht reibungslos gewesen. Der temperamentvolle Bülow war fast ständig auf Kriegsfuß mit dem Oberkommando. Dessen Anordnungen erfolgten stets unter dem Gesichtspunkt, unbedingt die sibirischen Grenzen zu schützen, während Bülow in erster Linie darauf bedacht war, die turkestanische Grenze zu sichern.

Für Russland waren die gewaltigen Gruben- und Industrieanlagen im Gebirgsstock des Altai von größter Wichtigkeit. Ihre Vernichtung durch etwa plötzlich vorstoßende Luftstreitkräfte der Asiaten war daher mit allen Mitteln zu verhindern. Die starken Kriegsgeschwader Russlands waren deshalb nach den Anordnungen des Petersburger Oberkommandos ausschließlich zur Sicherung der sibirischen Südgrenze angesetzt und nur die schwächeren Geschwader der anderen europäischen Staaten zur Verteidigung der turkestanischen Grenzen bestimmt.

Gegen diese Kräfteverteilung kämpfte Bülow schon seit Langem. Immer wieder versuchte er es durchzusetzen, dass die Hauptkräfte auf die turkestanische Linie konzentriert wurden.

Die Gebirgszüge des Thian-Schan, Alatau und Tarbagatai boten an sich eine gewaltige, kaum überschreitbare Schutzmauer. Jedoch nur so lange, als es gelang, die drei Durchgangspforten abzuriegeln. Der Übergang von Kaschgarien nach Ferghana war verhältnismäßig leicht durch Sprengung der Kunstbauten an der Gebirgsbahn von Kaschgar nach Osch zu sperren. Viel größere Schwierigkeiten bot die Dsungarische Pforte, jenes Tor, durch das sich schon einmal im Mittelalter die mongolischen Schwärme über Europa ergossen hatten. Der dritte gefährliche Punkt aber blieb die chinesische Angriffsbastion, das Ilidreieck.

Ein großartig angelegtes Bahnnetz, das von Chami aus strahlenförmig zur Grenze führte, gab hier den Asiaten Gelegenheit, ihren Nachschub schnellstens durch die offenen Pässe zu leiten.

Der Kirgisenaufstand im Siedlungsgebiet hatte Europa notgedrungen den Anlass, gegeben, seine Streitkräfte im Osten zu verstärken. Während die russischen Abteilungen in Sibirien in volle Bereitschaft gebracht wurden, sammelten sich jenseits des Urals Teile der vereinigten westeuropäischen Heere.

Aber die immer noch auseinandergehenden Einflüsse der verschiedenen europäischen Kabinette ließen gründliche und umfassende Maßnahmen, wie die Lage sie erfordert hätte, nicht zu. Ein überraschender Angriff von chinesischer Seite nach Westen hin hätte mit den vorhandenen Mitteln nicht lange aufgehalten werden können. Bülow verlangte daher immer wieder, dass wenigstens das Gros der russischen Luftflotte zur Verteidigung der turkestanischen Grenze angesetzt würde.

Jetzt, nach einem letzten langen Kampf mit dem Obersten Popoff, sah er das Vergebliche seiner Bemühungen ein.

„Meine Meinung von Ihnen, Herr Oberst, ist viel zu hoch, als dass ich annehmen könnte, Sie billigten die Pläne des Hauptquartiers. Ihre Gegenargumente trugen so wenig den Stempel der Überzeugung, dass es eines besseren Beweises für die Richtigkeit meiner Ansicht nicht bedarf. Wenn nicht in kurzer Zeit erhebliche Verstärkungen aus Westeuropa ankommen, stehe ich hier auf einem verlorenen Posten. Gnade Gott den Siedlern und ihrem Land!"

„Sie sehen zu schwarz, Herr General", erwiderte der Oberst, indem er seine Verlegenheit nur schlecht verbarg. „Ist es doch noch ganz ungewiss, ob und wann die Gewitterwolke zur Entladung kommt. Übrigens sind, wie mir vor Kurzem gemeldet wurde, starke deutsche Truppenmassen vom Ural her im Aufliegen. Darunter viel Spezialtruppen für den Gebirgskrieg."

„Natürlich! Deutsche Soldaten allzeit vorneweg!" brummte Bülow vor sich hin.

„Sichern Sie hauptsächlich das Ilital, Herr General. Für das Irtyschtal können Sie im Falle der Not auf russische Verstärkungen rechnen."

„Das Ilital! Sehr schön, Herr Oberst", entgegnete Bülow in bitterem, sarkastischem Ton. „Ich könnte es, wenn ich mehr Flugschiffe hätte. So werde ich voraussichtlich das Siebenstromland preisgeben müssen."

Sein Adjutant trat ein und überbrachte ihm eine Karte „Georg Isenbrandt" las er, ging hinaus, um ihn zu empfangen.

Der streckte ihm die Hand entgegen und begrüßte ihn.

„Immer noch die gefurchte Stirn, Herr General?"

„Man verliert die Lust, Herr Isenbrandt, wenn man immer wieder gegen Unvernunft und Eigennutz anrennt."

„Kommen Sie mit mir, Herr General! Zu einem kleinen Gang ins Freie. Vielleicht sehen Sie danach etwas freundlicher aus."

„Gern, Herr Isenbrandt. Trotz der sommerlichen Wärme kann es mir draußen auch kaum heißer werden als hier drinnen über der Karte."

Sie verließen die Stadt und schlugen den Weg zu einer kleinen Anhöhe ein, von der man nach allen Seiten einen freien Blick hatte. Weithin sichtbar dehnte sich die in voller Frühlingspracht stehende Landschaft vor ihnen aus. Nicht umsonst galt das Siebenstromland als die Riviera Westsibiriens. Lange ruhten die Blicke der beiden auf dem gottgesegneten Flecken Erde da vor ihnen.

„Wieder war mein Kampf umsonst, Herr Isenbrandt, dieses Paradies vor dem Untergang zu bewahren. Der Russe will keine Vernunft annehmen. Solange es geht, werde ich es zu verteidigen suchen. Aber ich weiß bestimmt, dass ich eines Tages das ganze Gebiet bis zum See hin räumen muss. Bei Telek will ich den Asiaten ein Thermopylä errichten. Denn ich glaube nicht, dass ich es länger als eine Woche halten kann. Ist dann nicht genügend europäische Hilfe da, dann werden die asiatischen Horden über die Leichen der Verteidiger hinwegstürmen. Die Bewohner müssten schon jetzt zur Räumung veranlasst werden. Man möchte verzweifeln, wenn man daran denkt, dass die russischen Luftstreitkräfte uns das alles ersparen könnten. Vermögen Sie nicht noch einen letzten Schritt zu tun?"

Er blickte auf und sah, dass Isenbrandt ihm kaum zugehört haben konnte. Dessen Auge hing wie weltverloren an den fernen grauen Kämmen des Gebirges. Minuten verstrichen. Dann fielen die Worte von Isenbrandts Lippen:

„Nein, Herr General! Nein! Nichts wird von dem geschehen, was Sie befürchten!"

„Sie sagen? ... Herr Isenbrandt! ... Was? ... Was sollte es verhindern? Haben Sie andere bessere Nachrichten aus dem Hauptquartier als ich?"

Isenbrandt schüttelte den Kopf.

„Nein, Herr General! Mit eigener Kraft, ohne Hilfe der andern werden wir das Land schützen und den Feind abwehren."

Georg Isenbrandt sprach nicht weiter, als müsse er sich besinnen. Den General drängte es, zu fragen. Aber ein Blick auf die Züge des Ingenieurs ließ die Frage verstummen. Da begann dieser wieder zu sprechen. Fast befehlsmäßig klangen seine Worte.

„Sie werden, Herr General, alles, was an schnellen Flugzeugen zu Ihrer Verfügung steht, ohne Rücksicht auf die Ladefähigkeit hier in Wierny konzentrieren und zu kleinen Geschwadern zusammenstellen. An dem Tag, an dem es gilt — ich werde ihn bestimmen —, werden Sie von einem Orenburger Schiff der Company die Ladungen für diese Geschwader empfangen. Die Geschwader werden die Grenze überfliegen. Jedes Geschwader bekommt vor dem Abflug sein bestimmtes Ziel ... und das Ziel wird sein ... Wasser ... ob See ... ob Fluss ... Wasser überall dort, wo asiatischen Streitkräfte in größeren Mengen marschieren oder versammelt sind ..."

„Wasser? ... Wollen Sie dampfen? ... Dynothermdampf?"

Isenbrandt überhörte die Frage.

„Kämpfe sind nur anzunehmen, wenn es zur Erreichung des Zieles unvermeidlich ist."

„Das dürften nicht viele sein, die gegen die Übermacht ihr Ziel erreichen."

„Ich rechne zehn Prozent", kam es kalt von den Lippen Isenbrandts. „Das wird genügen."

„Und dann? ... Was wird dann geschehen?" drängte der General, indem er an Isenbrandt herantrat.

„Es wird geschehen ..."

Einen Augenblick stand Georg Isenbrandt wieder wie geistesabwesend. Dann neigte er seinen Mund zu dem Ohr des Generals und sprach zu ihm ... flüsternd, als fürchte er, der Wind könne die Laute an menschliche Ohren tragen.

Und während er sprach, trat ein Grauen in die Augen des Generals. Sein Fuß zuckte, als wolle er zurückweichen vor diesem Manne ... diesem Unheimlichen. Sein Herz schlug, wie es in der schwersten Schlacht nie geschlagen. Er fühlte, wie ein Zittern von seinen Füßen nach oben stieg, wie seine Knie wankten.

Sein Auge starrte auf die frühlingsprangende Landschaft, als sähe er die fürchterlichen Bilder der Vernichtung, des Todes ... des Weißen Todes ... und dann war es still an seinem Ohr.

Mit Gewalt raffte er sich zusammen. War das ein Mensch, der zu ihm gesprochen? ... War es ein Gott? ... Ein Teufel? ...

Er warf einen schrägen Blick hinüber zu dem anderen.

Der stand starr. Wie aus Marmor gehauen die bleichen, kantigen Züge. Die Augen regungslos in die Ferne gerichtet. Die schmalen Lippen fest zusammengepresst.

„Es wird geschehen, wie Sie es befehlen", kam es da von den Lippen des Generals.

„Noch heute! Sofort! Lassen Sie die Befehle hinausgehen! Kommen Sie!"

Sie schritten der Stadt zu. Erst im Gehen gewann der General seine alte Ruhe wieder. Was ihm im ersten Augenblick so unfassbar, so furchtbar erschien, das und seine Folgen hatte sein Geist jetzt voll erfasst. Sein Schritt wurde schneller, je näher sie der Stadt kamen. Jetzt drängte es ihn, das befohlene Werk zu beginnen.

„Ja, Herr Isenbrandt, jetzt kann ich ja unbesorgt die Kräfte hier am Ili verstärken, um endlich dem Bandenwesen ein Ende zu machen. Die Kirgisen wechseln hin und her, als ob es keine Grenze gäbe. Das soll jetzt aufhören."

„Sie können das unbesorgt tun ... Untersuchen Sie die Gefangenen recht genau! Stellen Sie fest, wie viel reguläre chinesische Truppen unter diesen irregulären Banden sind. Ich fliege in einer Stunde nach Orenburg ... das heißt offiziell. Ihre Mails erreichen mich unter meiner alten Geheimadresse in Berlin."

*

„Der Großkhan ... der Sohn des Himmels ... tot."

Um die Mittagsstunde war es dem chinesischen Volke kundgegeben worden. Bis in die entferntesten Teile des Landes hatte der Pressedienst die Nachricht verbreitet. Ein schwüles Zucken war durch die Glieder des Riesenreiches gegangen. Während noch die Herzen der Millionen unter dem Eindruck der Ereignisse standen, kam die zweite Botschaft: „Schanti, Toghon-Khan, der Herzog von Dobraja, ist Regent."

Da regte es sich stärker, lauter im Land. Veraschte Glut wollte sich wieder entfachen. Gefesselte Hände zerrten an ihren Banden. Gefesselte Zungen wollten sprechen. Und dann war es wieder still wie am Tag zuvor.

In der Nacht, die dazwischen lag, hatte die Faust des Schanti schon zugegriffen. Was gegen ihn war, befand sich in den Händen seiner Häscher. Die Stimmen der führerlosen Gefolgschaft wurden schwächer, und dann verstummte alles vor der Wucht der neuen Losung:

„Krieg den Europäern!"

Wie ein Steppenfeuer lief es durch die weiten Ebenen des Reiches und ent-

140

flammte alle Geister.

Wer hatte die Parole ausgegeben? Niemand wusste es. Die neue Regierung schwieg. Schwieg auch, als die Vertreter der fremden Mächte sie interpellierten.

Und dann schallte es weiter und fand sein Echo auf der ganzen Erde ... Krieg!? Es war um die sechste Morgenstunde desselben Tages. Toghon-Khan saß im großen Beratungszimmer des Palastes. Die fensterlosen Wände waren bedeckt mit großen und kleinen Karten. Die langen, niederen Tische waren verborgen unter den Stößen von Papieren und Plänen.

Die kleine Gestalt des Regenten verschwand fast in dem großen Sessel, in dem sie zusammengesunken lag. Er schien zu schlafen. Die Augen waren geschlossen, die Lippen fest zusammengepresst.

Die ganze Nacht hatte er allein in dem Raum zugebracht. Ruhelos war er von einer Karte zur anderen geschritten, immer wieder die Stellung der kleinen Nadelfähnchen prüfend und vergleichend, immer wieder Zahlenkolonnen zusammenstellend und gegeneinandersetzend.

Bis endlich die Worte sich von seinen Lippen lösten:

„... So muss es gehen! ... So wird es gehen ... so geht es!"

Dann hatte er sich in den Sessel geworfen und versucht, in kurzem Schlaf Erholung zu finden ... Um sieben Uhr waren seine Generäle zu ihm befohlen.

Doch vergeblich suchte er den Schlaf. Die Flut der rastlos arbeitenden Gedanken ließ ihn nicht zur Ruhe kommen. Der Druck der übermenschlichen Verantwortung peitschte seine Nerven immer von Neuem auf. In ihm war das Leben, die Macht, die Zukunft des größten Volkes der Erde verkörpert.

Mit halbgeschlossenen Lidern blickte er vor sich hin. Der Schlaf wollte die Herrschaft über ihn gewinnen. Nur noch undeutlich sah er die Papiere auf den Tischen ... weiße Flächen ... weite, weiße Flächen ...

Da ... seine Hände umkrampften die Lehnen, sein Oberkörper beugte sich vor.

Schnee! ... Schnee? ...

Er fiel in den Sessel zurück und presste die Hände auf die Augen.

Was war das damals am Tag des Einzuges des Großkhans? Schwerer Schnee am lichten Frühlingstag ... Hatte er nicht selbst die Flocken auf seiner Hand zergehen sehen? Bis auf die eine, die am Ring des Dschingis-Khan so lange haften blieb ... und seinen Glanz trübte.

War dieser Schnee ein Zeichen des Himmels? War alles Menschenwerk? ... Werk dieses einen da drüben? Dann ...

Mit jähem Ruck riss er sich empor, die Augen weit geöffnet. Das Weiße vor ihm gewann feste Gestalt, es waren die weißen Papiere, die dort auf den Tischen lagen. Nervös fuhr er sich über die Augen.

Hinweg mit der Furcht! ... Menschenwerk? ... Nein! Kein Mensch würde jemals so tief in die Geheimnisse der Natur eindringen ... kein Mensch jemals die Folge der Zeiten verändern können.

„Zuviel habe ich gearbeitet in den letzten Wochen ... zu viel war es, was meine Nerven spannte. Ruhe brauchte ich ... die Ruhe wird kommen, wenn der Würfel gefallen ist." Seine Faust schlug auf das Papier. „Weg damit! ... Zur Tat!"

Er drückte auf den Bronzeknopf. Ein Adjutant trat ein.

„Die Generäle!"

Sie traten in den Raum. Die in so vielen Kämpfen erprobten Führer. Die Feldherren des großen Kubelai-Khan. Seine Kampfgenossen.

Sie verneigten sich tief ... vor dem Ring des Dschingis-Khan, der auf der Hand des Regenten gleißte. Toghon-Khan setzte sich. Schweigend nahmen die anderen ihre Plätze ein.

„Unser großer Herr, der allmächtigste Großkhan ... die Kinder seines Reiches werden die Kunde vernehmen, dass er zu seinen Ahnen gegangen ist. Alle Herzen der Guten werden trauern und weinen ... und klagen."

Lautlos neigten die Generäle die Häupter. Der Regent fuhr fort:

„Die wenigen Bösen, sie dürfen die Trauer der Guten nicht stören. Ihre Zunge muss verstummen. Ihre Hände müssen daniedergehalten werden ... Habt ihr dafür gesorgt?"

Sein Blick glitt prüfend über die Versammelten.

„Es ist geschehen!" kam die Antwort.

„So sind unsere Hände frei, um das große Werk, das der Kubelai-Khan begann, zu vollenden?"

„Sie sind es!"

„Das Schiedsgericht über das Ilidreieck hat gegen uns entschieden! ... Heute Nacht kam die Nachricht zu meinen Händen. Dass es so kommen würde, wusstet ihr alle. Ein teures Glied des Reiches, ein Land unserer Stammesgenossen, umstritten in tausend Kämpfen, soll von uns gerissen werden. Wir werden das nicht dulden!"

Er machte eine Pause und blickte in die Runde. Nur das Funkeln der Augen verriet ihm die Bewegung, die in allen lebte.

Der Regent fuhr fort:

„Die Antwort an Europa, in der wir dem Schiedsgericht die Anerkennung verweigern, liegt bereit. Wir könnten es darauf ankommen lassen, ob sie es wagen, sich ihre Beute mit Gewalt zu holen. Ich bezweifle es sehr. Die Companytruppen wären zu schwach. Die Russen allein denken nicht daran ... und das vereinigte Europa?"

Ein dünnes Lächeln umspielte seine Lippen.

„Der große Großkhan tat diese Frage stets mit einer Handbewegung ab. Er, der das Ziel seines Lebens darin sah, alle verstreuten Kinder der gemeinsamen mongolischen Mutter zu vereinen.

Seine Pläne waren zur Entscheidung reif, als ihn die Kugel traf. Als er auf seinem Sterbebett lag und um die Zukunft des Himmlischen Reiches bangte, da suchte er nach einem, der stark genug wäre, sein Werk zu vollbringen. Und er sprach mit mir ... und er gab mir den Ring ... und ich schwur ihm, das Werk zu tun. Die Zeit ist gekommen! Morgen fällt die Entscheidung in Amerika. Sie wird das Signal sein für den Kampf aller Kulturen gegen die Weißen. Wir stehen nicht allein.

Die Europäer haben es gewagt, uns eine Drohnote zu schicken, weil Brüder von uns den um ihre letzten Lebensmöglichkeiten kämpfenden Kirgisen zu Hilfe geeilt sind. Ich habe ihnen geantwortet, dass das Unrecht auf ihrer Seite liegt, und meinerseits gedroht, auf die Seite der Unterdrückten zu treten, wenn die grausamen

Verfolgungen nicht sofort aufhören. Als Antwort hat man gestern über zweihundert dieser Freiheitskämpfer an der Grenze des Kuldschagebietes erschossen. Neuer Hohn zu altem Hohn! Unsere Geduld ist erschöpft! Wir werden marschieren!"

Unbewegt, ohne das geringste Mienenspiel hatten die Generäle den Worten des Regenten gelauscht, hatten jede Regung, jede Bewegung unterdrückt.

Die letzten Worte „Wir marschieren!" zerbrachen alle diese Bande einer gekünstelten Ruhe.

Laute Rufe der Zustimmung schallten dem Regenten entgegen. Im Nu war er umringt.

„Du bist Toghon, der große Diener des Großkhans ... der Vollbringer seiner Pläne ... wir folgen dir, wohin du uns führst ... wir gehen, wohin du uns zu gehen befiehlst ..."

Ein unmerkliches Lächeln ging über die Züge des Regenten. Der erste Schritt war gelungen. Der Ring an seiner Linken regte sich. Er würde am Tag des Sieges an die Rechte gleiten.

Der Regent wartete still, bis wieder Ruhe im Saal herrschte. Dann sprach er weiter:

„Unsere schwarzen Bundesgenossen werden Kräfte und Mittel unserer Feinde fesseln. Europa wird reichlich in Afrika zu tun bekommen. Die amerikanische Industrie wird in den nächsten Wochen ruhen ... die russische ein Ziel unserer Luftkräfte sein. Das winzige Europa wird gegen Asien allein stehen. Wer kann da an unserem Sieg zweifeln?"

Die siegesfunkelnden Augen der Generäle gaben ihm Antwort."

„Morgen wird Europa eine Botschaft übergeben, die alles Gebiet bis zum Aral und Ural für unser Land erklärt!"

Einen Augenblick war es still. Die Größe des Planes ließ die Hörer erstarren. Dann brachen sie los. Sie drängten sich um ihn. Sie knieten vor ihm. Sie küssten sein Gewand und seine Hände.

Mit geschlossenen Augen stand Toghon-Khan, berauscht von dem Gedanken an den Glanz der Zukunft. Dann schritt er zum Tisch und griff einen Stoß der Papiere.

Es waren die Operationsbefehle. Mit kurzen, knappen Worten gab er jedem seine Befehle. In zwei gewaltigen Heeressäulen sollte die asiatische Macht durch das Ilital und die Dsungarische Pforte in das Siedlerland einbrechen, während eine dritte nach Norden in Sibirien einfiel, um das russische Industriegebiet am Altai abzuschnüren.

Dann zog er sie vor die Karten, erläuterte ihnen die Stellungen der Nadelfähnchen, zeigte ihnen alle Stellungen und Schwächen der Gegner, bis jeder seine Aufgabe genau erkannt hatte.

Der große Plan war in seinen Grundzügen von einer klassischen Einfachheit. Die komplizierten Details zu seiner Ausführung waren bis aufs kleinste vom Generalstab ausgearbeitet.

„Jetzt kennen Sie Ihre Aufgaben und Befehle. Die Stäbe werden das Weitere veranlassen. Übermorgen, am achten Juli, stehen Sie in Feindesland."

*

In den Morgenstunden des sechsten Juli hatte der Wahlkampf in Louisiana begonnen. Je weiter der Tag fortschritt, desto größer wurde die Erregung. Noch niemals seit dem Bestehen der Union hatte eine Wahl die Gemüter so aufgepeitscht und in Spannung versetzt wie diese. Immer dichter stauten sich die Massen vor den Wahllokalen. Von allen Seiten wurden die neu Ankommenden von den Werbern der beiden Parteien umringt und bearbeitet. In den Lokalen selbst häuften sich die Zwischenfälle und Proteste. Hundertmal kam es vor, dass Wähler mit falschen Legitimationen zurückgewiesen wurden. Aber Tausende von Malen mochte die Täuschung geglückt sein.

Grotesk komisch waren teilweise die Wege, auf denen die Legitimationen ihre Besitzer gewechselt hatten. Dass sehr viele längst Verstorbene persönlich an der Wahlurne erschienen, war noch das wenigste. Viele andere lagen zwar nicht unter der Erde, aber in irgendwelchen Kneipen bewusstlos unter den Tischen, nachdem sie vorher freiwillig oder auch nachher unfreiwillig ihren Rausch mit ihrer Legitimation bezahlt hatten.

Auch zahlreiche Fälle, in denen die Wähler gewaltsam an der Ausübung ihres Wahlrechts gehindert wurden, wurden bekannt. Wo es nicht gelingen wollte, sich der fremden Legitimationen für die eigenen Zwecke zu bemächtigen, waren Wähler kurzerhand ihrer Freiheit beraubt worden.

Alle diese Dinge waren in der politischen Geschichte der Union keineswegs neu. Aber sie traten diesmal mit einer Dreistigkeit und in solcher Zahl in die Erscheinung, dass das Wahlergebnis von vornherein die Anfechtung der unterliegenden Partei herausfordern musste. Nur eine ungeheure Stimmenmehrheit für eine der beiden Parteien hätte dieser wirklich einen einwandfreien Sieg dokumentieren können.

Als die sechste Abendstunde die Wahl abschloss, war ganz New Orleans auf den Beinen, um so bald als möglich etwas von den Ergebnissen des Wahlkampfes zu erfahren. In dem Zeitungsviertel stauten sich die Massen. Wie die Resultate aus den einzelnen Teilen des Staates einliefen, wurden sie in leuchtenden Darstellungen sofort zur allgemeinen Kenntnis gebracht.

Als die elfte Stunde herannahte, unterschieden sich die Stimmenzahlen für den schwarzen und den weißen Kandidaten nur um wenige Hunderte, die wechselnd bald auf der einen, bald an der anderen Seite mehr waren. Der 'Louisiana Adviser' hatte für seine Darstellung die Bilder zweier Barometer gewählt, in denen je eine weiße beziehungsweise schwarze Säule den jeweiligen Stand der Stimmenzahlen anzeigte. Der 'Mississippi Herald' zeigte zwei galoppierende Rennreiter, die auf einem Schimmel beziehungsweise Rappen saßen. Diese Darstellung der mit voller Kraftentfaltung rennenden Tiere wirkte noch aufregender als die Erstgenannte.

Bald lagen die Pferde Hals an Hals, bald blieb das eine bald das andere etwas zurück. Jeder Vorsprung wurde von den Anhängern mit tausendstimmigen Beifallsrufen quittiert, jedes Zurückbleiben mit wütendem Geschrei begleitet.

Findige Unternehmer hatten sich sofort als Buchmacher aufgetan und konnten riesige Einnahmen verzeichnen. Je näher die Stunde der Entscheidung kam, desto größer wurden die Einsätze, desto größer die Erregung über die Ungewissheit des Ausganges.

Von elf Uhr dreißig Minuten an hatte es den Anschein, als würde es ein totes

Rennen, so dicht standen die beiden Reiter im Bild nebeneinander. Da, elf Uhr fünfundvierzig Minuten, fiel ganz unerwartet die Entscheidung. Mit einem gewaltigen Ruck schob sich der Rappe vor dem Schimmel durchs Ziel. Das Ziel war durch die Hälfte der gesamten Wählerzahl des Staates gegeben und in dieser bildlichen Darstellung durch einen leuchtenden Pfosten markiert. Wer es überschritt, musste die absolute Majorität haben.

Die Spannung der vieltausendköpfigen Zuschauermenge entlud sich zuerst in einem orkanartigen Gebrüll. Das lebhaftere Blut der Schwarzen machte sich in afrikanischer urwaldweise Luft. Sie tanzten, sangen und verhöhnten die Gegner. Dazwischen mischten sich Choräle und laute Dankgebete von gläubigen schwarzen Seelen.

Die Weißen blieben die Antwort auf die Herausforderung nicht schuldig. Auf Worte folgten Schläge. Hier im Zeitungsviertel blieb es bei einfachen Handgemengen. Im Hafenviertel kam es zu richtigen Straßenschlachten mit Verwundeten und Toten.

Die wenigen, die noch weiter auf das Lichtspiel achtgaben, sahen, wie der Rappe gleich nach der Erreichung des Zieles stehen geblieben war, während der Schimmel noch weiter bis unmittelbar an das Ziel heran aufrückte. Bis in die späte Nacht hinein dauerten die Siegesorgien in der aufgeregten Stadt.

Der Morgen des nächsten Tages brachte die Ernüchterung. Jetzt lagen die genauen offiziellen Zahlenergebnisse vor. Der Sieg Josua Bordens gründete sich nur auf eine äußerst geringe Mehrheit. Nahm man die offenkundigen Unregelmäßigkeiten des Wahlaktes dazu, so blieb kein Zweifel, dass der noch in der Nacht abgegangene Protest der Unterlegenen große Aussicht auf Erfolg hatte. Bei der aufs Äußerste gereizten Stimmung des ganzen Landes konnte die Regierung, selbst wenn sie es gewollt hätte, gar nicht daran denken, die Wahl zu bestätigen. ·

Wenn sie trotzdem die Wahl nicht sofort kassierte, so lag es daran, dass die Vertreter der schwarzen Bevölkerung in eindringlichster, ja drohender Weise auf die ernsten Folgen einer Nichtbestätigung hinwiesen.

Die Erregung hielt die Massen auf den Straßen. Wo immer Zeitungstelegramme zu lesen waren, wurden sie von Scharen Neugieriger umlagert. In den Außenvierteln erneuten sich die Schlägereien des vergangenen Tages. Aber waren sie gestern spontan entstanden, so zeigte sich jetzt ganz unverkennbar eine auf beiden Seiten vorhandene Organisation.

Noch wilder wurden die Szenen, als in der Stunde des Geschäftsschlusses Schreckensnachrichten aus Afrika in die Menge platzten. Ihre Wirkung war am größten auf die Schwarzen.

Aufstand der schwarzen Minenarbeiter im Randgebiet! ... Aufstand der Schwarzen im Industriegebiet des Sambesi! ...   Neue Aufstände im nordafrikanischen Minengebiet! ...

Diese ersten lakonischen Alarmnachrichten wurden schnell durch ausführliche Meldungen vervollständigt.

Im südafrikanischen Randgebiet war es zuerst losgegangen. Die schwarzen Grubenarbeiter hatten sich um einer geringfügigen Ursache willen zusammengerottet und die an Zahl schwächeren Weißen vertrieben oder erschlagen. Die aufständischen Haufen hatten erst einmal die Grubenanlagen demoliert. Dann waren sie in die nächsten kleineren Städte gezogen. Hier war es ihnen gelungen, die verhältnismäßig schwachen Polizeitruppen zu verjagen. Danach hatten sie dort eine wahre Schreckensherrschaft etabliert. Nur die Großstädte waren bisher von ihnen verschont geblieben, aber auch sie schienen bedroht.

In Marokko hatte sich der vor Kurzem ausgetretene Brand plötzlich wieder entfacht. Wie im Nu hatte das Feuer sich von jenen alten Punkten aus über das ganze nordafrikanische Minengebiet verbreitet. In Marokko, in Tunis, in Algier, überall, wo die europäische Industrie mit schwarzen Arbeitern die Bodenschätze förderte, loderte der Aufstand.

Jede Stunde brachte neue Hiobsposten. Vernichtung von Gruben, von Fabriken ... von gewaltigen dort aufgestapelten Rohstoffmengen. Massendesertionen schwarzer Truppen ... Übergang ganzer Regimenter zu den Aufständischen ... Schwere Kämpfe mit den weißen Truppen, bei denen diese fast aufgerieben wurden.

Die Feuer, die im Norden und Süden Afrikas auflodernten, schlugen im Sambesigebiet zusammen. Die großen Kraftwerke gesprengt! ... Die Energiequelle für das ganze Industriegebiet verschüttet. Die riesigen Turbinen zerstört, in denen die zehn Millionen Pferdestärken der Sambesifälle zur Nutzarbeit gezwungen wurden. Eine gewaltige, den Europäern dienstbare Industrie auf unabsehbare Zeit lahmgelegt. Die geringe weiße Bevölkerung durch Massaker restlos aufgerieben.

Den kurzen Mails folgten ausführliche Berichte. Sie ließen die Größe der Gefahr erst im vollen Umfang erkennen.

Der Bericht über den Untergang der großen Sambesizentrale brachte grauenvolle Einzelheiten. Die Aufrührer waren nicht ohne Sachkunde vorgegangen. Zu sehr waren sie in die Technik der Europäer eingeweiht. Sie hatten das alte Mittel des Dynamits gegenüber Maschinen verschmäht, diese Sprengstoffe für die weißen Gegner reserviert.

Durch die eigene Energie waren die Maschinen vernichtet worden. Die Aufrührer hatten einfach die Regulatoren festgebunden und die großen mit den Turbinen gekuppelten Stromerzeuger vom Netz abgeschaltet. Ihrer Last beraubt, infolge des Nichtarbeitens der Regulatoren der vollen Wasserzufuhr ausgesetzt, waren die fünfhunderttausendpferdigen Maschinenaggregate auf eine fantastische Tourenzahl gekommen und dann durch die Zentrifugalkraft in tausend Fetzen zerrissen worden.

Erst danach hatten die Aufständischen zum Dynamit gegriffen. Wo dort oben an den Fällen die Wassermassen in Felskanälen gefasst und abgeleitet wurden, hatten sie enorme Dynamitladungen mit Aufstoßzündern hineingeworfen. Wo immer eines dieser unheilschwangeren Pakete irgendwo anstieß, gingen Explosionen von zerstörender Gewalt los. So wurden die großen Maschinenhallen zu Trümmerhaufen, die in den Urfels gesprengten Druckwasserkanäle durch unendliche Geröllmassen verschlossen. Die Arbeit vieler Jahre war hier in einer Stunde zerstört.

Auf die Kraftquellen folgten die Industriezentren. In sinnlosester Weise wurden hier die Arbeitsmöglichkeiten und Erwerbsquellen für Millionen auf Jahre hinaus ... für immer ... für Europa zerstört.

Europa stand über Nacht da wie ein Fabrikbesitzer, dem eine wichtige Anlage unversichert bis auf die Fundamente niederbrennt.

Wo die Weißen in fliegender Hast in Südafrika einen bewaffneten Widerstand organisierten, wurden sie von den übermächtigen, wohlausgerüsteten schwarzen

Massen überwältigt und niedergemacht. Einzelheiten von bestialischer Scheußlichkeit fehlten auch hier nicht.

Die Nachrichten aus Europa gaben wenig Trost. Anscheinend stand man dort den Ereignissen ratlos gegenüber.

Wo immer auf der Welt der Europäer seine Herrschaft aufgerichtet, schien sie zu wanken. Für das in dieser Frage besonders interessierte Amerika wären diese Nachrichten mehr als hinreichend übel gewesen. Der Abend des gleichen Tages brachte eine Kunde, deren Auswirkungen hier in den Staaten noch schlimmer werden sollten.

Die Regierung in Washington versagte der Wahl von Josua Borden zum Gouverneur des Staates Louisiana die Bestätigung. Als Grund gab sie an, dass die sicher nachgewiesenen Ungesetzlichkeiten beim Wahlvorgang kein klares Bild über die wirkliche Volksmeinung ergäben.

Wenn auch die Regierung es klugerweise vermieden hatte, sich auf jene so viel angefeindete Bill zu stützen, so war es doch der weißen Bevölkerung sofort klar, dass die Gegenpartei den Regierungsbescheid trotzdem auf die Bill hindrehen würde. Wie befürchtet, geschah es. Kaum war der Bescheid bekannt, als im ganzen Gebiete der Union eine maßlose Agitation gegen die Regierung und gegen die Weißen ausbrach. In den Teilen der Union, in denen die farbige Bevölkerung sehr stark war, kam es schnell zu Gewalttätigkeiten.

Noch in der Nacht vom siebten auf den achten Juli wurden in New Orleans alle Regierungsgebäude von farbigen Kräften besetzt. Im Morgengrauen befand sich die Stadt in den Händen einer schnell errichteten provisorischen Regierung. Die letzten Flugschiffe, die New Orleans mit weißen Flüchtlingen in der Richtung nach Norden oder Nordosten verließen, überflogen die Zonen schwerer Kämpfe zwischen Weißen und Farbigen.

*

Aus Asien her drang am Morgen des achten Juli eine neue Schreckenskunde über die weiße Welt. Chinesische Truppen hatten an verschiedenen Stellen die Grenze überschritten. Das Ende Europas schien gekommen. Durch die schwarzen Aufstände in der ganzen Welt jeder anderen Hilfe beraubt, stand es allein dem asiatischen Riesenreich gegenüber und musste unterliegen.

Schon in der Nacht zum achten Juli waren asiatische Luftgeschwader weit vorgestoßen. Ihre Bomben hatten wichtige Anlagen des Siedlergebietes bis zum Ural hin zerstört. Bis in die Industrieanlagen des Ural waren sie vorgebrochen und hatten schwere Vernichtungen hinter sich zurückgelassen.

Die Luftstreitkräfte der Weißen schienen zu schwach und zu machtlos zu sein, denn man hörte wenig oder gar nichts von Luftkämpfen. Man wusste wohl, dass das große russische Luftgeschwader die südsibirische Grenze verteidigte. Aber man hörte kein Wort von Angriffen nach jenem Ziel. Der asiatische Stoß ging glatt nach Westen. In der Luft schienen die Asiaten in diesem Kampf unwidersprochen die Oberhand zu haben. Mit Zagen erwartete man die ersten Nachrichten vom Zusammentreffen der Landstreitkräfte.

Am Abend des siebten Juli saßen der General Bülow und Georg Isenbrandt in dessen Quartier in Wierny.

Der General gab Bericht. „Der Übergang von Kaschgar ist für große Truppenmassen unpassierbar. Die Reste des Telekdammes sind zur Verteidigung ausgebaut, so gut es in der kurzen Zeit möglich war. Die Berge zu beiden Seiten sind von unserer Artillerie besetzt. Ein Durchbruch durch das Ilital ist unmöglich. Wenn keine Umgehung gelingt, hält diese Stellung, bis die Verstärkungen heran sind. Die Dsungarische Pforte" — der General machte eine zweifelnde Bewegung —, „sie steht offen! Was auf unserer Seite dahinter liegt, ist auf dreihundert Kilometer geräumt. Die Russen haben weder Mann noch Schiff abgegeben. Die Companyluftstreitkräfte sind, wie Sie anordneten, in Wierny konzentriert. Abwehrmaßnahmen sind an den technisch wichtigen Stellen schnell organisiert worden, aber ich überschätze ihre Bedeutung nicht. Das Land ist gegen Luftangriffe so gut wie wehrlos. Die Dsungarische Pforte steht offen. Dort ist der Weg auf dreihundert Kilometer frei."

Georg Isenbrandt nickte.

„Gut ... sehr gut ... Herr General. Sie sagten dreihundert Kilometer ... warum nicht noch etwas weiter?"

„Weil dort die besten Aufnahmestellungen waren!"

Georg Isenbrandt sann einen Augenblick. „Gut! Es wird auch so gehen. Das Orenburger Schiff ist gekommen?" Der General nickte.

„Die Übernahme seiner Ladung wird in einer Stunde beendet sein ... Herr General! Diese Luftflotte hält sich alarmbereit. Ich vermute, dass in drei Stunden die Zeit, ihren Auftrag auszuführen, für sie gekommen sein wird."

„Ich staune über die Genauigkeit Ihrer Nachrichten, Herr Isenbrandt!"

Um Isenbrandts Lippen spielte ein dünnes Lächeln.

„Gold wirkt auf beiden Seiten gut. Gegen Gift hilft nur Gegengift. Das ist eine alte Regel."

Er brach seine Rede jäh ab und wandte sich der Wand zu, wo plötzlich der automatische Fernschreiber zu arbeiten begann. Seine Augen überflogen die Zeichen auf dem herausquellenden Papierstreifen.

„Hallo! Die Asiaten fliegen ab ... Schon? ... Unsere Dispositionen ändern sich. Die Geschwader, die ihre Ladung genommen, fliegen sofort nach ihren Zielen!"

Der General eilte in das Nebenzimmer. Durch seine Adjutanten ließ er die telefonischen Befehle hinausgeben. Dann kam er zurück.

Georg Isenbrandt hatte inzwischen die Depesche zu Ende entziffert.

„In der Morgendämmerung werden die chinesischen Landstreitkräfte die Grenze überschreiten. An der sibirischen Grenze nur mit schwachen Kräften. Der Hauptstoß dort erfolgt später."

General Bülow warf einen Blick auf die Karte.

„Man möchte verzweifeln, wenn man daran denkt, dass die russischen Luftstreitkräfte dort im Norden unbeschäftigt stehen und hier bitter fehlen. Wie viel Siedlerblut und Gut wird uns diese russische Hartnäckigkeit kosten?

Georg Isenbrandt hatte sich erhoben.

„Herr General, ich gehe jetzt zu den Standplätzen unserer Flugschiffe. Sobald das letzte Geschwader von hier fort ist, fliege ich nach Norden zum Saisan-Nor.

Wir treffen uns später in Semipalatinsk in Ihrem Hauptquartier."

*

Am Abend des siebten Juli war Toghon-Khan in Khami angekommen. Hier liefen die Nachrichten von allen Seiten seiner Front ein.

Georg Isenbrandt hatte seinen Plänen durch die Errichtung des Dammes von Telek ein schweres Hindernis entgegengesetzt. Wohl war es seinerzeit gelungen, den Damm durch die Hochwasserkatastrophe und die verräterische Sprengung zum größeren Teil zu zerstören. Aber auch die gewaltigen Reste des Riesenbauwerkes boten den vorstoßenden chinesischen Streitkräften noch ein schwer überwindliches Hindernis. Wenn die Companykräfte ihrerseits eine plötzliche Schmelze in den Ilibergen verursachten, wenn die plötzlich zu Tal gehenden Wassermassen sich auch nur vor den Dammruinen stauten, wär das Tal für jede größere Truppenmenge kaum passierbar. Die Gebirge des oberen Ititales waren daher schon seit Wochen unter einer derartigen Bewachung durch asiatische Luftstreitkräfte, dass an ein Schmelzen in größerem Stil nicht gedacht werden konnte.

Trotzdem war der Weg durch das untere Ilital außerordentlich erschwert. Nur wenn es gelang, die Companystellungen an den Berglehnen zu umgehen, den Damm selbst zu nehmen und in seine Trümmer breite Durchfahrten einzusprengen, war die Passage für größere Heeresmassen möglich. An diese Aufgabe hatte der Regent seine besten Truppen aus den mongolischen Randgebirgen gesetzt. Von der Schnelligkeit, mit der der Vorstoß gelang, hing viel vom Erfolg des ganzen Krieges ab.

Anscheinend viel einfacher gestaltete sich der Durchbruch im Irtyschtal. Durch seinen Nachrichtendienst hatte der Regent erfahren, dass die europäischen Truppen jenes Tal beinahe bis Semipalatinsk hin geräumt hatten. Vergeblich hatte er mit seinem Stab die Gründe für diese Bewegung zu erforschen gesucht. Er wusste zur Genüge, dass er an dem General von Bülow einen erfahrenen, verschlagenen Gegner hatte. Dass hinter dieser unerklärlichen Maßnahme eine Finte stecken müsse, sah er ein. Aber welche?

Nur mit halbem Herzen schloss er sich der Ansicht seiner Generalstäbler an, die den Standpunkt vertraten, dass die Companykräfte sich dorthin und auch noch weiter zurückziehen würden, bis starke europäische Truppen zu ihrer Aufnahme da wären. Seine Besorgnis war so groß, dass er noch in letzter Stunde große Teile der Nordarmee auf die Dsungarische Pforte dirigierte. Weil aber die Eisenbahnen und sonstigen Verkehrsmittel schon durch die Transporte nach dem ersten Plan voll in Anspruch genommen waren, mussten diese zusätzlichen Streitkräfte in der Hauptsache marschieren.

Im Laufe des achten Juli kamen die Meldungen der asiatischen Luftstreitkräfte nach Khami. Vorflug ohne Widerstand!

Der Regent vernahm es mit Verwunderung. Gerade an der Grenze hatte er den stärksten Widerstand der vorzüglichen Companykräfte erwartet.

Bombardements der Siedlungen!

Er geriet in Unruhe. Wo steckten die Companykräfte? Das kampflose Vordringen verstärkte sein Misstrauen immer mehr ...

Wo konnte die Companyflotte stecken?

Die nächsten Meldungen brachten ihm Antwort. Eine Antwort, die freilich an

Klarheit viel zu wünschen übrig ließ.

Kleine Geschwader, weit verteilt, überall in der Dsungarei! Aus unsichtbaren Höhen stießen sie, wie gemeldet wurde, herab.

Mit einem Gefühl der Erleichterung nahm der Regent die Meldungen auf. Die Entsendung vieler kleiner Geschwader schien darauf hinzudeuten, dass sie die Aufgabe hatten, den Anmarsch durch Bombenabwürfe zu stören. Die merkwürdige Tatsache, dass diese Geschwader allen Kämpfen fast ängstlich auswichen, musste diese Auffassung bestärken.

Er hat genug Luftstreitkräfte in der Reserve, um diesen verstreuten Companygeschwadern entgegenzutreten. Jetzt endlich glaubte der Schanti, den gegnerischen Plan zu durchschauen: Zeit gewinnen, den Vormarsch in der Dsungarei erschweren und an der Front durch langsames Zurückgehen verzögern.

Der nächste Tag brachte Nachrichten von allen Seiten, Nachrichten, die wohl geeignet waren, den Regenten in seiner Auffassung der Lage zu bestärken.

Die Meldungen vom linken Flügel seiner Kräfte lauteten nicht günstig. Die Übergänge in das Ferghanatal waren durch Sprengungen und künstliche Hindernisse so erschwert, dass nur die Möglichkeit geblieben war, die Truppen in Transportkreuzern vorzubringen. Nur einem Teil dieser Kreuzer war es gelungen, Truppen unversehrt zu landen.

Plötzlich waren hier starke Kampfschiffe der Company aufgetreten und hatten der asiatischen Flotte schweren Schaden zugefügt. Es sah gerade so aus, als ob die Luftstreitkräfte der Company hier bewusst Versteck gespielt hätten, um nach dem Durchflug der leichten asiatischen Luftstreitkräfte nach Westen die schweren Panzerkreuzer, welche die Truppenkonvois begleiteten, mit unverbrauchten Kräften anfallen zu können.

Die Lage der dort gelandeten chinesischen Truppen war besorgniserregend, da sie sofort in schwere Kämpfe mit den gegnerischen Truppen verwickelt wurden. Aber schließlich war der Stand der Dinge im Ferghanatal für die Gesamtlage nicht von großer Bedeutung.

Die weiteren schlechten Nachrichten aus dem Ilital hatte Toghon-Khan beinahe erwartet. Dass der General von Bülow hier in der Linie des Telekdammes einen scharfen Widerstand leisten würde, war für den alten Mongolenfeldherrn eine Selbstverständlichkeit. Deshalb hatte er ja seine Kerntruppen dort angesetzt. Aber die Stärke des Widerstandes überraschte ihn.

Die Berichte, soweit sie bisher vorlagen, meldeten ungeheure Verluste der Angreifer. Wenn Bülow seinerzeit Georg Isenbrandt gegenüber von einem Thermopylä gesprochen hatte, das er hier errichten wolle, so bewiesen diese Meldungen, wie ernst er seine Worte gemeint hatte. Auch die Truppen, welche die chinesische Heeresleitung zur Umgehung der Telekstellung angesetzt hatte, kamen nur Schritt für Schritt und unter schwersten Opfern vorwärts. Ein Forcieren des Durchbruches an dieser Stelle würde in jedem Falle ungeheure Verluste erfordern und im Erfolg zweifelhaft bleiben.

Der große Erfolg musste im Irtyschtale gesucht werden. Die breite Dsungarische Pforte erlaubte es, viel stärkere Kräfte vorzuwerfen. Waren sie hier erst einmal bis zum Siedlerland durchgedrungen, dann war die Ilistellung der Gegner so im Rücken bedroht, dass sie unhaltbar wurde.

Aus dieser Gesamtlage ergab es sich, den Vormarsch durch das Irtyschtal mit größter Schnelligkeit und stärksten Kräften zu betreiben. Noch am Abend dieses Tages ergingen die Befehle nach allen Seiten, und im Laufe der Nacht begab sich der Regent mit seinem Stab von Khami nach der dsungarischen Grenze. Hier erreichten ihn am frühen Morgen des 10. Juli die Meldungen, dass seine Spitzen den Gebirgszug zwischen Ust Kamenogorsk und Arkatsk gegen schwachen feindlichen Widerstand genommen hätten. Wo einst einhundertvierzehn Kosaken unter dem General Licharew den Feinden widerstanden und ein Bollwerk gegen die asiatische Flut errichteten, da waren die so viel stärkeren Truppen der E. S. C. jetzt fast kampflos gewichen.

Das strategische Spiel schien gewonnen. Weit offen stand das Völkertor, durch welches sich seit Tausenden von Jahren die asiatischen Stämme nach Westen ergossen hatten.

Als die Sonne über die Bergkämme des Altai heraufkam, stand Toghon-Khan allein am Ufer des Irtysch, den die Mongolen Kara Erthis nennen. Sinnend schaute er den gen Westen strömenden Wellen des jungen Flusses nach. Hinter ihm war das Land sicher. Die ungünstigen Nachrichten von der Südfront wurden durch die Meldungen wettgemacht, dass die Luftgeschwader in seinem Rücken teils niedergekämpft, teils vertrieben seien.

Vorwärts ging es mit der Sonne. Er brauchte nur seinem Schatten zu folgen. Kaum hundert Schritte vor ihm lag der Grenzgraben. Er wandte sich um und winkte sein Pferd herbei. Mit einem Schwung saß er im Sattel.

Vorwärts! Nach ein paar Sätzen hielt er am Grenzgraben. In diesem Augenblick loderten links und rechts von seinem Weg mächtige Scheiterhaufen auf, die seine Getreuen aus umgestürzten Grenzpfählen errichtet hatten. Mit einem stolzen Lächeln quittierte der Regent diese Huldigung seiner Truppen.

Ein Sporenstoß! Sein Roß sprang in einem mächtigen Satz über den Graben. Ein Ruck in den Zügeln, das Pferd stand wie aus Erz gegossen.

Er war aus erobertem Boden. Von allen Seiten umbrauste ihn der Jubel der vorüberziehenden Truppen.

Toghon-Khan saß starr auf seinem Pferd. Die schwarzen Glutaugen weit offen nach Westen gerichtet. Der Ring an seiner Linken schien zu glühen. Seine Sinne wanderten.

Aus den Truppen, die da neben ihm in modernster Ausrüstung vorwärts hasteten, wurden die Krieger der Goldenen Horde, wie sie der große Dschingis-Khan vor acht Jahrhunderten nach Westen geführt hatte.

Er sah sie vorwärtsstürmen. Er sah sie die weiten Steppen Vorderasiens überschwemmen. Er sah, wie die uralten Königreiche unter ihren Tritten zusammenbrachen. Er sah, wie sie ihre Rosse an den blauen Wassern des Hellespontes tränkten, wie sie die Donau stromaufwärts zogen, über das Balkangebirge gingen ... und bis in das Herz Europas stießen.

Ihm nach!

Seine Sporen stießen gegen die Flanken seines Pferdes.

Wütend stürzte das edle Tier vorwärts. Erst nach einer Weile brachte der Regent es in seine Gewalt zurück. Er war erwacht.

Sein Auge überflog eine Abteilung marschierender Artillerie. Sein Auge hing an den glitzernden Rohren. Die Geschütze waren von chinesischen Konstrukteuren gebaut. Ihre Leistungen waren von einer bisher unbekannten Größe, und er wusste, dass Europa dergleichen nicht hatte. Die Artillerie war seine alte Waffe. Die Batterien dort neben ihm ... waren sie nicht auch sein eigenes Werk? Wie würde diese neue Waffe den weißen Gegner treffen?

Ein kalter, frischer Wind fuhr ihm über das Antlitz. Er hob den Helm und badete seine heißen Schläfen in dem erquickenden Luftzug.

Vorwärts! Vorwärts! ... Ihm nach!

Er beugte den Kopf über seine Linke. Wie rotes Feuer erglänzte der Ring des Dschingis-Khan in den Strahlen der Morgensonne. Seine Lippen berührten das Gold. Ein Schauer rann durch seinen Körper.

Wetteifernd mit den Fluten des Irtysch, strömten die mongolischen Myriaden an seinen Ufern westwärts. Meile um Meile gewannen sie, bis die Gebirge zurückwichen und der Fluss sich zum See weitete. Jetzt strömten auch die Massen auseinander. Die niedere Gebirgskette quer vor ihnen war das letzte Hindernis.

Die Sonne war höher gekommen. Doch der kühle Morgenwind hatte sich auch um die Mittagszeit nicht gelegt. Im Gegenteil. Er war von Stunde zu Stunde kälter geworden.

Jetzt ging eine seltsame Veränderung des Himmels vor sich. Die Sonne verschwand hinter einem grauen Dunstschleier. Ein eisiger Luftstrom aus Nordwesten kam den Marschierenden entgegen. Welk und schwarz, wie verbrannt, hing das saftige Julilaub an Bäumen und Sträuchern.

Die Luft füllte sich mit Nebeln, die sich da und dort zu schwerem dunklen Gewölk zusammenballten. Aber die Dunstwolken fielen nicht in Tropfen zur Erde, sondern wurden von den Windstößen bald nach oben, bald nach unten gerissen. Kurz auftretende Windstille ließ auch sie manchmal stillstehen, dass sich die bizarren Formen wie dunkle Felswände vom Himmel abhoben.

Die Kälte nahm immer mehr zu. Der Wind wehte mit immer stärkerer Kraft. Dann war es plötzlich, als bräche das ganze Himmelsgewölbe zusammen. Erde und Himmel verschwanden in einem rasenden Schneesturm, der sein unermessliches Netz weithin über seine Beute warf. Nur hin und wieder vermochte das Auge durch das dichte Treiben der weißen Flocken dünne Ketten geduckter Gestalten zu erblicken, die sich mühsam durch das Chaos vorwärtskämpften. Die Räder der Fahrzeuge schnitten bis an die Achsen in den Boden ein, der sich mit dem Schnee zu einem eisigen Kot vermischte.

Peitschenhiebe und Rufe! Flüche in allen Zungen Asiens schallten durch die Luft. Dazwischen das ängstliche Schnauben der Pferde und das Gebrüll der Kamele.

Immer häufiger brachen Tiere und Menschen erschöpft zusammen. Was auf dem Weg liegen blieb, wurde rücksichtslos zur Seite gestoßen. Die Hilferufe verhallten ungehört im Geheul des Sturmes.

Dazwischen die anspornenden Rufe der Offiziere.

Vorwärts! ... Vorwärts! ... Jenseits der Berge winken die warmen Fluren Turkestans ... Vorwärts! ... Jenseits der Berge ist Sommer.

Aber die Gebirge waren unsichtbar, hinter den wirbelnden Schneeflocken verborgen, die Ebene, durch die sie marschierten, von den immer mächtiger niedergehenden Schneemassen bald mit einem dichten Leichentuch bedeckt.

Gegen Mittag ließ die Gewalt des Sturmes nach. Für Augenblicke brach die Sonne durch das dunkle Gewölk. Es wurde Rast gemacht und gegessen. Überermattet warfen die Truppen sich auf das weiße Schneelager. Die aus dem rauen Norden des Landes stammenden Mannschaften erholten sich verhältnismäßig schnell. Die südchinesischen Regimenter in ihrer leichten Ausrüstung wurden ungleich stärker mitgenommen. Ihre erstarrten Finger vermochten kaum die Mahlzeit zum Mund zu führen.

Auf einem felsigen Promontorium hielt der Stab des Toghon-Khan. Er selbst hatte sich in ein schnell aufgeschlagenes Zelt zurückgezogen. Die Offiziere standen fröstelnd auf dem schneefreien Gestein. Der Fatalismus der Orientalen kam gegen dieses unerhörte Naturereignis nicht auf.

Scheu, mit leiser Stimme flüsterten sie sich ihre Betrachtungen und Beobachtungen zu. Zwei Generäle aus dem engsten Gefolge des Regenten saßen unter einer mächtigen Eiche, den Blick auf die tief unten liegende Straße gerichtet.

Es waren Batu-Khan und Ugetai-Khan, die loyalsten Anhänger des verstorbenen Großkhans. Schon zu Lebzeiten des Schitsu waren sie Rivalen des Toghon gewesen. Sie neideten ihm den Ruhm des großen Feldherrn, der jeden anderen Ruhm überstrahlte.

Auch sie waren unter denen gewesen, die Schitsu an sein Sterbelager rief. Nur unwillig hatten sie es ertragen, dass der Ring und die höchste Macht in die Hände des Toghon kamen. Dann aber hatten sie sich den großen Gedanken des Großkhans unterworfen, deren Vollstrecker Toghon war.

Ihre Blicke ruhten auf dem Tal. Verschwunden war jede Spur von Grün. Weiß war das Land bis zum fernen Horizont. Wie Maulwurfshaufen die hingeworfenen Gestalten der Soldaten. Nur hin und wieder schwelende Lagerfeuer, wo es den Truppen gelungen war, das mühsam zusammengesuchte Gestrüpp zu entzünden. Düster sahen die Generäle auf das unheildrohende Bild. Das stärkste Heer, das das Himmlische Reich jemals unter Waffen gehabt hatte ... das wie ein Sturmwetter über den Westen hinbrausen sollte, um den alten Traum des Ostens zu verwirklichen ... würde es der großen Aufgabe gerecht werden können, wenn ihm hier ein unerwartetes ... ein unerklärliches Unwetter die Schwingen lähmte?

Ihr abergläubischer Sinn sah in diesem Wetter ein böses Vorzeichen für den ganzen Feldzug. Ugetai brach das Schweigen:

„Was ist's mit dem Toghon? Als die ersten Flocken fielen, wurde sein Gesicht bleicher als der Schnee. So sah ich ihn nie in den dreißig Jahren unserer gemeinsamen Kämpfe."

Es dauerte, bis Batu die Antwort fand:

„Auch ich erschrak, als ich die Miene Toghons sah. Wie konnte er wissen, dass aus jenen ersten noch harmlosen Flocken, die wir alle für ein kurzes, neckisches Spiel der Natur hielten, dies vernichtende Unwetter entstehen würde?"

„Ich weiß es nicht. Aber ich musste sofort des Schneefalles am Tag des Einzuges gedenken ..."

„An jenem Tag betrog Toghon die Erde. Er entriss ihr ein Opfer, das ihr gehörte. Die Erde hat ihn damals gewarnt. Heute nimmt sie ihre Rache."

Ugetai sah ihn einen Augenblick überlegend an.

„Ich beuge mich vor der höheren Weisheit deines grauen Hauptes."

„Furcht ist in Toghon! Er scheut das Antlitz der zürnenden Natur. Wer hätte sonst jemals den Toghon im Feld im Zelt gesehen?"

Er, der Toghon, ruhte im schnell errichteten Zelt auf einem niederen Lager. Die Augen, weit geöffnet, starrten zu der braunen Leinendecke. Die Lippen waren fest zusammengepresst, als hielte ein Siegel ihr Geheimnis verschlossen. Auf seiner Stirn perlten Schweißtropfen.

Abgefallen waren Miene und Haltung des Siegers. Geschlagen ... gefangen ... vernichtet schien der Mann zu sein, der noch vor wenigen Stunden in stolzem Sprung über den Grenzgraben setzte.

Ein schwerer Atemzug hob die Brust des Liegenden. Seine Hand warf den Teppich zurück, der ihn bedeckte. Mühsam richtete er sich auf. Und dann begann er zu wandern. In dem engen Geviert des Bettes schritt er rastlos hin und her. Er fühlte sich der Stimme beraubt. Nur die Lippen murmelten ungehörte Befehle.

Dieser ungeheure Schneefall ... Es war ein Eishandschuh, den Europa ihm vor die Füße warf ... und den er nicht aufzunehmen vermochte.

Aber wie weit reichten Schnee und Frost? Bis in die warmen, weichen Steppen des Siedlerlandes? ... Unmöglich!

So weit konnte die Macht ... die Kunst des Feindes nicht gehen ... Nur vorwärts! ... Nur heraus aus diesen letzten Bergen! Da ... jenseits der Steppe ... da musste der Sommer wieder beginnen.

Wo blieben die Flugzeuge, die ihm Meldung brächten, wie es da vorne stand? Der Schneesturm ließ keinen Boten durch ...

Lauschend hob er das Ohr ... Da! ... Ein Surren von Propellerflügeln. Er riss den Vorhang zurück und trat ins Freie. Prüfend überflog sein Auge das dunstige Himmelsgewölbe.

Da ... In höchster Höhe ein Pünktchen ... War's einer von seinen Fliegern?

Mit kaum bezähmter Ungeduld wartete er. Sein Auge fiel auf die Gruppe der Offiziere, die ihn schweigend anstarrten. Ein argwöhnischer Blick überflog prüfend die Gesichter. Sahen sie die Verzweiflung, die in ihm tobte? ...

Erkannten sie die Qualen, die seine Seele folterten?

Sollten sie sehen, dass er das Letzte seiner Macht, die Herrschaft über sich selbst, verloren? Mit einer schmerzhaften Anstrengung versuchte er, seine Mienen zur Ruhe zu zwingen.

Der Ruf „Flieger von uns!" drang an sein Ohr und wirkte erlösend. Noch wenige Minuten, in denen alle Aufmerksamkeit der näherkommenden Maschine galt. Dann landete das Flugzeug. Der Flieger kam, von vielen Händen gewiesen, den Abhang hinaufgeeilt. Stand vor ihm.

„Wo kommst du her?"

„Vom Ural!"

„Wie weit reicht der Schnee?"

„Bis zum Saisan-Nor! Die Ebene des Saisan-Nor ist noch braun und weiß. Je weiter ich nach Osten kam, desto weißer wurde das Land."

„Das Siedlerland ..."

„Liegt grün in hellem, warmem Sonnenschein."

154

Ein Blitz zuckte aus den Augen des Toghon.

„Vorwärts!"

Weithin hallend ... die Offiziere elektrisierend, drang der Ruf von seinen Lippen. Ein Ruck war durch die Gestalt des Regenten gegangen. Das alte Siegerbewusstsein kam zurück. Mit stolzer Geste wandte er sich zu seiner Umgebung. „Vorwärts! In ein paar Tagesmärschen sind wir im blühenden Siedlerland. Da ist Sommer! ... Da ist's warm! ... Schnell vorwärts! ... Da finden wir den Gegner und schlagen ihn! Jeder Schritt bringt uns näher an das sonnige Ziel und an den Feind."

Wie ein Lauffeuer pflanzte das Kommando sich fort.

„Auf! ... Vorwärts!" schallte es durch die rastenden Kolonnen. Hier schneller, dort langsamer erhoben sich die lagernden Truppen. Die Formationen schlossen sich zusammen. Die müden Glieder setzten sich in Marsch. In unabsehbarem Zug strebte die asiatische Heeresmacht von Neuem gen Westen.

So ging es Stunden hindurch. Schon stand die Sonne, die an diesem Morgen mit ihnen im Osten aufgebrochen war, weit vor ihnen im Westen. Doch ihre Strahlen fehlten. Kahl und grau blieb der Himmel. Unabsehbar streckte sich das weiße Gefilde.

Die Dämmerung kam ... und stärker wurde der Frost.

Er presste der Luft die letzte Feuchtigkeit aus. An den bizarren Skeletten der im vollen Sommerlaub erfrorenen Bäume bildete sich wunderlicher Raureif. Einzelne dicke Reifflocken fielen aus der fast windstillen Luft.

Hin und wieder zerriss ein weithin hallendes Krachen und Donnern die Abendstille. Dann war irgendwo der so plötzlich gefrorene Boden in meilenlangen Spalten auseinandergerissen.

Nur noch mühsam hielten sich die Kolonnen in Bewegung. Immer häufiger wurden die Stürzenden. Keine Hand streckte sich zu ihrer Hilfe. Da endlich der Befehl:

„Halt!"

Glücklich die, in deren Nähe Wald wuchs. Im Augenblick krachten die Stämme unter den Schlägen der Äxte. Um die lodernden Feuer drängten die Soldaten ihre erstarrten Glieder.

An vielen Stellen zerriss schon jetzt die Ordnung. Die kein Holz mehr fanden, verließen ihre Plätze und eilten zu den Wärme verheißenden Feuern. Die meisten, ohne sich um Ausrüstung und Waffen zu kümmern, Dicht aneinandergedrängt erwarteten sie den Morgen.

Nach endloser Nacht verriet das Grau im Osten den kommenden Tag. Fast niedergebrannt waren die Feuer, verschwunden jeder Wald, soweit er erreichbar.

Der neue Tag begann mit neuer Qual. Während die Hunderttausende vom Hochkommen des Tagesgestirns Erwärmung erhofften, nahm der Frost im Gegenteil immer mehr zu.

Nur widerwillig, ermattet bis auf den Tod, folgten die Truppen dem Signal zum Aufbruch ... soweit sie noch zu folgen vermochten. Vergeblich wurde gar mancher angerufen ... vergeblich gerüttelt ... Die Toten erhoben sich nicht.

Nur langsam kehrte das Leben in jene zurück, die noch die Glieder zu regen vermochten. Kaum konnten die Hände noch die schweren Waffen halten. In dichten Schneewolken fiel der Atem zu Boden. Wie Feuer brannte der kalte Stahl in den

Händen.

Schwerfällig setzten die gelichteten, kaum geordneten Kolonnen sich in Bewegung. Schon nach kurzer Zeit versagten die Kräfte von Neuem. Bei geringen Unebenheiten des Bodens taumelten die Marschierenden, konnten sich nicht mehr aufrecht halten und stürzten nieder. Immer größer wurden die Haufen die Nachzügler, die nach der verscheidenden Glut der verlassenen Feuerstätten schwankten und sich dort niederwarfen ... zur Ruhe ... die meisten zur ewigen Ruhe.

Um die Mittagsstunde war die Kälte so gestiegen, dass jeder Weitermarsch zur Unmöglichkeit wurde. Schon seit Stunden säumten die fortgeworfenen Waffen die breiten Heeresstraßen. Die Hände der abgesessenen Berittenen vermochten nicht mehr die Zügel zu leiten. Führerlos zerstreuten sich die Tiere über die Ebene.

Jetzt lösten sich die letzten Bande jeder Ordnung. Es bedurfte nicht mehr des Befehls, Holz aus den Wäldern zu holen und Feuer anzuzünden. Instinktmäßig strebten die Massen von der kahlen Straße fort zu den Gehölzen. An Ort und Stelle, dort, wo die erstarrten Arme noch einen Stamm zum Fallen brachten, entzündeten sie das Holz und drängten sich in wildem Kampf ums Leben an die rettende Wärme.

Toghon-Khan ritt allein auf der verlassenen Heeresstraße vorwärts. Niemand folgte ihm mehr. Die todbringende Kälte hatte alle Bande der Treue und des Gehorsams zerrissen.

Mit gebeugtem Haupt ritt er vorwärts. Er sah nicht die Haufen Sterbender und Gestorbener zu beiden Seiten der Straße. Er sah nicht die weggeworfenen Waffen. Er sah nicht die steckengebliebenen Geschütze ... auch nicht die brennenden Fahrzeuge und die irrenden Tiere.

Der schneidende Wind zwang ihn, die Lider halb zu schließen. Die dunkle Glut seiner Augen war erloschen. In ihrem starren Blick lag nichts mehr von der Energie des Welteroberers, des Siegers ... Es war der Blick eines Todgeweihten ... eines Toten.

Ein Surren in seinem Rücken brachte Bewegung in die eisigen Züge. Die Starrheit wich. Die Augen öffneten sich. Ein leichter Glanz belebte sie. Toghon zügelte sein Roß und hob die Hand.

In gestreckten Spiralen sank das Flugschiff zu ihm nieder. Es war derselbe schnelle Kreuzer, der ihm die Meldung aus dem Ural gebracht hatte. Er hatte ihn nach rückwärts geschickt mit dem Befehl, schnellstens alle verfügbaren Dynothermmengen in Transportschiffen herauszubringen es hatte ihn, als er den Befehl gab, noch ein leises Fünkchen Hoffnung bewegt, mithilfe der wärmenden Kraft des Dynotherms den tückischen Anfall des Gegners zu parieren.

Zwar war er sich über das Wie nicht klar. Aber er klammerte sich an diese ... die letzte Hoffnung. Vielleicht, dass der Wärme spendende Stoff, längs der Heeresstraße ausgestreut, die Kälte so weit paralysierte, dass ein Weitermarsch möglich war ... Aber was wusste der Mongolenfeldherr von der unangreifbaren Gewalt seiner Gegner?

Das Flugschiff stand neben ihm. Neu belebt glitt er vom Pferd und sprang in das Schiff. Automatisch schlug hinter ihm die Tür ins Schloss. Die wohlige Wärme, die ihn hier umgab, wollte ihm im ersten Moment den Atem rauben. Zu groß war der Gegensatz zwischen dem todbringenden Frost da draußen und der belebenden Temperatur hier drinnen.

Er sank in einen Sessel. Endlich rang sich die Frage von seinen Lippen: „Ist der Befehl ausgeführt?"

„Er ist ausgeführt, Hoheit. Die Schiffe sind auf dem Weg."

„Wie weit sind sie?"

„Vor morgen werden sie nicht hier sein können."

Mit einem Sprung stand Toghon-Khan vor dem Sprechenden.

„Morgen? ... Morgen! ... Heute noch müssen sie hier sein!"

Der Angeredete erblasste vor den Wut blitzenden Augen des Regenten. Nur stotternd kamen die Worte seiner Antwort:

„Zu lang ... zu lang ist der Weg ... Hoheit ... Die Arbeit der Schiffe, Dynotherm zu streuen, muss schon weit hinten an der Ostgrenze der Dsungarei beginnen ..."

Die Zähne des Regenten gruben sich tief in seine Lippen.

So weit ... reichte die Hand des Feindes?

„Die Hälfte muss es dort tun! Die anderen Schiffe sofort nach vorn! ... Bevor die Dämmerung kommt, müssen sie hier sein! ... Geben Sie telegrafischen Befehl. Unser Schiff mit voller Kraft nach vorn zum Saisan-Nor! ... Mittelhöhe!"

Langsam stieß das Schiff vom Boden ab. Vom Stern des Fahrzeuges aus sah der Regent auf die verlassene Straße. Kein lebendes Wesen auf ihr. Nur sein Pferd, das treue Tier, stand regungslos mit erhobenem Haupt, dem wegziehenden Schiff nachschauend. Durch die dichten Scheiben hindurch vermochte das Ohr des Regenten nicht das laute, klagende Wiehern zu hören. Sein Auge las es aus den bebenden Lippen des Tieres. Sein Auge blieb darauf geheftet, bis es seinen Blicken entschwand ... Die letzte Treue, die sich ihm zeigte.

Mit schweren Schritten drehte er sich um und trat an den Bug des Kreuzers. Der hatte jetzt Höhe gewonnen und schoss in schneller Fahrt vorwärts. Das Auge des Regenten haftete am Außenthermometer. Mit düsterem Gesicht verfolgte er das langsame, aber unaufhörliche Fallen des Zeigers.

Vierzig Grad ... Vierzig Grad unter null! ... So stand der Zeiger, als er ihn das erste Mal betrachtete ... Jetzt war er schon auf sechsundvierzig gesunken. Kilometer auf Kilometer stieß das Schiff nach vorn ... und mit jedem Kilometer fiel der Zeiger.

Schon lag in nebliger Ferne der Kessel des Saisan-Nor. Sprunghaft fiel jetzt der Zeiger. Vom langen Hinstarren schwammen die Augen des Toghon-Khan. Mit diesem furchtbaren Sinken des Zeigers sank jede Hoffnung in ihm. Ohne zu denken ... ohne zu fühlen, starrte er auf den Apparat.

Ein schwerer Stoß, der das Schiff seitwärts traf, brachte ihn ins Wanken. Er packte den Fenstergriff und hielt sich aufrecht. Das Schiff lag schwer nach Backbord über. Er hörte wie durch Nebel, wie der Kommandant den Befehl gab, höher zu steigen. Er glaubte, die Erschütterung der mit äußerster Kraft arbeitenden Triebschrauben zu spüren.

Dann drehte das Schiff in neuem jähem Ruck ganz nach Backbord um.

„Volle Kraft rückwärts!"

Der Befehl des Kommandanten klang an sein Ohr.

Er drehte sich um ... und wollte ... wollte den Befehl widerrufen. Sein Blick fiel auf die angstverzerrten Gesichter der Mannschaften. Zu spät!

Das Schiff gehorchte nicht mehr ... weder dem Steuer noch den Propellern. Wie ein Fetzen Papier vom Wirbel gegriffen, wurde es widerstandslos nach vorwärts gerissen.

Wie in schwerer Dünung schwankte das ächzende Schiff. Bald wurde es tausend Meter in die Höhe gerissen, bald schoss es jäh in die Tiefe, als solle es an der Erdkruste zerschellen.

Ein neues, fremdartiges Geräusch übertönte das Tosen der Elemente. Starr standen die Insassen. Ihre Hände umklammerten krampfhaft jeden greifbaren Stützpunkt.

Es klang wie das Prasseln von Schrot gegen Stahl. Es klang, als ob Millionen von Schrotkörnern gegen Stahlschaufeln geschleudert würden ... wie schwerer Hagel, der auf ein Wellblechdach prasselt.

Es hämmerte auf das Hirn des Toghon-Khan ... hämmerte ihm die Gewissheit des unabwendbaren Unterganges ein ... und da hatte er sich wiedergefunden ... ganz wiedergefunden.

Mit voller Klarheit übersah er Entstehen und Ende der Katastrophe. Sein geschulter Geist beherrschte auch die physikalischen und technischen Grundbedingungen der Geschehnisse um ihn.

Mit Klarheit sah er jetzt alle Handlungen seines Gegners sich in logischer Folge entwickeln.

Der hatte das Mittel, das dem Dynotherm entgegengesetzt wirkte! Das Mittel, das ebenso ungeheure Energiemengen band, wie das Dynotherm sie freimachte. Der hatte dann überall im Zug des einbrechenden Heeres gestreut, wo immer nur Wasser war.

So entstanden jene Kältepole, die infolge der Zusammenziehung der darüber lagernden Luft barometrische Minima ergaben, denen die entferntere Luft von allen Seiten zuströmen musste. Dabei gab es eine Ausdehnung der zuströmenden Winde, die naturnotwendig mit einer Abkühlung verbunden war.

So kamen jene Schneefälle zustande. So ergab sich jener Maischnee in Peking. So der Schneesturm des vorgestrigen Tages. So die Kälte.

Das unaufhörliche Fallen des Thermometers, das jetzt auf hundertsiebzig Grad unter Null stand, bewies ihm überzeugend, dass das Schiff einem dieser extremen Kältepole zugerissen wurde. Der große Saisansee musste in der Tat nach Einstreuung dieses Mittels einen Kältepol von ungeheuerster Stärke ergeben.

Dieser unwiderstehliche rasende Luftstrom, dieses Prasseln der Propeller, die gegen die flüssig werdende und in Tropfen niederfallende Luft anschlugen, gaben ihm die Gewissheit. Es war so weit!

Hier stürzte die Atmosphäre selbst verflüssigt zu Boden. Hier drang von allen Seiten her die Luft mit Riesengewalt wie in einen luftleeren Raum ein und riss jeden Körper, der sich in ihr befand, bis zum Kältepol hin.

Mit vollkommener Klarheit des Geistes erwartete Toghon-Khan das Ende.

Ausgeträumt der Traum vom besiegten Abendland! ...

Verweht die Spur des Dschingis-Khan!

Die Hände an die Fenstergriffe geklammert, starrte er dem Untergang entgegen.

Noch einmal erhob sich das Schiff. Die Gebirgskämme im Osten das Saisan-Nor schufen ein komprimiertes Luftkissen, welches das kraftlose Fahrzeug nach oben schleuderte. Dann, über der endlosen gefrorenen Fläche des riesigen Sees, senkte es die Spitze nach unten ...

Dann stellte es sich jäh auf den Kopf und stürzte mit rasender Wucht auf das Eis-Massiv des bis zum Grund gefrorenen Sees. Tief drang sein metallener Sporn ein. Ein Funkenstrom umsprühte das einhauende Metall —- der Zünder für die fürchterliche Fackel, die im selben Augenblick gegen den Himmel stand. Sprühend verbrannte das Metall des Schiffsrumpfes im flüssigen Sauerstoff ... Verbrannte das Schiff mit allem an und in ihm in Sekunden zu nichts ...

Dann ging die Natur ihren Gang weiter, wie es der Meister befohlen ... bis der Tag sich neigte ... und die Nacht die Fesseln löste.

Linder wurde der Frost. Die Macht des Sturmes ließ nach. Dichte Nebel krochen über die eisbedeckte Erde ... und sie hoben sich ... und dehnten sich ... und stiegen an und fanden milde Südwinde und fielen nieder in leisen, warmen Tropfen und weckten das tote Land.

Der Schnee schmolz. Von den Bergen schossen die Wasser. Krachend fuhr der Frost aus den gebannten Stämmen. Immer stärker wurde das Wehen des Südwindes, immer größer seine Wärme. Wie im Spiel zerbrach er die Decke des Saisan-Sees. Wo lebendige Wesen noch ihr Leben bewahrt, frohlockten die Herzen.

Der Morgen kam und mit ihm die Sonne. Sie fand ein Werk getan, in den Stunden einer Nacht ein Werk vollbracht, das ihre Kraft zu leisten nicht vermag in den Tagen eines Mondes.

Ein Werk, getan durch eines Menschen Geist!

*

Das Siedlerland war gerettet, das Abendland vom Untergang bewahrt. Mit Sturmesschnelle eilte die Kunde von der Katastrophe im Herzen Asiens über die ganze Welt hin.

Verhältnismäßig lange blieb man in Peking selbst über das Schicksal der großen dsungarischen Armee im ungewissen. Im tödlichen Frost waren auch die Formationen der Nachrichtentruppen zugrunde gegangen, die sonst wohl jene Schreckenskunde in den Äther gefunkt hätten. Und die es sonst noch wussten, die der Katastrophe entronnen waren, die wollten nicht, dass die schlimme Botschaft früher als sie selbst in das Asiatische Reich kam.

Als Toghon-Khan in jenen letzten Stunden rastlos vorwärtsstürmte, nur noch von dem einen Wunsch beseelt und getrieben, das warme Siedlerland zu erreichen, sein Heer der todbringenden Umarmung des Frostes zu entreißen, da waren die beiden Besten und bis zu jener Stunde die Treuesten seiner Getreuen zurückgeblieben.

In jener Stunde sahen Batu-Khan und Ugetai-Khan den Stern des Regenten rettungslos sinken, und alter, so lange mühsam gedämpfter Ehrgeiz gewann neue Kraft in ihren Herzen.

Als Toghon-Khan auf der Straße nach dem Saisan-Nor sein Roß verließ und Schutz vor der grimmigen Kälte im Flugschiff suchte, da flog Ugetai-Khan schon in einem anderen schnelleren Kreuzer der dsungarischen Armee gen Osten. Mit höchster Maschinenkraft jagte das mächtige Schiff über die verschneiten Ebenen und Gebirge. Es entrann dem grimmigen Winter, den Georg Isenbrandt hier der einbrechenden asiatische Armee durch die Kraft des Antidynotherms bereitet hatte.

Am Abend des gleichen Tages, der den Tod des Regenten sah, landete dies Schiff in Schehol.

Noch wusste man hier in der Stille der majestätischen Gärten nichts von der Katastrophe der asiatischen Wehrmacht. Als Vertrauter des Regenten und als siegreicher Armeeführer wurde Ugetai-Khan empfangen. Leicht, fast zu leicht wurde es ihm gemacht, sich des unmündigen Großkhansohnes zu bemächtigen. Den Thronerben, den Knaben des Schitsu an seiner Seite, raffte er die mongolischen Regimenter Pekings und der nächsten Umgebung zusammen.

Als endlich die Kunde vom Untergang der Großen Armee und vom Tod des Regenten auch nach Peking kam, hatte Ugetai-Khan nicht nur diese Truppen fest in der Hand, sondern er war auch der notorische Herrscher der größeren Hälfte des Asiatischen Reiches. Da war er in kaum zweimal vierundzwanzig Stunden an jenes Ziel gelangt, das ihm früher das höchste und unerreichbare zu sein schien.

Nur e i n e n Gegner hatte seine Macht: Auch Batu-Khan war der Katastrophe entkommen — später als Ugetai-Khan, zu spät, um vor ihm in Peking zu sein und dort seiner Macht Abbruch tun zu können. Aber früh genug, um nach dem Norden zu gehen und dort die mongolischen Kerntruppen um sein Banner zu scharen. Der größere Teil des Landes gehorchte dem Ugetai, aber die stärkere, die am besten disziplinierte Truppenmacht war in der Hand des Batu-Khan.

Wem würde die Macht schließlich verbleiben? Wer von diesen beiden alten und kampferprobten Generalen würde die Regentschaft des Asiatischen Reiches führen, bis einmal der Erbe des Schitsu sich selbst die Krone aufs Haupt setzte? Noch hatte das Reich ja einen äußeren Feind: Das vereinigte Europa, dem Toghon-Khan so trotzig den Fehdehandschuh hinwarf.

Der Friede mit den Europäern musste gemacht werden, und Ugetai war es, der ihn, als der vom größten Teil des Landes anerkannte Regent schloss.

Ein schneller und billiger Frieden konnte es dank der Mäßigung der Sieger werden. Gegen den Angriff, gegen die Bedrohung ihrer blühenden Siedlungen hatten sich die Europäer mit allen Mitteln zur Wehr gesetzt, welche der Erfindungsgeist eines der Ihrigen ihnen in die Hand gab. Nachdem die Entscheidung gefallen, der feindliche Ansturm im Frosttod gescheitert war, wurden die Friedensbedingungen milde gestellt.

Das Ilidreieck, jenes strategische Glacis, das die Arbeiten Isenbrandts so lange gestört und bedroht hatte, fiel an Europa zurück. Außerdem gab es nur geringfügige Grenzberichtigungen. Georg Isenbrandt sorgte dafür, dass die Gletscherfelder, die er längs der Grenze für seine Arbeiten benötigte, ihm auch durch den Friedensvertrag zur Verfügung gestellt wurden. Aber das waren unbewohnte Eiswüsten, deren Verlust das asiatische Riesenreich kaum empfand. Darüber hinaus wurde auch von europäischer Seite beim Friedensabschluss sorgfältig alles vermieden, das etwa Keime zu neuen Kriegen abgeben konnte. Jede Kriegskostenentschädigung wurde vermieden, und Ugetai beeilte sich, diese günstigen Bedingungen so schnell wie möglich anzunehmen.

Er tat es um so mehr, als die Dinge in China selbst seine ganze Tatkraft erforderten. Die alte republikanische Bewegung im Süden des Reiches, vom Großkhan Schitsu mit Gewalt niedergehalten, von Toghon-Khan mit brutaler Gewalt niedergeschlagen, flammte jetzt mit neuer Kraft auf. Ugetai besaß nicht die Macht, ihr entgegenzutreten, denn von Tag zu Tag mehr wurden seine eigenen Kräfte durch die ständig wachsende Macht des Batu-Khan in Urga gebunden.

Mit der Stoßkraft des Asiatischen Reiches nach außen hin war es für lange Zeit vorbei.

Am achten August war die Große Armee an der Dsungarischen Pforte zugrunde gegangen. Noch in den letzten Augusttagen konnte Ugetai von Peking aus den Frieden mit Europa schließen. Aber schon in der ersten Septemberwoche brach der Bürgerkrieg im Asiatischen Reich aus. Der Süden erklärte sich zur unabhängigen Republik. Vom Norden her aber trat Batu-Khan gegen Peking hin seinen Vormarsch an, der erst nach langen, langen Monaten voller Kämpfe und Gemetzel mit dem Tod des Ugetai und der Herrschaft des Batu-Khan enden sollte.

*

Schneller als nach China selbst war die Kunde von der Frostkatastrophe nach allen anderen Erdteilen gedrungen. Unfassbar war es zunächst aller Welt erschienen, dass Menschenkraft die Elemente der Natur in so unerhörter Weise meistern konnte.

Als dann die Wahrheit unzweifelhaft zutage lag, da erstarkten die verzagten Herzen der weißen Menschen. Jener eisige scharfe Sturm, der dort oben in Asien seinen Anfang nahm, schien um den ganzen Erdball zu fahren. Mit einem Schlag war die an vielen Orten so schwüle, unheilschwangere Atmosphäre gereinigt. Wo immer die Herrschaft der Weißen zu wanken drohte, wurde sie durch jenes Ereignis wieder gestützt und gefestigt.

Und diese Stützung tat bitter not. Denn das gewaltige Feuer, das die überlegene Staatskunst des Toghon-Khan auf der ganzen Erde gegen die westliche Kultur entfacht hatte, war nicht so leicht zu dämpfen. Jetzt rächten sich die Fehler vergangener Jahrzehnte und Jahrhunderte bitter an den Weißen. Die europäischen Staaten, die den dunkelhäutigen Menschen zuerst die Waffen in die Hand gegeben und sie die Kriegskunst gelehrt hatten, wurden jetzt am schwersten von diesen allzu gelehrigen Schülern geschlagen.

Zwar hatte man seit dem engeren Zusammenschluss Europas die militärische Ausbildung der Schwarzen eingeschränkt, aber ganz entbehren konnte man sie des Klimas wegen nie. Wohl war es seit Jahrzehnten ein Grundsatz, die schwarzen Hilfstruppen nicht mehr in der fortschrittlichsten Kriegstechnik auszubilden, sondern nur noch nach Art einer Polizeitruppe zu organisieren. Die furchtbaren Kämpfe in französisch-afrikanischen Siedlungsgebieten hatten schon in der zweiten Hälfte des Zwanzigsten Jahrhunderts zur Annahme dieses Prinzips geführt.

Während das stolze England auch in seinen schwersten Nöten die Inferiorität der Farbigen in Theorie und Praxis stets betonte und aufrechterhielt, hatte Frankreich ja die selbstmörderische Politik des alten Imperium Romanum übernommen. Es hatte die Farbigen seiner Siedlungsgebiete den Weißen gleichgestellt und damit seine Kultur verdorben.

Diese Fehler waren nie wieder ganz gutzumachen, und jetzt besiegelte der allgemeine afrikanische Aufstand das Schicksal der Europäer dort.

Wenn auch die in Afrika vorhandene schwarze Intelligenz und das dortige schwarze Kapital zunächst nicht ausreichten, alle bisher von Weißen geführten Betriebe zu übernehmen und selbst zu leiten, so gelang es doch, sehr schnell Kapital und Intelligenz aus Amerika herüberzuziehen, und zwar um so leichter, weil sie dort infolge des misslingenden Aufstandes in ihrer Entwicklung gehemmt waren.

In schnellem, unwiderstehlichem Sturmlauf hatten die schwarzen Heere in Afrika die geringfügigen weißen Streitkräfte überrannt und sich zu Herren der Lage gemacht. Alles, was die schwarzen Menschen einst in der Kriegsschule der Weißen gelernt hatte, kehrte sich jetzt gegen die Lehrer. Bemerkenswert war die Disziplin, die dabei auch von schwarzer Seite gewahrt wurde. Zwar der instinktive Blutdurst der afroamerikanischen Heere kam bei den Massakern voll zum Ausbruch und steigerte sich stellenweise bis zum Blutrausch. Aber die Plünderungen blieben in Grenzen, und weitere Zerstörungen, namentlich der großen Industriewerke, wurden durch eine vielfach drakonische Disziplinierung verhindert.

Was in diesen Werken doch vernichtet wurde, ging zum überwiegenden Teil durch die Wirkung der Kampfmittel und bei den gerade in den Werken selbst stattfindenden Kämpfen zugrunde.

Im Laufe weniger Tage war ganz Afrika in der Hand der Afrikaner. Und nun zeigte sich sofort die Notwendigkeit, dem schwarzen Industrieproletariat dort Brot und Arbeit zu schaffen. Die neuen Machthaber mussten wirtschaftlich genau an derselben Stelle fortfahren, wo die früheren weißen Herren aufgehört hatten. Soweit die Werke bei den Kämpfen betriebsfähig geblieben waren, wurden sie von der schwarzen Industriebevölkerung aus Selbsterhaltungstrieb, so gut es eben ging, in Gang gehalten. Soweit sie zerstört waren, suchte man so schnell wie möglich und mit allen Mitteln Kapital und Intelligenz aus der schwarzen Bevölkerung Amerikas zu ihrer Wiederherstellung heranzuziehen. Aber in Ermangelung einer einheitlichen Organisation war das Ganze reichlich chaotisch. Man musste überall improvisieren, und es ließ sich mit Sicherheit voraussehen, dass die Entwicklung bis zu einer Wiederherstellung normaler Verhältnisse lange Zeit in Anspruch nehmen würde.

Um so mehr, als die politischen Machtverhältnisse in Afrika durchaus strittig waren. Zwar die weißen Herren waren erschlagen oder verjagt. Aber die seit so vielen Jahren von Idealisten geplanten schwarzen Vereinigten Staaten von Afrika standen noch in weitem Felde. Einstweilen gab es verschiedene große Staaten, deren Herrscher sich napoleonischen Träumen hingeben.

Auch die großen kulturellen Unterschiede in Afrika selbst bildeten für die Einigung des ganzen Kontinents ein Hindernis. Die nordafrikanische semitische Bevölkerung verspürte keine Neigung, mit der hamitischen schwarzafrikanischen Bevölkerung zusammenzugehen. Im äußersten Süden des Erdteiles mit seiner starken und in Großstädten konzentrierten weißen Besiedlung gelang es den Weißen sogar, von diesen Städten aus die Herrschaft in den Bezirken der alten Burenrepubliken wiederzugewinnen. Nur das eine ließ sich mit untrüglicher Sicherheit voraussagen: dass der schwarze Aufstand dem afrikanischen Kontinent auch für die Zukunft schwere und blutige Kämpfe bringen würde.

Eigenartig wirkten sich die afrikanischen und amerikanischen Verhältnisse aufeinander aus. In Amerika waren die Dinge anders gegangen als in Afrika. Die Kunde von jener märchenhaften, kaum zu glaubenden Vernichtung der großen asiatischen Armee hatte in Amerika dem an sich schon gut organisierten Widerstand der weißen Bevölkerung verstärkte Schlagkraft verliehen. Restlos, blutig und bitter war hier die Niederlage der aufständischen Schwarzen, für absehbare Zeit jede Hoffnung auf volle Gleichberechtigung mit den Weißen erstickt. Unter solchen Verhältnissen mussten aber die Aussichten und Möglichkeiten, sich in Afrika erfolgreich und vollkommen frei betätigen zu können, für die regeren Elemente der schwarzen amerikanischen Bevölkerung einen großen Anreiz zur Auswanderung bieten. Es war hauptsächlich die jüngere Generation, die der Reiz der neuen Verhältnisse und des besseren Fortkommens nach Afrika lockte, während die Alten und Stumpfgewordenen in der Union blieben.

Die so nach der Niederschlagung des amerikanischen Aufstandes sofort stark einsetzende Auswanderung versprach der amerikanischen Union in absehbarer Zeit eine Entlastung vom Druck der schwarzen Bevölkerung. Freilich bedeutete diese Auswanderung auch einen starken Aderlass an Kapital und an billigen schwarzen Arbeitskräften. Eine Wirtschaftskrise für die Union war unvermeidlich. Doch ihr Ende ließ sich voraussehen, da die Isenbrandtschen Erfindungen auch im Gebiet der amerikanischen Union neue und bessere Lebensmöglichkeiten für die Weißen schaffen konnten.

Doch dieser Verlauf der Dinge ergab sich erst in Wochen und Monaten. Im Anfang war die schwarze Bewegung auch in der amerikanischen Union gefährlich genug, und erst nach schweren und erbitterten Kämpfen konnte die Ordnung wiederhergestellt werden. Besonders gefährlich wurde sie da, wo das plündernde und raubende schwarze Proletariat durch weißes Gesindel ähnlicher Qualität indirekt unterstützt wurde.

In Frisko war die Bewegung zunächst verhältnismäßig harmlos verlaufen. Die Organisation des Weißen Ordens hatte hier dank umfangreicher Vorbeugungsmaßnahmen sofort mit aller Schärfe und großem Erfolg eingegriffen. So wurde es möglich, die regulären Truppen von dort nach und nach fortzunehmen und in bedrohteren Staaten zu verwenden. Aber der Schutz der Stadt lag jetzt fast ausschließlich in den Händen der freiwilligen weißen Organisation.

Es war in den ersten Tagen des August. Eine schwüle, drückende Hitze lag über Frisko. Selbst auf dem hoch gelegenen San Mattes vermochte die leichte Seebrise nur wenig Kühlung zu bringen.

Auf der meerwärts gewandten Terrasse von Garvin Palace saßen Francis Garvin und Helen unter einem leichten Leinenzelt. Helens Hände spielten mit den ausgedruckten Mails. Das Schlagen einer Standuhr ließ sie aufhorchen.

„Vier Uhr, Pa! Wellington muss schon in Frisko sein."

„Er muss jede Minute kommen!"

„Mir scheint, Pa, deine Ungeduld nach Wellington ist größer, als meine. Die Tatsache, dass sein Name jetzt in aller Munde ist, dass die Zeitungen auch außer der 'Chikago Press' fast täglich über ihn schreiben, scheint dir gewaltig zu imponieren."

„Gewiss, Deary! Das gestehe ich unumwunden ein. Ich hätte das, was er hier in den letzten schweren Zeiten geleistet, nicht von ihm erwartet. In ihm ist eben noch mehr als das übliche in jedem Journalisten steckende Stück von einem Politiker, Diplomaten und Militär vorhanden. Ich sehe nicht ein, weshalb er nicht auch später noch eine Rolle in der Politik der Union Spielen sollte. Er hat den Kopf zu Größerem!"

„Nur nicht! Pa ... nur nicht! ... Ich will keinen Politiker zum Mann. Die haben alle keine Zeit, an ihre Frau und ihre Familie zu denken."

„Du bist eigennützig, Helen! Was ich sagte, war mein voller Ernst. Es wäre schade und für unser Land zu bedauern, wenn Wellington Fox seine große Begabung nicht voll auswirken lassen könnte."

„Aber Pa, ist das so? ... Du übertreibst wohl ein bisschen?"

„Keineswegs, Helen! Ohne seine Fähigkeit, die Fäden, die sich vom Asiatischen Reich über die ganze Erde spannten, zu entdecken, hinter die Geheimnisse der feindlichen Organisationen, auch der Schwarzen, zu kommen, wäre die Gefahr überraschend über uns hereingebrochen. Und ohne seine Tatkraft und Geschicklichkeit bei der Organisierung unseres Widerstandes wäre der Kampf wohl nicht so schnell beendet worden"

„Hör auf, Pa, mit deinen Lobpreisungen! Ich erröte für Wellington. Er würde dich sicher auslachen, wenn er dich so hörte. Doch halt! Ein Auto! ... Ich sehe ein Auto in den Park einfahren.

Wellington ist darin. Ich erkenne ihn. Er winkt mit dem Taschentuch. Der dort neben ihm ist sicher sein Freund Lowdale, den er sich aus Turkestan eingeladen hat. Er wurde in den Kämpfen mit den Kirgisen schon früh verwundet."

„Lowdale?" fragte Mister Garvin. „Der Name ... Ist das jener Lowdale, der einst Florence ..."

„Ja, Pa!"

„Dann ist es wohl gut, dass sie eben fort ist. Ein Zusammentreffen hier wäre sicher für alle peinlich gewesen."

„Ja, Pa! ... Doch da sind sie schon."

Sie eilte dem Wagen zu. Mit einem großen Sprung stand Wellington Fox auf ebener Erde. Dann fing er Helen in seinen Armen auf, und ein halbes Dutzend Küsse bekräftigte die Freude des Wiedersehens.

„Immer wieder wie ein Brausewind!", schalt Helen, während sie sich aus seinen Armen losmachte. „Verzeihen Sie ihm, Mister Lowdale!"

Sie reichte dem Gast die Hand, während Wellington Fox zu Francis Garvin trat und angelegentlich mit ihm sprach.

„Willkommen in Garvins Palace! Ich will Sie gleich mit meinem Vater bekannt machen, der ... was ist denn, Pa?"

Die eben noch so heiteren Züge Garvins zeigten plötzlich einen tiefen Ernst.

„Schlimme Nachrichten, Helen! Unsere Freude wird nur kurz sein."

„Was ist, Wellington?"

Sie eilte zu ihrem Verlobten und drängte sich an ihn.

„Unruhen in der Stadt, Helen! Der Pöbel aller Farben ... hauptsächlich der Schwarzen, ist mobil. Irgendjemand hat es verstanden, die schwarze Plebs unter Vorspiegelung politischer Ziele noch einmal zum Kampf gegen die Weißen aufzuhetzen. In Wirklichkeit handelt es sich darum, dass einige Drahtzieher, ehe sie den heißen Boden der Union verlassen, sich noch die Taschen füllen wollen.

Schwere Stunden ... vielleicht Tage ... stehen bevor. Ich riet deinem Vater, sich mit dir sofort für alle Fälle auf eure Jacht zu begeben."

„Und du?", fragte Helen besorgt.

„Ich ... ich, Helen ... wenn's wo etwas Interessantes zu sehen gibt, muss ich doch der 'Chikago Press' Meldungen schicken können."

„Ach, Wellington! Wenn du nur deshalb hierbliebst, wäre ich ohne Sorge. Aber leider wirst du das nicht tun." Ihre Stimme zitterte, sie kämpfte mit unterdrückten Tränen. „Ganz sicher wirst du immer da sein, wo es am schlimmsten zugeht ..."

„... und kräftig mittun! Der Tanz wird gleich beginnen. Ich kam nur hierher, um euch zu warnen und dich zu küssen. Unser Wagen wartet, um uns sofort nach der Stadt zurückzubringen. Im Hafenviertel wird es inzwischen schon losgegangen sein. Der Hauptstoß richtet sich gegen Rob Hill, das Millionärsviertel ..."

„Rob Hill?" Sie drückte erschrocken die Hand aufs Herz. „Oh, die arme Florence! Vor Kurzem noch war sie hier. Eine Viertelstunde früher hättet ihr sie hier getroffen."

„Verfl ...!" presste Fox durch die Zähne und warf einen Blick auf seinen Begleiter.

Averil Lowdale war erblasst. Trotz seiner äußeren Unbewegtheit war seine Aufregung unverkennbar. Ein düsteres Feuer brannte in seinen Augen.

Fox hatte ihn sofort begriffen.

„Du siehst, Helen, dass wir sofort zurück müssen."

Er wandte sich zu Francis Garvin.

„Sie werden sich unverzüglich mit Helen auf Ihre Jacht begeben? Das Bewusstsein, dass Sie mit Helen außer Gefahr sind, würde mich sehr beruhigen."

„Ich werde Ihrem Wunsch willfahren, Mister Fox, obwohl es mir schwerfällt, vor dieser Kanaille aus Garvins Palace zu fliehen."

„Danke, Mister Garvin! Leb wohl, Helen!"

Er zog sie an sich und küsste ihr die Tränen von den Wangen.

„Keine Angst, Helen! Du hast mich so oft Unkraut gescholten, dass du jetzt auch an das Sprichwort von jenem edlen Kraut glauben musst."

„Wellington! ... Wellington!"

Helen sah unter Tränen lächelnd ihrem Verlobten nach. Dann hörte sie den Wagen anfahren. Noch ein Winken der Insassen, und dann war er um eine Wegbiegung verschwunden.

Während die Hauptmasse des aufgehetzten Pöbels sich noch in wechselvollem Kampf mit den weißen Stoßtrupps beim Plündern der Läden in den großen Geschäftsstraßen aufhielt, war eine offenbar besonders gut dressierte Gruppe, die unter einem außergewöhnlich gerissenen Führer zu stehen schien, bereits ohne Zeitverlust und ganz überraschend durch unbewachte Seitenstraßen in das Viertel von Rob Hill eingebrochen. Bereits hatten sie fast ungehindert, nur mit vereinzeltem Widerstand der Bewohner kämpfend, eine Reihe reicher Privathäuser ausgeräumt. Die Kostbarkeit ihrer Beute sprach für die Richtigkeit ihres Planes, die nach den Anweisungen des Führers streng systematisch durchgeführt wurde.

Erst als sie sich dem Haus von John Dewey näherten, weigerten sich die Farbigen aus der Bande, hier mitzumachen. Nach kurzem, erregtem Wortwechsel trennte sich die Gesellschaft. Die meisten Farbigen zogen weiter, während der Rest mit dem weißen Gesindel in Deweys Haus eindrang.

Das verschlossene Tor war schnell erbrochen. In der großen Halle des Erdgeschosses trat ihnen John Dewey entgegen, während eine kleine Gruppe Hausangestellter sich ängstlich im Hintergrund hielt.

„Was soll das? ... Was wollen Sie hier?"

Drohend aufgerichtet stand er vor den Eindringlingen. Seine Augen schossen zornige Blitze.

Einen Augenblick stutzte der Haufe.

„Einen kleinen Zehrpfennig für die Reise!" erscholl es da aus dem Hintergrund.

Dewey richtete seine Augen auf den Sprecher.

„Was? ... Sie, Mister Cameron? ... Sie hier unter diesen Räubern, Plünderern?"

„Sehr wohl, Mister Dewey!"

Collin Cameron war ein paar Schritte vorgetreten und stand dicht vor dem Hausherrn. Mit einem kalten Hohnlächeln weidete er sich an der grenzenlosen Überraschung Deweys. Die Maske des Gentlemans war von ihm abgefallen. Sein Gesicht war das des großen Verbrechers.

„Sehr wohl, Mister Dewey! Nachdem unsere gemeinsamen Transaktionen nicht den gewünschten Erfolg gehabt haben, sehe ich mich genötigt, meinen Teil am Geschäft zu liquidieren. Da von dem bankrotten Haupthaus in Peking nichts zu erwarten ist, muss ich mich an den noch zahlungsfähigen Sozius, an das Haus Dewey halten. Da ich für Schecks in meiner augenblicklichen Lage keine Verwendung habe, möchte ich Sie ersuchen, die Rechnung in bar zu begleichen."

John Dewey stand starr. Mit einem Blick unsäglicher Verachtung maß er den Gegner. Collin Cameron hielt den Blick kühl lächelnd aus.

„Mit Rücksicht auf unsere früheren angenehmen Beziehungen bin ich bereit, die Angelegenheit kulant zu erledigen. Ich wünsche nichts als den Schmuckkasten Ihrer Tochter ... Sie selbst waren ja stets ein Verächter des glitzernden Tandes ... Aber auch auf diesen Kasten würde ich sogar verzichten, wenn Sie mir den Preis dafür, den ich billig mit zehn Millionen Dollar taxiere, in bar erlegen ... Sie sehen, ich bin bescheiden."

Dewey hatte die höhnische Suada Collin Camerons zunächst mit beherrschter Ruhe angehört. Erst als der Name seines Kindes fiel, stieg eine dunkle Röte in sein Gesicht. In dem Augenblick, in dem Collin Cameron seine Worte mit einer ironischen Verbeugung schloss, stürmte er mit geballten Fäusten auf ihn los.

„Hund! ... Hund, du ...!"

Ein schallender Schlag seiner Rechten traf die Wange Collin Camerons.

Im selben Augenblick war Dewey von einem Dutzend kräftiger Arme gepackt und zu Boden geschleudert. In rasender Wut hatte Collin Cameron eine Schusswaffe gezogen und zielte auf den Daliegenden. Im letzten Augenblick besann er sich und steckte sie mit einem Fluch wieder zu sich.

„Vorwärts!", rief er seinen Kumpanen zu. „Nehmt, was ihr findet!

Mit schnellen Sprüngen eilte er allen voran die Treppe empor. Während die meisten seiner Begleitung sich in den ausgedehnten Räumen zerstreuten, schritt er mit sicherer Ortskenntnis nach den Zimmern von Florence.

Durch den Lärm aufmerksam geworden, trat sie ihm an der Tür entgegen. Fassungslos sah sie auf Collin Cameron und die wüsten Gestalten seiner Begleitung.

„Was ist? ... Was geht hier vor? ... Wo ist mein Vater?"

Mit tiefem Erblassen wandte sie sich an den durch sein elegantes Äußeres von der übrigen Bande so merkwürdig abstechenden Cameron.

„Ihren Schmuckkasten, Miss Dewey … Etwas schnell, wenn ich bitten darf. Wir sind in Eile!"

„Mein Vater! … Wo ist mein Vater? … Sie haben ihn getötet!"

Mit einem Schreckensschrei suchte sie an Collin Cameron vorbeizukommen, um nach unten zu eilen.

„Halt! Hiergeblieben! Ihrem Vater ist nichts geschehen … Zeigen Sie uns, wo Sie Ihren Schmuck verwahren, und alles ist in Ordnung!"

Mit einem lauten Schrei „Vater!" taumelte Florence zurück.

Wie im Nebel sah sie plötzlich, wie Collin Cameron von hinten niedergerissen wurde. Sie fühlte, wie ein Arm sie umschlang. Eine ihr so wohlbekannte Stimme drang an ihr Ohr:

„Florence! Ich bin bei dir! … Hierher, Kameraden … Hierher!"

Vom Erdgeschoss drang der Knall mehrerer Schüsse nach oben. Für die Plünderer in den Räumen ein Signal, schleunigst die Flucht zu ergreifen. Auch Collin Camerons Begleiter waren im Augenblick verschwunden, ohne sich um den Führer zu kümmern, der halb betäubt am Boden lag. In den unteren Räumen und im Garten entspann sich zwischen den flüchtenden Banditen und dem vordringenden weißen Stoßtrupp ein reguläres Feuergefecht. Alle Aufmerksamkeit der Befreier konzentrierte sich hierhin.

Der Lärm dieses Kampfes drang auch nach oben und weckte Collin Cameron aus seiner Betäubung. Er öffnete die Augen und sah um sich. Schnell hatte er die Situation erfasst. Er kannte das Haus von früher her gut und wusste, dass von Florences Zimmern ein offener Balkon direkte Verbindung mit dem Garten hatte. Einmal aus dem Haus würde er sich unter die weißen Stoßtrupps mischen und sich bei Gelegenheit unbemerkt entfernen.

Er erhob sich und trat durch die Tür in das benachbarte Zimmer. Blitzschnell glitt sein Blick überall prüfend umher. Vielleicht konnte er den Aufbewahrungsort des Schmuckes doch noch im letzten Augenblick entdecken. Da sah er durch die halb geöffnete Tür im dritten Raum die Gestalt eines Mannes, der in seinen Armen Florence Dewey hielt.

Er stutzte und blieb lautlos stehen. Da … ein Zittern ging durch seine Glieder. Er erkannte Averil Lowdale, den Sohn des Mannes, der ihm die Lordschaft Lowdale geraubt.

Nur einen kurzen Moment, und er hatte die Ruhe wiedergewonnen, hob die Schusswaffe, zielte sorgsam und drückte ab. Mit einem Sprung war er an der Balkontreppe. Mit wenigen Sätzen stand er im Garten und eilte um das Haus der Straße zu.

Da knallte es hinter ihm. Er fühlte, wie eine Kugel seinen Rücken streifte. In rasender Eile stürmte er weiter.

Noch mehr Schüsse hinter ihm, doch keine Kugel traf ihn mehr.

*

Dort, wo die Havel das Spandauer Gemünd verlässt und sich zum mächtigen See weitet, lag an den Hängen des Ostufers das Besitztum Georg Isenbrandts. Gleich von der Uferstraße aus stieg das Gelände hier scharf in die Höhe und das geräumige Landhaus lag wohl fünfzig Meter höher als der Fluss. Ein weiter Garten, mit alten Laubbäumen dicht bestanden, erstreckte sich von der Höhe des Hauses bis zur Uferstraße hin. Schon zeigte das Laub in diesen Septembertagen jene leichte Vergilbung, die den kommenden Herbst und Laubfall zuerst verkündet. Aber die Sonne, die schon ziemlich tief über dem Westufer des Sees stand, warf breite Ströme goldenen Lichts über das Laub der Eichen und Kastanien, ließ die uralten Randkiefern in purpurner Pracht erstrahlen.

Die Villa Isenbrandt hatte Gäste. An einem Kaffeetisch unter der Krone einer mächtigen Kastanie saßen Theodor Witthusen und Francis Garvin. Dem Amerikaner ließen die Geschäfte auch hier keine vollkommene Ruhe. Eine beträchtliche Post lag vor ihm auf dem bunt gemusterten Damast, und eilig und eifrig durchlas er Brief auf Brief. Während er die Schriftstücke studierte und hin und wieder mit Randnoten versah, blickte Witthusen in gemächlicher Ruhe auf das weite Panorama, das sich da vor ihm dehnte: die grünen, vom Sonnenlicht goldig gefleckten Flächen des Gartens, den breiten, blauen Havelsee und dann die Uferberge von Spandau bis Potsdam.

Jetzt wanderte sein Blick aus den Fernen zurück und ruhte lange auf dem Paar, das dort unten im Garten an der Böschungsmauer stand: Maria und Helen. Arm in Arm standen sie dort und spähten die Uferstraße entlang, als warteten sie auf das Erscheinen weiterer Gäste. Äußerlich ein ungleiches Paar, die zierliche kleine Helen und die hochgewachsene Maria. Verschieden auch nach Charakter und Gemüt, waren sie doch schnell miteinander befreundet geworden. Maria hatte den Arm um Helens Taille gelegt und hörte geduldig und freundlich dem munteren Geplauder Helens zu.

„Meine Freundinnen in Amerika haben mich weidlich um die romantische Art beneidet, in der Wellington um mich geworben hat. Aber genau besehen ist das doch eigentlich gar nichts gegen die Art, in der du mit Georg Isenbrandt zusammenkamst. Die Schreckensstunden in den Ruinen von Karakorum und die Errettung durch Isenbrandt, das wäre an sich schon eine Brautwerbung, wie sie so leicht nicht wieder vorkommt. Aber die Art, wie Isenbrandt überhaupt auf dich aufmerksam wurde, das scheint mir doch der Gipfel der Romantik zu sein. Die Ähnlichkeit mit seiner toten Braut benutzte das Schicksal, dich ihm zuzuführen."

„Nun ja, Helen … ein reiner Zufall war es doch nicht. Die Ähnlichkeit ist schließlich doch durch eine, wenn auch entfernte Blutsverwandtschaft begründet."

„Ja, das mag ja sein, Maria. Aber wunderbar bleibt diese Fügung des Schicksals doch. Eine derartige fabelhafte Ähnlichkeit ist schon ein großes Wunder. Ich weiß, du mit deinem kühlen Blut empfindest das gar nicht so wie ich. Wenn ich das meinen Freunden drüben in den Staaten erzähle, wird man es mir kaum glauben wollen. Bitte erzähle mir einmal genau, wie das war … damals auf dem Kirchhof."

Einen Augenblick sah Maria über die weite Fläche, und ein ernsterer Ausdruck lag auf ihrem Gesicht. Dann, wie aus einem kurzen Traum erwachend, wandte sie sich zu Helen.

„Es war kurze Zeit, nachdem wir hier in Berlin unser Heim gegründet hatten. Georg führte die Reste seines Haushalts von Wierny hierher. Darunter war auch ein Bild der Maria Ortwin. Die frappante Ähnlichkeit ließ mich sofort erraten, wen das Bild vorstellte. Dies wunderbare Naturspiel wollte mir nicht aus dem Sinn gehen. Ich kam auf die Vermutung, dass hier irgendeine Blutsverwandtschaft vorliegen müsse. Aber von Georg konnte ich darüber nichts erfahren. Auf dem Bild standen nur der Geburtstag und der Todestag der Verstorbenen.

An dem Sterbetag, der wenige Tage später war, forderte ich Georg auf, mich bei einer Spazierfahrt zu begleiten. Dem Chauffeur hatte ich den Kirchhof als Ziel angegeben. Georg achtete gar nicht auf den Weg. Erst als der Wagen vor dem Tor hielt, merkte er den Zweck der Fahrt.

„Es ist heute ihr Todestag", sagte ich zu ihm, als wir den Friedhof betraten. Ich hätte ihn vergessen, sagte er, aber der Druck seiner Hand zeigte mir, dass er mir dankbar war. Bald standen wir an dem Grab. Es war eine Familiengrabstätte. Neugierig suchte ich auf den anderen Grabsteinen nach Namen. Auf einem Efeu überwucherten Stein fand ich vermooste Buchstaben, den Geburtsnamen der Großmutter Marias. Es war der gleiche, den die Mutter meines Vaters als Mädchen trug.

An diesem alten Grab fand meine Vermutung die erste Stütze. Ich forschte weiter nach, und es gelang mir durch Verwandte der Maria Ortwin, die fehlenden Glieder der Kette zusammenzubringen. Jene Ahne Marias und die Mutter meines Vaters waren in der Tat Basen. Das Zauberspiel hatte eine natürliche Erklärung gefunden."

Der Ruf „Helen!" schnitt dieser, die der Erzählung gespannt gelauscht hatte, die weiteren Fragen ab. Sie winkte ihrem Vater, der mit einem Brief in der Hand am Tisch stand, Antwort zu. Während sie sich ihm näherte, rief er schon: „Nachricht von Florence!"

„Ein Brief von ihr?"

Mit ein paar Sprüngen stand Helen neben ihrem Vater.

„Nicht von ihr, my darling!"

„Von wem dann?"

„Von ihrem Vater."

„Wie kommt das? Was will John Dewey von dir?"

„John Dewey wird alt. Der nüchterne, kalte Rechner scheint sich jetzt Idealen zu widmen. Seine Zuneigung zu der seiner Meinung nach unterdrückten Schwarzen treibt sonderbare Blüten. Er bittet, indem er seinem Wunsch ein philanthropisches Mäntelchen umhängt, um nicht weniger als um meine Vermittlung zwischen ihm und Georg Isenbrandt."

„Und wozu, Pa?"

„Um die Erfindungen Georg Isenbrandts auch für das neue Afrika herzugeben, ihre Wirkungen dort zu nutzen …"

„Ach, Pa! Davon später! Was schreibt er von Florence?"

„Nichts Gutes, Helen, für den, der zwischen den Zeilen zu lesen versteht. Ihr Zustand hat sich anscheinend in keiner Weise gebessert. Die Lethargie, die sie nach dem gewaltsamen Tod Lowdales umfängt, will nicht weichen. Sie lebt immer noch einsam, ja menschenscheu, jeden Verkehr meidend, in ihren ständig verdunkelten Räumen dahin. Jeder Versuch, sie dieser schädlichen Selbstpeinigung zu entreißen, ist misslungen. John Dewey hofft, dass sie ihm folgen wird, wenn er demnächst nach Afrika übersiedelt. Er hofft, dass die veränderten Verhältnisse, anderes Klima, andere Menschen einen heilsamen Einfluss auf ihren Zustand ausüben werden. Mag er nicht vergebens hoffen! Ihr Geschick ist von einer Tragik, die kaum zu überbieten ist. Vielleicht hätte das Schicksal mitleidiger gehandelt, wenn die Kugel, die das Herz, an dem sie ruhte, traf, sie auch mit hinweggerafft hätte. Wie sich ihr und ihres Geliebten Geschick gestaltet hätte, wenn jene Kugel ihr Ziel verfehlte? ... Wer weiß es?"

Nach einer kurzen Pause des Schweigens ergriff Helen wortlos den Arm Marias und zog sie zum Strand hinab. Das traurige Schicksal der Freundin ging ihr tief zu herzen.

Francis Garvin reichte den Brief, den er bisher in der Hand gehalten hatte, an Witthusen.

„Lesen Sie selbst und sagen Sie mir, ob ich nicht recht habe, wenn ich den Wunsch John Deweys als reichlich naiv bezeichne. Wäre es nicht gerade so, als ob ich einem Gegner dieselbe Waffe reichen wollte, mit der ich ihn eben erst besiegte? Isenbrandts Erfindungen gehören durchaus den Menschen des westlichen Kulturkreises. Lizenzen werden nur an zuverlässige Leute gegeben, und auch dann nur zu Zwecken rein wirtschaftlicher Natur. So groß sind die Möglichkeiten und Auswirkungen der Erfindung, dass Forscherarbeit von Jahren dazugehört, um sie zu erschöpfen. Die Gefahren, die sie birgt, sind größer, fürchterlicher als die dem Laien zunächst offensichtlichen Vorteile. Ein Kollegium von europäischen Gelehrten hat sich bereits an diese Riesenarbeit gemacht. Schon bei der Besprechung der Vorfragen ist man sich schlüssig geworden, dass an eine allgemeine Freigabe der Erfindung auch nur für Europa vorläufig nicht zu denken ist. Nur dann kann es glücken, die Naturgesetze so zu meistern, dass nur Nutzen und kein Schaden entsteht, wenn diese Forschungen abgeschlossen sind und dann von einer Stelle aus nach einem festen Plan und Willen gearbeitet wird. Afrika wird gar noch lange warten müssen."

*

Nachdem die Dinge in Asien geordnet, war Isenbrandt nach Berlin zurückberufen worden und in das Direktorium der E. S. C. eingetreten.

Nach jenen sensationellen und politisch so einschneidenden Vorgängen war er von den Berichterstattern der großen internationalen Presse bestürmt worden, die ihn, den neuen Sankt Georg, den Drachentöter, wie ihn der Volksmund nannte, interviewen wollten.

Doch kein Wort war über seine Lippen gekommen. Auch jetzt, nachdem bereits mehrere Monate vergangen waren, verlautete nichts Näheres über seine wunderbaren Entdeckungen. Übereinstimmend hatten sich natürlich die gelehrten Köpfe jeder Art dahin geäußert, dass diese Entdeckungen in ihrer Anwendung einen völligen Wandel der Weltwirtschaft zur Folge haben müssten. In ununterbrochenen Artikeln beschäftigte sich die Presse der ganzen Erde damit und erschöpfte sich in Vermutungen, ob und wann diese Erfindungen zur allgemeinen Kenntnis und Anwendung kommen würden.

Eine allgemeine Weltkonferenz würde über die schwierige Frage entscheiden müssen, wie und wo diese so scharf in den Gang der Natur eingreifenden Mittel arbeiten durften.

Bisher war jedoch von einer Einberufung einer solchen Konferenz nichts bekannt.

Bereits regten sich Stimmen, die Europa beschuldigten, das Mittel für sich allein und zur Verfechtung imperialistischer Ideen behalten zu wollen. Nur das war bekannt geworden, dass die Analysen und die genauen Beschreibungen der Verfahren an wohlgesicherten und versteckten Orten aufbewahrt seien. Und auch dies war nur geschehen, um der Welt das Zwecklose eines etwaigen Attentats auf den Erfinder klarzumachen.

Am Bismarckdamm in Berlin stand Wellington Fox vor dem Palast der E. S. C. und wartete auf Georg Isenbrandt. Die Herbstsonne stand schon tief und vergoldete das rote Laub der Straßenbäume, als der Erwartete endlich aus dem Gebäude trat.

„Das hat ja lang gedauert, Georg!"

Oh, entschuldige, Fox! Aber die Sitzung war von großer Wichtigkeit."

„Schadet auch nicht viel! Es fiel mir, während ich hier wartete, so mancherlei von dem ein, was sich ereignet hat, seitdem ich das letzte Mal hier stand.

Ein schicksalsreicher Sommer! Und vieles von dem, was geschah, seitdem wir uns trennten, bleibt noch zu erzählen … wird, wenn ich es an meinem Stoff messe, lange Abende am Kamin von Maria füllen. Ich denke, wir gehen den Weg zu deiner Wohnung an diesem schönen Herbsttag zu Fuß."

Sie bogen von dem hohen Damm zu dem tiefer gelegenen Havelufer ab, das mit einem Kranz stattlicher Landhäuser besäumt war. Wellington Fox begann, während sie langsam der sinkenden Sonne nachschritten:

„Denk dir nur, vorhin erhielt ich die Nachricht aus Amerika, dass es dort immer noch unter der Asche glimmt. In den Südstaaten gibt es immer wieder Zusammenstöße zwischen Schwarzen und Weißen. Der Widerstreit scheint nicht zur Ruhe kommen zu wollen."

„Wird nie zur Ruhe kommen!" warf Isenbrandt ein. „Die Kluft zwischen den Kulturen ist zu tief. Keine Brücke führt darüber. Es handelt sich um ein kategorisches Entweder Oder. Einer muss weichen!"

„Du hast recht, Georg. Aber das ist leichter gesagt als getan. Man kann doch nicht die sämtlichen schwarzen Bürger der Union auf Schiffe verfrachten und nach ihrer Heimat Afrika zurückschicken."

„Natürlich nicht! Aber man muss die Bestrebungen unterstützen, die schon lange unter den Schwarzen der Union im Schwange sind. Was man vor hundertfünfzig Jahren im Kleinen in Liberia machte, muss man im großen Stil wiederholen. Die schwarze Intelligenz muss dabei den Anfang machen. Sie findet in der neuen alten Heimat ein unendlich viel reicheres Betätigungsfeld. Ich bin auch fest überzeugt, dass bei dem immer stärker werdenden Kulturbewusstsein und Stolz der Schwarzen die Frage in diesem Sinne gelöst werden wird."

„Hoffen wir, dass du recht behältst! Ich bin etwas skeptisch und möchte nicht die Notwendigkeit von der Hand weisen, der Sache mit etwas Druck nachzuhelfen. Blieben also schließlich noch die Halfcasts?"

„Die wird wahrscheinlich keine von beiden Parteien haben wollen", sagte Isenbrandt lachend.

„Also ein Schiedsgericht!"

„Jawohl, ein Schiedsgericht."

Beide lachten laut auf.

„Das wird wohl tagen, bis der Jüngste Tag anbricht", sagte Wellington Fox. „Die

Frage ist buchstäblich eine weitverzweigte. Oft ist kaum zu entscheiden, wo das Halfcast aufhört und anfängt. Denke zum Beispiel an John Dewey und seine Tochter Florence."

„Allerdings. Dein Beispiel ist typisch. Hier wird die Schwierigkeit der Frage evident. Das Schicksal der Florence Dewey und des jungen Viscount Lowdale ist tragisch. Die Nachricht von dem Tod Averil Lowdales hat mich tief berührt. Ich schätzte ihn sehr. Auch der General Bülow betrauert in ihm einen guten Kameraden und tüchtigen Offizier. Du warst bei seinem Tod zugegen?"

„Ich kam leider zu spät. Ich konnte dem Mörder, dem Schuft, dem Cameron, nur noch ein paar Kugeln nachschicken, von denen eine auch Gott sei Dank getroffen hat."

„Wie? Du erschossest ihn?"

„Nicht direkt. Ich verwundete ihn nur. Er lief mir fort. Ungefähr eine Woche später gab es eine Razzia im Chinesenviertel, wo sich viele der Kompromittierten versteckt hatten. Dort fand man auch Collin Cameron. Er lag in den letzten Zügen. Die an sich nicht tödliche, aber schlecht behandelte Wunde führte sein Ende herbei."

„Maria wird darüber nicht trauern. Ich glaube, sie hat auch jetzt noch manchmal dieses Halunken wegen Beklemmungen gehabt. In seiner Rachgier war er reiner Asiate.

Was wurde aus den Deweys?"

Wellington Fox zuckte die Achseln.

„Sie verzogen alsbald aus Frisko und befinden sich seitdem ständig auf Reisen. Die arme Florence ist nur noch ein Schatten ihrer selbst. Nach dem tragischen Ende Averil Lowdales lag sie wochenlang auf den Tod danieder. Für den Vater war diese Krankheit in einer Beziehung sogar ein Vorteil. Man ließ deswegen davon ab, ihm wegen gewisser Konspirationen den Prozess zu machen. Ich habe mich auf Helens Bitten hin in diesem Sinne sehr bemüht ..."

„Und da du, alter Freund", vollendete Georg Isenbrandt lachend, „neuerdings einiges in den Staaten zu bedeuten hast, ist dir das natürlich glänzend gelungen."

„Spotte nur, alter Junge!" lachte Fox. „An der Wiege von August Wilhelm Fuchs in Berlin an der Panke wurde allerdings nicht gesungen, was aus Archibald Wellington mal werden könnte. Mein teurer Schwiegerpapa bedauert täglich, dass ich nicht in den Staaten geboren bin. Sonst wäre mir nach seiner Meinung der Präsidentenstuhl sicher.

Über meine Absichten für die Zukunft wusste er bisher noch nichts Genaues. Erst jetzt, nachdem ich mit mir klar bin, will ich ihm damit kommen. Erst musste ich sicher sein, dass meine Pläne deine Unterstützung finden."

„Die hast du, Fox!"

Die beiden Freunde hatten auf ihrer Wanderung den höchsten Punkt der Straße erreicht. Hier blieben sie eine kurze Zeit stehen. Vom Gold der sinkenden Sonne beleuchtet, dehnte sich weit vor ihren Blicken die Havel. Weit drüben am Horizont schimmerten die Türme und Bauten von Siemensstadt.

Gerade jetzt erhob sich dort eine Flottille mächtiger Flugschiffe. In schneller Folge stiegen sie auf, setzten sich in Kiellinie und nahmen den Kurs nach Osten. Unablässig gewannen sie dabei an Höhe, wurden klein und immer kleiner und waren schon fast Punkte, als sie über den Köpfen der beiden Freunde dahinzogen. Wellington Fox verrenkte sich beinahe das Genick, um sie über sich zu beobachten.

„Was ist das, Georg?"

Es dauerte lange Sekunden, bevor Isenbrandt, wie aus Träumen erwachend, die Antwort gab: „Was das ist, Fox? Vera Sacrum! Ein neuer heiliger Frühling, den das alte Europa nach Asien schickt. Junge Siemensstädter sind es mit ihren Frauen oder Lebenspartnern, die dorthin gehen. Das sind keine Bauernsiedler, sondern Industriesiedler."

Wellington Fox unterbrach den Freund: „Ich hörte davon. Aber ich wusste nicht, dass diese Pläne sich bis zur Ausführung verdichtet haben. Bisher wollte sich europäisches und amerikanisches Kapital nicht recht an die Ausbeutung der asiatischen Bodenschätze heranwagen."

„So war es, Fox, solange die politischen Machtverhältnisse da drüben in Asien unsicher waren. Jetzt hat sich das radikal geändert. Jetzt, da unsere Herrschaft feststeht, sind plötzlich Riesenkapitalien vorhanden, um die reichen Bodenschätze dort zu heben. Was Europa in Afrika verloren hat, findet es in Asien dreifach wieder."

Die letzten Flugschiffe der Flottille waren jetzt am dunklen Osthimmel verschwunden. Wellington Fox, der ihnen bis zuletzt nachgespäht hatte, sprach wieder:

„Wenn aber Kapital und Bevölkerung in diesem großen Maße nach Osten verpflanzt werden, wird sich dann nicht der Schwerpunkt Europas nach Osten verschieben?"

„Nein, Fox. Man wird dort Eisen schmelzen und Halbfabrikate machen. Aber die Feinfabrikation bleibt in Europa. Die Schreibtische ... die Organisation ... das Hirn, das diesen ganzen Mechanismus steuert, bleibt hier, wo es wurzelt und ausschließlich gedeihen kann. Du brauchst keine Entvölkerung Europas zu befürchten."

Langsam weiterschreitend hatten sie das Heim Isenbrandts erreicht. Durch das Gartentor schritten sie den Abhang zum Haus empor. Unter dem Schatten des schon leicht vergilbenden Laubes einer alten Kastanie saß Maria im Kreis ihrer Gäste.

Theodor Witthusen ... Francis Garvin ... Helen Fox, geborene Garvin. Ihr Geplauder schallte den Eintretenden entgegen. Jetzt hatte Helen die beiden erspäht.

Schnellfüßig eilte sie ihnen entgegen.

„Endlich kommt ihr. Wir hatten uns so auf die gemeinsame Kaffeestunde gefreut, und jetzt, wo sie vorüber ist, kommt ihr erst. Daran bist du sicher schuld."

Wellington Fox deutete mit der Miene eines unschuldig Verdächtigten auf Georg Isenbrandt.

„Ich wasche meine Hände in Unschuld. Da steht er, der Missetäter. Zwei Stunden rammte ich das Pflaster des Bismarckdammes. Nimm dir ein Beispiel an dem Gesicht Marias, Helen dear. Nichts von Vorwürfen ... nichts von Ungeduld. Glückselig der Mann, der ein sanftmütig Weib freite!"

„Wellington! ... Du Ungeheuer ... Du unhöflichster aller Menschen ..."

„Diese Versicherung hörte ich seit dem ersten Tag unserer Bekanntschaft wohl täglich ein dutzendmal."

„Pfui, Wellington! Du bist ..."

„... der unhöflichste Mensch auf Erden."

Ein leiser Klaps auf Wellingtons Wange quittierte seinen Einwurf. Lachend ent-
eilte Helen Wellingtons Griff und hing sich in Marias Arm, die auf Isenbrandts
Seite zur Terrasse empor schritt.

Brummend ging Wellington Fox ihnen nach. Sein Auge haftete auf den beiden
ebenmäßigen hohen Gestalten der Isenbrandts. Äußerlich wie innerlich schienen
diese beiden Menschen wie füreinander gemacht. Der Zufall, der sie einst zusam-
mengeführt, hatte sie auf ewig aneinandergebunden.

Keine lange Werbung ... keine Beteuerung der Liebe ... kein langsames Auf-
sprießen einer Neigung ... Das erste Zusammentreffen entschied über ihr Schicksal
... und das vollendete sich, als die Stunde gereift.

Und dann glitt sein Blick zu Helen. Mit Entzücken verfolgte er die Bewegungen
ihrer zierlichen Glieder und dachte bei sich:

Ich hätte mein Leben lang nicht geglaubt, dass es unter Milliardärstöchtern so
ein famoses Mädel gibt. Weiß der Teufel, was die Dollarkönige einen anständigen
Menschen abschrecken können. Na! Schließlich hat sich doch auch mein teurer
Schwiegerpapa als ganz famoser old fellow entpuppt. Seine Hochachtung vor mir
ist geradezu beängstigend. Ich fürchte, mein neuester Plan wird ihm den Knock-out
geben.

Dann war Wellington Fox bei seiner Frau und legte seinen Arm unter den ihren.

„Die Abrechnung zwischen uns beiden wird später geschehen. Ich habe mir meine Rache inzwischen gründlich überlegt. Teuerste Maria, Sie täten unendlich viel
Gutes an einem Unglücklichen, wenn Sie diesen Wirbelwind etwas in die Schule
nähmen."

„Ich werde mich hüten, Mister Fox!", antwortete Maria lachend. „Für Sie ist Helen so, wie sie ist, gerade die Richtige."

„Bravo, Maria!", rief Helen. „Gib's ihm ... gib's ihm tüchtig! Zu gut ... viel zu
gut bin ich für diesen ..."

„... unhöflichsten aller Menschen", vollendete gelassen Fox.

Er wollte sich, eines plötzlichen Angriffs gewärtig, zurückziehen, als Helen ihn
umfing und mit schnellem Kuss seine Wange streifte.

Und dann saßen alle zusammen um den runden Tisch im Schatten des alten Baumes. Wellington Fox hatte neben seinem Schwiegervater Platz genommen.

Sein lebhafter Mund war eine geraume Zeit fast auffällig verstummt. Mechanisch rührte er in seiner Tasse und vergaß das Trinken. Endlich ergriff er sie und
trank sie mit einem Zug leer.

„All right!" kam es aus seinem Munde. Er entzündete sich eine Zigarre und legte
sich behaglich in seinen Stuhl zurück.

„Apropos, teuerster Mister Garvin, wäre Ihnen mit einer guten Position
gedient?"

Der Milliardär sah ihn erstaunt an. Seine buschigen Augenbrauen hoben sich fast
bis zu den Haarwurzeln. Seine Augen ruhten fragend auf den vollkommen ernsten
Zügen seines Schwiegersohns.

„Hm! ... hm! Wie meinen Sie, lieber Wellington?"

„Ob Ihnen mit einer guten Position gedient wäre?"

Jetzt verriet Garvin das leise Zucken um Wellingtons Lippen den Schalk, der hinter der Frage steckte, und er beeilte sich, darauf einzugehen.

„Das wäre ... Mister Fox? ... Es ist zwar schon lange her, dass ich eine Position ... Sie meinen doch wohl eine Anstellung bei irgendjemand? ... bekleidet habe. Nach einer dreißigjährigen selbstständigen Geschäftsführung würde mir das nicht so leichtfallen ...

Ganz abgesehen von der Frage des Salärs ... würde die Person meines Chefs für die Frage von ausschlaggebender Bedeutung sein."

Mit unterdrücktem Lachen folgten die anderen dem Wortgefecht der beiden.

„Hm!" machte Wellington Fox und blies einen schön geformten Rauchring von sich. „Sie treffen den Punkt nicht ganz, Mister Garvin. Ihre Stellung würde weniger die eines Angestellten als die eines Partners sein. Der Chef wäre ich!"

„Ah!"

Mister Garvin neigte sich vor und machte Fox eine Verbeugung.

„Dürfte ich den Herrn Chef nach seinen Bedingungen fragen?"

„Bedingungen, Mister Garvin, trifft nicht ganz das Richtige. Ich sehe, meine Frage war nicht ganz präzis. Die Sache ist einfach die: Ich habe ein gutes und großes Geschäft vor und suche dazu einen kapitalkräftigen Partner."

„Sehr wohl!", sagte Francis Garvin. „Und Sie wollen mir die Ehre erweisen, mich zu Ihrem Partner zu nehmen?"

„Eventuell, Mister Garvin."

„Eventuell?" echote es aus Garvins Munde.

„Ja! Das heißt nämlich, ich brauche ziemlich viel Kapital ... und da ich über Ihre Vermögensverhältnisse nicht genau unterrichtet bin, so hängt es davon ab, ob Sie in der Lage sind, das nötige Kapital einzuschießen."

„Interessant! ... Höchst interessant!", flüsterte Garvin.

„Sie machen mich gespannt ... ein Geschäft, bei dem das Kapital von Francis Garvin nicht ausreichen könnte ... wundervoll ... höchst interessant, Mister Fox ... Ich bin aufs Äußerste gespannt.

Um was handelt es sich? Bitte reden Sie!"

Wellington Fox sah einen Augenblick einem seiner kunstvoll geblasenen Rauchringe nach.

„Es handelt sich ..., sagen wir mal ... darum, einen Erdteil zu kaufen!"

Garvin fuhr mit einem so komischen Ausdruck des Staunens in seinen Sessel zurück, dass alles hell auflachte.

„Nicht möglich, Mister Fox! Ihre Idee ist großartig! Und da ich weiß, dass Sie sich mit Kleinigkeiten nicht abgeben, vermute ich, dass es der größte sein wird ... also Asien?"

„Nicht doch, Mister Garvin! Sie verkennen meine Bescheidenheit. Ich meine den kleinsten."

„Australien? ... Meines Wissens gehört Australien dem australischen Volk."

„Ihr Einwurf trifft wieder nicht ganz das Richtige, Mister Garvin. Gewiss! Der australische Erdteil gehört dem australischen Volk. Aber der größte Teil gehört ihm eben so, wie ihm die Luft darüber gehört. Es hat ihn und hat ihn doch nicht. Insofern nämlich, als der größte Teil davon Wüste und für menschliche Siedlungen ungeeignet ist."

„Ah!" Garvin legte den Finger an seine Nase und sah Fox bewundernd an. Der kluge Geschäftsmann witterte etwas von den Plänen seines Schwiegersohnes.

„All right, Mister Fox! So weit stimmt Ihr Kalkül. Ich bin gespannt auf das Nähere."

„Gut, Mister Garvin! Ich werde Ihnen meinen Plan in aller Kürze auseinandersetzen Sie dürften wissen; dass von den hundertvierzigtausend Quadratmeilen Australiens fünfzigtausend ganz Wüste und sechzigtausend nur knappes Weideland — in dürren Jahren auch ganz unfruchtbar sind.

Der Ozean bringt von allen Seiten Regen heran. Aber die Randgebirge, die den Erdteil fast wie ein geschlossener Kranz umgeben, lassen die wasserhaltigen Winde nicht in das Innere des Landes Vordringen. An den Außenhängen ein Überfluss von Regen, in der Riesenwanne zwischen den Gebirgen eine ewige Trockenheit.

Die Frage der Besiedlung hängt davon ab, ob sich die Niederschläge im Landesinnern in genügender Weise steigern lassen. Diese Frage dürfte durch die Anwesenheit unseres verehrten Hausherrn ihre Antwort finden. Er würde in unserem Geschäft als stiller Teilhaber tätig sein. Er würde den Geist einschießen. Seines Beitritts habe ich mich bereits versichert. Wie denken Sie nun über Ihre Partnerschaft, verehrtester Mister Garvin?"

Garvin saß starr. Die Größe des Planes von Wellington Fox schien ihn zu überwältigen. Dann kam es endlich von seinen Lippen:

„Mister Fox, Helen ist mein Zeuge, dass ich Sie stets für einen der klügsten und tüchtigsten Köpfe der Staaten gehalten habe. Was Sie mir jetzt vorschlagen, bringt meine Hochachtung an die äußerste Grenze."

„Sag ruhig, zur Anbetung", warf Helen lachend ein. „Pa, wie hast du dich verändert!"

„Da Mister Isenbrandt hier sitzt und gegen Ihre im ersten Augenblick so fantastisch klingenden Pläne keinen Widerspruch erhebt, sage ich: Topp, Wellington!

Es wird ein Geschäft werden. Ein großes ... ein smartes Geschäft. Wall Street wird sich neidisch um die Reste raufen. Was sagen Sie zu meinem Schwiegersohn, Mister Isenbrandt? War es nicht der glücklichste Griff, den ich je in meinem Leben getan habe?"

„Was sagst du, Pa? Das sagst du, Pa?" Helen warf sich laut lachend in ihren Stuhl zurück. „Du? ... Der du mich enterben ... verstoßen wolltest, wenn ich diesem Journalisten meine Hand geben würde? Soll ich hier die Worte erzählen, mit denen du seine Werbung ausnahmst?"

„Ich würde mich an deiner Stelle hüten, hier zu verraten, dass du am Schlüsselloch gehorcht hast", erwiderte Garvin lachend. „Also nochmals: Topp, Mister Fox! Das Geld ist da! Der Kredit von Francis Garvin genügt zu dem Geschäft."

„Aber, Mister Garvin" — Wellington Fox hob den Finger —, „eine Bedingung ist dabei. Die Siedler müssen reinwestlicher Kultur sein!"

Ein leichter Zug von Verlegenheit huschte über Garvins Gesicht.

„Selbstverständlich!", beeilte er sich dann zu sagen. „Aber wird auch genügend

Material da sein? Es gehören viele Millionen von Siedlern dazu, um das Neuland zu besetzen. Die E. S. C. zieht alles nach Asien. Jetzt, nachdem die asiatische Gefahr beschworen, wird der Drang nach Osten ungeheuer werden."

Georg Isenbrandt nahm das Wort:

„Ihre Besorgnis ist unbegründet, Mister Garvin. Die wirtschaftliche Entwicklung wird aufgrund der neuen Entdeckungen einen derartigen Lauf nehmen, dass Europa einen bedeutenden Bevölkerungsüberschuss abgeben kann. Wir müssen in Turkestan viel Neuland für die Nachkommen unserer Siedler in Reserve halten. Australien als weiteres Siedlungsland ist uns erwünscht, muss uns willkommen sein. Die Patenstelle, die Freund Fox dort übernimmt, gibt ihm eine Aufgabe von größter Bedeutung. Ich weiß, dass seine Worte über das große australische Geschäft Scherze a la Wellington waren. Hier gilt es mehr: Australien soll ein Jungbrunnen der westlichen Kultur werden."

BUCHTIPPS

Armageddon 2419 AD

Deutschsprachige Ausgabe Autor: Nowlan, Phillip Frances Die Erzählung Armageddon 2419 A.D beschreibt eine endzeitliche Katastrophe im Amerika des 25. Jahrhunderts. Das ganze Land wurde von den Chaharen Han erobert. Die Han besitzen eine ...

Conan der Legendäre: Der Schwarze Koloss

Autor: Howard, Robert E. „Der schwarze Koloss" ist eine der originalen Geschichten mit dem fiktiven Schwert- und Zaubereihelden Conan dem Legendären, geschrieben vom amerikanischen Autor Robert E. Howard und erstmals im ...

Conan der Legendäre: Der Schwarze Zirkel

Autor: Howard, Robert E. „Der Schwarze Zirkel" (The People of the Black Circle) ist eine der Original-Novellen über Conan dem legendären Barbaren, geschrieben vom amerikanischen Autor Robert E. Howard und erstmals ...

Conan der Legendäre: Eine Hexe wird geboren

Conan der Legendäre Eine Hexe wird geboren Autor: Howard, Robert E. „Eine Hexe wird geboren" ist eine der Originalgeschichten von Robert E. Howard über Conan den Kimmerier. Sie wurde erstmals 1934 in Weird ...

Conan der Legendäre: Rote Nägel

Autor: Howard, Robert E. „Rote Nägel" ist eine der seltsamsten Geschichten, die je geschrieben wurden – die Geschichte eines barbarischen Abenteurers, einer Piratenfrau und einer verschollenen unheimlichen Stadt, die von dem ...

Conan der Legendäre. Jenseits des Schwarzen Flusses

Autor: Howard, Robert E. „Jenseits des Schwarzen Flusses" (engl. „Beyond the Black River") ist eine der originalen Geschichten über Conan den Kimmerier, geschrieben vom amerikanischen Autor Robert E. Howard und erstmals ...

Das grausige Hobby von Sir Joseph Londe

Das grausige Hobby von Sir Joseph Londe: Sammelband. Alle zehn Horrorstories (ToppBook Belletristik 6) 1. Auflage, Kindle Ausgabe von E. Phillips Oppenheim (Autor), Klaus-Dieter Sedlacek (Herausgeber) „Was für einen Unfug wollen Sie ...

Das Kristall-Ei

und Eine Terrornacht / Operation in der vierten Dimension / In der Raumzeit verirrt. Autor: Wells, H.G.; Breuer, Miles J.; Zagat, Arthur Leo Dieses Buch enthält unter anderem eine gewaltige Geschichte von ...

Das Paradies der Damen

Das Paradies der Damen: Roman (Historical Diamond) von Klaus-Dieter Sedlacek (Herausgeber), Emile Zola (Autor) Der Titel ‚Das Paradies der Damen' ist der Band 19 in der Buchreihe ‚Historical Diamond'. Der Autor Emile ...

Das rote Zimmer

und Der neue Nervenbeschleuniger / Das Ding von – „Draußen" / Die Farbe aus dem All Autor:Wells, H.G.; England, G. A.; Lovecraft, H.P. Ein ungenannter Protagonist und Erzähler beschließt, die Nacht in ...

Der Alchemist Leonhard Thurneysser

Die Lebensgeschichte des Goldmachers von Berlin. Autor: Sedlacek, Klaus-Dieter (Hrsg.) . Der im Jahr 1531 geborene Leonhard Thurneysser erlernte als Sohn eines Goldschmieds in Basel die Kunst seines Vaters, übernahm aber bald ...

Der Mann, der Wunder vollbringen konnte

und Der Maschinenmensch von Ardathia / Der Todesstaub / Der Gesandte der Aliens Autor: Wells, H.G.; Flagg, Francis; Zagat, Arthur Leo; Jameson, Malcolm Die Titel-Geschichte ist ein Beispiel für die große zeitgenössische ...

Der schreckliche Gott Taa

und Die Pilzvergiftung, Satan geht zum Angriff über, Jenseits des Zeittors Autor: Wells, H.G.; Jameson, Malcolm; Zagat, Arthur Leo; O'Brien, David Wright Die Titel-Geschichte „Der Schreckliche Gott Taa" stammt vom amerikanischen Schriftsteller ...

Der Skandal um Pfarrer Brown

Sammelband mit 9 Father Brown Krimis. Autor: Chesterton, G. K. „Es wäre nicht fair, die Abenteuer von Pfarrer Brown aufzuzeichnen, ohne zuzugeben, dass er einst in einen schwerwiegenden Skandal verwickelt war. Es ...

Die Dreißig Grenze

oder Der verlorene Kontinent vom Autor der Tarzan Geschichten. Autor: Burroughs, Edgar Rice. Der Autor stellt sich eine Zukunft im dreiundzwanzigsten Jahrhundert vor, in der die westliche Hemisphäre den Kontakt mit dem ...

Die Farm der Tiere

Eine Vision über bedenkliche gesellschaftliche Entwicklungen. Autor: Orwell, Georg. Eines Nachts versammeln sich alle Tiere vom „Herrenhof" in der großen Scheune, um Old Major zu lauschen. Der preisgekrönte alte Eber hatte einen ...

Die Geschichte des Eichhörnchens Nussbacke

Die Geschichte des Eichhörnchens Nussbacke The tale of sqirrel Nutkin. Bilingual – Zweisprachig: Englisch – Deutsch Autoren: Potter, Beatrix; Sedlacek, Klaus-Dieter The Tale of Squirrel Nutkin is a children's book written and illustrated ...

Die junge Mondfrau

Mondepos vom Autor der Tarzan Geschichten. Autor: Burroughs, Edgar Ric. Im zweiundzwanzigsten Jahrhundert kommt Admiral Julian der Dritte nicht zur Ruhe, denn er kennt seine Zukunft. Er wird im darauffolgenden Jahrhundert als ...

Die laszive Mylada
Severins Gang in die Finsternis. Autor: Leppin, Pau. Ein Textauszug: ... Aber das Entzückendste, das die Leute anzog und lockte, war Mylada. Irgendwo hatte Karla dieses Mädchen entdeckt, dessen Herkunft niemand kannte und ...

Die magische Fischgräte
Eine Feriengeschichte aus der Feder eines jungen Mädchens. Illustrierte Ausgabe Autor: Dickens, Charles Es war einmal ein König, und er hatte eine Königin; und er war der männlichste seines Geschlechts und sie ...

Die verlorene Welt
Die verlorene Welt: Abenteuerroman (Historical Diamond 9) von Conan Doyle (Autor), Klaus-Dieter Sedlacek (Herausgeber) Der Titel ‚Die verlorene Welt' ist der Band 9 in der Buchreihe ‚Historical Diamond'. Der britische Autor Sir ...

Exotische Reise durch Persien
Abenteuerlicher Bericht aus einer fremdartigen Welt des 19ten Jahrhunderts. Autor: Loti, Pierre. „Wer mit mir kommen und die Zeit der Rosenblüte in Ispahan sehen will, der mache sich gefasst auf die Gefahren ...

Frankenstein OR THE MODERN PROMETHEUS
Newly illustrated 1831 edition. Autor: Shelley, Mary Wollstonecraft. Frankenstein; or, The Modern Prometheus is a novel that tells the story of Victor Frankenstein, a young scientist who creates a hideous, sapient creature ...

In der Tiefe
und Flug zum Titan / Eine Herberge der Hölle / Freddie Funks verrückte Meerjungfrau. Autor: Wells, H.G.; Weinbaum, Stanley G.; Zagat, Arthur Leo; Yerxa, Leroy Die Titel-Geschichte „In the Abyss (In der ...

John Carter – Der Riese und die Gelben vom Mars
vom Autor der Tarzan Geschichten. Autor: Burroughs, Edgar Rice. Die Saga um John Carter vom Mars bzw. der Barsoom- oder Mars-Zyklus ist eine der bekanntesten und auch beliebtesten Science-Fiction-Buchreihen des Tarzan-Autors Edgar ...

Junge Wilde und Philosophen
Die kultigen Kurzgeschichten „Flappers and Philosophers" in deutsch. Autor: Fitzgerald, F. Scott. Fitzgerald schafft ein treffendes Porträt von schönen, eigensinnigen jungen Frauen und ausschweifenden,

vagabundierenden jungen Männer, die das ausmachten, was man ...

Kleine magische Geschichten von Oz
Illustrierte Ausgabe. Autor: Baum, L. Frank Keine der Geschichten des Autors Frank Baum waren so erfolgreich wie die in seinen Oz-Büchern. Die sechs Erzählungen in diesem Buch sind: „Der feige Löwe und der hungrige ...

Kleiner Schwarzer Sambo – Little Black Sambo
Bilingual – Zweisprachig: Englisch – Deutsch. Autor: Bannerman, Helen The Story of the Little Black Sambo is a children's book written and illustrated by Scottish author Helen Bannerman and is one of ...

Lieber allein!
Gedanken einer Junggesellin zum 30ten Geburtstag. Autor: Bell, Lilian. Die Protagonistin Ruth, eine junge Frau aus der High Society, befällt am Vorabend zu ihrem dreißigsten Geburtstag Panik, trotz vieler Gelegenheiten ist sie ...

Noa Noa
Der exotische Duft von Tahiti Autor: Gauguin, Paul Im April 1891 schiffte sich der berühmte französische Maler Paul Gauguin nach Tahiti ein. Auf der Flucht vor der europäischen Zivilisation mietete er eine ...

Prinz Otto oder Der Phönix und die Freiheit
Prinz Otto oder Der Phönix und die Freiheit Roman über Intrigen und Macht, Verrat, Hinterlist und wahre Liebe – vom Autor der»Schatzinsel« und von »Dr. Jekyll und Mr. Hyde« Autor: Stevenson, ...

Sternengezeugt
Eine Verschwörungstheorie über die Genmanipulation durch Außerirdische Autor: Wells H.G. In ‚Sternengezeugt' befasst sich der Autor H.G. Wells erneut mit der Idee der Existenz von Außerirdischen, über die er in dem Roman ...

Tarzans Alptraum
Tarzans Dschungelgeschichten IX. Autor: Burroughs, Edgar Rice. Die Schwarzen des Dorfes von Mbonga, dem Häuptling, waren dabei, sich den Bauch vollzuschlagen, während über ihnen in einem großen Baum Tarzan der Affen saß ...

The great god Pan / Der große Gott Pan – zweisprachig
Horror story English – German / Horror Geschichte Englisch – Deutsch. Autor: Machen, Arthur. The Great God Pan is a horror and fantasy novel by the Welsh writer Arthur Machen. Machen was ...